Fischland-Mord

Corinna Kastner ist 1965 in Hameln geboren. Sie arbeitet am Institut für Journalistik und Kommunikationsforschung in Hannover und fühlt sich am wohlsten an der Ostsee. Seit 2005 veröffentlicht sie schauplatzorientierte Spannungsromane (u. a. 2009 den Fischland-Roman »Die verborgene Kammer«).
www.kastners-welten.de

CORINNA KASTNER

Fischland-Mord

KÜSTEN KRIMI

emons:

Bibliografische Information der Deutschen Nationalbibliothek
Die Deutsche Nationalbibliothek verzeichnet diese Publikation
in der Deutschen Nationalbibliografie; detaillierte bibliografische
Daten sind im Internet über http://dnb.d-nb.de abrufbar.

© Emons Verlag GmbH
Cäcilienstraße 48, 50667 Köln
info@emons-verlag.de
Alle Rechte vorbehalten
Umschlagfoto: Corinna Kastner
Umschlaggestaltung: Tobias Doetsch
Druck und Bindung: sourc-e GmbH
Printed in Europe 2026
Erstausgabe 2012
ISBN 978-3-89705-912-2
Küsten Krimi
Originalausgabe

Unser Newsletter informiert Sie
regelmäßig über Neues von emons:
Kostenlos bestellen unter
www.emons-verlag.de

Ein Projekt der AVA international GmbH, Autoren- und Verlagsagentur,
www.ava-international.de

Gewidmet allen,
die die Liebe zum Fischland in ihren Herzen tragen,
und
meinem Mann Jörg

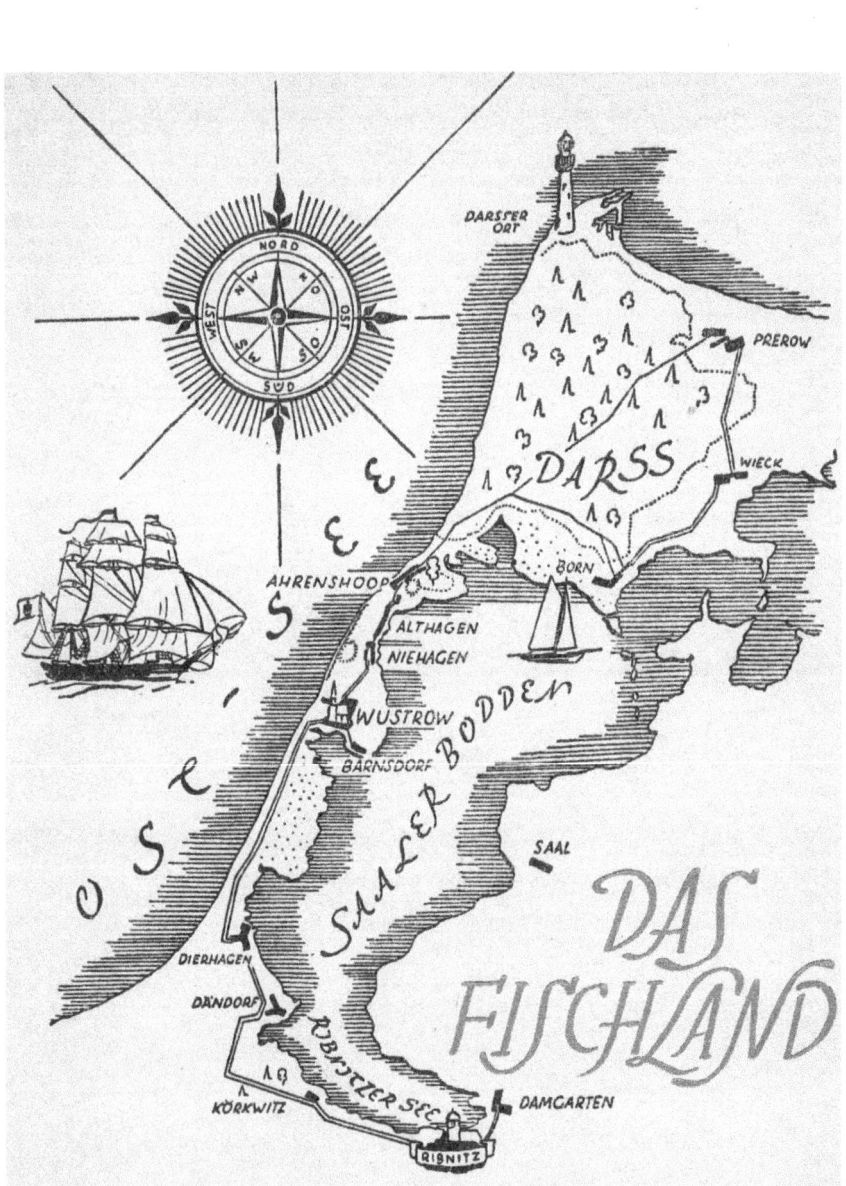

1

Kassandras Worte erstarben ungesagt auf ihren Lippen.

Der Mann war nass. Nicht klitschnass, obwohl er das zweifellos einige Stunden zuvor gewesen sein dürfte. Sein Anzug triefte nicht mehr, in seinen weißen Haaren klebten fast getrockneter Schlamm und Reste eines Schilfblattes. Seine Hände waren ebenfalls schlammbeschmutzt, von seinen Schuhen gar nicht zu reden.

Kassandra zwang sich, ihren Blick auf sein Gesicht zu richten. Er starrte sie an. Tot. Natürlich war er tot. Warum sonst sollte ein komplett bekleideter Mann durchnässt, dreckig und mucksmäuschenstill mit geöffneten Augen auf einem Bett liegen? Sicher – dies war sein Zimmer, aber der Mann sah aus, als wäre er in den Bodden gefallen. Da trocknete man sich doch ab und zog sich was anderes an, bevor man schlafen ging.

Vielleicht war er nicht mehr dazu gekommen, sagte eine Stimme in Kassandras Kopf. Vielleicht hatte er sich nicht mal selbst aufs Bett gelegt.

Was bedeutete das? Es bedeutete, dass jemand letzte Nacht im Haus gewesen war, ein Fremder, ohne dass sie es bemerkt hatte. Und es bedeutete womöglich noch etwas weitaus Erschreckenderes. Das Wort drängte sich ungewollt in Kassandras Bewusstsein, ein Wort, das überhaupt nicht in diese idyllische Gegend passte: Mord.

Sehr behutsam schloss Kassandra die Zimmertür und lehnte sich von außen dagegen. Sie atmete mehrmals ein und aus, versuchte, ruhig zu werden. Es gelang ihr nicht. Ihre Hände zitterten, ihre Knie drohten nachzugeben, als sie einen Fuß vor den anderen setzte, bis sie in der Küche ankam, wo das halb vorbereitete Frühstück, das Herr Thun nun nie mehr zu sich nehmen würde, darauf wartete, durch ein weich gekochtes Ei komplettiert zu werden.

Fahrig griff sie nach ihrem Handy und tippte mit fliegenden Fingern die 110 ein.

Sie bekam den Namen des Beamten nicht mit, der sich am anderen Ende meldete, aber sie schaffte es, ihm die Situation einigermaßen gefasst zu erklären.

»Ein Toter«, wiederholte er und klang beim zweiten Satz etwas ungläubig. »Und der ist nass.«

»Ja, einer meiner Gäste, hab ich doch schon gesagt. Er liegt im Bett. Bitte schicken Sie jemanden vorbei. Schnell!«

»Nun beruhigen Sie sich erst mal«, sagte er. Doch das bewirkte seltsamerweise das Gegenteil.

»Ich will mich nicht beruhigen!« Kassandra kam ihre eigene Stimme unangemessen laut vor angesichts der Tatsache, dass quasi nebenan ein Toter lag. »Finden Sie mal in Ihrem eigenen Haus eine Leiche, Sie wären auch nicht ruhig.«

Endlich versprach ihr der Polizist, einen Streifenwagen zu schicken. Kassandra ließ sich auf einen Küchenstuhl plumpsen, das Telefon in der Hand. Dabei hatte der Tag so vollkommen normal begonnen.

Kassandra hatte die Fensterläden aufgestoßen und die Straße hinauf- und hinuntergesehen. Kapitänshäuser mit hübschen Vorgärten, bunten Türen und Fenstern und kleine ältere Villen standen dort, gesäumt von Lindenbäumen. Es herrschte eine himmlische Ruhe, und daran würde sich im Verlauf des Tages auch nicht viel ändern. Selbst jetzt, im Sommer, kamen nur gelegentlich Spaziergänger in die Lindenstraße – und natürlich Feriengäste, nicht zuletzt ihre eigenen, die Gäste ihrer Pension »Woll tau seihn«, die sie vor zwei Monaten eröffnet hatte. Mit »Woll tau seihn« wurden in Wustrow auf dem Fischland in früheren Zeiten die seefahrenden Heimkehrer gegrüßt. Und so wollte Kassandra ihre Gäste empfangen: mit einem Willkommensgruß.

Drüben im Nachbarhaus zu ihrer Rechten öffnete sich die Tür, ein hagerer Mittsechziger mit raspelkurzem rotblondem Bürstenhaarschnitt und verkniffener Miene trat hinaus. »Morgen, Herr Jung!«, rief sie ihm zu.

Heinz Jung ignorierte sie, nur einem Zucken seines Kopfes entnahm sie, dass er sie überhaupt gehört hatte.

»Dann eben nicht«, murmelte Kassandra. Schon als sie vor einem Jahr stolze Besitzerin des sanierungsbedürftigen Kapitänshauses geworden war, hatte Jung sie nicht gerade enthusiastisch willkommen geheißen. Einige Umbauten auf dem Grundstück hatten der Zustimmung der Gemeindevertretung bedurft, der Heinz Jung angehörte. Über Umwege hatte sie im Nachhinein erfahren, dass alle ihre Anträge von ihm torpediert worden waren. Letztlich hatte die Mehrheit aber doch gegen seine Stimme positiv entschieden. Kassandra hielt es für unwahrscheinlich, dass Jung etwas über sie und ihre Vergangenheit wusste oder gar ahnte, welche Rolle das für Wustrow spielte. Das konnte also schlecht der Grund für sein Verhalten sein. Vermutlich bekam sie nur zu spüren, dass er wenig von Fremden hielt, die sich seiner Meinung nach einbildeten, durch die Verlegung ihres Wohnsitzes zu echten Fischländern werden zu können, und es hätte jeden erwischt, der das Haus neben seinem kaufte.

Sie stieß sich vom Fenstersims ab. Das Frühstück ihrer Gäste wollte vorbereitet werden. Eins der drei Zimmer in Kassandras Pension war mit einem Pärchen belegt, das spät zu frühstücken pflegte, das zweite mit einem älteren Ehepaar, das sehr früh aufstand, und das dritte bewohnte seit einigen Tagen ein alleinreisender Mann um die sechzig.

Kassandra drehte das Radio auf und summte leise vor sich hin, während sie das Frühstück für die Bergers aus Dresden zubereitete. Dabei warf sie hin und wieder einen Blick aus dem Fenster. Obwohl sie schon fast dreizehn Monate hier lebte, konnte sie es immer noch nicht ganz fassen: Dies war ihr neues Leben. Wann bekam man schon mal eine zweite Chance? Noch dazu gerade hier?

Fischland, Darß und Zingst waren einmal drei Inseln gewesen. Dann war vor langer Zeit der Meeresarm zwischen dem Festland und dem Fischland ebenso wie der zwischen dem Fischland und dem Darß verlandet, und wieder viel später waren Darß und Zingst mit einem Deich verbunden worden, um die schlimmsten Auswirkungen von Sturmfluten zu verhindern. So war über Jahrhunderte hinweg die Halbinsel entstanden, die zwischen der rauen Ostsee auf der einen und dem sanften, flachen Binnengewässer, dem Bodden, auf der anderen Seite lag. Dennoch haftete jedem Teil nach wie vor etwas Unverwechselbares an. Kassandra liebte Wustrow, das Dorf auf dem Fischland, in dem auf eigentümliche Weise jede Straße, jedes Haus, sogar beinah jeder Baum Geschichte, Geschichten und Seefahrt atmeten. Sie fühlte sich verbunden mit diesem Landstrich, der ursprünglich geblieben war – an der See zuweilen bunt und quirlig, am Bodden beschaulich und verträumt. Mehr Wasser und mehr Schönheit gingen kaum.

Vorsichtig ließ sie die Eier in den Topf gleiten. Es hatte eine Zeit gegeben, da hatte sie Eier kochen *lassen*, aber das war glücklicherweise vorbei. Ihre Gedanken an die Vergangenheit wurden unterbrochen, weil die Bergers gut gelaunt herunterkamen und sich über Kaffee und Brötchen hermachten. Kurze Zeit später waren die beiden verschwunden und würden bis zum Abend nicht wiederkommen, wie jeden Tag.

Kassandra machte ihre Betten und putzte das Bad, dann bereitete sie das nächste Frühstück vor. Auch Madlen Starke und Simon Fahrig aus Osnabrück waren bald darauf ausgeflogen, es fehlte nur noch Ferdinand Thun. Sie hatte gestern zufällig ein paar Fetzen eines Telefonats gehört, in dem er von diversen Galerien in der Gegend gesprochen hatte, und mitbekommen, dass er heute recht früh nach Ahrenshoop wollte. Seltsam, dass er noch nicht auf war.

Da klingelte es an der Tür.

»Morgen, Kassandra«, grüßte Jonas Zepplin, ihr Nachbar zur Linken. Er war nicht nur jünger, sondern vor allem erheblich freundlicher als Heinz Jung. Wäre sie von zwei Nachbarn von Jungs Sorte umgeben gewesen, du liebe Zeit. »Ich will nicht weiter stören, aber als ich eben bei mir im Hof stand, ist mir aufgefallen, dass deine Mohnblumen allesamt am Boden liegen.«

»Im Ernst?«, fragte Kassandra entgeistert. »Wie kann das denn passiert sein? Es hat zwar die Nacht geschüttet wie aus Eimern, aber ...«

»... solchen Schaden wird das nicht angerichtet haben«, stimmte Jonas zu. »Vielleicht hat einer deiner Gäste einen nächtlichen Ausflug in deinen Garten gemacht?« Er lachte. »Ich muss los, tschüs dann!«

Nachdenklich schaute Kassandra Jonas hinterher. Man konnte nicht sagen, dass sie einander gut kannten, aber sie mochte seine ruhige, bodenständige Art. Er hatte einen kleinen Laden mit dem hübschen Namen »Fischländereien«, in dem er maritime Souvenirs verkaufte, und machte im Sommer für Urlauber Zeesbootfahrten auf dem Bodden. Schon vor längerer Zeit hatte er sie zu einem Ausflug auf einem dieser alten Fischerboote mit den dunklen rotbraunen Segeln eingeladen. Wären die Umstände andere gewesen, hätte sie die Einladung angenommen, doch die Dinge waren etwas komplizierter.

Kassandra ging durch den schmalen dunklen Flur in ihr Wohnzimmer, betrat die Terrasse und blickte prüfend zu dem türkischen Mohn hinüber. Jonas hatte recht gehabt. Die Stauden mit den großen gefüllten Blüten lagen am Boden und sahen aus wie hingegossene Blutflecke. Jemand hatte sie niedergetrampelt. Dank des heftigen nächtlichen Regenschauers waren keinerlei Spuren vom Übeltäter mehr zu sehen. Derjenige musste demnach vor halb vier Uhr morgens gekommen sein, denn da war Kassandra von den dicken Tropfen, die gegen ihr Fenster prasselten, aufgewacht. Dann erst registrierte sie, dass der Mohn vor dem halb geöffneten Fenster von Herrn Thun gestanden hatte. Vielleicht hatte er etwas gehört oder gesehen? Sie betrachtete das Fenster genauer. Da hing ein kleiner Stofffetzen, der dort nicht hingehörte. Kassandra trat näher. Sollte gar Herr Thun selbst durch das Fenster ins Haus eingestiegen sein, weil er den Haustürschlüssel vergessen hatte? Vorsichtig drückte sie die Fensterflügel nach innen auf. Sie konnte das Fußende des Bettes sehen und darauf schmutzige Schuhe und Hosenbeine. Irgendwas stimmte da nicht.

Kassandra war zurück ins Haus gegangen, hatte an Herrn Thuns Tür geklopft, mehrmals, und als er sich nicht meldete, hatte sie sie geöffnet. Und nun saß sie in ihrer Küche und wartete auf die Polizei.

Bis es eine Viertelstunde später schließlich an der Haustür klingelte, gingen Kassandra eine ganze Menge Dinge durch den Kopf, unter anderem die Tatsache, dass sie es, wenn Herr Thun keines natürlichen Todes gestorben sein sollte, mit einer Mordermittlung zu tun bekäme. Das würde wahrscheinlich auch zu ihrer Person einiges ans Tageslicht bringen – was sie lieber vermieden hätte.

Eine Polizistin und ein Polizist standen vor Kassandras Tür, der Streifenwagen parkte auf der Straße. Der junge Mann, den sie schon das eine oder andere Mal in Wustrow gesehen hatte, tippte sich grüßend an die Mütze. »Polizeimeister Löber, guten Tag. Frau Voß? Sie haben einen Toten in Ihrem Haus?«

Kassandra nickte und ließ die beiden eintreten. »Er hat das Gästezimmer im Erdgeschoß gemietet. Als ich Herrn Thun nach dem zertrampelten Mohn vor seinem Fenster fragen wollte, hab ich ihn gefunden.«

Löber hob die Brauen, kommentierte ihre Bemerkung mit den Blumen aber nicht. Stattdessen bat er sie, ihn und seine Kollegin zu der Leiche zu führen. Kassandra ging voran und hielt den beiden die Tür auf. Sie sah, wie Löber mit den Augen das Zimmer absuchte, wobei sein Blick an dem kleinen braun melierten Stofffetzen hängen blieb, der keinesfalls vom grauen Anzug des Toten stammte. Während die Polizistin sich über die Leiche beugte, sah Löber zum Fenster hinaus. Beim Anblick des Mohns murmelte er verstehend einige Worte, dann trat er zu seiner Kollegin und beratschlagte sich kurz mit ihr. Schließlich wandte er sich an Kassandra.

»Das könnte allen Umständen zum Trotz ein natürlicher Todesfall sein, aber ehrlich gesagt ist das sehr unwahrscheinlich. Wir benachrichtigen die zuständige Kriminalpolizeiinspektion in Anklam, von dort aus wird man sich um alles Weitere kümmern.«

»Anklam? Das ist ganz schön weit weg«, sagte Kassandra. »Kommt da niemand aus Stralsund, das wäre doch viel näher.«

Löber zuckte mit den Schultern. »Umstrukturierung der Landespolizei, die KPI sitzt jetzt in Anklam. Einige Kollegen, die nach dort versetzt wurden, nehmen allerdings den langen Arbeitsweg auf sich und wohnen lieber weiter in Stralsund.« Er schaute wieder auf den Toten. »Wir müssen Sie bitten, den Raum nicht mehr zu betreten, bis die Beamten eintreffen.«

»Natürlich. Ich bin ohnehin nicht besonders wild darauf, den armen Mann noch länger da liegen zu sehen.«

Dankbarerweise ließen die Polizisten Kassandra nicht allein, sondern tranken mit ihr Kaffee, bis das Haus vor Menschen wimmelte. Ein Arzt kam zuerst. Es war Kassandra nicht ganz klar, ob er Rechtsmediziner war, wie man das aus dem Fernsehen kannte, oder einfach jemand, der den Tod von Herrn Thun bescheinigen sollte. Danach erschienen Leute von der Spurensicherung und schließlich zwei Beamte in Zivil, die sich als Kriminalhauptkommissar Menning und Kriminalkommissar Dietrich vorstellten. Obwohl Menning ab und zu den Blick nach innen zu richten schien, zweifelte Kassandra nicht daran, dass er jedes ihrer Worte hörte. Er war Ende vierzig, ein paar Jahre älter als Dietrich, und schlug vor, sich an einen ruhigeren Ort zurückzuziehen, um noch einige Fragen zu klären. Sie führte die Herren in die Küche, die sie in einer Mischung aus Landhausstil und klaren Linien eingerichtet hatte.

»Wann ist Herr Thun denn angereist?«, wollte Menning wissen, sobald sie am Tisch Platz genommen hatten.

»Vor vier Tagen. Ich habe seinen Anmeldezettel in meinem Büro. Brauchen Sie den?«

»Das wäre hilfreich.« Menning nickte.

Kassandra stand auf und kam sich ganz unwirklich vor. Sie wünschte, es wäre jemand Vertrautes bei ihr, aber es gab hier in Wustrow nur einen einzigen ihr zumindest einigermaßen vertrauten Menschen. Sie legte nicht viel Wert auf Nähe und hatte bisher bloß mit Violetta Freundschaft geschlossen. Aber die arbeitete um diese Zeit.

In ihrem Büro öffnete Kassandra den noch nicht sehr vollen Karteikasten mit den Anmeldezetteln. Unter T sollten zwei liegen, aber sie fand bloß einen, und es war nicht der von Herrn Thun. Bestimmt hab ich ihn aus Versehen woanders abgelegt, dachte Kassandra. Sie durchsuchte den gesamten Kasten – zweimal. Doch der Zettel blieb verschwunden.

»Tut mir leid«, entschuldigte sie sich bei Menning und Dietrich. »Es sieht so aus, als hätte ich den Anmeldezettel verlegt.«

»Verlegt?« Dietrich, der bisher noch nicht viel gesagt hatte, legte allen Unglauben der Welt in dieses eine Wort. »Ich gehe davon aus, dass Sie die Daten wenigstens im Computer haben?«

Kassandra hatte mitbekommen, dass der Tote zwar noch seine Uhr, aber ansonsten nichts bei sich trug, was auf seine Identität hinwies – keine Papiere, kein Handy, keine Schlüssel. Auch vom Notebook, das Kassandra in seinem Zimmer gesehen hatte, gab es keine Spur. Sicher wäre es ein bisschen dürftig, wenn sein Name alles bliebe, worauf sich die Polizei vorerst in ihren Ermittlungen stützen konnte.

»Ich bin noch nicht dazu gekommen, die Daten zu übertragen«, musste sie zugeben. »Herr Thun hatte nicht reserviert, er kam vorbei, sah mein ›Zimmer frei‹-Schild und entschloss sich, bei mir zu wohnen.«

»Großartig«, meinte Dietrich. »Wie lange, sagten Sie, machen Sie diesen Job hier schon?«

»Ich bedauere, dass ich Ihnen Ungelegenheiten bereite, aber

ich habe nicht damit gerechnet, es schon zwei Monate nach der Eröffnung mit einem Toten und der Polizei zu tun zu bekommen.« Kassandras ironischer Tonfall kam bei Dietrich nicht gut an. Menning dagegen beäugte sie interessiert.

»Was können Sie uns über Herrn Thun erzählen?«, fragte er freundlich, während er eine beschwichtigende Handbewegung in Richtung seines Kollegen machte. Kassandra bemerkte, dass er zu seiner legeren Kleidung einen altmodischen, sehr schönen Siegelring trug, was ihn ihr aus irgendeinem Grund noch sympathischer machte. Dietrich dagegen wirkte steif wie sein Anzug, obwohl er vermutlich recht gut aussehen würde, wenn er sich je dazu herabließe, ein weniger mürrisches Gesicht zu machen.

»Nicht viel«, sagte Kassandra. »Er war kunstinteressiert und wollte heute nach Ahrenshoop. Ach ja, ich erinnere mich, dass er aus Berlin kam, jedenfalls stand das auf dem Zettel, und sein Auto hat ein Berliner Kennzeichen. Es müsste übrigens schräg gegenüber an der Straße stehen, da habe ich es gestern Abend noch gesehen.«

Auf einen Wink von Menning erhob sich Dietrich und schaute aus dem Fenster. »Da steht nur ein alter Bulli. Das wird aber kaum sein Wagen gewesen sein, oder?«

»Nein. Er fuhr irgendwas Japanisches. Dunkelblau.«

»Geht das ein bisschen genauer?«, fragte Dietrich.

»Es war eine Limousine, mehr kann ich Ihnen leider nicht sagen.«

Dietrich setzte sich wieder hin, er sah unzufrieden aus.

»Sonst wissen Sie nichts über Herrn Thun?«, hakte Menning nach.

Kassandra schüttelte den Kopf. »Er war ein angenehmer Gast, freundlich, aber zurückhaltend. Er redete nicht viel, auch nicht mit den anderen Gästen.«

»Wir werden trotzdem mit ihnen sprechen müssen. Vielleicht ist einem von ihnen etwas aufgefallen. Haben Sie selbst in der Nacht vielleicht was bemerkt?«

»Ich bin gegen halb vier vom Regen aufgewacht, sonst habe ich nichts gehört.«

»Sind Sie sicher, dass es der Regen war, der Sie geweckt hat?«, fragte Menning.

Kassandra stutzte. »Natürlich kann es auch was anderes gewesen sein, aber ich erinnere mich nur, dass die Tropfen gegen mein Fenster prasselten.«

»Liegt Ihr Schlafzimmer in der Nähe des Zimmers von Herrn Thun?«, erkundigte sich Dietrich.

»Nein, nach vorn raus. Ich habe wirklich nichts gehört, jedenfalls nicht bewusst.«

»Himmel, was ist denn bei dir los?«

Kassandra fuhr herum und sah sich dem perplex wirkenden Jonas gegenüber. Die Haustür musste offen gestanden haben bei so viel Kommen und Gehen.

»Ach, Jonas. Wenn du wüsstest, was es mit dem Mohn auf sich hatte«, sagte sie seufzend. Sie stellte ihren Nachbarn den beiden Beamten vor, doch auch er konnte ihnen nicht weiterhelfen. Er hatte weder in der Nacht etwas bemerkt, noch hatte er sich Thuns Wagen genauer angesehen.

»Gut, Frau Voß, wir kommen heute Abend wieder. Wenn Ihre Gäste auftauchen, bitten Sie sie, nicht zu gehen, bis wir mit ihnen gesprochen haben«, sagte Dietrich.

»Und was passiert jetzt?«

»Die Kriminaltechniker werden noch eine Weile in Ihrem Garten und im Haus zugange sein, dann wird die Leiche in die Rechtsmedizin gebracht und das Zimmer versiegelt. Und wir hören uns bei Ihren Nachbarn um. Bis heute Abend also«, verabschiedete sich Menning.

»Vielleicht finden Sie ja bis dahin den Anmeldezettel«, fügte Dietrich sarkastisch hinzu. »Oder Ihnen fällt ein, warum Herr Thun gerade bei Ihnen abgestiegen ist.«

»Gerade bei mir?«, wiederholte Kassandra empört, als die Beamten das Haus verlassen hatten und sie zu Jonas in die Küche zurückkehrte. »Bloß weil ich kein Fünf-Sterne-Hotel betreibe, fühlen sich meine Gäste bei mir nicht weniger wohl!«

Jonas lächelte. »Das bezweifelt keiner. Aber falls der Mann nicht ausgeraubt wurde, ist denen bestimmt seine Armbanduhr aufgefallen. Ich hab eigentlich keinen Sinn für so was, aber dass die ein paar Tausender gekostet hat, hab selbst ich gesehen, als er neulich bei mir im Laden war. Wer so was trägt, begnügt sich normalerweise nicht mit einem Pensionszimmer. Da wäre das neue Kurhaus drüben in Ahrenshoop tatsächlich passender gewesen. Das hat fünf Sterne.«

»Die Uhr hab ich auch bemerkt. Aber nur weil er Geld hatte, bedeutet das nicht zwangsweise, dass er immer und überall im Luxus leben wollte. Vielleicht suchte er das Ursprüngliche.«

»Danach sah er mir nicht aus«, meinte Jonas skeptisch. »Wie ist der Mann denn eigentlich gestorben?«

»Ertrunken, schätze ich. Wahrscheinlicher noch: ertränkt. Obwohl es seltsam ist, jemanden erst umzubringen und ihn danach zurück in sein Zimmer zu schaffen.«

»Er könnte auch vergiftet worden und ins Wasser gefallen sein, als er das Bewusstsein verlor. Allerdings wäre die Frage dieselbe: Wieso macht sich jemand die Mühe, die Leiche herzutransportieren?«

»Tja. Wieso? Und warum ihn überhaupt umbringen? Und wer? Das müssen wir wohl der Polizei überlassen. Ich bin jedenfalls froh, wenn die alle verschwunden sind und ich wieder klar Schiff machen kann. Hoffentlich kommen meine anderen Gäste nicht auf die Idee auszuziehen. Keine gute Werbung zum Start.«

»Ganz schön kaltschnäuzig«, bemerkte Jonas amüsiert. »Du denkst an dein Geschäft, statt an den armen Mann, den sie da gerade wegbringen.«

Tatsächlich wurde eben der Transportsarg aus dem Haus getragen. Und hatte Kassandra am Morgen noch gedacht, dass auf der Straße nie viel los war, wurde sie von der Menschenmenge, die sich vor ihrem Haus gebildet hatte – zweifellos angelockt von Rettungs-, Polizei- und Leichenwagen –, jetzt eines Besseren belehrt. Sie fühlte sich ertappt. Doch, natürlich tat ihr leid, was geschehen war, aber das änderte nichts an ihren Sorgen um die Pension.

»Mach dir nicht allzu viele Gedanken«, sagte Jonas. »So was weckt eher die Neugier der Leute. Vermutlich wirst du dich bald vor lauter Anfragen kaum retten können.«

»Na, ich weiß nicht«, erwiderte Kassandra zweifelnd. Dann fiel ihr plötzlich etwas anderes ein. »Aber sag mal, was machst du eigentlich hier? Weshalb hast du deinen Laden mitten am Tag im Stich gelassen?«

»Jemand rief mich an und meinte, ich solle mal zu Hause vorbeigehen und nach dem Rechten sehen.«

»Jemand? Außerdem ist das hier nicht bei dir zu Hause, sondern bei mir.«

»Da kam es demjenigen anscheinend nicht drauf an.«

»Aha. Lass mich raten: mein Lieblingsnachbar?«

Jonas lachte. »Wenn ich davon ausgehe, dass nicht ich das bin: ja.«

»Hätte ich mir denken können, dass der Jung seine Nase da reinsteckt. Schade, dass er schon im Ruhestand ist, sonst wäre er den ganzen Tag über weg.«

»Du hast recht, das wäre eine Erleichterung.« Jonas grinste und sah auf die Uhr. »Jetzt muss ich aber wieder. Ich hab Chris schon zu lange im Laden allein gelassen. Wenn du Hilfe brauchst, beim Aufräumen oder was immer, sag Bescheid.«

Kassandra nickte dankbar, obwohl sie nicht vorhatte, ihn um Hilfe zu bitten. Als sie hergezogen war, hatte sie sich vorgenommen, allein mit allem fertigzuwerden. Seufzend erhob sie sich und begann, die Kaffeetassen in die Spüle zu räumen. Sie könnte vielleicht höchstens Violetta bitten, hinterher …

»Hey, du Arme, was ist denn bei dir passiert, ganz Wustrow redet von nichts anderem, echt, ein Toter, bei dir in der Pension, ich musste gleich in der Pause kommen, um zu sehen, was los ist, und um dir beizustehen natürlich, entschuldige, dass ich einfach reinplatze, aber die Tür war auf.«

Wenn man vom Teufel spricht.

Wie so häufig hatte Violetta – groß, brünett und heute in einem schrillbunten Sommerkleid – ohne Luftholen geredet und sich dabei nicht mal geniert zu sagen, dass sie in erster Linie aus Neugier gekommen war. Kassandra kannte niemanden sonst, der so offen zugab, notorisch neugierig zu sein. Manchmal fragte sie sich, ob sie eine besondere Herausforderung für Violetta darstellte, weil diese immer wieder ihr ganzes Geschick aufbot, um persönliche Informationen aus ihr herauszuquetschen. Bisher war dieses Vorhaben noch nicht von Erfolg gekrönt worden. Was wiederum für Kassandra eine Herausforderung darstellte, die sich immer häufiger dabei ertappte, etwas von sich erzählen zu wollen, wenn sie mit Violetta beim Tee zusammensaß oder mit ihr über Romane redete. Kennengelernt hatten sie sich auf einem Flohmarkt, wo sie feststellten, dass sie beide eine Leidenschaft für Bücher hatten. Violetta besonders für Krimis. Das hier musste ihr also wie ein Sechser im Lotto vorkommen. Trotz ihrer oftmals anstrengenden Überschwänglichkeit mochte Kassandra Violetta gern. Sie war ein warmherziger Mensch, ihr Geplauder hatte etwas Entwaffnendes, und sie war bei aller Neugier keine Klatschtante.

»Habe ich da gerade Jonas Zepplin aus deinem Haus kommen sehen?«, fragte sie, ohne Kassandra auch nur die Möglichkeit zu geben, auf ihre erste Frage zu antworten. »Netter Mann, ausgesprochen attraktiv, aber das erwähnte ich schon mal.«

»Mehr als einmal.« Kassandra schmunzelte. »Trotzdem hat es nach wie vor keinen Sinn, mich verkuppeln zu wollen. Ich bin ganz glücklich so, wie's ist.« Bevor Violetta womöglich noch weiter auf dem Thema rumritt, schenkte Kassandra auch ihr eine Tasse Kaffee ein und berichtete von den Ereignissen des Vormittags. Sie war gerade am Ende angelangt, als einer der Beamten von der Spurensicherung, noch immer mit den weißen Überziehern über den Schuhen, den Kopf zur Tür reinsteckte.

»Frau Voß, wir sind fast fertig. Für den Abgleich mit den Fingerabdrücken, die wir im Zimmer des Toten gefunden haben, hätten wir gern noch Ihre. Sie sind dazu nicht verpflichtet, aber es würde unsere Arbeit erheblich erleichtern.« Auf ihr Nicken hin kam er mit einem Gerät zu ihr, das Kassandra an eine Fernbedienung erinnerte. »Das ist ein mobiler Fingerabdruckscanner, drücken Sie einfach die Fingerkuppen auf die Fläche hier. Das Gästezimmer bitte nicht betreten, und das Beet vor dem Fenster auch nicht, obwohl da nicht mehr viel zu holen war. Ansonsten haben Sie wieder freie Bahn.«

Kassandra nickte. »Danke.«

»Ich muss auch los.« Violetta sprang vom Küchenstuhl auf und stieß dabei fast ihre Kaffeetasse um. »Ich hab meine Pause schon überzogen.«

»Deine Kollegin wird es dir verzeihen, wenn du mit den neuesten Meldungen zurückkommst.«

Violetta kicherte fröhlich. »Ich ruf dich heute Abend an. Das heißt, wenn *du weißt schon wer* mich nicht freundlicherweise mal wieder mit seiner Gegenwart beehrt.« *Du weißt schon wer* war Violettas Freund, über den sie sich ganz gegen ihre Gewohnheit ausschwieg. Mehr als Andeutungen hatte sie bisher nie fallen lassen.

Kassandra tippte auf einen verheirateten Mann, vermutlich nicht aus Wustrow, das würde sich zu schnell rumsprechen.

Nachdem alle gegangen waren, lauschte Kassandra einen Augenblick lang in die Stille des Hauses. Sie war tatsächlich allein. Dann stand sie auf und machte sich daran, den Flur zu putzen. Anschließend warf sie einen Blick in ihren Garten, in dem die Spurensicherung erfreulich wenig Schaden angerichtet hatte. Sie musste sich überlegen, was sie später statt der Mohnstauden pflanzen konnte.

»Na, Frau Voß, da hat sich wohl ein ganz übles Subjekt bei Ihnen einquartiert, was?« Drüben am Gartenzaun stand Heinz Jung und sah mit offensichtlicher Genugtuung zu Kassandra herüber. »Man sollte sehr vorsichtig sein mit der Auswahl seiner Gäste. Oder ist zu vermuten, dass Sie den Mann näher kannten?«

»Ist es nicht«, gab Kassandra so höflich wie möglich zurück. »Vielleicht könnten Sie Ihre Exkollegen in Zukunft um ein polizeiliches Führungszeugnis meiner Gäste bitten, bevor ich sie über meine Schwelle lasse, Herr Polizeiobermeister a. D.«

»Hauptmeister, bitte. Ich glaube kaum, dass ich meine Kollegen damit belästigen werde.«

Natürlich wusste Kassandra, dass Heinz Jung als Polizeihauptmeister in Pension gegangen war, er wurde nie müde, das zu betonen. Aber obwohl sie sich vorgenommen hatte, auf seine herablassende Art niemals unfreundlich zu reagieren, hatte sie sich diesen kleinen Racheakt nicht verkneifen können.

»Schade, ich bin sicher, das wäre mir eine große Hilfe.« Damit knallte sie ihre Terrassentür hinter sich zu. Wenn sie die nachbarschaftliche Fassade auch wahren wollte, so sollte ihm das Knallen der Tür doch klarmachen, wie wütend sie auf ihn war. Sie schaute zurück und erkannte selbst auf diese Entfernung seinen hämischen Gesichtsausdruck. Was heute passiert war, konnte ihm nur recht sein.

2

Zu Hause fiel Kassandra die Decke auf den Kopf, sie entschloss sich, an die Luft zu gehen. Zunächst lief sie mit schnellen Schritten ziellos durch die teils unasphaltierten Straßen, auf denen sie wegen des nächtlichen Regens häufig Schlaglöchern mit schmutzigem, schlammigem Wasser ausweichen musste. Doch dann wurde ihr klar, dass das nicht half. Nur die See war wirklich gut gegen Schwierigkeiten aller Art. Das war schon ihr ganzes vierunddreißigjähriges Leben lang so gewesen.

An der Ecke Parkstraße und Direktor-Schütz-Weg blieb sie aus alter Gewohnheit stehen, um die Villa des ehemaligen Direktors der Seefahrtschule zu bewundern, ein großzügiges hellgelbes Haus mit wunderschönen Rundbogenfenstern und grün-gelben Fensterläden. Die Seefahrtschule selbst war zu Direktor Schütz' Zeiten im neunzehnten Jahrhundert ebenfalls ein hübsches Gebäude gewesen. Später, als sie immer mehr Studierende beherbergen musste, riss man sie ab und errichtete Mitte des zwanzigsten Jahrhunderts an derselben Stelle diverse große Neubauten. Davon stand heute nur noch ein Teil jenseits der Parkstraße, und der war zu einer unansehnlichen Ruine mutiert, nachdem die Schule bald nach der Wende den Lehrbetrieb eingestellt hatte. Der Gedanke an den Kasten ließ Kassandra gleich aus mehreren Gründen eine Gänsehaut bekommen.

Ihr Exmann Sven Larsen war vor viereinhalb Jahren mit dem Plan nach Wustrow gekommen, aus den Resten der Seefahrtschule ein Grand Hotel zu machen. Damit hatte er jede Menge Staub aufgewirbelt, bevor die meisten – und vor allem die größten – potenziellen Investoren abgesprungen waren, weil sie Sven rechtzeitig durchschaut hatten. Einige kleinere Geldgeber hingegen hatten den Staub geschluckt. Kassandra wusste aus einer zuverlässigen Quelle namens Violetta, dass auch Heinz Jung Gold gerochen hatte, finanziell bei Sven eingestiegen war und natürlich seine Ersparnisse nie wiedersehen würde. Wenn Jung erfuhr, wer Kassandra in diesem Szenario war, würde er ihr das Leben erst richtig zur Hölle machen.

Gegenüber Violetta hatte sie ebenso den Mund gehalten wie ge-

genüber allen anderen. Sie war auch nur einmal mit Sven hier gewesen, aber das und ein Fischland-Roman hatten genügt, sich in
den kleinen Ort zu verlieben. So sehr, dass sie Jahre später zurückgekommen war – ohne Sven, dafür mit ihrem Mädchennamen.
Den Roman von Alexander Hardenberg hatte sie seitdem noch ungezählte Male gelesen. Und jedes Mal entdeckte sie Neues darin –
über das Land, die See und die Menschen, die hier lebten.

Kassandra ließ die Direktorenvilla hinter sich und erreichte
nach einem kurzen Weg durch ein Waldstück die Strandstraße.
Gegenüber ließen die großen grünen Tore der vor über hundert
Jahren aus Backstein erbauten Seenotstation Besucher ein, es war
Tag der offenen Tür. Ein paar Schritte weiter umwehte Kassandra
der verführerische Duft von frischen Waffeln am Stiel, denen sie
kaum je widerstehen konnte. Bald darauf biss sie genüsslich von
einer Waffel ab, Puderzucker auf der Nase, und betrat die Seebrücke. Strand und Strandkörbe waren gut bevölkert, weiter hinten,
zum Hohen Ufer hin, tummelten sich die Leute, die lieber über
Sand und Steine spazieren gingen. Kassandra warf den abgeknab-
berten Waffelstiel in einen Mülleimer und schlenderte die Seebrücke hinauf bis zu deren Kopf, wo schon ein Angler zu Werke
ging. Das war zwar am Spätnachmittag noch nicht gestattet, aber
das störte die wenigsten.

»Na, Mädchen, brauchst du einen ordentlichen Dorsch zum
Abendessen?«, begrüßte sie der alte Bruno und tippte sich an die
Mütze.

Kassandra schüttelte den Kopf. »Nein, danke, heute nicht.«

»Dir ist wohl deine Leiche zu sehr auf den Magen geschlagen,
was?«

»Oje.« Sie zog eine Grimasse. »Hat sich das schon rumgesprochen?«

Der alte Bruno, von dem Kassandra nichts weiter wusste als den
Namen und dass er fast täglich hier angelte, nickte. »Was glaubst du
denn? So oft werden bei uns keine Leute kaltgemacht, klar spricht
sich das rum.« Sein faltiges Gesicht wirkte noch zerknautschter, als
er jetzt rau lachte. »Hat der Jung schon seine selbstredend maßgeb-
liche Meinung zu dem Fall kundgetan? Ja? Dachte ich mir.«

Ob sie wollte oder nicht, sie musste in Brunos Lachen einfallen.
Der widmete sich wieder seiner Angel, ohne Kassandra weiter aus-

zufragen, und sie verbrachte die nächste halbe Stunde damit, stumm auf die See zu schauen, weit entfernte Frachter am Horizont und die Möwen zu beobachten und mehrmals durchzuatmen, bis sie sich der Welt und ihrer Pension wieder gewachsen fühlte.

Sie nickte Bruno zum Abschied zu und lief langsam zurück, wobei ihr eine Bemerkung von Heinz Jung wieder einfiel, die ihr mit einem Mal nicht mehr ganz abwegig schien. Er hatte Thun ein »übles Subjekt« genannt. Wie sie es Dietrich und Menning gegenüber erwähnt hatte, war Thun ihr zwar als freundlicher, zurückhaltender Mensch erschienen. Aber Eindrücke konnten gewaltig täuschen, sie war die Erste, die das wissen musste. Wenn sie daran dachte, wie Sven bei Menschen, die ihn nicht weiter kannten, angekommen war – niemandem wäre eingefallen, dass fast alles an ihm falsch gewesen war oder auf Betrug basiert hatte, sein Lächeln genauso wie sein dickes Bankkonto.

War Thun ein übles Subjekt gewesen? Oder das Opfer eines üblen Subjektes? Weshalb? Und wieso hatte sie bloß diesen Anmeldezettel verschlampt? Ordnung war noch nie ihre Leidenschaft gewesen, aber seit sie die Pension betrieb, riss sie sich am Riemen. Und sie schmiss hundertprozentig nie was weg. Nicht absichtlich jedenfalls. Was das Wort Steuerfahndung bedeutete, wusste sie nur zu gut, seit die plötzlich in Svens und ihrem Loft in Stralsund aufgetaucht war.

Gedankenverloren schaute sie an der Fassade ihres Hauses empor, und was sie sah, gefiel ihr: Das alte Kapitänshaus aus Backstein hatte links und rechts der grün-weißen Tür je zwei Fenster, die Läden waren ebenfalls grün und weiß gestrichen. Über der Eingangstür befand sich eine große Gaube mit zwei weiteren Fenstern im Dach. Den Vorgarten hatte sie großzügig bepflanzt, den Weg zur Tür säumten Blumenkübel. Auch der Garten hinter dem Haus war üppig bunt, sie konnte durch den schmalen, mit Rasen begrünten Durchgang neben dem Haus hineinsehen. Von hier aus wirkte er vollkommen unversehrt. In ihrer Tasche kramte sie nach dem Schlüssel, da hörte sie Schritte hinter sich. Die Bergers kamen gerade wieder und erkundigten sich nach den Gerüchten, die überall kursierten. Kassandra konnte sie einigermaßen beruhigen und bat sie, sich für die Polizei zur Verfügung zu halten.

Herr und Frau Berger zogen sich in ihr Zimmer zurück, ebenso wie kurz darauf das junge Paar aus Osnabrück. Auch die beiden hatten schon von dem Vorfall gehört, zeigten allerdings wenig Mitleid. Kassandra hörte, wie Madlen Starke sagte: »Weißt du noch, Simon, wie der mich letztens so komisch angesehen hat? Als ob er sich weiß Gott was vorstellt. Komischer Typ, ich hab seitdem immer eine Gänsehaut gekriegt, wenn er in der Nähe war.«

Entweder leidet Frau Starke an zu viel Einbildungskraft, oder Thun konnte das, was ihn umtrieb, wunderbar verbergen, dachte Kassandra. Sie jedenfalls hatte nichts dergleichen bemerkt. Andererseits war Madlen Starke wesentlich jünger als sie. Vielleicht hatte Thun ja eine Vorliebe für junges Gemüse gehabt, trotz – oder wegen – seines Alters. Attraktiv war er auch mit über sechzig noch gewesen, und Kassandra konnte sich vorstellen, dass sein Aussehen die Frauen beeindruckt hatte.

Menning und Dietrich ließen auf sich warten, aber weder die Bergers noch Madlen Starke und Simon Fahrig beschwerten sich oder verließen das Haus. Und was noch wichtiger war: Anscheinend beabsichtigte niemand von ihnen auszuziehen. Als die Beamten schließlich kamen, baten sie Kassandra, ihre Küche als Befragungsraum nutzen zu dürfen, und bald darauf wurde auch sie selbst noch einmal zum Gespräch gebeten.

»Ich nehme an, der Anmeldezettel ist nicht wiederaufgetaucht?«, fragte Dietrich süffisant und verärgert zugleich.

Kassandra schwieg zu dem unausgesprochenen Vorwurf.

»Aber Sie sind schon sicher, dass der Name Ferdinand Thun auf dem Zettel stand, Frau Voß?«

»Ich mag die Ordnung nicht gepachtet haben, aber lesen kann ich ganz gut«, gab sie schnippisch zurück.

»Es ist nur so«, erklärte Menning beschwichtigend, »es gibt in Berlin zwei Ferdinand Thuns – und beide erfreuen sich bester Gesundheit.«

»Er hat also falsche Angaben gemacht?«

»Vermutlich. Schade, dass Sie sich nicht genauer an den Wagen erinnern können. Ihren Pensionsgästen ging es ebenso. Nur Frau ...«, Menning schaute in sein Notizbuch, »... Berger meinte, ein Buchstabe des Kennzeichens könnte ein P gewesen sein. Oder ein F. Oder ein E. Blaue japanische Wagen mit einem P, F oder E, die in Berlin zugelassen wurden, gibt's leider wie Sand am Meer.«

»Haben Sie Herrn Jung gefragt? Er war Polizist und hat bestimmt ein Auge dafür.«

Für einen winzigen Moment glaubte Kassandra, Menning und Dietrich synchron zusammenzucken zu sehen.

»Er hat es sehr bedauert, nicht auf parkende Fahrzeuge geachtet zu haben«, sagte Menning. »Die meistgehörte Aussage heute war, dass kein Mensch mehr hinsieht, weil hier ständig fremde Autos stehen.«

»Sie haben erwähnt, dass Thun sich für Kunst interessierte«, fuhr Dietrich fort. »Wir haben die größeren Kunsthäuser und Galerien in der Umgebung aufgesucht, aber dort erinnert sich niemand an ihn. Finden Sie das nicht merkwürdig?«

»Doch, er war ja schon ein paar Tage hier. Aber ich kann Ihnen leider nicht sagen, womit der Mann letztlich seine Zeit verbracht hat.«

Menning nickte und warf wieder einen Blick in sein Notizbuch. »Frau Starke erwähnte, Thun habe sie seltsam taxierend angesehen, als wolle er ihren Wert abschätzen.«

»Den Wert? Glaubt sie, Thun sei eine Art Zuhälter auf der Suche nach Ware gewesen? Hier?«, fragte Kassandra.

»Ich gebe nur Frau Starkes Eindruck wieder.«

Wenn Madlen Starke das wirklich richtig einschätzt, dachte Kassandra, muss Thun ein menschliches Chamäleon gewesen sein, das sich wandeln konnte, je nachdem, in welcher Gesellschaft es sich befand.

Dietrich lenkte ihre Aufmerksamkeit wieder auf das Gespräch zurück. »Eins noch: Sie sind sicher, dass Sie Thun nie vorher begegnet sind?«

»Völlig sicher. Ferdinand Thun war mir absolut unbekannt.«

Dietrich und Menning tauschten einen kurzen Blick, woraufhin Dietrich leise, aber eindringlich wiederholte: »Ich frage Sie noch mal, Frau Voß: Sie haben Thun nie gesehen – auch nicht, als Sie noch Kassandra Larsen hießen?«

Kassandra wurde heiß und kalt. Sie hatte sich schon gedacht, dass die Polizei sie durchleuchten und das herausfinden würde. Aber die Andeutung, die in Dietrichs Frage mitschwang, ließ sie lähmende Angst und gleichzeitig Wut empfinden.

»Was wollen Sie damit sagen?« Nur mit Mühe bekam sie ihre

Stimme unter Kontrolle, brachte aber jedes Wort deutlich artikuliert hervor, ohne panisch zu klingen.

Dietrich lehnte sich zurück und sah sie scharf an. »Ihr Mann …«

»Exmann«, fuhr Kassandra dazwischen.

»Meinetwegen, Exmann. Sven Larsen hatte seine Finger in vielen reichlich dubiosen Geschäften, wenn ich das mal untertrieben ausdrücken darf. Zurzeit sitzt er eine fünfjährige Haftstrafe wegen Wirtschaftskriminalität ab, da erzähle ich Ihnen sicherlich nichts Neues. Nun taucht in diesem Nest hier ein Fremder auf, der sich Ferdinand Thun nennt und angeblich Kunstkenner ist. Der Mann, der eine Armbanduhr aus achtzehnkarätigem Gold mit einem Diamanten im Zifferblatt und Brioni-Anzüge trägt, steigt ausgerechnet bei Ihnen ab, der Exfrau eines berufsmäßigen Betrügers. In einer sehr kleinen, sehr bescheidenen Pension. Und wird kurz darauf ermordet. Man könnte sich fragen, ob die Machenschaften Ihres Mannes …« Dietrich unterbrach sich, als Kassandra ihn erneut korrigieren wollte. »Exmannes, Verzeihung. Man könnte sich also fragen, ob seine Machenschaften und die des falschen Herrn Thun was miteinander zu tun haben. Soweit ich weiß, hat auch Sven Larsen sich für Kunst interessiert. Als … Zwischenhändler gewissermaßen.«

Was Dietrich da sagte, klang dummerweise schrecklich logisch. Wäre sie Polizeibeamtin, hätte Kassandra dieselben Überlegungen angestellt. Dennoch: Für den Dreck, den Sven am Stecken hatte, konnte sie nichts. »Wollen Sie mir was anhängen?«, fragte sie jetzt weniger ruhig, aber das war ihr zunehmend egal.

»Ich will gar nichts – außer die Wahrheit ans Licht bringen«, erwiderte Dietrich. »Und es liegt in Ihrem ureigensten Interesse, uns dabei behilflich zu sein.«

»Das wäre ich gern, aber leider habe ich Ferdinand Thun tatsächlich vorher nie gesehen. Bitte halten Sie sich mit Ihren Anschuldigungen und Andeutungen zurück, immerhin ist gerichtlich festgestellt worden, dass ich nichts mit den Machenschaften meines Exmannes zu tun habe. Da erzähle ich Ihnen sicherlich nichts Neues«, äffte sie Dietrich nach. Schon als es ihr rausrutschte, wusste sie, dass das ein Fehler war. Sie sah, wie er gereizt seine Stirn runzelte, doch er kam nicht dazu, etwas zu erwidern, weil Menning sich einschaltete.

»Bitte, Frau Voß, Sie dürfen uns nicht falsch verstehen, aber wir müssen jeder Spur nachgehen. Ehrlich gesagt fanden wir es merkwürdig, wie wenig jeder, den wir nach Ihnen und Ihrer Pension gefragt haben, über Sie zu berichten wusste – dafür, dass Sie schon ein Jahr hier leben, sogar sehr wenig.«

»Sie haben sich in Wustrow über mich erkundigt?« Kassandra wurde übel. Dass die Polizei wusste, wer sie war – und auch, dass sie aus ihrer Sicht verständliche Schlussfolgerungen zog –, konnte Kassandra verschmerzen. Aber die Wustrower wollte sie nicht gegen sich haben.

»Das dürfte Ihnen doch klar gewesen sein, nach dem, was hier passiert ist«, sagte Dietrich.

Kassandra starrte auf die hölzerne Tischplatte. Als sie aufschaute, bemerkte sie, dass Menning sie beobachtete. Sie richtete ihre folgenden Worte ausschließlich an ihn. »Ich wäre Ihnen sehr dankbar, wenn Sie über meine Vergangenheit schweigen würden. Das könnte mich den Hals kosten. Wustrow mag ein Nest sein, mir gefällt es, ich lebe gern hier und möchte bleiben.«

»Das ist eine Mordermittlung«, betonte Dietrich. »Glauben Sie wirklich, dass wir da Rücksicht nehmen können auf irgendwelche Befindlichkeiten? Wir müssen tun, was zur Aufklärung der Tat beiträgt.«

»Aber wir werden nichts erwähnen, wenn es nicht unbedingt notwendig ist«, versprach Menning. Offensichtlich tat Kassandra ihm leid. Vielleicht war er selbst in einem kleinen Ort aufgewachsen und konnte sich ausmalen, was Dorfklatsch anzurichten vermochte und was jemand auszuhalten hatte, gegen den sich die Mehrheit der Dorfbewohner verschwor.

»Danke«, sagte Kassandra. »Da Sie von Mordermittlung sprachen: Wissen Sie mittlerweile, was mit Herrn Thun geschehen ist?«

»Er wurde ertränkt«, bestätigte Menning ihre Vermutung und fing sich dafür einen bösen Blick von Dietrich ein. Dabei würde das am nächsten Tag sowieso ganz Mecklenburg-Vorpommern erfahren, sobald die Zeitungen darüber berichteten.

»Hatte er Boddenwasser in der Lunge?«

»Das ist ja mal eine interessante Frage«, schaltete sich Dietrich wieder ein. »Wie kommen Sie darauf?«

»Er sah nicht nach Ostsee aus mit dem Schlamm und dem Schilfblatt – und nach Badewasser erst recht nicht«, sagte Kassandra trocken. Aus den Augenwinkeln sah sie, wie Menning sich ein Lachen verkniff.

»Es war Boddenwasser, richtig«, sagte er. »Wir gehen davon aus, dass man Thun dicht am Ufer unter Wasser gedrückt hat, bis er tot war. Es finden sich Schürfwunden an Händen und im Gesicht, die durch den Boddengrund entstanden sind, als er versuchte, sich freizukämpfen.«

»Wieso der Bodden?«, fragte Kassandra nachdenklich. »Wenn ich jemanden ertränken will, suche ich mir was aus, was tiefer ist und größer, wie die Ostsee. Ich beschwere die Leiche mit Gewichten, dann taucht sie mit ein bisschen Glück erst in Skandinavien wieder auf oder gar nicht mehr. Auf jeden Fall mache ich mir nicht die Mühe, sie zurück ins Bett zu legen. Ich versteh das nicht.«

»Wir auch noch nicht«, gab Menning zu. »Es würde helfen, wenn wir wüssten, wer Thun war. Hat er mal Besuch bekommen?«

»Nicht dass ich wüsste. Aber ich bin nicht immer zu Hause.«

»Nein, natürlich nicht«, sagte Dietrich beinah freundlich. Er erhob sich. »Aber wir werden jetzt sehr häufig hier sein, verlassen Sie sich darauf. Und wir sind sehr, sehr gründlich. Auf Wiedersehen, Frau … Voß.«

Noch drei Stunden später hallte diese vieldeutig klingende Betonung ihres Namens in Kassandras Ohren nach. Sie hatte sich auf ihrer Sofaecke im Wohnzimmer eingeigelt, auf dem Tisch stand ein Chai Latte, der neueste Hardenberg-Roman lag neben ihr, war allerdings noch zugeklappt. Heute konnte sie sich nicht darauf konzentrieren. Menning hatte sie entschuldigend angesehen, als er sie abschließend gebeten hatte, am nächsten Tag in Ribnitz auf dem Polizeirevier ihre Aussage protokollieren zu lassen – und sie hatte das Gefühl gehabt, dass er sich nicht für diesen Umstand, sondern für seinen Kollegen entschuldigen wollte.

»Frau … Voß«, wiederholte Kassandra leise. Dietrichs Worte zeigten deutlich seine Skepsis hinsichtlich der Annahme, sie könnte je etwas anderes sein als Kassandra Larsen – die Frau aus der Hochglanzwelt der Reichen und Schönen mit den Designerklamotten und den kupferfarbenen Haaren, die auf unzähligen Partys getanzt hatte. Eine Zeit lang war sie diese Frau gewesen, und zu Anfang hatte es sogar Spaß gemacht, als sie frisch verliebt an Svens Arm hing – ganz das Schmuckstück, zu dem er sie gemacht hatte. Heute fragte sie sich, was er an ihr gefunden haben mochte. Aber vielleicht war es gerade das gewesen: ihre Unbedarftheit. Er hatte sie ganz nach seinen Wünschen formen können. Wie naiv und blöd sie gewesen war. Sie lief jetzt noch rot an, wenn sie daran dachte. Erst nach und nach hatte sie Svens Fassade durchschaut und am Ende angeekelt von ihm und sich selbst die Konsequenzen gezogen.

Wustrow war das exakte Gegenteil von ihrem Leben mit Sven. Eine heile Welt fernab von allem vermeintlich Glamourösen. Natürlich gab es nirgends eine wirklich heile Welt, aber diese hier kam dem Sinnbild nahe genug, daran konnte auch ein Heinz Jung nichts ändern. In Wustrow konnte sie endlich wieder sie selbst sein – mit ihren schulterlangen mausbraunen Haaren, die sie während der Arbeit zu einem Pferdeschwanz zusammenband, in Jeans und Pullis ohne Firlefanz und teure Markennamen.

Nachdenklich trank sie einen Schluck Tee. Die selbst gewählte Zurückgezogenheit von den Menschen in Wustrow – mit Ausnahme von Violetta – barg auch Nachteile. Wenn die Polizei sie ernsthaft verdächtigte, mit dem Toten etwas zu tun zu haben, hätte sie Freunde und Unterstützung bitter nötig. Aber Freunde bekam man nicht auf Bestellung, und außerdem käme es ihr falsch vor, jetzt die Nähe zu suchen, die sie doch ein Jahr lang vermieden hatte.

Was mochten die Wustrower über sie gesagt haben, als Dietrich und Menning die Runde machten? Was Heinz Jung von sich gegeben hatte, konnte sie sich lebhaft vorstellen. Bei den meisten anderen war sie sich unsicher. Man grüßte nett und wechselte ein paar Worte über das Wetter, mit dem alten Bruno scherzte sie ab und zu. Aber sonst? Was dachte die Verkäuferin im Supermarkt über sie? Die Buchhändlerin? Der Juwelier, bei dem sie hin und wieder reinschaute, wenn sie ein hübsches Bernsteinstück im Schaufenster entdeckte? Was dachte die Apothekerin, die Bankangestellte? Was dachte Jonas?

Kassandra trat mit dem inzwischen kalt gewordenen Tee an die Terrassentür. Es war eine der kürzesten Nächte im Jahr und noch hell draußen, aber wenn sie jetzt auf die Strandstraße ginge, wäre dort längst alles ruhig unter den Bäumen entlang der Kapitänshäuser. Auf der Seebrücke würden außer Bruno noch weitere Angler stehen, während die Ostsee bei dem milden Wetter in sanften Wellen an den Strand rollte.

»Ich sollte ins Bett gehen«, sagte sie laut. Seit sie hier war, ertappte sie sich öfter bei Selbstgesprächen. Kein Wunder, dachte sie ironisch, es ist ja sonst niemand da, mit dem ich reden könnte. Als sie sich umdrehte, fiel ihr Blick auf die Anrichte mit dem gerahmten Foto ihrer Mutter. Sie war darauf noch jünger als Kassandra jetzt, aber Kassandra liebte gerade dieses Bild sehr. Ihre Mutter war vor fünf Jahren gestorben, ihren Vater hatte sie nie kennengelernt. Sie wusste nicht, ob er noch lebte oder ebenfalls tot war, sie kannte nicht einmal seinen Namen. Ihre Mutter hatte nie über ihn gesprochen, auch nicht, als es mit ihr zu Ende ging. Kassandra wusste nur, dass ihre Mutter schon von einem anderen schwanger gewesen war, als sie Reinhard Voß geheiratet hatte. An ihren Stiefvater, der zwei Jahre nach der Hochzeit bei einem Arbeitsunfall auf der Werft in Wismar ums Leben gekommen war, hatte Kassandra keine Erinnerung mehr. Aus dem Haus, das Reinhard Voß gehört hatte, war nach der Wende ein kleines Hotel geworden. Kassandra hatte eine Ausbildung zur Hotelfachfrau absolviert und das Haus gemeinsam mit ihrer Mutter geleitet, bevor sie Sven Larsen begegnete und ihre Mutter allein weitermachte. Nach deren Tod hatte Kassandra überlegt, das Hotel zu verkaufen, war aber nach ihrer Scheidung froh gewesen, sich dagegen entschieden und stattdessen einen Geschäftsführer eingestellt zu haben. Sie war nach Wismar zurückgekehrt, hatte allerdings bald gemerkt, dass es ohne ihre Mutter nicht mehr dasselbe war, und endgültig verkauft. Mit dem Erlös konnte sie ihren Traum vom Fischland verwirklichen und ganz neu anfangen.

Langsam ging Kassandra hinüber in die Küche. Sie spülte das Teeglas aus und stellte bereit, was sie am nächsten Morgen für das Frühstück ihrer verbliebenen Gäste brauchen würde, dann ging sie endlich ins Bett. Aber es war ein zu ungewöhnlicher und vor allem beunruhigender Tag gewesen. Trotz aller Müdigkeit konnte sie lange nicht einschlafen.

3

Am nächsten Morgen schreckte sie wie von der Tarantel gestochen hoch, als auf dem Flur das Telefon klingelte. Sie hatte verschlafen! Kassandra sprang aus dem Bett, griff nach ihrem Morgenmantel und hetzte auf den Flur.

»Pension ›Woll tau seihn‹, mein Name ist Kassandra Voß, was kann ich für Sie tun?«, meldete sie sich hektisch, während sie vergeblich versuchte, in den linken Ärmel zu schlüpfen.

»Erreiche ich bei Ihnen Herrn Thun?«, erkundigte sich eine weibliche Stimme zögernd.

Mitten in der Bewegung erstarrte Kassandra. Was sollte sie sagen? »Ähm, nein, ich fürchte nicht, ich …«

»Oh, Verzeihung, ich habe mich wohl geirrt, Wiederhören.«

»Halt, warten Sie!«, rief Kassandra, um die Anruferin aufzuhalten, aber zu spät, das Gespräch war unterbrochen – und sie hatte sich die Telefonnummer auf dem Display nicht ganz merken können. Es war alles viel zu schnell gegangen. Als sie im Menü unter angenommene Anrufe nachsehen und zurückrufen wollte, drückte sie in der Aufregung auf den falschen Knopf – und die Nummer war gelöscht.

Leise fluchend huschte sie schnell unter die Dusche, wo sie entschied, dass sie der Polizei besser trotzdem von dem Telefonat erzählen sollte. In Rekordzeit schaffte es Kassandra, für die Bergers das Frühstück zu machen, bevor sie bei der KPI in Anklam anrief und ausgerechnet mit Dietrich verbunden wurde. Mit dem Telefon am Ohr verließ sie den Frühstücksraum, in dem sie bereits begonnen hatte, den zweiten Tisch einzudecken. Sie schilderte Dietrich das kurze Gespräch und setzte sich dabei in einen Gartenstuhl auf der Terrasse.

»Die Dame hat nicht ihren Namen genannt?«, erkundigte er sich in einem Tonfall, als ob Kassandra absichtlich etwas ausließ.

»Nein, und bevor Sie fragen: Ich kann Ihnen die Nummer nicht vollständig sagen, nur die ersten Ziffern.«

Dietrich wiederholte die Zahlen, antwortete aber ansonsten nicht gleich, und Kassandra hätte sich fast schon tausendmal entschuldigt, da meldete er sich wieder zu Wort. »Wir werden uns wegen eines Verbindungsnachweises an Ihre Telefongesellschaft wenden müssen«, sagte er. »Wie klang die Stimme? Alt oder jung?«

Kassandra überlegte. »Eher jung, aber sie hat ja nicht viel gesagt.«

»Falls sie noch mal anrufen sollte, versuchen Sie, sie festzunageln.« Dietrich klang etwas genervt. »Sie hätten nicht gleich sagen sollen, dass Herr Thun bei Ihnen nicht zu erreichen ist.«

»Entschuldigung«, sagte Kassandra automatisch und ärgerte sich sofort. »Nächstes Mal gehen am besten Sie an mein Telefon.« Sie wusste, dass sie pampig klang, trotzdem befriedigte es sie, denn es machte ihre blöde Entschuldigung wett. Zu ihrer Überraschung lachte Dietrich.

»Vielleicht sollte ich das tun.« Gleich darauf verschwand jedoch jeglicher Humor aus seiner Stimme. »Oder wir hören es ab. Keine schlechte Idee eigentlich. Wiedersehen, Frau … Voß.« Er legte auf.

»Mistkerl«, sagte Kassandra vernehmlich.

»Probleme?«

Kassandra schreckte hoch. Du hast mir gerade noch gefehlt, dachte sie, als sie Heinz Jung am Gartenzaun stehen sah. Wie lange hatte er schon zugehört?

»Nein, tut mir leid. Brauchen Sie welche?«, antwortete sie schnippisch.

Jungs linke Braue zuckte nach oben, er war es noch nicht gewohnt, dass Kassandra sich widerspenstig zeigte. Er schürzte die Lippen und versuchte, sie niederzustarren. Sie starrte zurück, nicht gewillt, hier den Kürzeren zu ziehen. Am Ende sah Jung als Erster weg und verschwand wortlos in seinem Haus.

»Sehr schön!«

Schon wieder fuhr Kassandra herum. Jonas stand an seinem eigenen Gartenzaun und applaudierte.

»Findest du?« Sie begann bereits, sich besser zu fühlen.

»Ich habe Jung selten den Rückzug antreten sehen. Er muss sich nicht sehr häufig geschlagen geben. Und nur bei einer Gelegenheit tat er mir leid.«

»Ich kann mir beinah nichts vorstellen, was mein Mitleid für ihn erregen würde.«

»Nur beinah nichts?« Jonas lachte.

Von Sven Larsen um das Ersparte gebracht zu werden, war sicher keine Freude gewesen. Was das betraf, tat ihr Jung tatsächlich leid. »Jeder hat seine wunden Punkte und Verletzlichkeiten. Herr Jung macht da sicher keine Ausnahme.«

»Du bist nicht sehr neugierig, oder?«

»Geht so«, sagte Kassandra unbestimmt. Außerdem habe ich kaum das Recht, etwas über andere wissen zu wollen, wenn ich selbst so wenig von mir preisgebe, fügte sie im Stillen hinzu.

Prüfend schaute Jonas sie eine Weile an. »Du fragst jedenfalls nicht, was mein Bedauern über seine damalige Niederlage erregt hat.«

»Das ist seine Sache und deine.« Kassandra vermutete stark, dass Jonas und sie an dasselbe dachten, und darüber wollte sie keinesfalls sprechen.

»Wie edel«, stellte Jonas spöttisch fest.

Violetta hatte recht, der Mann sah auf eine unaufdringliche Art gut aus. Er wirkte jünger als er wahrscheinlich war, sie schätzte ihn auf Ende dreißig. Seine hellbraunen Haare schienen ständig ungekämmt zu sein, was gut zu den lässigen blauen Hemden oder T-Shirts passte, die er trug – und die wiederum zu seinen Augen. Kassandra stand auf und sah woanders hin. So weit kam das noch! Sie hatte genug Probleme am Hacken, da musste ihr nicht zusätzlich der Nachbar im Kopf rumschwirren. Andererseits wäre er vielleicht einer von denen, auf die man sich verlassen könnte, wenn es mit der Polizei hart auf hart käme.

»So bin ich eben«, antwortete sie leichthin und lächelte. »Entschuldige mich bitte, ich muss noch ein Frühstück machen.«

»Klar.«

Sie war schon fast wieder im Haus, als er ihr nachrief. Sie wandte sich um und schaute in sein vollkommen ernstes Gesicht.

»Du hast hoffentlich wirklich keine Probleme?«, fragte er.

Den Bruchteil einer Sekunde war sie versucht, ihm von Dietrich zu erzählen. Doch sie schüttelte den Kopf. »Nein. Wirklich nicht.«

Am Nachmittag fuhr Kassandra nach Ribnitz. Sie mochte die kleine Stadt, deren Kirchturmspitze man in weiter Ferne sehen konnte, wenn man am Fischländer Hafen stand und über den Bodden schaute. Heute hatte sie allerdings wenig Sinn für einen Bummel über den Marktplatz oder für einen Besuch des Bernsteinmuseums. Sie war nicht zum Vergnügen hier.

Wäre vor der alten Villa nicht das auffällige Schild angebracht gewesen, hätte sie sie nie mit einem Polizeirevier in Verbindung gebracht. Glücklicherweise war ihre Aussage unproblematisch, und das Protokoll nahm wenig Zeit in Anspruch. Die Kollegen von Menning und Dietrich, die Amtshilfe leisteten, damit Kassandra nicht den ganzen Weg nach Anklam fahren musste, waren freundlich.

Zurück in Wustrow erledigte sie ihre Einkäufe und spürte sofort, dass etwas nicht stimmte. Sie wurde anders angesehen als sonst. War das normale Neugier, weil ein Toter in ihrer Pension gefunden worden war? Oder waren die Blicke skeptischer, misstrauischer? Kassandra bemühte sich, überall gleichbleibend verbindlich zu sein und das Interesse an ihr zu ignorieren. Aber als sie im Blumenladen von einer wartenden Kundin ungeniert angestiert wurde und danach mitbekam, wie die mit der Floristin die Köpfe zusammensteckte, wandte sie sich resigniert zum Gehen.

Am Abend beschloss sie, trotz des traumhaften Wetters auf einen Strandspaziergang zu verzichten. Sie hatte keine Lust mehr auf Menschen. Stattdessen setzte sie sich vor den Fernseher und legte eine DVD ein, um sich von einigen alten Folgen von »Das Krankenhaus am Rande der Stadt« berieseln zu lassen. Nach der dritten Episode ging sie in den Keller, auf der Suche nach einer Flasche Wein. Sie würde es sich so richtig gemütlich machen. Alle Morde dieser Welt sollten ihr gestohlen bleiben, und die Polizei gleich mit.

Schon auf der Kellertreppe nahm sie den feuchten Geruch wahr, dann sah sie die Bescherung: Der Boden stand einen Zentimeter hoch unter Wasser. Fluchend holte sie ihre Gummistiefel, stapfte durch das Wasser und entdeckte in der hintersten Ecke des Kellers das schadhafte Rohr, aus dem weiteres Wasser hervorquoll. Sie flitzte zum Haupthahn, um es abzudrehen, und sagte ihren Gästen Bescheid. Als sie zurück in den Keller kam, war der Pegel nicht gesunken, das bedeutete zusätzlich einen verstopften Abfluss. Na, toll. Kassandra sah auf die Uhr. Es war halb elf durch, viel zu spät, um einen Klempner zu rufen, was hieß, dass ihre Gäste auch morgen früh kein Wasser haben würden. Was sollte sie in der Zwischenzeit mit dem Keller machen? Dummerweise hatte sie keine Pumpe, und Jonas, der möglicherweise eine besaß, war, wie sie eine Minute später feststellte, leider nicht zu Hause. Normalerweise fragte man in so einem Fall den zweiten Nachbarn, doch der würde ihr höchstens noch einen Eimer Wasser dazuschütten. Andererseits konnte sie das hier unten nicht lassen, wie es war. Sie musste ihren Stolz überwinden.

»Sie?« Heinz Jung verschränkte die Arme vor der Brust. »Was verschafft mir denn die Ehre, und das um diese Zeit?«

Da sie heute wirklich nicht sehr nett zu Jung gewesen war, durfte Kassandra ihm diese Reaktion wohl nicht übel nehmen. »Bitte entschuldigen Sie die späte Störung, aber leider hab ich nun tatsächlich ein Problem. In meinem Keller ist ein Rohr gebrochen, und mir fehlt eine Pumpe für das Wasser. Könnten Sie mir …«

»… aushelfen?«, beendete Jung den Satz und musterte sie eindringlich, als wollte er abwägen, ob er ihr den Gefallen tun sollte oder nicht. »Moment.« Er schloss die Tür und ließ sie draußen stehen, aber offenbar hatte er zu ihren Gunsten entschieden. Kassandra atmete erleichtert auf. Während sie auf seine Rückkehr wartete, legte sie den Kopf in den Nacken und betrachtete den Mond am immer dunkler werdenden Himmel. Bald würde man unendlich viele Sterne sehen können, ein grandioses Schauspiel, das sie liebte. Da stand Jung plötzlich wieder vor ihr und hielt ihr Pumpe und Schlauch hin. »Wissen Sie, wie man damit umgeht?«

Unsicher schaute Kassandra auf das Gerät. »Nein, aber …«

»Dann finden Sie's raus.« Damit schlug er ihr erneut die Tür vor der Nase zu.

Beinah hätte Kassandra aufgelacht. War das Heinz Jungs Art von Humor gewesen? Immerhin hatte er ihr die Pumpe überlassen, und die anzuschließen, konnte nicht überwältigend kompliziert sein.

»Was machst du denn mitten in der Nacht beim Jung?«

Kassandra, die immer noch in Jungs Hauseingang stand, drehte sich um und sah Jonas auf dem Bürgersteig stehen.

»Der Polizeihauptmeister und ich hatten ein konspiratives Treffen, um Thuns Mörder noch vor den Beamten aus Anklam zu fassen, aber verrat's bitte niemandem.«

»Und dazu brauchtet ihr eine Wasserpumpe?« Jonas deutete erheitert auf das Gerät in Kassandras Händen.

»Na ja, jemand hat Thun im Bodden ertränkt, wir haben das nachgestellt, und anschließend musste natürlich das Wasser wieder abgepumpt werden.«

Jonas lachte. »Klar. Hätte ich drauf kommen können.« Wie selbstverständlich nahm er Kassandra die Pumpe ab. »Rohrbruch im Keller? Ich bin überrascht, dass Jung das Ding rausgerückt hat, ausgerechnet für dich. Wer weiß, vielleicht schlummert doch ein weicher Kern in der harten Schale?«

»Nicht weich genug, um mir zu erklären, wie man es bedient«, gab Kassandra zurück und wurde sich gleichzeitig bewusst, dass Jonas das als Bitte auffassen könnte, ihr zu helfen.

»Wie hoch steht denn das Wasser? Knie- oder knöchelhoch?«

»Letzteres. Das reicht mir gerade.«

Ohne auf ihr Einverständnis zu warten, marschierte Jonas um Kassandras Haus herum und die Kellertreppe hinunter. Dankbar öffnete sie die Kellertür und sah zu, wie er die Pumpe anschloss, ohne dabei Rücksicht auf seine Schuhe und seine Jeans zu nehmen.

»Wann kommt der Klempner?«, fragte er.

»Der Klempner? Es ist elf Uhr.«

Jonas, der auf nassem Boden in die Hocke gegangen war, sah zu ihr auf. »Es gibt einen Vierundzwanzig-Stunden-Notdienst. Den würde ich schnellstens rufen, wenn du willst, dass deine Gäste morgen duschen und mit Kaffee und Ei frühstücken können.«

Den Notdienst. »Oh.« Kassandra schloss flüchtig die Augen. »Warum hab ich daran nicht gedacht?«

Jonas hielt in seiner Arbeit inne, stand auf und trat zu ihr. »Kassandra. Die letzten beiden Tage waren ziemlich heftig für dich.« Er hob eine nasse Hand und berührte ihre Wange. »Diese kleine Überschwemmung ist so gut wie erledigt. Und was Thun betrifft: Die Polizei findet raus, wer er war, was er wollte und warum er ermordet wurde, und bald geht wieder alles seinen normalen Gang.«

Jonas' Mitgefühl und Zuspruch taten Kassandra gut, und einen Augenblick lang wollte sie ihm in einer ähnlichen Anwandlung wie schon einige Stunden zuvor erzählen, dass die Polizei sie ganz oben auf der Liste der Verdächtigten stehen hatte. Da das jedoch mit einer Erklärung zu ihrer Vergangenheit verbunden wäre, schwieg sie. Lieber suchte sie die Notrufnummer.

Eine Dreiviertelstunde später hatte die Pumpe ihr Bestes getan und der Klempner sich um den Abfluss und das defekte Rohr gekümmert. Nur noch der feuchte Geruch erinnerte an den Schaden.

Am Treppenaufgang stand das Weinregal, und Kassandra fiel wieder ein, warum sie ursprünglich in den Keller gegangen war. Jonas folgte ihrem Blick und fischte aufs Geratewohl eine Flasche heraus.

»Brunello di Montalcino La Togata«, sagte er anerkennend. »Etwa vierzig Euro die Flasche. Nicht schlecht, deine Bestände.«

»Wenn ich mir schon mal ausnahmsweise was gönne, muss es auch was Besonderes sein.« Kassandra nahm ihm die Flasche aus der Hand. »Wollen wir die köpfen?« Sie war kaputt und nass und wollte ins Bett, aber nach einem weiteren unangenehmen Tag würde sie ja doch nicht schlafen können, und der Rotwein würde die Bettschwere erhöhen. Außerdem wäre das eine angemessene Art, Jonas für seine Hilfe zu danken.

»Ist lange her, dass ich so was Edles getrunken habe.«

»Geh rüber und zieh dich um. Bis du wieder hier bist, lass ich den Wein atmen.« Sie öffnete die Flasche und zog sich selbst um. Gerade als sie zwei Gläser aus der Vitrine holen wollte, klingelte Jonas, der einen Brotkorb in der einen und einen Schmalztopf in der anderen Hand hielt.

»Kleine Stärkung zum Wein. Ich dachte, Salz hast du vielleicht im Haus.«

Der Brunello und die Schmalzbrote waren hervorragend. Kassandra lehnte sich zurück und merkte, wie sie sich langsam entspannte, während sich Jonas im Wohnzimmer umsah.

»Jetzt leben wir seit über einem Jahr Haus an Haus, aber ich war bisher bloß in deiner Küche und in deinem Garten«, sagte er.

Kassandra wusste nicht recht, was sie darauf erwidern sollte, also wartete sie, bis er wieder das Wort ergriff.

»Warum bist du so zurückhaltend allen gegenüber? Ich sehe hier nur ab und zu mal Violetta Grabe, sonst kriegst du nie Besuch.«

»Ich habe meine Gäste, das ist Besuch genug.«

»Du weißt, was ich meine. Du musst doch Leute kennen aus

deinem Leben vor Wustrow, wenn du schon auf uns Einheimische nicht viel Wert legst.«

»Das stimmt nicht!«, protestierte Kassandra. »Ihr seid mir nicht gleichgültig. Ich mag es, hier zu leben, sonst wäre ich doch gar nicht hergekommen.« Sie stockte. »Du kannst dir nicht vorstellen, wie mich heute alle angeguckt haben, wie einen Drachen mit zehn Köpfen.«

»Wundert dich das?« Jonas lächelte, wurde aber gleich wieder ernst. »Wir fragen uns eben, was du eigentlich für eine bist. Woher kommst du, was hast du vorher gemacht? Hast du keine Freunde? Willst du keine?«

»Ich kann ganz gut ohne leben«, sagte sie trotzig.

»Das kann auf lange Sicht gesehen niemand. Wie schwer ist es dir gefallen, heute Abend Jung um die Pumpe zu bitten?«

Kassandra verzog wortlos das Gesicht.

»Wie schwer wäre es dir gefallen, deswegen zu mir zu kommen?«

»Nicht wesentlich leichter«, gab sie zu. »Ich möchte gern allein klarkommen.«

»Warum?« Jonas war hartnäckig.

Kassandra schenkte sich Wein nach, es war schon das dritte Glas, während sich Jonas immer noch am ersten festhielt. Sie sollte den teuren Wein nicht runterschütten wie eine beliebige Billigmarke, aber das Einschenken und Trinken verschaffte ihr Zeit. »Weil ich weiß, dass ich mich auf mich verlassen kann.«

»Auf andere grundsätzlich nicht? Hast du wirklich keine Freunde?«

»Nicht grundsätzlich nicht«, sagte sie langsam. »Und doch, ich habe noch eine Freundin von früher, wir treffen uns in Stralsund.«

»Ist sie nicht neugierig, wie du lebst? Merkwürdige Freundin.«

Unwillkürlich lächelte Kassandra in sich hinein. »Mona Kolbert auf dem Fischland? Sie würde das spießig finden. Sie findet schon Stralsund reichlich spießig.«

»Mona Kolbert? Doch nicht die von Juwelier Kolbert mit den zig Filialen in Norddeutschland? Die rumrennt, als würde sie für ihre eigenen Läden Werbung laufen, mit Schmuck behängt wie drei Schaufenster, und die ständig in diesen Hochglanzmagazinen auftaucht?«

»Doch. Die.«

»Die ist deine Freundin?«

Jetzt lachte Kassandra. Sie war selbst erstaunt, wie viel Spaß ihr Jonas' Verblüffung machte. »Sie ist gar nicht so schlimm.«

Im Gegenteil, Mona war die Einzige gewesen, bei der sie sich im Scheidungskrieg mehr als einmal hatte ausheulen können.

»Wie lernt jemand wie du jemanden wie Mona Kolbert kennen?«

»Auf einer von Svens Partys.«

»Wer ist jetzt wieder Sven?«

»Larsen«, rutschte es Kassandra heraus, gleichzeitig erschrak sie. Sie hätte weniger Wein trinken sollen.

»Du warst auf einer von Sven Larsens Partys? Ich nehme an, ich sollte lieber nicht fragen, wie du da hingekommen bist.« Eine ganze Reihe von Emotionen spiegelte sich auf Jonas' Gesicht wider.

Kassandra erinnerte sich sehr deutlich an die Gerichtsverhandlungen, bei denen die Partys genauso zur Sprache gekommen waren wie die stets anwesenden Damen mit besonderen Talenten für Svens »Geschäftsfreunde«. Sie erriet Jonas' Gedanken. »Ich war keine Professionelle. Ich war was viel Schlimmeres.«

Jonas betrachtete sie stirnrunzelnd, dann stand er auf und knipste die Deckenbeleuchtung an. Wieder betrachtete er sie gründlich. Kassandra ließ es über sich ergehen. Sie und Jonas waren einander bei ihrem ersten Besuch in Wustrow begegnet, nur kurz, aber sie hatte es nicht vergessen. Aus diesem Grund hatte sie bisher jede nähere Bekanntschaft mit ihm vermieden. Ursprünglich hatte sie sich sogar gefragt, ob es klug war, ausgerechnet das Haus neben seinem zu kaufen – nicht ahnend, dass Jung das viel größere Problem darstellen würde. Aber das Haus hatte gewonnen.

Damals war Sven mit seinem Mercedes C-Klasse Coupé durch Wustrows enge Straßen gefahren. Als er anhielt und die Tür öffnete, übersah er einen Radfahrer, der zwar noch ausweichen konnte, aber ins Trudeln geriet und am Kotflügel des Wagens entlangschrammte. Sven hatte den Fahrradfahrer zusammengestaucht, der aber ruhig geblieben war und nur ab und zu zu Kassandra rübergeguckt hatte, die peinlich berührt danebenstand und am liebsten im Erdboden versunken wäre.

»Kassandra Larsen«, sagte Jonas und starrte sie immer noch ungläubig an.

Kassandra hatte gehofft, den Namen nie mehr zu hören, vor allem nicht hier.

»Ich hätte dich nie wiedererkannt, wenn du das nicht erwähnt hättest.«

»Ja. Dumm von mir, oder?«

»Wenn Jung das rauskriegt«, flüsterte Jonas und riss gespielt entsetzt die Augen auf. »Du bist deines Lebens nicht mehr sicher!«

»Ich kann das nicht so lustig finden wie du. Eine Leiche reicht mir«, fauchte Kassandra. »Würdest du bitte für dich behalten, was du gerade erfahren hast?«

»Deshalb also«, sagte Jonas, ohne auf ihre Bitte zu reagieren. »Deshalb hältst du dich aus allem raus und redest mit niemandem mehr als nötig. Du hast Angst, dass du erkannt und in Stücke gerissen wirst. Aber warum bist du ausgerechnet hierher gekommen?«

Kassandra leerte ihr Glas in großen Schlucken und goss sich nach.

Ihr wurde schwindelig. Und ihr kamen die Tränen. Sie merkte gar nicht, dass Jonas zu ihr rüberkam. Erst als er neben ihr saß und ihr die Tränen wegwischte, schaute sie auf. Mit zitternden Fingern wollte sie das Glas zurück auf den Tisch stellen, wobei sie etwas Wein verschüttete. Jonas nahm es ihr aus der Hand.

»Warum?«, wiederholte er.

»Weil mich meine Vergangenheit nicht zwingen sollte, woanders als da zu sein, wo ich den Rest meines Lebens verbringen will. Im Land zwischen den Wassern.« Kassandra schloss die Augen und begann zu erzählen – von ihrer Vergangenheit mit Sven und davon, dass die Polizei, speziell Dietrich, sie genau deshalb im Mordfall Ferdinand Thun auf dem Kieker hatte. Danach schwiegen beide eine lange Zeit.

Kassandras Wohnzimmeruhr schlug halb drei, als sie die Augen wieder öffnete und Jonas ansah. Seinem Gesichtsausdruck konnte sie nicht entnehmen, was er dachte.

»Wo ist dein Büro?«, wollte er wissen.

»Was?« Kassandra meinte, sich verhört zu haben.

»Dein Büro. Wir müssen Thuns Anmeldezettel finden, irgendwo wird er sein, vielleicht zwischen Papiere gerutscht. Wir brauchen etwas, um deine Glaubwürdigkeit zu untermauern, oder du hast nie Ruhe vor diesem Dietrich.«

»Sonst fällt dir nichts ein zu dem, was ich gerade gebeichtet habe?«

»Doch, sogar eine ganze Menge«, sagte Jonas mokant. »Aber wir sollten uns erst mal dem Dringlichsten widmen, alles andere wird sich finden. Wo ist nun dein Büro? Vier Augen sehen mehr als zwei.«

Kassandra ging ohne große Hoffnung voran, und sie behielt recht. Sie suchten überall, sogar in den Ordnern in den Regalen – nichts.

»Zwei Möglichkeiten«, resümierte Jonas. »Entweder hat der Mörder den Zettel an sich genommen in der Nacht, in der er Thun herbrachte. Oder Thun hat es selbst getan.«

»Oder ich hab ihn verbaselt.«

»Glaubst du das wirklich?«

»Nein. Aber ich mag nicht daran denken, dass der Täter im Haus rumspaziert sein könnte. Und welchen Grund sollte Thun gehabt haben, den Zettel mitzunehmen, wenn die Angaben darauf sowieso falsch waren?«

»Wer weiß? Vielleicht hatte er versehentlich was Korrektes draufgeschrieben, in alter Gewohnheit – seine Adresse oder Telefonnummer. Das ist ihm später aufgefallen, und er hat den Zettel entsorgt.«

»Ich hätte die Daten längst im PC abgespeichert haben können. Seine Aktion wäre völlig umsonst gewesen.«

»Er musste eben nehmen, was er kriegen konnte.« Jonas zuckte mit den Schultern. »Vielleicht hat er ja sogar in deinem PC nachgesehen, oder hast du den mit einem Passwort versehen?«

»Ich hab nicht angenommen, dass das nötig ist bei einem kleinen Pensionsbetrieb wie meinem.«

»Na also.« Er biss sich auf die Unterlippe. »Lass uns überlegen, was wir als Nächstes tun.«

Kassandra gähnte verhalten. »Ins Bett gehen? Heute Nacht werden wir kaum mehr was Überwältigendes rausfinden. Und ich muss in drei Stunden wieder aufstehen.«

»In deins oder meins?«, fragte Jonas vollkommen ernst.

»Wie bitte?«

»War ein Scherz«, sagte er lachend. »Du hast recht, lass uns morgen einen Schlachtplan entwerfen. Falls das dann noch aktuell sein sollte. Womöglich ist ja die Kripo schon weitergekommen, und alles löst sich für dich in Wohlgefallen auf.«

»Schön wär's.« Nach einer kurzen Pause fügte sie hinzu: »Jonas? Warum tust du das? Warum hilfst du mir?«

»Damit du die echte Wustrower Nachbarschaftshilfe am eigenen Leib erfährst. Wir halten hier nämlich zusammen, musst du wissen. Die meisten wenigstens.«

»Aber ich gehöre nicht zu euch.«

»Wer sagt das denn?« Er zwinkerte ihr zu. »Gute Nacht.«

4

Am Morgen erwachte Kassandra wie gerädert, trotzdem fühlte sie sich gut. Sie dachte an die vergangene Nacht und wie erleichternd es war, zumindest vor Jonas nicht mehr Versteck spielen zu müssen.

Als sie bei ihrem Frühstück, bestehend aus einem Cappuccino und einer Scheibe Honigbrot, saß, steckte Jonas den Kopf zum Fenster rein. »Morgen! Gut geschlafen?«

»Zu wenig«, erwiderte Kassandra lächelnd. »Aber sonst prima, danke.«

»Das ist schön. Ich muss jetzt los, hab vor der Ladenöffnung ein paar Sachen zu erledigen und am Nachmittag drei Zeesbootfahrten. Sehen wir uns heute Abend?«

»Wenn du dir zumuten willst, mit einer Verdächtigen in einem Mordfall gesehen zu werden.«

Jonas lachte. »Aber unbedingt!«

Zwei Stunden später lüftete Kassandra die Gästezimmer. In der gegenüberliegenden Pension, ebenfalls ein altes Kapitänshaus, weiß verputzt mit blauen Fenstern und Rosenranken um die Tür, erledigte die Inhaberin gerade dieselbe Arbeit und winkte ihr fröhlich zu. Spontan winkte Kassandra zurück. Erst beim Bettenmachen wunderte sie sich, warum Frau Dahm, mit der sie nie mehr Worte als »Guten Tag« wechselte, so nett gelächelt hatte – statt sie wie alle anderen gestern misstrauisch zu beäugen.

Der nette Gruß war Ansporn für Kassandra, sich wieder unter die Leute zu wagen. Das Wetter war schön wie am vergangenen Tag, und über einen Schlachtplan nachdenken konnte sie ebenso gut an der See. Aber vielleicht hatte Jonas ja recht, und sie brauchte keinen mehr. Kurz entschlossen wählte sie die Nummer auf der Karte, die Menning ihr dagelassen hatte, und hoffte, dass nicht wieder sein Kollege ans Telefon ging. Sie hatte Glück.

»Es gibt leider nichts Neues, Frau Voß«, sagte Menning freundlich. »Wir haben bundesweit die Vermisstenmeldungen durchsehen lassen, keine passt auf Thuns Beschreibung. Immerhin wissen wir inzwischen, wer gestern bei Ihnen angerufen hat, wenn uns das leider auch nicht weiterhilft. Mit der Dame hat Thun kürzlich eine Nacht verbracht, nachdem er ihr in einer Bar in Ribnitz begegnet war, ihr aber wohlweislich nur seinen falschen Namen und die Telefonnummer seiner Unterkunft genannt. Wir haben in der Bar nachgefragt, aber da ist es sonnabends immer so voll, dass sich niemand von den Angestellten mehr an Thun erinnern kann.« Menning räusperte sich. »Wir werden einen Aufruf in den Regionalzeitungen und im Regionalfernsehen hier und im Berliner Raum starten und hoffen, dass sich jemand meldet. Außerdem …«

»Ja?«, hakte Kassandra nach, als Menning zögerte.

»Herr Dietrich wird Ihren Exmann aufsuchen. Ich sollte Ihnen das nicht sagen, aber …«

»Ja. Danke, dass Sie's trotzdem tun. Es hilft wohl nichts, wenn ich Ihnen versichere, dass ich niemanden umgebracht und auch niemanden zu einem Mord angestiftet habe.«

Menning seufzte. »Ich würde Ihnen das gern glauben – und tue es auch bis zu einem gewissen Grad. Sonst hätte ich Ihnen nicht mal erzählt, dass es nichts Neues gibt. Aber wir ermitteln in jede Richtung.«

Den letzten Satz kannte Kassandra bisher nur aus Krimis. Bitter lächelte sie, als sie ihn nun auf sich bezogen hörte.

»Ich verstehe. Nochmals vielen Dank.« Sie legte auf und ließ sich gegen die Wand fallen. Jetzt brauchte sie eindeutig frischen Wind, der ihr das Denken erleichterte.

Sie mied die belebte Strandstraße und schlug sich stattdessen über den Deich zur See durch, vorbei am ersten Windrad, das noch zu DDR-Zeiten aufgestellt worden war. Beim Anblick des Wassers ging es ihr schlagartig besser, trotzdem stellte sie sich unablässig dieselben Fragen: Hatte Sven Thun gekannt? Falls ja, ergab sich daraus gleich ein Mordmotiv? Welche Konsequenzen hätte das für sie? Kassandra zog ihre Schuhe aus. Barfuß lief sie durch den weichen Sand, hob einen Stein auf und betrachtete sein rot-schwarzes Muster. Was konnte sie schon tun? Was für einen Schlachtplan hatte sich Jonas vorgestellt? Den Stein noch in der Hand, ließ sie die Strandkörbe hinter sich und setzte sich auf die Treppe zur Seebrücke, wo sie sich ihre Schuhe wieder anzog. Am Brückenabgang begegnete ihr der alte Bruno, ganz ungewohnt ohne seine Angel.

»Gut gemacht, Mädchen«, sagte er und lachte so laut, dass sich die Leute nach ihm umsahen. Er schlug Kassandra auf die Schulter, lachte noch mal auf und ging weiter zum Brückenkopf.

Kassandra war zu verblüfft, um rechtzeitig zu fragen, was er meinte. Sie lief ihm hinterher und holte ihn ein paar Meter weiter ein. »Bruno? Was hab ich gut gemacht?«

»Na, das fragst du noch, Mädchen? Dass du den Typ abserviert hast, war spitzenmäßig!«

Kassandra schluckte. Abserviert? Glaubte er etwa, dass sie Thun getötet hatte?

Bruno schrieb eine imaginäre Schlagzeile in die Luft: »›Aussage der Exfrau bringt Larsen für fünf Jahre hinter Gitter.‹ Das war klasse! Ich hätte ehrlich nie gedacht, dass du das bist. Hast dich ganz schön verändert seit den Zeitungsberichten.«

Wie vom Donner gerührt starrte Kassandra Bruno an. »Woher ...«

Bruno lachte wieder. »Jemand, der's von jemandem wusste, der's von Jonas Zepplin wusste, hat's mir erzählt. Noch nicht gemerkt: Du lebst hier auf dem Dorf.« Immer noch kichernd marschierte er weiter.

Jonas. Wut stieg in Kassandra auf. Nicht nur auf Jonas, sondern vor allem auf sich selbst. Ein einziger Abend mit zu viel Wein hatte alles zunichtegemacht, was sie sich mühsam aufgebaut hatte.

Zu Hause ließ sie, immer noch wütend, die Tür ins Schloss fallen. »Was war ich für ein Idiot«, schimpfte sie. Da klingelte ihr Telefon. »Ihr könnt mich alle mal!«, schimpfte sie weiter, bevor sie tief durchatmete und ranging. Das könnten potenzielle Gäste sein, sie musste an ihre Pension denken, obwohl sie die vermutlich sowieso bald vergessen konnte. Wer wollte schon in einer Mordpension übernachten?

»Ja?«, sagte sie unfreundlich und wenig geschäftstüchtig.

»Mensch, Kassandra, das glaub ich nicht, wieso hast du nie was gesagt, was für eine Wahnsinnsgeschichte, die stimmt doch, oder, ich meine, du warst mit Larsen verheiratet und all das und ...« Violetta musste nun doch Luft holen, was Kassandra eine Zehntelsekunde Zeit ließ, sie zu unterbrechen.

»Von wem hast du das?«

»Von wem? Ähm, meine Kollegin hat's mir erzählt, und du

kannst mir glauben, ich fand das total enttäuschend, dass sie es wusste und ich nicht, wo wir doch Freundinnen sind, du hättest echt was sagen können.«

»Und von wem hatte es deine Kollegin?«, fragte Kassandra fast verzweifelt. Sie kannte die Frau in der Immobilienvermittlung nicht mal mit Namen. War inzwischen ganz Wustrow über sie im Bilde, wie Bruno angedeutet hatte?

»Jemand in der Bäckerei hat es erzählt«, sagte Violetta etwas ruhiger. »Sag mal, du klingst so komisch. Geht's dir nicht gut?«

»Ob's mir nicht gut geht?« Beinah hätte Kassandra hysterisch gelacht. »Wie würde es dir gehen, wenn alle Leute über dich Bescheid wüssten? Wenn die Spatzen von den Dächern pfeifen würden, mit wem du dich heimlich triffst? Natürlich geht's mir nicht gut, mir geht's beschissen!«

»Mit wem … Du meinst, du weißt, mit wem ich …«

»Violetta. Ich habe keine Ahnung, mit wem du dein Bett teilst, und es ist mir auch vollkommen schnuppe.« Kassandra knallte das Telefon auf die Station, da klingelte es erneut. »Was?«, herrschte sie die Sprechmuschel an. »Wenn du was über mich wissen willst, geh ins verdammte Zeitungsarchiv.«

»Wenn ich gewusst hätte, wie lohnend das ist, hätte ich das längst getan, Frau Larsen, um alle zu warnen«, giftete eine vertraute Stimme, aber nicht die von Violetta. »Wie können Sie die Stirn haben, sich hier einzunisten und sich als die Unschuld vom Lande auszugeben? Ich werde persönlich dafür sorgen, dass Sie keinen einzigen Gast mehr bekommen, verlassen Sie sich darauf. Sie können Ihre Pension dichtmachen, wenn ich mit Ihnen fertig bin!«

»Nennen Sie mich nicht Frau Larsen, Herr Jung«, zischte Kassandra. »Ansonsten tun Sie, was Sie für richtig halten.« Wieder knallte sie das Telefon auf die Station.

Keine fünf Minuten später kam der nächste Anruf, noch bevor Kassandra sich in der Küche zur Beruhigung einen Tee kochen konnte. Sie ließ es klingeln. Doch kurz darauf begann auch ihr Handy zu dudeln.

»Voß«, meldete sie sich müde.

»Hallo, Frau Voß, schön, dass ich Sie doch noch erreiche, Menning am Apparat.«

Kassandra horchte auf. »Herr Menning? Gibt es Neuigkeiten?«

Bitte lass es gute sein, beschwor Kassandra eine unbekannte Macht. Noch mehr Katastrophen ertrage ich nicht.

»Wie man's nimmt. Der Besuch meines Kollegen Dietrich in der JVA war leider vergebens.«

»Sie meinen, Sven kannte Thun nicht? Das wäre das, was ich hören möchte.«

»Kann ich mir denken.« Kassandra glaubte fast, ihn lächeln zu sehen. »Aber Sie werden sich noch etwas gedulden müssen. Sven Larsen wurde heute in einer Notoperation der Blinddarm entfernt. Er hat seine Beschwerden zu spät gemeldet, der Blinddarm war durchgebrochen, die OP entsprechend schwer. Im Moment liegt er auf der Intensivstation und kann erst übermorgen befragt werden. Ich fand, das sollten Sie wissen. Sobald es was Neues gibt, melde ich mich.«

Immerhin ein kleiner Aufschub, dachte Kassandra, vielleicht genug Zeit, um den Schlachtplan mit Jonas zu entwickeln. Sie fasste sich an den Kopf. Jonas. Für einen Moment hatte sie tatsächlich vergessen, dass sie nicht beabsichtigte, je wieder mit Jonas zu reden.

Der Nachmittag verlief einigermaßen ruhig, das Telefon blieb still, auch Violetta meldete sich nicht noch mal. Entweder war sie beleidigt, oder sie hatte anstandshalber ein schlechtes Gewissen.

Um sieben klingelte es an der Haustür, und Kassandra wappnete sich innerlich. Ungezählte Male hatte sie sich überlegt, was sie Jonas alles an den Kopf werfen würde. Mit Schwung riss sie die Tür auf. »Jonas, wie kannst du es wagen, mein Vertrauen dermaßen zu missbrauchen? Wieso hast du dein Versprechen einfach so gebrochen?« Kassandras Stimme zitterte. Zu spät bemerkte sie, dass Jonas nicht allein war. Ein Mann stand neben ihm und schaute prüfend zwischen Kassandra und Jonas hin und her. Jonas lächelte bloß.

»Welches Versprechen? Ich kann mich nicht erinnern, eins gegeben zu haben. Dürfen wir reinkommen? Das ist übrigens Paul Freese, ich glaube, ihr kennt euch noch nicht persönlich.«

Kassandras Blick glitt über den großen Mann Anfang, Mitte fünfzig, der in Jeans und mit bis zu den Ellbogen aufgerollten Hemdsärmeln vor ihr stand. Er hatte volles graues Haar und eine auffällig lange Nase im Gesicht, das man am schmeichelhaftesten als interessant bezeichnen konnte. Sein Kinn zierte ein Grübchen. Automatisch schüttelte sie den Kopf. Trotzdem wusste sie, wer Paul Freese war – jeder in Wustrow kannte ihn, während er selbst noch mehr Leute kannte und alles über das Fischland wusste, was es zu wissen gab. Warum hatte Jonas ihn mitgebracht? Dann fiel ihr wieder ein, dass sie wütend auf Jonas war – und dass leider stimmte, was er sagte. Sie hatte ihn zwar gebeten, ihre Geschichte für sich zu behalten, aber er war darauf überhaupt nicht eingegangen.

»Wir können das gern ein andermal …«, hob Paul Freese in das Schweigen hinein an, halb an Jonas, halb an Kassandra gewandt.

»Unsinn, jetzt bist du hier, jetzt reden wir auch. Kassandra wird sich schon wieder beruhigen.«

»Würde es dir was ausmachen, nicht von mir zu reden, als wäre ich gar nicht da? Du hast nichts versprochen, aber –«

»Können wir das drinnen diskutieren?«, unterbrach Jonas sie. »Weder Paul noch ich legen großen Wert darauf, dass Jung sich einmischt, und das tut er vermutlich, wenn wir noch lange hier stehen.«

Zögernd trat Kassandra einen Schritt zurück und ließ Jonas und Paul Freese eintreten, etwas besänftigt durch Jonas' Gelassenheit.

»Jung macht mir die Hölle heiß. Wenn du dich dafür entschuldigen willst, dass du mein Privatleben in ganz Wustrow breitgetreten hast, kannst du damit anfangen, ihm seine Pumpe zurückzubringen.«

»Mach ich. Aber das ist nicht meine Entschuldigung. Die Entschuldigung ist Paul.«

Paul Freese streckte Kassandra die Hand hin. »Jonas hat mir von Ihren Problemen mit dem Toten und der Polizei erzählt. Ich kann nichts versprechen«, hier schaute er Jonas an und lächelte schief, »aber ich würde gern versuchen zu helfen.« Sein Händedruck war kräftig und kurz, seine graublauen Augen schauten sie ruhig an.

Kassandra nickte unsicher, weil sie sich fragte, wie der Fischlandexperte Paul Freese ihr helfen konnte, und bat ihre Gäste ins Wohnzimmer, wo sie sich möglichst weit entfernt von Jonas in einen Sessel setzte.

»Warum sollten Sie was für mich tun wollen?« Kassandra beschloss, Jonas fürs Erste zu ignorieren.

Paul Freese hatte seinen Blick durchs Zimmer schweifen lassen, jetzt schaute er zu ihr. Dann lachte er auf. Dieses Lachen verwandelte ihn, er schien ein anderer Mann zu werden, fähig, im Haus die Sonne aufgehen zu lassen. Kassandra musste blinzeln und sich zwingen, auf das zu hören, was er sagte.

»Ist das Ihr Ernst, Sie wissen das nicht?« Er wies mit dem Kopf auf Jonas. »Sie sollten Jonas nicht böse, sondern dankbar sein. Sven Larsen ist bei uns ein rotes Tuch, ich möchte lieber nicht wiederholen, wie der Mann betitelt wurde. Sie sind eine ganz andere Sache. Schon Ihre Scheidung ging ja durch alle Blätter, und dass Sie auf alle Unterhaltszahlungen verzichteten, kam hier gut an. Es standen ein paar Zitate von Ihnen in der Zeitung, die ...«

»... die übertrieben waren. Ganz so habe ich das nicht gesagt.«

»Natürlich nicht«, sagte Freese. Seine Augen blitzten humorvoll. »Aber gemeint haben Sie's. Und es sprach allen aus der Seele.«

»Ich hätte keinen Cent annehmen können, den er sich angeeignet hat. Es war schmutziges Geld. Dumm, dass ich das damals schon angedeutet habe, ich bin knapp an einer Verleumdungsklage vorbeigeschrammt.«

»Als es später endlich zur Verhandlung gegen ihn kam, gab es hier kaum jemanden, der nicht mit Ihnen sympathisierte, obwohl sich die Stimmung in der Presse leider zeitweise gegen Sie gewandt hat. Es war großartig, dass Sie gegen ihn ausgesagt haben. Wie konnten Sie bloß glauben, wir hätten was gegen Sie?«

»Ich war Kassandra Larsen. Ich hab alles repräsentiert, was Ihnen geschadet hat. Ich war damals dabei, als Sven Sie alle wegen der Seefahrtschule an der Nase herumgeführt hat. Ich dachte, meine Verbindung zu ihm würde genügen, mich umgehend auf den Scheiterhaufen zu schicken.«

»Trotzdem haben Sie sich hergewagt. Ganz schön mutig, wenn Sie diese Befürchtungen hatten.«

»Ich hatte mich eben in Wustrow verliebt.«

»Was Ihnen garantiert niemand verübeln wird. Wenn Sie Hilfe brauchen, kriegen Sie die von nun an. Falls Sie allerdings je wieder auf die Idee kommen sollten, sich abkapseln zu wollen: Ich fürchte, die Chance ist vertan«, stellte Freese amüsiert fest.

»Meinen Sie?« Kassandra dachte an Frau Dahm und Bruno und an Violetta, die ja auch nicht gerade entsetzt geklungen hatten. Paul Freese auf ihrer Seite zu haben, war vermutlich der größte Pluspunkt überhaupt. »Trotzdem ist *niemand* leider etwas übertrieben.«

»Heinz Jung?«, fragte Freese mitfühlend.

»Ich kann's ihm nicht mal verdenken.«

»Heinz ist ein ganz spezielles Kaliber. Man muss ihn zu nehmen wissen, dann kann man's mit ihm aushalten. Ich fürchte, in Ihrem Fall dürfte es etwas schwieriger werden.«

»Jung ist das geringste Problem«, schaltete sich Jonas erstmals ein. »Kümmern wir uns lieber um deinen Toten.«

»Meinen Toten«, echote Kassandra, ohne ihn anzusehen. »Was wissen Sie über Ferdinand Thun, Herr Freese?«

»Nichts. Aber ich kenne ziemlich viele Leute, möglich, dass einer von denen was über ihn weiß. Jonas sagte, dieser Thun hätte sich für Kunstausstellungen interessiert.«

»Die Polizei hat schon alle einschlägigen Galerieinhaber befragt, niemand kannte ihn.«

»Das werden wir ja sehen. Beschreiben Sie ihn mir so genau wie möglich.«

Während Kassandra seiner Bitte nachkam, schaute Paul Freese konzentriert an ihr vorbei und fragte dann nach Bleistift und Papier. Er war einige Minuten damit beschäftigt. Schließlich hielt er ihr hin, was er gezeichnet hatte. »Stimmt das in etwa?«

»Als hätte er Ihnen dafür Modell gestanden«, urteilte Kassandra beeindruckt.

»Ich hab ein gutes Gedächtnis und war mir nach Ihrer Schilderung sicher, dass ich ihm vor einem halben Jahr im Jagdschloss in Gelbensande über den Weg gelaufen bin, bei einer Ausstellung über die Malweiber aus der Gegend.«

Kassandra erinnerte sich an einen Zeitungsartikel darüber. Um die vorletzte Jahrhundertwende hatte man die Malerinnen der Künstlerkolonie auf dem Fischland und dem Darß abwertend Malweiber genannt. Später wurden sie berühmt und ihre Bezeichnung gleich mit.

Freese sprach schon weiter. »Wir haben ein paar Worte über Hedwig Woermann gewechselt, die er sehr schätzte. Wer immer er war, von Kunst verstand er was. Ich werde mich mit dieser Zeichnung mal umhören. Wustrow, Ahrenshoop, Born und Wieck, bis rauf nach Prerow und Zingst. Ich glaube nicht, dass die Polizei alle Galerien, Kunsthäuser und Auktionen abgeklappert hat, die mir allein in den ersten fünf Sekunden in den Sinn kommen.«

»Das würden Sie wirklich tun?«

»Sicher, dafür bin ich ja da.« Paul Freese lachte wieder dieses unglaubliche Lachen. »Machen Sie sich keine Sorgen, Frau Voß. Wir finden raus, wer der Mann war und was er wollte. Der Verdacht gegen Sie wird sich in Luft auflösen.« Er erhob sich. »Und Sie beide sollten noch das eine oder andere Wort miteinander reden. Dabei will ich mal lieber nicht stören. Nein, danke«, wehrte er ab, als Kassandra ihn zur Tür begleiten wollte. »Ich finde den Weg schon. Wir hören voneinander.«

»Tut mir leid«, sagte Jonas nach einer Minute des Schweigens. »Aber du hättest mir nie erlaubt, etwas zu erzählen. Ich hätte dich auch nie überzeugen können, dass du dich irrst. Deshalb hab ich eben getan, was ich für richtig hielt. Das war vielleicht falsch. Aber es war trotzdem richtig.«

Kassandra musste bei dieser absurden Schlussfolgerung lächeln. »Bringst du nun die Pumpe zu Jung? Ich hole in der Zwischenzeit noch eine von den Brunello-Flaschen hoch.«

»Du willst mit mir Wein trinken? Heißt das, du bist nicht mehr sauer?«

»Ja. Nein. Ach, ich weiß nicht. Ein bisschen. Versprichst du mir, auf einen zweiten Alleingang zu verzichten, wenn ich je wieder ein Geheimnis mit dir teile?«

»Das klingt fast, als könntest du dir vorstellen, das irgendwann unter Umständen möglicherweise gegebenenfalls zu tun.«

Obwohl Jonas anscheinend felsenfest davon überzeugt war, richtig gehandelt zu haben, sah er gerade ein bisschen wie ein reumütiger Sünder aus. Es gelang Kassandra eine ganze Weile, ihn betont nachdenklich zu betrachten, bevor sie schließlich lächelnd nickte. »Kann schon sein.«

5

Von der Titelseite der »Ostsee-Zeitung« starrte Kassandra am folgenden Morgen Ferdinand Thuns Foto entgegen. Beinah hätte sie die Zeitung beim Aufheben vor Schreck fallen lassen, denn abgesehen davon, dass seine Augen nun geschlossen waren, sah der Mann genau so aus wie vor einigen Tagen in ihrem Gästezimmer: sehr kalt und tot. Als Kassandra den Fernseher einschaltete, wurde dort ebenfalls nach dem Unbekannten gesucht – mit Bild und ausführlichem Bericht. Die von Hauptkommissar Menning angekündigte Suchaktion hatte also begonnen. Kassandra hoffte, dass Thuns Identität dadurch schnell aufgedeckt und sie selbst endgültig aus dem Fokus der Ermittlungen verschwinden würde.

Der Tag zog sich hin, während sie auf Neuigkeiten wartete – von der Polizei oder von Paul Freese. Wahrscheinlich war sie zu ungeduldig, schließlich konnte sie nicht erwarten, dass Letzterer nichts anderes tat, als pausenlos Erkundigungen für sie einzuziehen, auch wenn er sehr großzügig seine Hilfe angeboten hatte. Am Nachmittag lenkte sich Kassandra gerade mit Gartenarbeit ab, da hörte sie im Haus das Telefon klingeln. Eilig rieb sie sich die schmutzigen Hände an ihren Jeans ab und stürzte hinein.

»Haben Sie heute Abend schon was vor?«, fragte Paul Freese am anderen Ende der Leitung.

»Haben Sie tatsächlich was rausgefunden?«, wollte Kassandra atemlos wissen.

Freese lachte leise. »Warum antworten Frauen auf Fragen immer mit Gegenfragen? Ja, ich glaub schon, und das würde ich gern mit Ihnen besprechen. Wenn's geht, beim Essen, ich bin heute noch nicht dazu gekommen, mir was hinter die Kiemen zu schieben.«

Um sieben saßen Jonas und sie Paul Freese im »Kapitänshaus« am Fischländer Hafen gegenüber. Die Tischplatten des Restaurants schmückten Gemälde von alten Schiffen, und in den Speisekarten waren immer wieder Faksimiles von uralten Postkarten eingestreut. Kassandra versuchte jedes Mal, wenn sie hier war, wenigstens eine davon zu entziffern.

Der Abend zuvor war lang gewesen, Kassandra wusste jetzt, dass Jonas' Familie seit Generationen in Wustrow lebte. Er war nie verheiratet gewesen, hatte aber eine dreizehnjährige Tochter, die bei der Mutter in Köln wohnte und die er nur selten sah. Er bedauerte das sehr, aber sie befand sich gerade in einer schwierigen Pubertätsphase, in der sie von ihrem Vater nichts wissen wollte. Seinen Souvenirladen besaß er seit fünfzehn Jahren, und vor drei Jahren hatte er seinen Traum vom eigenen Zeesboot verwirklicht.

»Du musst endlich mal mitkommen.« Jonas deutete aus dem Fenster nach draußen, wo sein Boot hinter einem zweiten in dem kleinen Hafen vertäut lag.

Auf der gegenüberliegenden Seite lagen einige Motorboote, an den in den Bodden hineinragenden Stegen Segelboote. Betrieb herrschte hier nur zu den Abfahrtzeiten der größeren Fahrgastschiffe oder wenn die Zeesboottouren begannen. Ansonsten war es beschaulich und still.

»Sollten Sie tun«, bekräftigte Paul Freese. »Auf dem Bodden auf einem echten alten Zeesboot dahinzugleiten, ist ein ganz besonderes Erlebnis.«

Lachend stimmte Kassandra zu. »Schon gut, überredet.«

Während des Essens sprachen sie über alles Mögliche, nur nicht über Thun, obwohl Kassandra vor Neugier beinah platzte. Aber wenn Freese ihretwegen tagsüber nicht zum Essen gekommen war, wollte sie ihm wenigstens jetzt Ruhe dafür gönnen. Sie selbst gab nach der Hälfte ihres Salates mit Lachs auf, weil der zwar köstlich, die Portion aber riesig war.

Als die Teller abgeräumt wurden, hob Freese sein Glas und schaute Kassandra an. »Wenn Sie nichts dagegen haben, sollten wir das Gesieze lassen. Ich bin Paul.«

»Gerne.« Kassandra war froh, dass er das vorschlug, sie hätte ihn im Laufe des Abends schon ein paarmal fast mit Du angeredet. »Kassandra.«

»Ja«, erwiderte Paul und lächelte, »ich weiß.« Nachdem sie angestoßen hatten, griff er nach einer Laptoptasche und holte einige Blatt Papier und eine Broschüre daraus hervor. »Zur Sache. Es hat ein bisschen länger gedauert, als ich dachte, weil ich heute Morgen einen Termin in Barth hatte und dementsprechend an der falschen Ecke angefangen habe zu suchen, nämlich in Zingst. Fündig geworden bin ich in Ahrenshoop.« Damit schob er die Broschüre zu Jonas und Kassandra.

»Dritte Ahrenshooper Gemäldeauktion«, las Kassandra und blätterte durch das zwanzigseitige Heft, in dem sich Angaben zu den angebotenen Gemälden mit Abbildungen und geschätztem Wert fanden. »Ich dachte, die gäbe es schon viel länger.«

»Du meinst die Ahrenshooper Kunstauktion, die findet in diesem Sommer das siebenunddreißigste Mal statt. Da waren deine beiden Kripoleute natürlich, weil die jeder kennt. Die Gemäldeauktion dagegen versucht erst seit Kurzem, sich zu etablieren.«

»Ziemlich verwirrend, dass die so ähnlich heißen.«

»Absicht. Der Veranstalter verspricht sich von der Namensähnlichkeit, dass die Leute es verwechseln wie du und dass dadurch ein bisschen vom Glanz der Kunstauktion auf seine Veranstaltung abfällt. Deshalb ist er auch gar nicht scharf auf einen Skandal.«

»Was für ein Skandal? Ist Thun darin verwickelt?«, erkundigte sich Jonas.

Paul legte einen Internetausdruck auf den Tisch. »Ist er das?«

Kassandra musste nur einen kurzen Blick auf das Foto des distinguierten Weißhaarigen in Frack und Fliege werfen, der vor einer modernen Plastik stand. Kein Zweifel. Das war Thun, obwohl daneben etwas anderes stand: »Josef Kind, weltweit anerkannter Experte für Kunstfälschungen«.

»Josef Kind.« Kassandra versuchte, den Mann, den sie als Pensionsgast kennengelernt hatte, mit dem neuen Namen in Einklang zu bringen. »Experte für Kunstfälschungen zu sein, ist kein Verbrechen. Warum ist er unter falschem Namen hergekommen?«

»Weil das die Art ist, wie Kind gearbeitet hat. Sehr diskret. Unter anderem deshalb hat Ralf Peters, der Veranstalter der Gemäldeauktion, ihn beauftragt. Niemand sollte wissen, dass Kind hier war, und wäre er nicht ermordet worden, hätte das geklappt. Ich vermute, dass Kind von der Existenz dieses Fotos nichts geahnt hat, sonst hätte er den Betreiber der Website vermutlich verklagt. Die Öffentlichkeit sollte nichts über ihn wissen, weil er seinen Job auf diese Weise am effektivsten erledigen konnte. Niemand wurde gewarnt, wenn er auftauchte, und selbst Leute aus der Branche wussten nur selten, wie er aussah, wenn sie nicht schon mal mit ihm zu tun gehabt hatten.«

»Das erklärt, weshalb die Befragung der Polizei bei den hiesigen Galeriebetreibern erfolglos blieb«, meinte Kassandra. »Weil die das Glück hatten, Kind noch nicht engagieren zu müssen.«

Paul schlug die Broschüre der Gemäldeauktion etwa in der Mitte auf und deutete auf ein Bild, das eine Detailansicht eines Waldes zeigte. Zwei Bäume neigten sich über einem Tümpel einander zu, dahinter waren weitere Bäume zu sehen. Kassandra mochte das Gemälde auf Anhieb. Die Farben, sattes und zartes Grün und das blasse Blau des Tümpels, zogen sie an. »Waldinneres«, ein Gemälde von Alfred Partikel«, stand unter dem Bild.

»Das ist doch der Maler, der kurz nach Kriegsende spurlos aus Ahrenshoop verschwunden ist.«

Paul nickte. »Und damit ist dieses Gemälde das wertvollste der gesamten Auktion. Partikel ist sowieso schon höherpreisig, hier kommt hinzu, dass es kein sehr typisches Bild von ihm ist, er hat sonst eher weite Landschaften gemalt.«

Kassandra sah auf den Preis, der mit sechstausendfünfhundert bis achttausendfünfhundert Euro angegeben war. »Wenn da Liebhaber mitbieten, könnte das noch mehr werden, oder?«

»Erheblich mehr. Vorausgesetzt, es ist echt. Um das sicherzustellen, war Kind hier. Ich kenne Ralf Peters von ...« Paul unterbrach sich. »Na, ist egal, woher. Ich kenne ihn gut genug, dass er nach ein bisschen sanftem Druck zugegeben hat, Kind verpflichtet zu haben, als erste Zweifel an der Echtheit des Gemäldes auftauchten. Kind war teuer, aber das war Peters egal. Lieber den Experten bezahlen als mit der Auktion baden gehen.«

»Und? Ist es eine Fälschung?«, fragte Jonas gespannt.

»Keine Ahnung. Kind hat das Gutachten nicht abgeliefert, und Peters geriet mächtig unter Druck, weil die Auktion schon nächsten Sonntag ist. Er hat immer wieder versucht, Kind zu erreichen, aber als das nichts fruchtete, musste er schnellstens einen neuen Gutachter finden. Auf dessen Expertise wartet er händeringend, vor allem, weil er jetzt weiß, dass er von Kind nie wieder was hören wird. Als ich ihm die Zeichnung unter die Nase hielt und ihm erklärte, was der Mordfall bei uns mit seinem Experten zu tun hat, ist er ganz blass geworden. Anscheinend hatte er bis zu meinem Besuch weder einen Blick in die Zeitung geworfen noch den Fernseher eingeschaltet.«

Eine Weile schwiegen sie. Kassandra hatte Mitleid mit dem Galeristen, und sie fragte sich, wer wohl noch alles durch den Mord an Josef Kind auf die eine oder andere Art in Bedrängnis geraten war. »Wenn das Bild eine Fälschung ist, hätten wir zumindest ein Mordmotiv«, sagte sie dann. »Der Fälscher dürfte kein Interesse daran haben, dass das publik wird.«

»Im Zweifelsfall wäre aber doch nur rausgekommen, dass das Gemälde gefälscht ist, nicht notwendigerweise die Identität des Fälschers«, meinte Jonas.

»Vielleicht doch«, wandte Paul ein, »Josef Kind wurde nicht umsonst als weltweit anerkannter Experte für Kunstfälschungen gehandelt. Er muss eine absolute Koryphäe gewesen sein. Wenn er eine Fälschung als solche entlarvte, konnte er auch sagen, wer dafür verantwortlich war. Manche Fälschungen sind natürlich schon uralt, die Urheber längst tot, aber wann immer er die Handschrift eines noch arbeitenden Fälschers identifizierte, der schon mal irgendwo irgendwann von sich reden gemacht hatte, bedeutete das für den das endgültige Aus.«

Nachdenklich drehte Kassandra ihr Weinglas auf dem Bild des Viermasters, das den Tisch zierte, hin und her. »Was machen wir jetzt? Ich will deinen Freund nicht reinreiten, Paul, und die Auktion in Verruf bringen, weil eins der Bilder möglicherweise eine Fälschung ist. Aber wenn die Polizei nicht endlich einen Hinweis findet, beißen die sich womöglich wirklich an mir fest. Selbst wenn Sven denen sagt, dass er Kind nie gesehen hat, fürchte ich. Dietrich hat so was an sich, der lässt nicht locker.«

»Peters ist nicht mein Freund«, stellte Paul klar. »Und ich habe ihm nicht versprochen, den Mund zu halten.« Dabei griente er Jonas an, bevor er wieder ernst wurde. »Ehrlich, ich bin bereit, alles Mögliche zu tun, um Menschen zu unterstützen, die sich was aufbauen. Aber bei Mord hört der Spaß auf. Sprich mit diesem Menning, Kassandra. Sag ihm, was du weißt.«

6

»Echt, du willst mit mir nach Greifswald, heißt das, dass du mir verziehen hast, ich weiß, ich war unmöglich, aber auch total baff, als ich das mit Larsen hörte, da habe ich überhaupt nicht nachgedacht, und als du auch noch angedeutet hast, dass jeder weiß, dass ich und *du weißt schon wer* zusammen sind, hatte ich einen Kurzschluss, tut mir echt leid, ich weiß, ich hätte mich längst bei dir entschuldigen sollen, aber ich hab mich nicht getraut.« Violetta fuhr sich durchs Haar und sah Kassandra zerknirscht an.

»Ist schon gut, ich hab auch überreagiert. Du besuchst dein Patenkind, während ich meine Besorgungen erledige, und danach machen wir einen kleinen Bummel, ja?« Kassandra hatte in der Kriminalpolizeiinspektion Anklam angerufen, um Menning zu sprechen, doch der wurde erst um zwei erwartet. Sie hätte seiner Kollegin, die zum Ermittlungsteam gehörte, am Telefon alles sagen können, wollte ihm das aber lieber persönlich mitteilen und ihm gleich die Unterlagen geben, die Paul ihr überlassen hatte. Also hatte sie gegen Mittag beschlossen, selbst hinzufahren, und stand nun damit vor Violettas Tür. Sie hatte gedacht, ein gemeinsamer Ausflug an Violettas freiem Freitagnachmittag wäre vielleicht eine Gelegenheit, ihren Streit aus der Welt zu räumen.

»Super, was hast du denn in Greifswald zu tun, ich geh mich nur schnell umziehen, in der Küche müsste noch Tee stehen, nimm dir, was du brauchst, ach, du bist echt klasse!«

Auf den Tee verzichtete Kassandra, dafür nahm sie sich ein paar Erdbeeren aus der Obstschale auf dem Küchenfensterbrett. Daneben, halb von der Schale verdeckt, lag etwas, was Kassandra seltsam vertraut vorkam. Stirnrunzelnd zog sie das Heft über die Ahrenshooper Gemäldeauktion hervor. Seit wann interessierte sich Violetta für Kunst?

»Ich bin so weit, wir können los, was ist, hast du …« Ganz gegen ihre Gewohnheit verstummte Violetta, als sie Kassandra mit der Broschüre in der Hand sah.

»Der Tee war schon kalt«, sagte Kassandra möglichst unbefangen. »Willst du dahin?« Sie hielt die Broschüre hoch.

»Ich … das wäre doch mal was anderes. Oder?«

»Absolut. Ich hätte dich nur eher auf einer Auktion von alten Kriminalroman-Erstausgaben vermutet.«

Violetta lächelte schwach und nahm Kassandra das Heft aus der Hand. Im Gehen legte sie es scheinbar achtlos auf den Tisch. »Lass uns losfahren. Nicht dass es zu spät fürs Shoppen wird. Da soll's eine tolle neue Boutique geben. In die Buchhandlung hinter dem Marktplatz will ich außerdem noch.«

Im Gegensatz zu sonst hörte Kassandra Punkte zwischen Violettas Sätzen. Das brachte sie auf einen bemerkenswerten Gedanken. Es ergab auf den ersten Blick keinen Sinn, aber war es wirklich vollkommen unmöglich, dass Violetta etwas mit Josef Kind zu tun gehabt hatte? Nur hatte Kassandra keine Ahnung, was das sein sollte.

Als sie auf der A 20 Richtung Greifswald unterwegs waren, normalisierte sich Violettas Sprechweise wieder – mit einer Ausnahme, sie hörte fünf Minuten lang zu, als Kassandra von ihrer inzwischen näheren Bekanntschaft mit Jonas berichtete.

»Ich hab's doch gewusst«, sagte sie zufrieden. »Mit dem hast du einen Glücksgriff getan, so was findest du so schnell nicht noch mal, die blöde Tusse, die Mutter seiner Tochter meine ich, die muss echt einen an der Waffel gehabt haben, dass die Jonas damals nicht wollte, na ja, ich nehme an, wenn man aus einer Metropole wie Köln kommt, kann man sich nicht vorstellen, in der Walachei zu leben.« Violetta lachte.

»Hey, ich sagte, wir sind befreundet. Nicht mehr«, protestierte Kassandra. Aber wenn Violetta sich was in den Kopf gesetzt hatte, war es sinnlos, mit ihr zu debattieren. Ursprünglich hatte sie ihr ja von Josef Kind und dem Grund für die Fahrt erzählen wollen, der sie ins nicht weit von Greifswald entfernte Anklam führen würde, aber das behielt sie nun für sich. Sie dachte immer noch über die Auktionsbroschüre und Violettas seltsames Verhalten nach.

In Greifswald setzte sie Violetta nahe der Innenstadt ab und verabredete sich für zwei Stunden später mit ihr im »Caféhaus Marimar« am Markt. Falls ich bis dahin nicht längst von Dietrich festgenommen worden bin, dachte Kassandra im Stillen. Heute war immerhin der Tag, an dem der Kommissar mit Sven sprechen konnte.

Kassandras Navi führte sie in Anklam ohne Probleme zu ihrem Ziel. Das riesige, sehr neue und zweckmäßige Gebäude der KPI lag direkt neben einem alten baufälligen Gemäuer, das gegensätzlicher nicht hätte sein können, und gegenüber einer alten kleinen Kirche. Der Polizeikomplex passte überhaupt nicht in diese Umgebung.

Kassandra stieß die Glastür auf und fragte rechts beim Empfang nach Hauptkommissar Menning. Eine Minute später begegnete sie auf einem gelb gestrichenen Gang ausgerechnet Dietrich.

»Frau … Voß! Welch Glanz in unseren heiligen Hallen. Wollen Sie zu mir? Nein, eher zum Kollegen Menning, was? Glück gehabt, er ist da. Ich muss los, Ihren Mann, Verzeihung, Exmann besuchen. Soll ich grüßen?«

»Scheren Sie sich zum Teufel«, sagte Kassandra kaum hörbar und schob sich nach einem sehr knappen »Guten Tag« an ihm vorbei.

»Schon unterwegs«, bestätigte Dietrich feixend, der offenbar bessere Ohren hatte, als Kassandra lieb war.

Bald darauf klopfte sie an Mennings Bürotür. Da niemand antwortete, drückte sie zögernd die Klinke hinunter und spähte ins Zimmer. Menning saß an seinem Schreibtisch, eine Akte vor sich, in der er nicht las. Stattdessen schien er sich auf das Poster an der gegenüberliegenden Wand zu konzentrieren.

»Herr Menning?«

Menning blinzelte und wandte sich um. »Frau Voß. Was machen Sie hier? Setzen Sie sich doch.« Er deutete auf einen harten Besucherstuhl. »Herr Dietrich ist unterwegs zum Krankenhaus, aber nur, weil er nichts auslassen möchte. Ich denke, Sie sind raus aus der Sache.«

»Bin ich? Haben Sie den Täter?«, erkundigte sich Kassandra gespannt.

»Nicht ganz. Aber wollen Sie mir nicht erst mal verraten, weshalb Sie hier sind?«

»Ja, natürlich.« Kassandra holte die Unterlagen hervor. »Ich weiß jetzt, wer Ferdinand Thun war.«

»Oh.« Menning winkte ab, ohne die Papiere anzusehen. »Josef Kind, Experte für Kunstfälschungen.« Er lächelte über ihren erstaunten Blick. »Nachdem die Suchaktion gestern erfolglos blieb, wurde der Aufruf im Fernsehen heute noch mal gebracht – und da kamen tatsächlich gleich zwei Hinweise von Kinds Kollegen aus Berlin. Niemand hat ihn vermisst gemeldet, Kind war oft für längere Zeit unterwegs, Familie gab's nicht. Vermutlich hat sein Tod mit seinem Beruf zu tun. Da liegt noch ein ganzes Stück Arbeit vor uns, weil wir nicht wissen, was er als Letztes gemacht hat. Wir werden uns noch mal alle Galerien auf dem Fischland und dem Darß vornehmen müssen.« Nach einer Pause sagte er: »Tut mir leid, dass Sie nun ganz umsonst gekommen sind.«

»So ganz umsonst wohl doch nicht. Ich kann Ihnen nämlich sagen, was Kind begutachten sollte.« Kassandra gab ihm eine Zusammenfassung dessen, was sie von Paul über Ralf Peters' Auktion wusste, und legte die Unterlagen auf den Tisch.

Nachdem Menning sie durchgesehen hatte, schüttelte er etwas fassungslos den Kopf. Dann lachte er. »Nicht schlecht für eine Amateurdetektivin.«

Erst da wurde Kassandra klar, dass er annahm, sie hätte das alles allein rausgefunden. Bevor sie ihn korrigieren konnte, sprach er schon weiter: »Aber in Zukunft überlassen Sie das Ermitteln trotzdem besser uns, Frau Voß. Fahren Sie nach Hause und kümmern Sie sich um Ihre Pension. Alles andere erledigen wir. Ist das klar?«

Dagegen hatte sie absolut nichts einzuwenden. Ganz kurz dachte sie daran, noch den Prospekt in Violettas Küche zu erwähnen, ließ es aber bleiben. Wozu? Der lag vermutlich bei sehr vielen Leuten.

Den restlichen Nachmittag verbrachte sie mit Violetta in Greifswald. Die gab in der Buchhandlung ein Vermögen für die neuesten Krimis aus. »Meine Güte«, sagte sie, nachdem sie den Klappentext eines Buches durchgelesen hatte, »fast wie bei dir, unbekannter Toter wird im Keller eines Hotels gefunden, die Polizei rätselt, vielleicht solltest du das mal lesen, heißt ›Das dunkle Loch‹.«

»Danke, mein Bedarf an Toten ist gedeckt«, meinte Kassandra und kaufte stattdessen ein Kochbuch.

Als sie Violetta zu Hause absetzte, fragte sie: »Und, kommt dein Traumtyp heute Abend, oder blätterst du ein bisschen in einem Kunstführer, damit du am Sonntag ein Schnäppchen machen kannst?«

»Schnäppchen?« Violetta besann sich. »Ach so. Äh, nein. Ja. Er will heute kommen, ja. Er ist sowieso …« Nun stockte Violetta ganz.

»Sowieso was?«

»Nichts. Danke für den Ausflug, war toll, müssen wir unbedingt wiederholen.«

Irgendwas stimmt mit Violetta nicht, dachte Kassandra. Aber hatte es nun was mit dem Auktionsprospekt oder bloß mit dem dubiosen Freund zu tun?

Sie erledigte noch ein paar Einkäufe, inklusive eines Besuchs im Blumenladen, wo sie von der Floristin ausgesprochen freundlich bedient und mit einem »Wiedersehen, Frau Voß, bis zum nächsten Mal!« verabschiedet wurde. Sie wollte gerade wieder ins Auto steigen, da sah sie Paul auf sich zukommen.

»Hallo, Kassandra, wie war's in Anklam?«

Sie berichtete, wunderte sich allerdings, dass Paul sich nicht wie erwartet darüber freute, wie glatt alles gegangen war. »Was ist los?«, fragte sie beunruhigt.

»Peters rief mich vorhin an. Der zweite Experte, den er hinzugezogen hat, ein Mann namens Raimund Degenhard, hat ihm die Echtheit des Partikel-Gemäldes bescheinigt. Schön für ihn – aber das war's dann mit dem offensichtlichen Mordmotiv an Josef Kind.«

»Oje.« Kassandras gute Laune verflog in Sekundenschnelle. »Ist dieser Degenhard genauso ein Ass, wie Kind es war? Könnte er sich vielleicht geirrt haben? Ich weiß, ich greife nach einem Strohhalm, aber Dietrich war vorhin auf dem Weg zu Sven ins Krankenhaus. Wenn der Kind tatsächlich kennt, wandere ich wohl wieder an die Spitze der Verdächtigenliste.«

»Degenhard hat nicht das Kaliber eines Josef Kind, aber trotzdem schon jede Menge Aufträge zur vollsten Zufriedenheit seiner Kunden erledigt. Er ist gefragt und abgesehen von dieser Tätigkeit Geschäftsführer einer Galerie in Stralsund, die seiner Frau gehört.«

»Klingt wie ein perfekter Experte mit einem perfekten Gutachten für ein perfektes Gemälde. Schlecht für mich, oder?«

Paul legte ihr die Hand auf die Schulter. »Sei ein bisschen optimistischer. Kind muss ja nicht wegen eines brandaktuellen Falls ermordet worden sein. Außerdem: Nach allem, was ich über ihn gelesen habe, neigte er nicht dazu, krumme Geschäfte zu machen. Warum sollte er was mit deinem Ex am Hut gehabt haben?«

»Sven hatte was übrig für Gemälde, durchaus möglich, dass die sich auf ganz legalem Weg kannten.«

»Dann kann man dir das auch nicht ankreiden. Komm, ich glaub, du brauchst ein bisschen Ablenkung.« Wie selbstverständlich führte er sie die Straße hinauf zur Kirche, die auf einem Hügel stand. Zur Zeit der Slawen hatte sich dort ein Tempel befunden, nach der Christianisierung entstand eine Feldsteinkirche. Ende des neunzehnten Jahrhunderts war die rote Backsteinkirche geweiht worden, auf die sie nun zugingen – dies war immer ein besonderer Ort für die Menschen dieses Landstriches gewesen.

»Du meinst, hier finde ich Ablenkung?«, fragte Kassandra, als sie gemeinsam die Stufen zum Portal erklommen.

»Nicht drinnen.« Paul dirigierte sie zum hinteren blau-weißen Turmportal, dessen Flügel bis zum Spätnachmittag offen standen, jetzt aber geschlossen waren.

»Du willst auf den Turm? Dazu sind wir zu spät dran.«

»Sind wir nicht.« Paul zauberte einen Schlüssel aus seiner Jackentasche und öffnete die Tür. Dann ließ er sie die enge steinerne Wendeltreppe und die Holztreppe durch den Glockenstuhl hinauf vorgehen. Als sie auf die Balustrade ins Freie traten, breitete sich der Bodden in mildem Abendlicht unter ihnen aus. Gerade fuhr ein Zeesboot zurück in den Hafen. War das Jonas' Boot? Kassandra konnte es von hier oben nicht sagen. Ganz langsam umrundeten sie die Turmspitze und blieben dabei immer wieder stehen. Ein Stück hinter dem Hafen lagen die vier Gehöfte von Barnstorf wie eine kleine abgeschlossene Welt, getrennt von Wustrow, dessen Hauptstraße um diese Tageszeit nicht mehr geschäftig, sondern dörflich-schläfrig wirkte. Kassandras Blick folgte der Thälmann-Straße, die den Ort in zwei Hälften teilte: die Boddenseite mit der Neuen Straße, an der sich Rohrdachhaus an Rohrdachhaus reihte, einschließlich des Fischlandhauses, das die Bibliothek beherbergte, dahinter das weite Feld und der Friedhof. Und die Seeseite mit der Strandstraße, die direkt auf die Seebrücke führte, mit der Seefahrtschule, den zwei Hotels und dem Park, dem Windrad und dem Strand. Die Ostsee lag heute ruhig und dunkelblau unter einem ebenso blauen Himmel. Ihr Blick glitt weiter bis hin zur schmalsten Landstelle vor dem Ortseingang, wo See und Bodden so nah beieinander lagen, dass man fast meinte, ein einzelner Spatenstich würde genügen, um eine Verbindung zu schaffen. Schließlich kehrten Kassandra und Paul zum Ausgangspunkt zurück, der Bodden lag wieder vor ihnen.

»Besser?«, fragte Paul.

Kassandra nickte. »Danke.«

Paul lächelte ein bisschen wehmütig. »Das hat noch jedem geholfen, der hier verwurzelt ist.«

»Aber das bin ich doch gar nicht. Noch nicht.«

Paul sah sie nachdenklich an, bevor sein Lächeln verschmitzt wurde. »Offenbar doch.«

7

Noch beim Frühstück hatte Kassandra an das berührende Erlebnis auf dem Kirchturm denken müssen. Natürlich war sie nicht das erste Mal dort oben gewesen, aber gestern hatte sich der Ausblick aufs Fischland anders angefühlt und sie besänftigt. Oder war es nicht allein der Ausblick gewesen, sondern auch Pauls Gegenwart? Wie lange hatten sie da gestanden und in gegenseitigem Einvernehmen geschwiegen? Hatte sie sich Pauls Wehmut nur eingebildet? Sie wusste eigentlich gar nichts über ihn.

Jetzt saß sie auf der Terrasse, um sich dem Großeinkaufsplan für Montag zu widmen. Die Bergers reisten morgen ab, es hatten sich aber bereits neue Gäste für Dienstag angekündigt, diesmal eine Familie mit Kleinkind, für das Kassandra ein Extrabett ins Zimmer stellen musste.

»Morgen, Kassandra.«

Sie schaute auf und sah Jonas am Gartenzaun stehen. »Morgen, Jonas, Lust auf einen Kaffee?«

»Sonst gern, aber ich hab heute eine frühe Bootstour. Ich dachte, du solltest wissen, dass Violetta vor deiner Tür steht. Sie wirkt etwas komisch.«

Kassandra stand auf. »Wieso macht sie sich denn nicht bemerkbar?«

»Frag mich was Leichteres. Ich sag ja, sie macht einen komischen Eindruck.« Er hob die Hand und winkte ihr zu. »Wir sehen uns.«

Als Kassandra die Tür öffnete, hatte Violetta wohl gerade klingeln wollen, sie stand mit erhobener Hand vor ihr. Kassandra bemerkte außerdem sofort, was Jonas auf die Entfernung nicht aufgefallen war: Violetta war vollkommen verheult. Wortlos zog sie sie ins Haus und verfrachtete sie in die Küche, wo sie Tee zubereitete und dann wortlos am Tisch ihre Hand hielt.

Violetta schniefte und nahm einen Schluck Tee. »Dieser Mistkerl.« Ihre Stimme klang rau, als hätte sie die ganze Nacht geweint.

Kassandra hatte etwas in der Art vermutet.

»Kannst du mir mal erklären, warum er jetzt Schluss macht?«, fragte Violetta. »Wo keine Gefahr mehr besteht, wo der Typ nicht mehr hinter ihm her ist, weiß der Himmel, warum, es ist mir egal, ich will, dass alles wieder ist, wie's war, ich versteh's einfach nicht, sagt er doch gestern zu mir, es wäre trotzdem zu riskant, dass seine blöde Tusse was rauskriegt, aber vorher war's das nicht, oder, vorher war ich gut genug.« Violetta setzte die Tasse mit einem Ruck ab, dass es klirrte. Auf einmal schien sie eher wütend als traurig zu sein.

Nach dieser Litanei war Kassandra nicht wesentlich klüger. Sie wollte gerade nach Details fragen, doch in dem Moment klingelte das Telefon. Ihr Instinkt sagte ihr, es klingeln zu lassen, wenn ihre Freundin sie brauchte. Aber es konnte ja was Wichtiges sein.

»Entschuldige mich«, bat sie und nahm in der Diele das Gespräch an.

»Guten Morgen, Frau ... Voß.«

»Kommissar Dietrich«, sagte Kassandra resigniert.

»Normalerweise ist es ja mein Kollege, der Sie mit Informationen versorgt, aber ich dachte, es interessiert Sie zu erfahren, dass Ihr Mann und Josef Kind in der Tat eine ... Geschäftsbeziehung hatten, und zwar zu der Zeit, als Sie noch Kassandra Larsen hießen. Ich möchte Sie bitten, uns noch mal mit Ihrem Besuch zu beehren, wir hätten da ein paar dringende Fragen zu klären. Heute Nachmittag, fünfzehn Uhr. Danke.« Ohne ihre Erwiderung abzuwarten, beendete er das Gespräch.

Kassandras Hände flogen, sie fürchtete, das Telefon fallen zu lassen, und stellte es auf die Station. Offenbar war der Polizei nicht verborgen geblieben, dass Kinds Tätigkeit in Ahrenshoop eine falsche Fährte war.

»Kassandra?«, rief Violetta aus der Küche.

Violettas Kerl war Kassandra gerade absolut egal, andererseits konnte Violetta nichts für diesen Idioten Dietrich. Der hatte sie zwar nicht offiziell vorgeladen, niemand konnte Kassandra also zwingen, seiner Bitte Folge zu leisten. Aber sie hatte schon genug Ärger mit ihm und wollte ihn nicht noch mehr gegen sich aufbringen.

Sie ging zurück in die Küche und ließ sich ergeben auf den Stuhl sinken. Violetta würde sie wenigstens ablenken. »Erzähl.«

Vor einiger Zeit war Violetta einem Mann begegnet, der außerordentlichen Eindruck auf sie gemacht hatte. Der Schönheitsfehler ihrer Beziehung lag darin, dass der Mann verheiratet war, es ihr aber erst gesagt hatte, als es längst zu spät war und Violetta allem zustimmte, was er wollte, inklusive des Versteckspiels. In einem immerhin war er ehrlich: Er würde sich nie scheiden lassen, weil er sein luxuriöses Leben mit dem Geld seiner Frau nicht aufzugeben gedachte. Wie aus heiterem Himmel hatte er Violetta dann aber nicht mehr treffen wollen, weil er erpresst wurde. Jemand drohte ihm, seiner Frau alles zu erzählen, wenn er nicht bestimmte Dinge täte.

»Welche Dinge?«

Violetta druckste rum. »Weiß ich nicht.«

Kassandra glaubte ihr nicht, ließ sie aber erst mal weitererzählen.

Violettas Freund war der Ansicht gewesen, dass es besser war, wenn er das Verhältnis beendete und tat, was der Mann wollte, damit er von da an seine Ruhe hätte. Violetta hatte dagegengehalten, dass auch ein beendetes Verhältnis zur Scheidung führen könnte. Und wenn er sowieso tun würde, was der Erpresser von ihm verlangte, könnten sie ihre Beziehung aufrechterhalten, denn dann würde er ja seinen Mund halten. Bei dem Streit darüber, was zu tun sei, waren sich Violetta und ihr Typ körperlich sehr nahe gekommen, so nahe, dass er alle guten Vorsätze vergaß.

Kassandra schüttelte in Gedanken den Kopf und wünschte sich, Violettas Probleme zu haben statt ihre eigenen.

»Und gestern sagt Raimund zu mir, er sei den Erpresser los, aber er wolle einen Schlussstrich ziehen und nicht riskieren, dass so was noch mal passiert, und tschüs und mach's gut.« Violettas Augen füllten sich wieder mit Tränen. »Verstehst du das?« Ihre Finger begannen, mit der »Ostsee-Zeitung« zu spielen, die neben ihrer Tasse lag.

»Nein«, musste Kassandra zugeben. »Aber ich verstehe, dass du ihm nicht wichtig genug bist, was er selbst immerhin von Anfang an gesagt hat. Es hat vermutlich wenig Zweck, dir zu raten, ihn zu vergessen, aber auf lange Sicht bleibt dir nichts anderes übrig. Andere Mütter haben auch schöne Söhne. Ist zwar ein alter Spruch, aber wahr.«

»Keine, die so phantastisch aussehen wie Raimund.« Violetta

rang sich ein Lächeln ab. »Außerdem ist er irre gut im Bett, und wenn er anfängt, mich mit Gemälden zu vergleichen … ich sage dir, ich kriege ein Kribbeln im Unterleib, wenn ich nur daran denke, was er alles gesagt hat.«

»Mit Gemälden?« Kassandra stutzte.

»Ja, das ist sein Job, er ist Kunstexperte, und seine blöde Frau hat eine Galerie. Niemand durfte auch nur ahnen, wer er ist, deshalb war ich auch so geschockt, als du durchblicken ließest, du wüsstest, mit wem ich mich treffe, und als du gestern dieses Auktionsheft bei mir gesehen hast, ich meine, ich bin nicht gerade bekannt dafür, mich für Kunst zu interessieren, da war ich erst recht beunruhigt, und das Ding hat bloß da gelegen, weil Raimund es vergessen hatte, er sollte ein Gutachten erstellen für eins der Gemälde der Auktion, er hat mir gezeigt, für welches, aber ich hab's vergessen.«

»Du warst mit Raimund Degenhard im Bett«, sagte Kassandra geplättet.

Violetta antwortete nicht. Sie fragte nicht mal, woher Kassandra den Nachnamen kannte. Stattdessen starrte sie auf die Titelseite der »Ostsee-Zeitung«. Die lag so, dass die Schlagzeile für Kassandra auf dem Kopf stand, aber sie kannte sie auswendig. Dort stand in fetten Buchstaben: »Toter vom Fischland identifiziert«, und darunter in etwas kleinerer Schrift: »Der Mord an dem Kunstexperten Josef Kind gibt Rätsel auf«. Violetta hob langsam den Kopf. »Ist das dein Toter? Dieser Thun? Der hieß in Wirklichkeit Josef Kind?«

»Ja, wieso? Kanntest du den?« Kassandra vergaß kurzfristig Raimund Degenhard. »Du hast ihn doch mal gesehen, kurz nachdem er sich hier einquartiert hatte. Ist dir da nicht aufgefallen, dass ihr euch früher schon begegnet seid?«

»Sind wir nicht«, sagte Violetta ausnahmsweise sehr langsam. »Nicht persönlich. Aber das war der Name, den Raimund mir genannt hat. Der Mann, der ihn erpresst hat. Josef Kind.«

Kassandra sah sie bestürzt an. »Und jetzt ist er tot.« Sie ließ den Satz bedeutungsschwanger in der Luft hängen.

Violetta brauchte eine Weile, bis sie begriff, welche Schlussfolgerung Kassandra daraus zog. »Nein«, sagte sie. »Nein! Raimund hat ihn nicht umgebracht, unmöglich, er ist doch kein Mörder!«

»Er hatte ein glänzendes Motiv. Er konnte nicht riskieren, dass seine Frau von seiner Affäre mit dir erfährt, aber genau damit hat Kind gedroht. Die Frage ist: Hat Raimund ein Alibi für die Nacht von Sonntag auf Montag? War er bei dir?« Kassandra sah ihrer Freundin an, dass sie fast genickt hätte.

»Nein«, räumte Violetta dann aber ein. »Trotzdem glaube ich das nie und nimmer, denk doch mal nach, warum hätte er sich von mir trennen sollen, wenn er bereits einen Mord begangen hat, um das Problem aus der Welt zu schaffen?«

»Hast du doch selbst gesagt: Er will nicht, dass er noch mal erpresst wird«, stellte Kassandra fest.

Violetta ließ das sacken. »Raimund würde niemanden töten. Niemals«, bekräftigte sie nach einer Weile dennoch trotzig.

Kassandra versuchte, auf andere Weise weiterzukommen. »Was hat Kind gewollt, das dein Raimund für ihn tun sollte?«

»Er sollte ein falsches Gutachten erstellen«, rückte Violetta nun mit der Sprache raus. »Worum es im Detail ging, hat er nicht gesagt.«

Das Gutachten zu dem Partikel-Bild? Nein, zu dem Auftrag war Degenhard ja erst gekommen, nachdem Kind tot war. »Sollte er was für echt erklären, was falsch war, oder umgekehrt?«

Ratlos zuckte Violetta mit den Schultern. »Keine Ahnung.«

»Wie auch immer.« Kassandra holte tief Luft. »Du musst damit zur Polizei gehen. Und wenn du hundertmal überzeugt bist, dass Raimund kein Mörder ist, besteht die Möglichkeit, dass du dich irrst. Das ist auch für dich gefährlich, falls er auf die Idee kommt, dass du zu viel weißt. Immerhin hat er dir anvertraut, wer ihn erpresst.«

»Ja, eben. Das hätte er nicht getan, wenn er Kind getötet hätte.«

»War das vor oder nach dem Mord?«, fragte Kassandra.

»Vorher«, antwortete Violetta kleinlaut.

»Also. Geh zur Polizei.«

»Nein.«

»Dann werde ich es tun. Ich bin sowieso heute Nachmittag da.«

Violetta baute sich vor Kassandra auf. »Wenn du das tust, werde ich alles leugnen, du kannst nicht beweisen, dass ich was mit Raimund habe … hatte und dass er von diesem Kind erpresst wurde.« Sie machte eine dramatische Pause. »Die Polizei wird denken, dass du bloß versuchst, deinen Hals zu retten, weil sie glauben, dass du was mit dem Mord zu tun hast.«

Die Bemerkung versetzte Kassandra einen Stich. »Woher weißt du das?«

»Ich bin nicht blöd, du hast gestern nicht erzählt, was du in Greifswald wolltest, wahrscheinlich, weil du da gar nichts wolltest, sondern nach Anklam zur Polizei gefahren bist, du bist jedenfalls nicht in der Innenstadt gewesen, wie du gesagt hast, sonst hättest du dort geparkt, als du mich rausgelassen hast, und vorhin, als das Telefon klingelte, hast du was von Kommissar gesagt, und als du zurück in die Küche kamst, warst du ganz blass.«

Violetta war wirklich nicht blöd.

»Du hast recht, die verdächtigen mich, weil Kind und Sven früher miteinander zu tun hatten. Findest du es fair, dass du mich erpresst wie Kind deinen Raimund?«

»Tu ich doch gar nicht!«

»Doch, tust du. Ich glaube, es ist besser, du gehst jetzt.«

Etwas bedröppelt sagte Violetta: »Wenn du meinst.«

Als Kassandra nichts erwiderte, ging sie tatsächlich.

In Anklam empfing Dietrich sie allein. »Wie schön, dass Sie es einrichten konnten, Frau … Voß.«

Schon wegen dieser sehr hörbaren drei Punkte hätte Kassandra ihn erwürgen können, da musste er nicht mal besonders unfreundlich sein.

»Setzen Sie sich.« Dietrich schlug eine Akte auf und blätterte darin. »Sven Larsen hat ausgesagt, dass er im März und Mai des Jahres 2005 Kontakt zu Josef Kind hatte. Er behauptet außerdem, Sie seien bei einem der zwei Treffen dabei gewesen, bei denen es um ein Gemälde von …«, er schaute wieder in die Akte, »… Max Kaus ging. Ihr Exmann hatte auf einem Trödelmarkt für wenig Geld ein ungerahmtes Bild gekauft und glaubte, es könne von Kaus sein. Er beauftragte Josef Kind, ein Gutachten zu erstellen, das die Echtheit bestätigen sollte, was sich als Reinfall erwies. Das Bild war eine billige Kopie. Allerdings meldete sich Josef Kind zwei Monate später, weil er einen echten Kaus entdeckt hatte, der zum Verkauf stand, und erklärte sich bereit, als Vermittler zu fungieren. Er erwarb das Gemälde im Auftrag Ihres Exmannes und brachte es persönlich bei ihm vorbei. Das war am …«, wieder warf Dietrich einen Blick in die Akte, »… am fünfundzwanzigsten Mai. Sie waren an diesem Abend dort. Können Sie mir folgen?«

»Ich bin nicht blöd«, wiederholte Kassandra unbewusst Violettas Worte.

»Ich kann demnach davon ausgehen, dass Sie sich an das angesprochene Treffen erinnern?«

»Können Sie nicht. Ich habe Ihnen gesagt, dass ich Josef Kind niemals in meinem Leben begegnet bin. Wenn Sven was anderes behauptet, lügt er.«

»Warum sollte er das tun?«

»Weil ich dazu beigetragen habe, dass er jetzt ist, wo er ist.«

»Billige Rache also? Finden Sie nicht, dass Sie sich das ein bisschen zu einfach machen?«

»Nein. Finden *Sie* es außerdem nicht bemerkenswert, wie genau er sich an ein Datum erinnert, das sechs Jahre zurückliegt?«

»Wenn man Daten mit einprägsamen Ereignissen in Verbindung bringen kann, hat man oft ein gutes Gedächtnis. Abgesehen davon hat uns Sven Larsen jemanden genannt, der an dem bewussten Abend ebenfalls dort war und Ihre Anwesenheit bezeugen kann.«

Wie betäubt saß Kassandra da. Wen hatte Sven diesmal gekauft, noch dazu aus dem Gefängnis heraus? »Wer soll das angeblich bezeugen können?«

»Tut mir leid, dazu kann ich nichts sagen.«

»Natürlich nicht.« Aus Kassandras Ratlosigkeit wurde Zorn. »Selbst wenn das alles der Wahrheit entspräche – und ich betone ausdrücklich, dass das nicht zutrifft –, was wäre an einer früheren Begegnung bei einer Bildübergabe derart bedeutsam, dass Sie mich verdächtigen, mit dem Mord an Josef Kind etwas zu tun zu haben? Und auch noch so dämlich zu sein, die Leiche in meiner eigenen Pension liegen zu lassen?«

Dietrichs Achselzucken wirkte beleidigend. »Ich gebe zu, ich bin mir noch nicht im Klaren, ob Sie besonders raffiniert oder besonders dumm sind, aber allein die Tatsache, dass Sie gelogen haben, finde ich außerordentlich interessant.«

»Das ist nicht dein Ernst, Kay«, hörte Kassandra eine aufgebrachte Stimme sagen. Erleichtert registrierte sie, dass Menning den

Raum betrat. Wenigstens ein freundliches Gesicht. »Du hast Frau Voß herbestellt?«

Dietrich nickte verbissen, während Menning unterdrückt fluchte. »Menschenskind, wir haben diesen Zeugen noch nicht mal gefunden!« Er setzte sich Kassandra gegenüber. »Frau Voß, wir müssen der Aussage von Sven Larsen nachgehen, das verstehen Sie sicher. Habe ich das richtig verstanden, Sie bestreiten, etwas von dem Kaus zu wissen?«

»Ja. Nein. Das Gemälde hat in unserem Loft gehangen, aber ich weiß nicht, wie Sven da rangekommen ist. Wenn Sie ›Frauen am Meer‹ meinen, heißt das. Ich hab's nicht sehr gemocht.«

»Gut, das reicht vorerst.« Menning sah Dietrich an, bevor er sich wieder Kassandra zuwandte. »Tut mir leid, dass Sie extra herkommen mussten, wir hätten das einfacher erledigen können. Ich hoffe, Sie verbringen den restlichen Nachmittag mit was Erfreulicherem als mit uns.«

Dietrich war verstummt, er sagte kaum Auf Wiedersehen, als Kassandra sich verabschiedete. Warum hatte der Mann sich nur so auf sie eingeschossen? Natürlich konnte sie nachvollziehen, dass die Polizei allem und jedem nachgehen musste. Aber Dietrich war geradezu versessen darauf, ihr was anzuhängen.

»Frau ... Voß?«

Kassandra, die schon auf der Treppe war, drehte sich um. Dietrich stand zwei Meter hinter ihr. »Herr Menning ist zwar recht großzügig in seiner Betrachtungsweise, aber ich mache Sie darauf aufmerksam, dass wir Sie sehr gründlich durchleuchten werden. Nicht nur, was Ihre länger zurückliegende Vergangenheit betrifft. Wir haben Sie im Auge.«

Fast wäre Kassandra ein Wort herausgerutscht, das ihr eine Anzeige wegen Beleidigung hätte einbringen können. Sie schluckte es herunter und trat wenig später auf die Straße. Was jetzt? Hätte sie Menning vielleicht doch von Degenhard erzählen sollen? Aber wenn er, wie Violetta gesagt hatte, den Eindruck gewann, sie wolle mit wilden Anschuldigungen, die sie genauso wenig beweisen konnte wie die Tatsache, Kind nicht gekannt zu haben, den Kopf aus der Schlinge ziehen, brachte ihr das keine Pluspunkte ein.

Auf dem Weg zu ihrem Auto brauste der Verkehr auf der Friedländer Straße an ihr vorbei. Sie dachte weiter über Degenhard nach und hätte viel darum gegeben, mehr über ihn zu erfahren. Plötzlich kam ihr eine Idee. Sie stieg in den Wagen, holte ihr Handy hervor und drückte eine Kurzwahltaste.

»Mona?«, fragte sie. »Ich könnte in einer Stunde in Stralsund sein. Hast du Zeit? Können wir uns sehen?«

In Monas Altbauwohnung waren fast alle Wände herausgerissen worden, aus den Fenstern schaute man direkt auf das ehemalige St. Katharinenkloster, in dem heute das Deutsche Meeresmuseum untergebracht war. Mona hatte die Wohnung minimalistisch möbliert, dafür war jedes Stück eine Exklusivität, der riesige Raum selbst von einem preisgekrönten Innenarchitekten designt. Aus unsichtbaren Lautsprechern drang unaufdringliche klassische Musik. Mona saß in einem Versace-Zweiteiler, bestehend aus einer orange-blau-rosa-grau gemusterten Bluse und einem orangefarbenen Rock, wie hingegossen auf einem orange-weißen, geschwungenen Ledersessel. An ihren Fingern glitzerten drei Ringe, um den Hals trug sie eine goldene Kette mit Diamanten und pinkfarbenen Opalen. Jonas hätte an ihr seine helle Freude, dachte Kassandra und musste unwillkürlich lächeln.

»Dafür, dass du vorhin so aufgelöst klangst, machst du einen munteren Eindruck«, stellte Mona fest, lachte und schenkte Tee ein. Die Kanne und die Tassen waren aus hauchdünnem Porzellan.

»Das liegt nur daran, dass ich gerade an was Nettes dachte«, erwiderte Kassandra und seufzte. »Weshalb ich hier bin, ist leider eine ernstere Angelegenheit.«

»Schieß los. Was hast du für Probleme?«

Kassandra erzählte, ohne etwas auszulassen. Nachdem sie geendet hatte, saß Mona eine ganze Zeit lang still da.

»Ich hab natürlich von dem Mord gelesen, aber ich hätte nie im Traum daran gedacht, dass du diese Pensionsbesitzerin bist. Du hättest mich ruhig anrufen können, du weißt doch, ich bin jederzeit für dich da, wenn du mal reden willst. Andererseits – da war ja wohl schon dieser Jonas für zuständig, was?« Ein Lächeln erhellte Monas perfekt geschminktes Gesicht. »Aber da du jetzt hier bist, nehme ich an, dass ich doch was für dich tun kann. Geht's um Raimund Degenhard?«

Kassandra nickte. »Du kennst ihn und seine Frau nicht zufällig?«

»Noch nicht. Aber das lässt sich arrangieren. Ich hab eine Bekannte, die ihre ganze Villa mit diesem Gemäldezeugs zuhängt, die hat die Galerie von Frau Degenhard mehrfach erwähnt und wollte mich immer überreden, mal mit ihr hinzugehen. Und je länger ich darüber nachdenke, desto mehr komme ich zu der Überzeugung, dass diese Wohnung dringend ein paar Bilder braucht.«

»Das würdest du für mich tun?«, fragte Kassandra hoffnungsvoll.

»Natürlich – ich hab noch nie Detektiv gespielt, ist bestimmt eine reizvolle neue Erfahrung.« Mona lachte.

»Danke. Ich weiß wirklich nicht, wie ich sonst an die Degenhards rankommen soll. Violetta mag an ihren Prinz Unschuld glauben, ich bin da skeptischer. Mir sind das zu viele Zufälle.«

»Scheint mir auch so. Wart's ab, ganz bald werde ich Frau Degenhards dickste Freundin sein und naturgemäß ihre anderen dicksten Freundinnen kennenlernen. Ich hör mich um, und ich garantiere dir, wenn es etwas gibt, was du über diesen Raimund wissen solltest, finde ich es raus.«

8

Der Sonntag fing wunderbarerweise friedlich an. Kein Anruf von Dietrich, keine anderen Katastrophen. Stattdessen wiederholte Jonas seine Einladung zu einer Zeesboottour, gerade nachdem Kassandra mit dem Frühstück für ihre Gäste fertig war. Diesmal nahm sie sie an. Auf dem Weg zum Hafen erzählte sie ihm von den Ereignissen des Vortages, doch als sie erst einmal auf dem Boot saß, ließ sie sich gefangen nehmen vom Wind in den dunklen Segeln und von der Stille des Morgens. Es war ein milder Sommertag, und das Boot glitt langsam über die silbern funkelnde Wasseroberfläche des Saaler Boddens dahin. Jonas segelte an Barnstorf vorbei, ganz dicht an den Gehöften, Kassandra konnte das Rohrdach der alten Hufe IV aus dem Mittelalter sehen. Heute beherbergte sie die Kunstscheune, eine urwüchsige Galerie. Für einen Moment wurde sie an Josef Kind erinnert, dann wandte sie sich entschlossen um. Hin und wieder deutete Jonas auf einige Wasservögel nahe der Schilfinseln, den Bülten, zwischen denen sie hindurchfuhren, einmal schwebte über ihnen sogar ein Seeadler. Nach zwei Stunden liefen sie wieder in den Hafen ein, und Kassandra fühlte sich vollkommen ruhig.

Den Rest des Tages musste sich Jonas um seine Touristenfahrten kümmern, und Kassandra schlenderte allein zurück. Als sie in der Lindenstraße an »Swantjes Stöberstübchen« vorbeikam, sah sie von Weitem vor ihrem Haus ein Paar stehen, das offensichtlich das »Zimmer frei«-Schild begutachtete. Im Gegensatz zu vielen anderen Vermietern vergab Kassandra auch für nur ein oder zwei Tage Zimmer. Das bedeutete mehr Arbeit, aber auch ein paar schwarze Zahlen auf ihrem Konto. Sie legte einen Schritt zu, doch bevor sie bei ihnen war, trat Heinz Jung aus seinem Haus. Kassandra beobachtete, wie er das Paar ansprach, und bald konnte sie hören, was er sagte.

»Ich würde dringend abraten, sich bei Frau Voß einzumieten. Keine sehr gute Adresse. Haben Sie nicht von dem Mord gehört?«

Während das Paar sich noch unsicher ansah, ging Kassandra dazwischen. »Guten Tag, ich bin Kassandra Voß. Sie interessieren sich für das Zimmer? Sie können es sich gern ansehen, wenn Sie möchten.«

Der Blick der Frau glitt von Kassandra zu Heinz Jung und zurück. »Was war das mit dem Mord?«

Aus den Augenwinkeln sah Kassandra, wie Jung feixte. »Das war eine unangenehme Sache«, gab sie zu, »hat aber nichts mit meiner Pension zu tun.«

»Da ist die Polizei anderer Ansicht«, schaltete sich Jung ein.

Kassandra schenkte ihm keine Beachtung, sondern lächelte die beiden an. »Sie haben bestimmt nichts zu befürchten. Das Zimmer liegt direkt unterm Dach, sehr gemütlich.«

»Ach«, machte die Frau zögernd.

»Nein, danke«, sagte ihr Begleiter reserviert, kehrte Kassandra den Rücken zu und zog die Frau mit sich.

Jung wirkte äußerst zufrieden. »Tja, Frau Voß. Ich hab Sie gewarnt. Das wird Ihnen von jetzt an häufiger passieren.«

Das wollen wir doch mal sehen, dachte Kassandra. Sie marschierte geradewegs in ihr Büro und nahm sich ihre Reservierungen vor. Zumindest bei den Doppelzimmern war sie für den Rest der Saison fast ausgebucht, sogar bis weit in den Oktober hinein, was sie unter anderem ihrer sehr gut gemachten Website verdankte, die ein Freund von Mona gestaltet hatte. Die Liste war entsprechend lang, aber sie telefonierte sie geduldig ab. Jedem Gast erklärte sie, was bei ihr passiert war, und stellte jedem frei, die Buchung kostenfrei zu stornieren. Das wirkte auf die meisten so entwaffnend, dass sich nur zwei Bedenkzeit ausbaten. Auf diese Weise hatte Kassandra Heinz Jungs üble Nachreden bloß noch bei Laufkundschaft zu befürchten. Das reichte zwar, um sie um einen Teil ihres Verdienstes zu bringen, aber den größten Schaden hatte sie hoffentlich abgewehrt.

Gegen Abend schaute Paul vorbei. Sie erzählte ihm dasselbe wie Jonas, ergänzt um Jungs Eskapaden.

»Vergiss Heinz«, riet Paul ihr. »Ich weiß, das ist schwer. Aber selbst ich hab mich mit seiner Art arrangiert und komme damit klar. Glaub mir, es ist nicht unmöglich.«

»Selbst du?«, hakte Kassandra nach. »Was meinst du damit?«

Paul runzelte die Stirn, als sei ihm zu spät bewusst geworden, was er gesagt hatte. »Ach, nichts weiter«, wiegelte er ab. »Wir hatten in der Vergangenheit ein paar Meinungsverschiedenheiten, das ist alles.«

Kassandra ließ es auf sich beruhen, obwohl sie überzeugt war, dass der Ausdruck Meinungsverschiedenheiten nicht ganz das traf, was Paul tatsächlich meinte.

Der nächste Tag brachte eine Überraschung. Oder besser, der Postbote brachte sie. Sie hatte ihn eine Zeit lang nicht gesehen, er musste krank oder in Urlaub gewesen sein. Heute registrierte sie, dass er viel aufgeschlossener und freundlicher als sonst grüßte.

»Tag, Frau Voß. Ich hab hier was ganz Aufregendes.« Er hielt ein Paket in die Höhe.

»Aufregend? Ich dachte eigentlich, ich hätte in der vergangenen Woche genug Aufregung gehabt, Herr Krull.«

Krull lachte. »Kann ich mir denken. Trotzdem, das ist spannend. Ich hätt's zur Polizei bringen können, aber Ihre Adresse steht drauf.«

Neugierig nahm sie das Paket in Augenschein. Ferdinand Thun stand da als Empfänger, darunter der Name ihrer Pension und ihre Adresse, allerdings mit falscher Hausnummer.

Krull deutete auf die Zahl. »Letzte Woche ist ein Kollege aus Ribnitz aushilfsweise meine Tour gefahren, der hat diese Nummer nicht gefunden und wusste nicht, wo er es abgeben sollte. Weil kein Absender angegeben ist, konnte er das Paket nicht zurückschicken, deshalb hat er es für mich liegen lassen. Er dachte ganz richtig, dass ich schon weiß, wohin damit.«

Etwas ratlos schaute Kassandra vom Paket auf. »Das sollte tatsächlich zur Polizei.«

»Sicher? Ich kann das natürlich wieder mitnehmen, aber …«

»Aber?« Kassandra konnte sich nicht vorstellen, was der Postbote ihr sagen wollte.

»Tja.« Krull fuhr sich mit der linken Hand übers Kinn. »Ich war gestern Abend was mit Jonas trinken, und ich hab ihm von dem Ding hier erzählt, das mir Sonnabendnachmittag in der Poststelle aufgefallen war. Er meinte, ich soll's Ihnen bringen. Nicht der Polizei.«

»So. Meinte er das.« Kassandra musste lächeln. »Na schön, betrachten Sie es als zugestellt.«

Krull lächelte zurück. »Wiedersehen, Frau Voß.«

Was am Morgen relativ unkompliziert erschien, bekam im Laufe des Tages andere Dimensionen. Je öfter sie an das Paket dachte, desto klarer wurde ihr, dass sie einen Fehler gemacht hatte. Sie hätte Krull damit zur Polizei schicken oder selbst gehen sollen. Normalerweise stand sie nicht am Fenster und lauerte darauf, wer wann nach Hause kam, aber an diesem Abend machte sie eine Ausnahme. Sobald sie Jonas auf seinem Fahrrad kommen sah, winkte sie ihm zu – und er fragte gar nicht erst, wieso.

»Felix war da«, stellte er fest.

»Wer?«

»Felix. Der Postbote.«

»*Felix* Krull? Ernsthaft?«

»Seine Eltern haben einen eigenwilligen Humor«, meinte Jonas lachend. »Und, was ist nun drin in dem ominösen Paket?«

»Weiß ich nicht, ich hab's nicht angerührt.«

»Ah«, machte Jonas. »Ich hab ja schon mal festgestellt, dass du nicht neugierig bist. Dabei ist das doch die Chance, mehr über Kind zu erfahren.«

»Es ist vor allem die Chance, drangekriegt zu werden wegen Unterschlagung von Beweismitteln«, widersprach Kassandra. »Im schlimmsten Fall würden wir vielleicht sogar wertvolle Spuren vernichten, wenn wir uns an dem Paket zu schaffen machen. Es muss zur Polizei.«

Jonas verschränkte die Arme vor der Brust. »Ziehen wir eben Handschuhe über, wenn du keine Spuren vernichten willst. Zur Polizei bringen können wir es später immer noch.«

Zweifelnd betrachtete Kassandra das Paket, das zwischen ihnen auf dem Tisch stand. Natürlich wollte sie wissen, was drin war, und Jonas sah es ihr an.

»Du hast bestimmt Erste-Hilfe-Handschuhe.«

Kassandra dachte nach. »Ich könnte sagen, ich hätte bloß den Namen meiner Pension auf dem Aufkleber gesehen und später erst gemerkt, dass es für Kind ist ...« Sie stand auf und kam mit zwei Paar Handschuhen zurück, die sie erst überstreiften, nachdem sie den Karton geöffnet hatten, damit ihre Erklärung glaubwürdig blieb. Zum Vorschein kamen ein in mehrere Lagen Luftpolster gepackter sehr alter Kunstband, ein Ausstellungskatalog und das Schreiben eines Antiquariats aus Rostock.

Sehr geehrter Herr Thun,
wie vereinbart schicke ich Ihnen den Kosicki in Erstauflage von 1912. Ich
freue mich, dass es mir geglückt ist, ihn so schnell zu beschaffen, und be-
danke mich noch einmal für die sehr großzügige Vorauszahlung. Außer-
dem anbei der Ausstellungskatalog, den Sie versehentlich liegen ließen.
Mit freundlichen Grüßen
Antiquariat G. Remmert Nachf. Giese

»Bloß ein Kunstband«, stellte Kassandra enttäuscht fest.

»Bloß ist gut, das Ding sieht wertvoll aus. Ich frage mich, warum die vergessen haben, ihren Absender aufs Paket zu schreiben.«

»War vielleicht eine Aushilfe. Die Hausnummer ist ja auch
falsch. Aber das Ganze bringt uns überhaupt nicht weiter.«

»Immerhin wissen wir das jetzt. Die Polizei wird's aber auch
nicht weiterbringen.« Jonas griff nach dem Ausstellungskatalog.
»Sieh mal: Kind hat sich anscheinend für die Barnstorfer Kunstscheune interessiert.«

»Komisch. Wenn er den Katalog hatte, muss er doch dort gewesen sein. Menning und Dietrich haben sich garantiert da erkundigt, warum« konnte sich niemand an ihn erinnern?«

»Das ist ein Katalog für eine Ausstellung, die erst morgen eröffnet wird«, sagte Jonas. »Er hat ihn also nicht einfach mitgenommen,
sondern muss auf andere Weise drangekommen sein.«

Kassandra blätterte durch die Seiten. Die Kunstscheune zeigte
in einer Doppelausstellung Werke der Bildhauerin Tina Bodenstedt und des Malers Arnold Kesting. Beide Namen sagten weder
Kassandra noch Jonas etwas, aber sie waren auch nicht gerade
Kunstexperten. Neben einigen Abbildungen der Werke fanden
sich kurze Biografien und Fotos der Künstler hinten im Katalog.

»Das ist aber nicht sehr respektvoll.« Kassandra deutete auf das
Foto von Arnold Kesting. Man konnte gerade noch dessen dunkle
Haare und dunkle Augen erkennen. Josef Kind hatte dem Gesicht
mit einem schwarzen Kugelschreiber eine hässliche Brille und einen wirren Vollbart verpasst. Dabei handelte es sich allerdings nicht
um eine dilettantische Kritzelei. Die Zeichnung war gekonnt,
trug sogar karikaturistische Züge. Am Ende von Kestings Vita
prangte ein dickes Fragezeichen.

Das Foto von Tina Bodenstedt war wesentlich schmeichelhafter umgestaltet worden. Kind hatte an ihren Zügen nichts verändert, das Bild zeigte ein schmales Gesicht mit hellen Augen und langen Haaren, die von einem schlichten Tuch streng nach hinten gebunden waren, sodass man die helle Farbe nur noch erahnen konnte. Tina Bodenstedts etwas zu groß geratener Mund lächelte nicht, sie wirkte wie die typische kühle Blonde. Um das Foto herum hatte Kind einen üppigen Barockrahmen gezeichnet, der einen starken Kontrast zur Distanziertheit der Künstlerin bildete. Am Ende ihrer Vita prangte ein von mehreren Fragezeichen umrandetes dickes Ausrufezeichen.

»Ich glaube, ich war zu lange schon nicht mehr auf einer Ausstellung«, sagte Kassandra nachdenklich. Ihre Finger veranstalteten dabei eine Art Daumenkino mit dem Katalog.

»Hey, was haben wir denn hier?« Jonas fing einen kleinen, irgendwo abgerissenen Zettel auf, der gerade zu Boden segeln wollte. »Eine Telefonnummer, Rostocker Vorwahl.«

»Das Antiquariat vielleicht? Zeig her.« Kassandra holte ihr Telefon und wählte. Es klingelte zweimal, dann meldete sich der Teilnehmer.

»Detektei Stringer, wen oder was können wir für Sie finden?«

Kassandra verschluckte sich fast. Eine Detektei? Damit hatte sie nicht gerechnet, sie musste sich was einfallen lassen – oder sich für die Wahrheit entscheiden, was schneller ging. »Guten Tag. Können Sie mir vielleicht sagen, ob ein Herr Thun oder ein Herr Kind zu Ihren Auftraggebern gehört?«

»Können kann ich schon«, sagte die männliche sonore Stimme am anderen Ende. »Aber dürfen darf ich nicht. Sie verstehen das bestimmt, Datenschutz, Diskretion et cetera. Selbst wenn Sie so freundlich gewesen wären, mir Ihren Namen zu verraten, würde ich Ihnen sicher nicht sagen, ob einer unserer Klienten ein Mordopfer war. Es sei denn, Sie sind die Polizei. Sind Sie die Polizei?«

»Nein, aber ...« Flüchtig hatte Kassandra in Erwägung gezogen zu lügen, aber ihre Schwierigkeiten mit der Polizei reichten ihr. Amtsanmaßung musste nicht noch dazukommen.

»Kein Aber. Wiederhören.«

»Das war ja mal kurz«, stellte Jonas fest.

»Trotzdem ganz aufschlussreich. Da hat sich eine Detektei gemeldet, und wenn wir eins und eins zusammenzählen, würde ich

sagen, Josef Kind hat Erkundigungen über Tina Bodenstedt und/
oder Arnold Kesting einholen lassen, sonst hätte der Zettel mit
der Telefonnummer kaum ausgerechnet in diesem Katalog gelegen. Auch wenn sein Name mittlerweile durch alle Zeitungen
gegeistert sein dürfte, wusste der Herr Detektiv doch sehr schnell,
wen ich meine.«

Jonas nickte verstehend. »Fragt sich, was für ein Interesse Kind
an den beiden Künstlern gehabt haben könnte. Wenn es nur um
deren Werke gegangen wäre, hätte er keine Detektei beauftragt.«

Obwohl er mehr laut gedacht als gefragt hatte, blieb es so lange
still, dass Jonas Kassandra ansah. »Jetzt sag bloß, dazu fällt dir was
ein.«

Kassandra rang mit sich, doch sie warf ihre Skrupel wegen Violetta über Bord. Sie hatten hier womöglich einen Hinweis darauf,
dass Kind noch andere Opfer außer Degenhard gehabt oder zumindest weitere Erpressungen geplant hatte. Vielleicht war das weit
hergeholt, aber es wäre eine Erklärung für die Detektei. Sie erzählte, was sie wusste.

Jonas wog den Katalog eine Weile in den Händen. Dann legte
er ihn in einer endgültigen Geste auf den Tisch. »Ich habe wie du
das ganz dumpfe Gefühl, ich müsste mich mal wieder um meine
Bildung kümmern. Was hältst du von einer feierlichen Ausstellungseröffnung? Morgen?«

»Unbedingt. Aber braucht man dafür nicht eine Einladung?«

9

»Danke, du bist echt ein Zauberer!« Kassandra hätte Paul aus einem Impuls heraus fast umarmt, aber etwas hielt sie davon ab. Stattdessen wedelte sie mit den zwei Einladungen für sich und Jonas vor seiner Nase herum. »Das sind unsere Eintrittskarten ins Reich der Kunstkenner – und dass wir dich gleich dazubekommen, ist die beste Tarnung, die's gibt. Ich könnte niemanden ernsthaft glauben machen, ich verstünde was von Kunst. Weich mir bloß den ganzen Abend nicht von der Seite!«

»Wird mir ein Vergnügen sein«, versprach Paul und lachte. Dann wurde er schlagartig ernst. »Obwohl ich immer noch der Meinung bin, ihr solltet es lassen. Ich hab's Jonas schon gesagt, und jetzt sag ich's dir – selbst wenn ich tauben Ohren predige: Jemand hat wahrscheinlich was dagegen unternommen, dass Kind zu viel wusste. Ich möchte nicht, dass dieser Jemand auch was gegen euch unternimmt, weil ihr zu viele Fragen stellt. Künstler mögen ein sensibles Völkchen sein, aber in manchem stillen Wasser schlummert ein Vulkan.«

»Paul, was ist los mit dir?«, rief Jonas ungeduldig aus dem Nebenraum, in dem er sich in letzter Minute umzog. »Früher warst du nicht gerade bekannt dafür, übervorsichtig zu sein.«

Ein Schatten glitt über Pauls Gesicht. »Das ist lange her.« Er wandte sich an Kassandra. »Dieser Hauptkommissar Menning macht doch einen vernünftigen Eindruck.«

»Auf die leichte Schulter hat er die Sache mit Sven trotzdem nicht genommen. Ich hab das Gefühl, dass ich selbst was tun muss, statt nur dazusitzen und zu warten. Verstehst du das?«

Paul nickte zögernd. »Du willst das wirklich durchziehen?« Sein Blick schien bis in ihr Innerstes vorzudringen, als wollte er nicht nur einfach eine Antwort hören, sondern sie fühlen. Einen Augenblick lang verspürte Kassandra das Bedürfnis, sich an Paul zu lehnen, von ihm beschützt zu werden – und gleichzeitig absurderweise auch das Bedürfnis, ihn zu beschützen. »Kassandra?« Seine Stimme riss sie aus ihren Gedanken.

»Ja. Ich muss.«

Paul sah sie unvermindert intensiv an. »Gut«, sagte er dann. »Ihr habt meine Unterstützung, wann immer ihr sie braucht.«

In diesem Moment kam Jonas in einem schwarzen Abendanzug herein und zuppelte an seinem Ärmel herum. »Ich muss gewachsen sein, seit ich den das letzte Mal anhatte.«

Kassandra zwang sich, ihre Aufmerksamkeit von Paul auf Jonas zu lenken. »Lass mich mal.« Sie brachte seine Manschetten in Form, rückte seine Krawatte gerade und trat zurück. »So sollte es gehen.«

»Und was ist mit mir?« Auffordernd lächelnd streckte Paul ihr die Arme entgegen und schaffte es damit mühelos, die eben noch bedeckte Stimmung mit einem Schlag auf heiter zu heben.

»Du siehst perfekt aus.« Was durchaus der Wahrheit entsprach. Kassandra hätte Paul vorhin beinah nicht erkannt. Er trug einen blaugrauen Anzug mit weißem Hemd und grauer Krawatte. Die Farbe des Anzugs passte exakt zu seinen Augen, die der Krawatte zu seinen Haaren. Soweit Kassandra wusste, war Paul nicht verheiratet, also hatte er entweder selbst einen unfehlbaren Geschmack oder eine entsprechende Freundin. Was man von Jonas nicht behaupten konnte. Der Schnitt seines Anzugs war seit gefühlten zwei Jahrzehnten nicht mehr in Mode, aber er hatte sich rundweg geweigert, sich neu einzukleiden. »Für ein paar Bilder?«, hatte er gefragt und Kassandra und Paul gleichermaßen zum Lachen gebracht.

Kassandra selbst steckte zu dieser Gelegenheit ausnahmsweise in einem ihrer wenigen Kleider, schlicht, schwarz, knielang. Dazu trug sie eine silbergraue Kette aus Süßwasserperlen und flache Sandalen. In der Kunstscheune lag Sand auf dem unebenen Boden, auf ihr einziges Paar hochhackige Schuhe hatte sie daher verzichtet.

»Gehen wir?«, fragte sie und hakte sich rechts und links bei den beiden unter. Dabei dachte sie an Pauls potenzielle Freundin. Falls es die gab, musste sie sich heute entschlossen haben, ihn allein loszuschicken.

Entlang der schmalen Straße nach Barnstorf parkte eine ganze Reihe Autos. Im Garten der Kunstscheune, den einige Metallskulpturen als Dauerausstellungsstücke schmückten, leuchteten Fackeln.

Eine Menge Gäste tummelten sich dort mit Gläsern in der Hand, das Scheunentor war noch geschlossen. Davor stand eine Frau in den Dreißigern mit hochgestecktem Haar, randloser Brille, roter Bluse und ausgewaschenen Jeans, die sich im Gespräch mit einer etwas jüngeren Blondhaarigen befand. In Letzterer erkannte Kassandra sofort Tina Bodenstedt.

Jonas jedoch deutete auf die andere. »Selbst Gerlinde trägt Jeans, wieso darf ich nicht, was die Galeristin darf?«, beschwerte er sich.

»Weil auf deinen Jeans nicht das richtige Label steht«, gab Kassandra amüsiert zurück.

»Das sieht doch kein Mensch.«

»Glaub mir, man sieht es.«

Jemand sprach Tina Bodenstedt an, was die Galeristin zum Anlass nahm, zu Kassandra, Jonas und Paul herüberzukommen.

»Paul, wie schön, dich zu sehen! Du warst schon lange nicht mehr auf einer unserer Vernissagen.«

»Ich weiß, und ich hab auch ein angemessen schlechtes Gewissen. Kennst du Kassandra Voß schon? Kassandra Voß, Gerlinde Meerbusch. Jonas muss ich dir wohl nicht vorstellen«, fügte Paul schmunzelnd hinzu.

Gerlinde Meerbusch schüttelte lächelnd den Kopf. »Kaum. Es geschehen noch Zeichen und Wunder. Jonas Zepplin im feinen Zwirn, wer hätte das gedacht?«

»Sehr witzig. Ist die andere Hälfte deiner Doppelausstellung auch schon da?«, lenkte Jonas geschickt vom Thema ab.

Gerlinde Meerbusch schaute an ihm vorbei. »Da kommt er gerade.«

Kassandra, Paul und Jonas wandten sich um und sahen einen Mann das Grundstück betreten, der wie gemacht schien für einen Helden aus einem der Romantic Thriller, die Violetta neben ihren Krimis verschlang: Arnold Kesting war groß, er überragte sogar Paul um ein, zwei Zentimeter, wie Kassandra bemerkte, als er auf sie alle zutrat, um die Galeristin zu begrüßen. Er hatte markante klassische Züge, die man durch Kinds verunstaltende Zeichnung auf dem Foto nicht hatte erkennen können, und schien alle um ihn herum wahrzunehmen, obwohl er nur mit Gerlinde Meerbusch sprach.

»Hallo, Gerlinde, ich weiß, ich bin knapp dran, entschuldige. Hab mich verzettelt mit einem anderen Termin.« Mit einer abwesenden Geste strich er sich die schwarzen Haare aus der Stirn und zwinkerte ihr zu. »Ich hoffe, Tina ist noch nicht zu ungeduldig geworden.«

Gerlinde Meerbusch zwinkerte zurück. »Ein bisschen. Lass uns lieber gleich loslegen. Die Vorstellung«, sie deutete auf Kassandra, Jonas und Paul, »kann warten. Tina nicht.«

Kesting lachte zustimmend und nickte ihnen freundlich zu, bevor er der Galeristin folgte. Kassandra sah ihm nach und wurde zum zweiten Mal an einschlägige Romane erinnert, in denen Arnold Kestings Bewegungen sicher als geschmeidig beschrieben worden wären.

»Für wen hält der sich denn?«, fragte Jonas. »Mister Umwerfend 2011?«

»Er hat nicht mal ein Wort mit uns gewechselt, wie kannst du jetzt schon gegen ihn eingenommen sein?«, spöttelte Kassandra.

Während Jonas ein undefinierbares Geräusch von sich gab, wechselten Paul und Kassandra einen belustigten Blick.

»Antipathie auf den ersten Blick, wenn du mich fragst«, sagte Paul leise, weil Gerlinde Meerbusch gerade ihre Gäste begrüßte. »Ich wette, Jonas wird Kesting übernehmen wollen, wenn ihr euch nachher aufteilen müsst, um ihn und die Bodenstedt auszuspionieren.« Er richtete seine Aufmerksamkeit wieder auf Gerlinde Meerbusch, die zur Vorstellung der Künstler übergegangen war.

»Ich freue mich sehr, Ihnen in den nächsten Wochen die Werke der Bildhauerin Tina Bodenstedt präsentieren zu können. Sie hat an der Rostocker Technischen Kunstschule Bildhauerei studiert, war während und nach ihrem Studium Privatschülerin bei Heiner Bertram und hat außerdem zwei Auslandssemester an der Accademia di Belle Arti in Florenz verbracht. Sie hatte quer durch Deutschland schon viele eigene Ausstellungen, zuletzt in Stralsund – und nun bei uns auf dem Fischland.«

Freundlicher Applaus begleitete den letzten Halbsatz, und Tina Bodenstedt lächelte in die Runde. Im Abendlicht wirkte sie weniger kühl als auf dem Foto. Kassandra fand, dass Gerlinde Meerbusch, die zwischen Bodenstedt und Kesting stand, wie eine Art Wall wirkte, die zwei Gegner voneinander abschirmte. Die beiden Künstler würdigten einander keines Blickes, sie sahen beide stoisch die Galeristin an, die sich nun Kesting zuwandte. »Arnold Kesting wird Sie von seiner Vielfältigkeit überzeugen. Sie werden nicht nur Gemälde von ihm sehen, sondern ebenso Fotografien und Collagen aus Malerei und Fotografie. Er hat an der Westfälischen Wilhelms-Universität Münster Kunstgeschichte und an der Kunstakademie Düsseldorf Malerei studiert und kann auf viele erfolgreiche Ausstellungen im In- und Ausland zurückblicken. Umso mehr freue ich mich, dass ich ihn für unsere kleine Kunstscheune gewinnen konnte.«

Arnold Kesting lachte. »Ich freue mich mindestens genauso. New York kann ganz schön anstrengend sein.«

Das Publikum lachte mit und applaudierte. Bis auf Jonas. »New York. Klar, hätte man sich ja denken können«, sagte er und wandte sich an Kassandra. »Hör mal, den überlass mir. Du übernimmst die Bodenstedt.«

Diesmal war es Paul, der ein undefinierbares Geräusch von sich gab, während Kassandra lächelnd den Kopf schüttelte. »Prinzipiell ist mir das egal. Trotzdem bezweifle ich, dass das eine gute Idee ist. Wie willst du ihn neutral beobachten, wenn du ihn nicht ausstehen kannst? Ganz davon abgesehen, dass man dir das sofort ansieht. Du wirst Kesting eher vergraulen als was aus ihm rauskitzeln.«

»Meinst du, du könntest das besser?«, forderte Jonas sie heraus.

Kassandra zuckte mit den Schultern. »Käme auf einen Versuch an. Lass uns sehen, wie sich der Abend entwickelt.«

Wie aufs Stichwort öffnete Gerlinde Meerbusch in diesem Moment die Scheune. In dem großen Innenraum, der durch Stellwände und Fachwerk unterteilt war, sowie in zwei abgetrennten kleinen Räumen standen an exponierten Stellen Tina Bodenstedts Skulpturen aus Sandstein, Marmor, Holz und Bronze. Die meisten Plastiken stellten gesichtslose sitzende, liegende oder stehende Figuren dar, doch es gab auch einige Büsten mit Gesichtern, die unglaublich ausdrucksvoll waren. Das herausragendste Werk allerdings war ein überdimensionaler Fisch, dessen bunte Emaille-Schuppen im Licht der Halogenstrahler funkelten.

An den Wänden hingen Arnold Kestings Bilder, weite Landschaften und enge Räume, die Unendlichkeit und Grenzen symbolisierten, Fotos von Dünen und vom Meer, kunstvoll weitergemalt. Der Übergang vom Foto zum Gemälde war kaum zu erkennen, was bei einer Blumenwiese mitten in der Wüste besonders verwirrend wirkte. Vor diesem Bild blieb Kassandra länger stehen, weil der Gegensatz wie ein Zusammenspiel wirkte. Sie hatte nicht bemerkt, dass Jonas und Paul weitergegangen waren.

»Gefällt es Ihnen?«

Aus ihren Betrachtungen gerissen, blickte Kassandra irritiert auf und sah sich Arnold Kesting gegenüber. »Sehr. Wie haben Sie das gemacht? Diese Wiese scheint in die Wüste zu gehören, als wäre sie nie woanders gewesen.«

Kesting lächelte. »Danke. Ich weiß nicht, wie ich das mache. Gefühle kann man nicht erklären, oder?«

»Das stimmt. Aber Sie haben Kunst studiert, Malerei, lernt man da nicht das Handwerk und die Technik, um exakt dieses Gefühl auszudrücken und beim Betrachter hervorzurufen?«

»Wenn Sie aufgehen in dem, was Sie gerade tun, in diesem einen Moment in der Ewigkeit – dann denken Sie nicht an Technik und Handwerk. Sie fühlen nur, und Ihre Hände sind bloß das zufällige Werkzeug, mit dem Sie ausdrücken, was Sie fühlen.« Arnold Kestings dunkelbraune Augen wurden fast schwarz, als er sprach. Er sah sie dabei nicht an, sondern auf das Bild, als erinnerte er sich an jede Sekunde des Schaffensprozesses, was Kassandra die Gelegenheit gab, ihn unauffällig zu mustern. Es schien ihm ernst zu sein mit dem, was er sagte.

»Arnold, hier steckst du.« Gerlinde Meerbusch war zu ihnen getreten. »Du hast dich offenbar schon selbst mit der zurzeit interessantesten Bewohnerin des Fischlandes bekannt gemacht.«

Arnold Kesting hob die Brauen. »Also, ich weiß, dass ich sie interessant finde, aber dass gleich das ganze Fischland meine Meinung teilt, ist mir neu.«

Kassandra wusste nicht, ob sie das als besonders originelles oder besonders plumpes Kompliment verstehen sollte. Sie entschied sich für amüsant.

»Dann darf ich dir Kassandra Voß vorstellen. In ihrer Pension wurde die Leiche von Josef Kind gefunden, und sie war mal mit Sven Larsen verheiratet, falls dir Weitgereistem der Name von zweifelhaften Lokalgrößen was sagt.«

Eine Sekunde lang hatte Kassandra das Gefühl, als sei Kesting zusammengezuckt, sie konnte nur nicht sagen, welcher Teil dieser Enthüllung ihn dazu veranlasst hatte.

»Sicher. Diese Art von Interesse ist aber bestimmt nicht sehr beneidenswert.« Kestings dunkle Augen ruhten auf Kassandra.

»Wie sich herausgestellt hat, lässt es sich hier als Frau Ex-Larsen erstaunlich gut leben«, sagte sie zu Gerlinde Meerbusch, die gerade von jemandem angesprochen wurde und sich entschuldigte. »Das mit der Leiche ist weit weniger angenehm.«

Kesting nickte. »Armer Teufel, er wird fehlen in der Kunstwelt. Anscheinend hat er einen Fälscher zu viel entlarvt.«

»Glauben Sie?«

»Das liegt doch nahe. Untersucht die Polizei den Fall nicht in diese Richtung?«

»Die Polizei ermittelt in alle Richtungen.« Jonas war plötzlich neben Kassandra aufgetaucht. »Kannten Sie Josef Kind persönlich? Ich frage, weil Sie ihn eben einen armen Teufel genannt haben.«

Arnold Kesting runzelte die Stirn. »Würden Sie jemanden, der ermordet wurde, anders bezeichnen, Herr ...«

»Zepplin«, sagte Jonas knapp. »Ich würde das vom Charakter des Opfers abhängig machen.«

»Das heißt, wenn das Opfer ein schlechter Mensch war, ist sein Tod weniger bedauerlich?«, erkundigte sich Kesting milde.

»Das hab ich nicht behauptet«, widersprach Jonas. »Ich denke nur, dass ich einen ermordeten ... sagen wir mal, einen ermordeten Erpresser nicht unbedingt einen armen Teufel nennen würde. Mord ist natürlich trotzdem nie gerechtfertigt.«

Kassandra bemerkte, dass Jonas Kesting fest im Blick behielt. Falls er jedoch mit einer außergewöhnlichen Reaktion bei dem Wort Erpresser gerechnet hatte, wurde er enttäuscht.

Kesting lächelte nur. »Verstehe. Da Josef Kinds Charakter einwandfrei war, darf ich ihn wohl als armen Teufel bezeichnen.«

»Also kannten Sie ihn persönlich?« Jonas blieb hartnäckig.

Kassandra war kurz davor, ihn diskret in die Rippen zu stoßen, damit er sich weniger auffällig benahm.

Arnold Kesting schüttelte immer noch lächelnd den Kopf. »Nein. Aber jeder in der Branche wird Ihnen seinen guten Ruf bestätigen.«

Jonas' Gesichtsausdruck entspannte sich. »Dann hat der Mord tatsächlich was mit Kinds Job zu tun und nicht mit anderen dubiosen Dingen. Das beruhigt mich. Wer weiß, in was Kassandra sonst noch verstrickt worden wäre, weil man seine Leiche bei ihr gefunden hat.« An dieser Stelle legte er beschützend den Arm um sie.

Die Geste blieb Kesting natürlich nicht verborgen. »Da können Sie unbesorgt sein.« Er richtete die Worte an Jonas, blickte dabei aber Kassandra an. »Bitte entschuldigen Sie mich, ich muss ein bisschen die Runde machen.«

Kassandra schaute ihm hinterher und bemerkte, dass er vom Kurdirektor angesprochen wurde, sich aber nicht auf das Gespräch konzentrierte. Ab und zu sah er zu einer Gruppe weiter hinten im Raum, die sich um Tina Bodenstedt gebildet hatte. Lag da Widerwillen in seiner Körperhaltung? Ohne ihren Blick von Kesting zu lösen, sagte Kassandra zu Jonas: »Nicht übel. Du hast ihm eine plausible Erklärung für dein beharrliches Nachhaken geliefert, aber Freunde werdet ihr in diesem Leben wohl nicht.« Nun drehte sie sich doch um.

»Nein«, gab Jonas zu. »An die Bodenstedt komm ich leider auch nicht ran. Die Frau ist ständig umgeben von einer Horde hochgeistiger Kunstkenner, die mit ihr darüber diskutieren, warum der linke Busen ihrer Plastik ›Dame mit Schmetterling‹ einen Millimeter größer ist als der rechte.« Er seufzte resigniert.

Kassandra lachte auf. »Diskutier eben mit. Ohne Fleiß kein Preis. Hab ich recht?«, fragte sie Paul, der sich wieder zu ihnen gesellt und Jonas' letzte Sätze mitbekommen hatte.

Jonas wartete dessen Antwort nicht ab. »Vielleicht sollte Paul das übernehmen. Der weiß wenigstens, wovon er spricht.«

»Besten Dank«, sagte Paul. »Ich glaub nicht, dass ich Experte für Brustvergrößerungen bin.«

Kassandra prustete los, und Paul fiel mit ein, während Jonas gespielt beleidigt danebenstand. »Na, ich vielleicht? Ich bin überhaupt kein sehr glaubwürdiger Kunstinteressierter. Paul, bring mir in einem Schnellkurs bei, was ich brauche, um bei der verehrten Bildhauerin zu punkten.«

»Da sehe ich schwarz. Dir Kunst nahezubringen, Jonas, dürfte ein Ding der Unmöglichkeit sein«, spöttelte Paul. »Lass lieber deinen Charme spielen, davon hast du ja reichlich.«

»Ob der ausreicht, um die Bodenstedt auszuquetschen?« Jonas stöhnte theatralisch. »Ich würde ja gern mit ihr über diesen Riesenfisch reden, aber ich weiß nicht mal, woraus die Schuppen bestehen.«

»Emaille. Eine anorganische, glasartige Masse, die bei sehr hohen Temperaturen auf Metall aufgeschmolzen wird und damit eine feste, fast unlösbare Verbindung eingeht. Bei Tinas Fisch dienten als Trägermaterial Kupfer, Silber, Gold und Glas.«

Für ein, zwei Atemzüge stand die Zeit still. Kassandra war klar, dass sich eine Frage deutlich auf ihren Gesichtern abzeichnete: Wie lange hatte Kesting da schon gestanden, halb verdeckt von der Stellwand?

»Freut mich, wenn ich behilflich sein konnte. Falls Sie mehr über Tinas Stücke wissen wollen – oder über Tina selbst«, hier lächelte Kesting süffisant, die linke Hand locker in der Hosentasche, in der rechten ein Glas Weißwein, »stehe ich gern zur Verfügung.« Als niemand antwortete, fuhr er fort: »Ich finde, wir sollten jetzt mal mit offenen Karten spielen. Sie sind nicht hier, weil Sie wahnsinnig neugierig auf meine Bilder oder Tinas Skulpturen sind – abgesehen von Ihnen vielleicht.« Er sah zu Paul. »Sie scheinen in Ihrem Trio zumindest derjenige mit dem Kunstverstand zu sein. Wir sind uns noch nicht vorgestellt worden. Ich bin Arnold Kesting.«

»Paul Freese.« Mehr sagte er nicht.

Zwei Sekunden lang maßen sich die beiden Männer wortlos. Schließlich legte Kesting den Kopf schief. »Kann es sein, dass wir uns schon mal begegnet sind?«

»Daran würde ich mich erinnern.«

»Dann muss ich mich irren.« Kesting wandte sich wieder an Jonas. »Herr Zepplin, Sie haben vorhin viel Wert auf meine Einschätzung von Josef Kinds Charakter gelegt. Je länger ich darüber nachdenke, desto mehr komme ich zu der Überzeugung, dass Sie darüber besser Bescheid wissen als ich. Sie haben auch das Beispiel des Erpressers nicht zufällig gewählt. Sind wir uns so weit einig?«

Jonas schwieg. Kassandra spürte, wie sich Paul neben ihr anspannte, aber auch er erwiderte nichts.

»Ich kann mir den integren Josef Kind eigentlich nicht als Erpresser vorstellen, aber man weiß ja nie, das Leben hält manche

Überraschungen bereit. Weniger würde mich allerdings wundern, wenn Tina was zu verbergen hätte.« Kesting machte eine Pause und wartete. »Ach, kommen Sie schon! Sie sind hier, weil Sie einem Hinweis folgen, dass Kind Tina erpresst hat – sonst würden Sie meine geschätzte Kollegin nicht ausquetschen wollen. Ihre Wortwahl.«

»Und wenn das so wäre?«, fragte Paul.

»Biete ich meine Hilfe an. Von Tina selbst werden Sie kaum was erfahren. Sie brauchen jemanden mit Kontakt zu Personen, die mit Tina befreundet oder zumindest bekannt sind. Es ist immer von Vorteil, die richtigen Leute zu kennen.«

»Wem sagen Sie das?«, murmelte Paul.

Kassandra gluckste kaum hörbar.

»Was liegt Ihnen daran, uns zu helfen?«, mischte Jonas sich ein. »Ich hab ja verstanden, dass Tina Bodenstedt nicht Ihre beste Freundin ist, aber Ihnen sind doch die Konsequenzen aus dem, was wir vermuten, sicher klar.«

»Sie meinen, Tina könnte in Josef Kinds Tod verwickelt sein, und ich sollte lieber nicht zu tief graben? Sie graben doch selbst. Mir ist die Sache ein gewisses Risiko wert, wie Ihnen offenbar auch. Wollen Sie nun meine Hilfe oder nicht?«

»Sie haben nicht mal gefragt, wie wir zu der Annahme gekommen sind, dass Kind Frau Bodenstedt erpresst hat.« Pauls Augen verengten sich. »Geschweige denn, warum wir Kind überhaupt für einen Erpresser halten.«

Was war in Paul gefahren? Kassandra hatte inständig gehofft, dass Kesting gerade diese Fragen nicht stellte. Wenn er den Katalog zu Gesicht bekäme, würde er schnell den Schluss ziehen, dass Tina Bodenstedt nicht die Einzige war, die sie verdächtigten.

»Wenn Sie bereit sind, mir das anzuvertrauen, kann ich davon ausgehen, dass wir uns einig sind?«

»Ich habe nicht gesagt, dass wir Ihnen irgendwas anvertrauen. Ich bin nur erstaunt, wie wenig neugierig Sie sind. Sie müssen Tina Bodenstedt sehr hassen, wenn Sie nach jedem Strohhalm greifen, der sie möglicherweise ans Messer liefert.« Pauls Ton war so hart und kalt geworden, dass Kassandra selbst kalt wurde. Sie starrte ihn an. Obwohl er das spüren musste, gab er nichts dergleichen zu erkennen, sondern fixierte nach wie vor Arnold Kesting. »Ich will wissen, warum das so ist. Solange Sie uns über Ihre Motive im Unklaren lassen, werden Sie von uns gar nichts erfahren.«

Es wunderte Kassandra nicht, dass Kesting unter Pauls bohrendem Blick seine lockere Haltung kurzfristig verloren hatte. Aber sein Erstaunen währte kürzer als ihres. Er lächelte schon wieder. »Hass? Sie überschätzen mich, Herr Freese. Meine Motive sind weit weniger imposant. Was nicht heißt, dass ich bereit bin, darüber zu sprechen. Ich habe meine Geheimnisse, Sie haben Ihre. Ich frage ja auch nicht, weshalb Sie diesen Mord aufklären wollen, und das an der Polizei vorbei.« Er schaute sie reihum an. »Wenn es sie gibt, kann ich Ihnen die Informationen beschaffen, die Sie wollen. Im Gegenzug hätte ich gern den Beweis, dass Kind ein Erpresser war.«

»Damit Sie wiederum Frau Bodenstedt mit Josef Kind unter Druck setzen können?« Diesmal war Pauls Ton nicht kalt, sondern ebenso gelassen wie Kestings.

»Sie geben nicht auf, wenn Sie was wissen wollen«, stellte Kesting fest. »Tatsache ist: Wir können uns gegenseitig helfen. Mein Angebot steht, Sie müssen es nur annehmen.«

Kassandra sah Jonas an. Kesting war genauso verdächtig wie die Bodenstedt, andererseits konnten sie ihn besser im Auge behalten, wenn er mit ihnen zusammenarbeitete. Jonas nickte ihr zu, woraufhin beide zu Paul schauten, der aus irgendeinem Grund das Kommando übernommen zu haben schien.

»Einverstanden«, sagte er langsam.

»Schön. Dann können wir uns ja wieder dem entspannten Teil des Abends widmen.« Das Funkeln in Kestings Augen ließ die letzten fünf Minuten ihres Gesprächs fast surreal scheinen. »Frau Voß, Ihr Glas ist leer. Kann ich Ihnen ein neues bringen?«

Kassandra lehnte benommen ab. »Später vielleicht, danke. Ich glaube, ich möchte lieber mal an die frische Luft.«

»Kann ich verstehen. Ich würde anbieten, mit rauszukommen, aber ich fürchte, da hätte jemand was gegen.« Er nickte Jonas zu und verschwand in der Menge.

»Und ob ich was dagegen hätte«, sagte Jonas. »Der hat eine mächtig beeindruckende Show abgezogen, ich wüsste zu gern, was davon ich ihm abkaufen soll.«

»Ja, da bin ich mir auch nicht sicher«, stimmte Paul leise zu.

»Auf jeden Fall kann er Tina Bodenstedt tatsächlich nicht ausstehen«, sagte Kassandra. »Er hat sich den ganzen Abend wenig Mühe gegeben, das zu verbergen.«

»Richtig«, räumte Jonas ein. »Aber jemanden nicht ausstehen können und jemandem einen Mord anhängen wollen sind zwei Paar Schuhe.«

»Auch wieder wahr.« Sie fuhr sich mit der Hand über die Stirn. »Ich geh jetzt wirklich in den Garten. Es ist heiß hier drin.« Sie wandte sich um und sah nur noch aus den Augenwinkeln, dass Jonas sie begleiten wollte, aber von Paul zurückgehalten wurde.

Draußen war die Luft viel angenehmer. Kassandra schlenderte hinter die Scheune, wo nur noch Rasen und ein paar Büsche das Grundstück von Schilf und Bodden trennten, und dachte über das nach, was gerade passiert war. Und ob Paul nicht doch recht gehabt hatte. Sollten sie tun, was sie vorhatten? Überhaupt Paul. Ein-, zweimal an diesem Abend war er ihr ganz fremd vorgekommen.

»Ich fürchte, ich habe meine guten Vorsätze über Bord geworfen. Schlimm?«

Kassandra drehte sich zu Kesting um und überlegte zum zweiten Mal an diesem Abend, wie lange er da schon gestanden hatte. Sie schüttelte den Kopf.

»Warum sind Sie …« Er unterbrach sich. »Das ist albern. Darf ich Du sagen? Wo wir doch sozusagen Partner sind?« Er wartete ihre Antwort nicht ab, sondern fuhr gleich fort: »Also: Warum bist du allein hier draußen? Ich meine, warum ist Jonas bei eurem Hauptmann geblieben?«

»Bei wem?«, fragte Kassandra irritiert.

»Paul Freese. Der war doch bestimmt früher bei der Stasi, wie der sich aufführt.«

Kassandra starrte Kesting an. »Paul?« Dann lachte sie. »Was für ein Blödsinn! Du kennst ihn doch gar nicht.«

»Nicht nötig. So was kriegt man nicht mehr raus aus den Leuten, das merkt man einfach.«

»Aha. Du kennst dich da natürlich gut aus – als Westler wirst du dauernd mit der Stasi zu tun gehabt haben.«

»Freut mich, dass du weißt, wo ich herkomme«, sagte er mit leicht spöttischem Unterton. »Das heißt, du interessierst dich ein kleines bisschen für mich. Wenn ich Glück habe, nicht bloß, weil ich was über Tina ausgraben kann. Du hast nach unserem Gespräch jedenfalls nicht im Katalog geblättert, und mein Studium, das Gerlinde so prominent erwähnt hat, hätte ich auch nach der Wende beginnen können.«

»Du hast mich beobachtet?« Offenbar sogar recht gut, fügte Kassandra in Gedanken hinzu. »Warst du Stasi-Spitzel im NSW?«

»Wo?«

»Im Nicht-Sozialistischen Wirtschaftsgebiet«, übersetzte Kassandra ironisch.

»Nein, ich schwöre.« Er hob seine Hand und legte zwei Finger auf seine Brust. »Ich bin viel zu jung dafür.«

Kassandra rechnete nach. Er musste zweiundvierzig sein. »Bist du nicht.«

»Ah. Du weißt auch, wie alt ich bin. Das ermutigt mich, noch was zu fragen.« Arnolds Lachen verschwand aus seiner Stimme. »Jonas und du – ist das was Ernstes?«

Seine Offenheit verblüffte Kassandra, und die Frage machte sie ein bisschen ratlos. Sie wusste selbst nicht so recht, was sich da entwickelte. Ob sich überhaupt was entwickelte. Und ob sie das wollte.

»Ich wollte nicht indiskret sein«, sprach Arnold schon weiter, »sondern nur wissen, ob ich eine Chance habe, dich wiederzusehen. Ich bin noch eine Zeit lang hier, wegen der Ausstellung und weil ich mir ein paar freie Wochen gönnen will.« Abwartend sah er sie an.

»Wenn du gern mit einer Landpomeranze ausgehen willst, würde mich das freuen«, sagte Kassandra nach einem winzigen, wie sie fand angemessenen Zögern und hoffte, die richtige Entscheidung getroffen zu haben.

»Wie eine Landpomeranze siehst du nicht gerade aus. Du ...«

»Kassandra?« Jonas kam auf sie zu. Er fragte gar nicht erst, ob er störte.

Arnold griff in seine Jacketttasche und reichte ihr eine Visitenkarte. »Ruf mich an, wenn du Zeit hast, ja?« Ohne Eile ging er in den vorderen Teil des Gartens zurück und bog um die Ecke zum Scheunentor.

»Ihr seid schon beim Du? Ging ja schnell. Wozu sollst du ihn anrufen?«, fragte Jonas.

»Er will sich mit mir treffen. Was Besseres konnte uns gar nicht passieren, findest du nicht? Wenn ich mit Kesting essen gehe, kann ich ihm ein bisschen auf den Zahn fühlen.«

Jonas wandte sich ab und schaute zu den Fackeln, um die sich ein paar schwatzende Ausstellungsbesucher scharten. »Ja. Vermutlich.«

»Meinst du, das ist ein Fehler?«

»Wir haben die Sache angefangen, also geh mit ihm essen. Aber sei vorsichtig.«

Kassandra hatte den Eindruck, dass er beim letzten Satz absichtlich genügend Interpretationsspielraum ließ. »Warum betonst du das so eigenartig? Du weißt, dass ich das nicht aus Vergnügen mache. Oder glaubst du ernsthaft, ich tu es, weil ich ihn wer weiß wie attraktiv finde?«

»Ist er doch, oder?«

»Sei nicht albern. Er sieht gut aus, ja. Und? Meine Knie werden deshalb nicht weich.« Als Jonas nichts erwiderte, seufzte sie. »Gehen wir wieder rein?«

»Ich habe für heute genug von der Kunst und mach mich lieber vom Acker. Willst du noch bleiben, oder kann ich dich nach Hause begleiten?«

»Ich komme mit. Ist Paul noch drin? Was wollte er übrigens vorhin von dir?«

»Das Letzte, was ich von Paul gesehen habe, war, dass er sich ausgesprochen angeregt mit Frau Bildhauerin unterhielt.« Der Gedanke daran heiterte Jonas sichtlich auf. »Davor wollte er mich zurückhalten, mit dir nach draußen zu gehen. Er meinte, dass das bestimmt schon jemand anders tun würde.«

»Das heißt, er fand die Idee genauso nützlich wie ich?«

»Anscheinend.«

»Paul ist ein sehr kluger Mann.«

Sie schlenderten den einsamen Weg von Barnstorf zurück nach Wustrow. Der Mond spiegelte sich im Bodden wider, ab und zu hörte man Wasser gluckern. Vor ihnen erhob sich der beleuchtete Kirchturm.

»Was ist eigentlich mit Paul?«, fragte Kassandra in die Stille hinein.

»Was soll mit ihm sein?«

»Das weiß ich eben nicht. Ich weiß überhaupt nichts über ihn, außer dass er derjenige ist, der alles zu wissen und alle zu kennen scheint. Trotzdem frage ich mich, wie es tief in ihm aussieht. Er kann in einem Moment sanft und mitfühlend sein – und im nächsten kalt wie bei Arnold Kesting. Der denkt allen Ernstes, Paul wäre bei der Stasi gewesen.«

Jonas warf ihr einen prüfenden Seitenblick zu, so lange, dass Kassandra sich gegen ihren Willen zu fragen begann, was er bedeutete. »Denkst du das auch?«, fragte er schließlich.

»Natürlich nicht. Jonas, was soll das? Ich mag Paul. Sehr.« Sie verstummte. Es stimmte, was sie sagte, aber da war noch etwas anderes, was sie nicht greifen konnte. »Sehr«, wiederholte sie. »Wenn du meinst, es geht mich nichts an, hast du vermutlich recht, aber dann sag's ganz einfach.«

»Es geht dich nichts an. Falls Paul findet, du solltest was über ihn wissen, wird er es dir schon sagen. Ich werde nicht hinter seinem Rücken seine Vergangenheit ausbreiten.«

»Bei meiner Vergangenheit hattest du damit keine Probleme«, stellte Kassandra maliziös fest.

Jonas antwortete nicht und blieb zugeknöpft, bis sie vor Kassandras Tür angekommen waren. »Gute Nacht, Kassandra.«

»Gute Nacht.« Bevor sie noch mehr sagen konnte, war Jonas schon weitergegangen.

10

Am späten Vormittag stand Kassandra am Fenster und betrachtete die Überreste des Mohns, dessen Blüten nur noch wie vertrocknete Blutstropfen aussahen. Sie drehte Arnold Kestings Visitenkärtchen zwischen ihren Fingern hin und her und überlegte, ob es klug war, ihn jetzt schon anzurufen. Sie wollte nicht übereifrig erscheinen. Andererseits verlor er vielleicht das Interesse, wenn sie zu lange wartete.

Sie gab sich einen Ruck und griff zum Telefon. Kesting war mit ihrem Vorschlag, abends im Restaurant »Swantewit« zu essen, sofort einverstanden. Es lag direkt an der Seebrücke, und man hatte einen wunderschönen Ausblick auf die Sonne und die Wellen, wenn man am richtigen Platz saß. Entsprechend reservierte Kassandra einen Tisch auf der Terrasse. Danach bemühte sie sich, das Ganze vorerst aus ihren Gedanken zu streichen, während sie ihrer Arbeit nachging. Nur hin und wieder warf sie einen Blick hinüber zu Jonas' Haus, aber sie bekam ihn den ganzen Tag nicht zu Gesicht. Bevor sie losging, griff sie erneut zum Telefon. Es konnte nicht schaden, wenn jemand wusste, wo und mit wem sie unterwegs war. Als Jonas sich nicht meldete, sprach sie auf seine Mailbox, halb froh darüber, nicht persönlich mit ihm reden zu müssen.

Sie war zu früh an der Seebrücke, wo der alte Bruno wie immer mit seiner Angel am Brückenkopf stand und ihr zunickte. »Alles klar?«

»Geht so«, gab Kassandra wahrheitsgemäß zurück.

»Immer noch dein Toter, der dir Kummer macht? Oder dein Nachbar?«

»Welchen meinst du?«, rutschte es Kassandra raus, ehe ihr bewusst wurde, was sie da sagte.

Bruno legte die Stirn in Falten. »Oha. Na, was den einen angeht, kann ich bloß sagen, vergiss ihn. Den anderen – da musst du selbst eine Lösung finden.« Er nickte ihr freundschaftlich zu und widmete sich wieder seiner Angel.

Das muss ich wohl, dachte Kassandra, während sie zum Restaurant ging.

Das »Swantewit« war nach dem vierköpfigen Gott der Slawen benannt worden. Direkt am Brückenaufgang stand eine Skulptur des heidnischen Gottes, an der Tina Bodenstedt sicher ihre Freude gehabt hätte, aber auch Kassandra fand sie eindrucksvoll. Swantewit war der Ursprung des Ortsnamens, der eigentlich Swante Wustrow lautete – heilige Insel. Die Bezeichnung kam Kassandra sehr passend vor, nicht nur weil das Fischland tatsächlich einmal eine Insel gewesen war. Wenn sie auf die See hinausblickte und hinter sich das Land und wieder Wasser wusste, fühlte sie sich auf magische Weise eins mit der Welt.

»So nachdenklich?«, fragte Arnold Kesting auf einmal dicht neben ihr. Kassandra, die noch auf den Stufen zur Terrasse gestanden und zur See gesehen hatte, hatte ihn nicht kommen hören. »Überlegst du, was du essen willst, oder hast du tiefschürfendere Gedanken?«

»Ich weiß schon, was ich esse«, sagte sie leichthin. »Der Matjes ist hervorragend.«

Sie nahmen an ihrem Tisch Platz, und während Arnold durch die Speisekarte blätterte, beobachtete Kassandra ihn möglichst diskret.

»Warte doch damit, mich zu studieren, bis ich mit der Karte fertig bin«, sagte er, ohne hochzublicken.

»Oje. Ich bin ja leicht zu durchschauen.«

Jetzt sah Arnold auf. »Nicht immer. Ich weiß zum Beispiel nicht, worüber du eben so angestrengt nachgedacht hast, wenn es nicht die Menüfolge war.«

»Wie schön. Da bleib ich wenigstens ein bisschen rätselhaft. Finden Männer das nicht reizvoll, wenn Frauen ihre Geheimnisse haben?« Die Situation hätte ihr peinlich sein sollen, aber sie hatte auf diese Weise mit Svens Freunden auf zahllosen Partys geplaudert und es offenbar nicht verlernt.

»Durchaus«, bestätigte Arnold schmunzelnd.

Die Bedienung kam und nahm ihre Bestellung auf, kurz darauf brachte sie schon den Wein. Kassandra hob ihr Glas und hielt es in Richtung See und Sonne. Die Sonnenstrahlen funkelten im Wein.

»Das ist unglaublich«, stellte Arnold fest. »Ich hätte nicht gedacht, dass es das gibt. All diese Leute um uns herum, und trotzdem ist es ruhig und friedvoll.«

»Das ist einer der Gründe, weshalb ich das Fischland so liebe«, nickte Kassandra. »Wie ist es da, wo du lebst?«

»Bei mir ist zurzeit alles im Umbruch. Wer weiß, vielleicht lass ich mich hier nieder?« Er sah ihr lächelnd in die Augen. »Es gäbe sicher mehrere gute Gründe dafür.«

»Wo hast du denn bisher gelebt?«

»Mal hier, mal da. Düsseldorf, Hamburg, Potsdam. Ich war kein sesshafter Typ. Vielleicht werde ich's. Wer weiß«, wiederholte er mit demselben Lächeln.

Ich sollte allmählich darauf eingehen, dachte Kassandra und lächelte zurück. Trotzdem beschloss sie, wenigstens eine weitere Frage zu stellen. »Warum warst du so rastlos? Hattest du –«

»Kassandra, Mensch, bin ich froh, dass ich dich sehe, ich wollte dich schon die ganze Zeit anrufen, ich muss dir doch unbedingt sagen, wie leid mir die Sache neulich tut, ich hoffe, du bist nicht mehr sauer, obwohl ich das natürlich verstehen könnte, vergessen wir einfach, dass wir uns wegen Raimund gestritten haben, und alles ist wieder wie vorher, das würde mir echt viel bedeuten, was meinst du, geht das?«

Kassandra stöhnte innerlich auf. Sosehr sie den Bruch mit Violetta bedauert und sich gewünscht hatte, sich mit ihr auszusöhnen – nicht ausgerechnet heute Abend. Sie bemerkte Arnolds entgeisterten Blick. Offenbar kannte er keine Leute, die ohne Punkt und Komma redeten.

»Natürlich bin ich nicht mehr sauer. Ich denke zwar immer noch, dass du ein bisschen blauäugig bist, aber du musst selbst wissen, was du tust«, sagte Kassandra.

»Du hast davon nichts –«

»Nein«, unterbrach Kassandra sie, ehe Violetta »der Polizei erzählt« sagen konnte.

»Danke«, sagte sie erleichtert. »Wir sind wieder Freunde?«

»Klar.«

Violetta strahlte, ihr Blick wanderte zu Arnold. »Ich will nicht länger stören, ihr habt euch sicher viel zu erzählen, Sie kommen mir bekannt vor, kann das sein?«

Arnold hatte sich inzwischen erholt, sah aber immer noch etwas fassungslos aus. »Äh, ja, kann sein.«

»Violetta, das ist Arnold Kesting. Seine Ausstellung wurde gestern in der Kunstscheune eröffnet. Arnold, das ist meine Freundin Violetta Grabe.«

»Freut mich«, sagte Arnold sparsam.

»Deshalb, ich kenne Ihr Foto wahrscheinlich aus dem Veranstaltungsplan, wissen Sie, ich hab's nicht so mit der Kunst, selbstverständlich find ich Bilder toll, aber, na ja … Ich wünsch euch beiden noch einen schönen Abend.« Sie beäugte Arnold noch einmal neugierig, bevor sie sich davonmachte.

Arnold sah ihr hinterher, bis sie ganz sicher verschwunden war und nicht mehr wiederkam.

»Violetta ist gewöhnungsbedürftig, aber eine gute Seele«, erklärte Kassandra belustigt.

»Es muss ja was an ihr dran sein. Wer ist dieser Raimund, über den ihr gestritten habt? Ich dachte, bisher stünde bloß Jonas zur Debatte.«

»Raimund ist allein Violettas Angelegenheit«, versicherte sie ihm, auch wenn das nur in einer Hinsicht stimmte.

Die Bedienung platzierte die Teller vor ihnen beiden. Der Matjes und die grünen Bohnen waren gleichermaßen zart, was Kassandra jedoch nicht davon abhielt, sofort nach dem ersten Bissen den Faden wieder aufzunehmen. »Ich hatte fragen wollen, weshalb …«

»Nicht beim Essen«, winkte Arnold ab. »Ein gutes Essen muss man zelebrieren, nicht zerreden.«

Nur ab und zu schaute er in den nächsten Minuten von seinen Gnocchi in Käse-Kräuter-Sauce hoch und zu Kassandra hin. Ein bisschen kam es ihr vor, als sei es ein Test. Sein Test für sie. Dabei hatte das vielmehr umgekehrt laufen sollen. Bis die Teller abgeräumt wurden, wechselten sie kein einziges Wort.

»Danke für deine Geduld«, sagte er dann. »Violetta würde mich wahnsinnig machen.« Er lehnte sich entspannt zurück. »Du wolltest wissen, warum ich so rastlos war. Vielleicht klingt es abgedroschen, aber man braucht eine gewisse Freiheit als Künstler. Dennoch hat jede Phase ein Ende, sogar die des Weltenbummelns.«

Kassandra lag schon die nächste Frage auf der Zunge, da meldete sich in ihrer Tasche das Handy. Sie ignorierte es, aber Arnold schaute in die Richtung, aus der das Klingeln kam.

»Dein Handy«, sagte er.

»Wird schon nicht wichtig sein.«

»Geh ruhig ran. Wir haben den ganzen Abend Zeit. Oder hast du noch was anderes vor?« Lächelnd griff er nach seinem Glas.

Kassandra suchte ihr Handy, während sie sich fragte, warum es Arnold gar nichts ausmachte, dass ihr Gespräch schon wieder unterbrochen wurde. Das Display zeigte ihr den Namen der Anruferin. »Mona, hallo«, meldete sie sich und stand auf, um zum Telefonieren die Terrasse zu verlassen. Dabei spürte sie Arnolds Blick in ihrem Rücken.

»Hallo, hier spricht die Privatdetektei Kolbert«, sagte Mona mit einem Lachen in der Stimme.

Kassandra bewegte sich weiter in Richtung Seebrücke, drehte sich dann aber um und sah gerade noch, wie Arnold den Blick von ihr abwandte und auf die See hinausschaute. Hatte er vielleicht gehofft, sie würde am Tisch bleiben und dort telefonieren, sodass er zuhören konnte? Falls er es nämlich war, der von Kind erpresst wurde, hatte er durchaus einen Grund, sie zu belauschen. Er würde wissen wollen, was sie wusste: über Josef Kind, vielleicht auch über Tina Bodenstedt – aber vor allem über ihn selbst.

Kassandra konzentrierte sich auf Mona. »Sag bloß, du hast schon was erfahren können«, sagte sie erstaunt.

»Na sicher. Ich hab doch gesagt, dass Cornelia, ich meine Frau Degenhard, und ich ganz schnell Freundinnen werden. Ich kann sehr überzeugend sein.«

»Das bezweifle ich nicht.« Sie schrak zusammen, als über ihr eine Möwe kreischte.

»Wo bist du?«, erkundigte sich Mona. »Unterbreche ich was?«

»Nur meine Recherchen über einen Künstler namens Arnold Kesting. Ich sitze gerade mit ihm in einem Restaurant an der Seebrücke.«

»War nicht das letzte Mal die Rede von einem Jonas? Mensch, Kassandra, du hast aber einen Männerverschleiß!« Mona lachte. »In dem Fall will ich lieber gleich zum Punkt kommen: Violetta soll froh sein, dass sie Raimund Degenhard los ist. Der Mann lässt nichts anbrennen. Oder sagen wir besser, er ließ nichts anbrennen, bis Cornelia dahinterkam. Da hat es vor einiger Zeit eine Künstlerin gegeben, die bei ihr ausgestellt hat, die konnte Degenhards Charme offenbar ebenso wenig widerstehen wie Violetta. Cornelia hat das rausgefunden, ihm ein Ultimatum gestellt und mit Scheidung gedroht. Wenn sie Wind davon bekommen hätte, dass Degenhard nach der Sache mit dieser Bodenstedt tatsächlich eine neue Affäre angefangen hat, wäre es zappenduster für unseren lieben Raimund geworden. Cornelia hätte ihn rausgeschmissen.«

»Bodenstedt? Tina Bodenstedt?«, vergewisserte sich Kassandra. »Die Bildhauerin?«

»Ja, so hieß sie. Ist das wichtig?«

»Das könnte man sagen.« Dennoch wusste Kassandra nicht recht, wie sie diese Information einordnen sollte. Hatte Kind Tina Bodenstedt und Degenhard wegen ein und derselben Sache erpresst – mit doppeltem Verdienst sozusagen? Diese Affäre lag allerdings länger zurück als das Verhältnis von Violetta und Degenhard, und dessen Frau hatte offenbar davon gewusst. Durch Kind? Hatte der seine Drohung wahr gemacht, weil Tina Bodenstedt sich geweigert hatte, auf die Erpressung einzugehen? War der Mord an Kind ihre Rache gewesen? Oder hatte er womöglich noch etwas anderes über sie erfahren, und bevor er erneut was über sie ausplaudern konnte, hatte sie dafür gesorgt oder sorgen lassen, dass das nicht passierte? Kassandras Gedanken überschlugen sich.

»Bist du noch dran?«, fragte Mona.

»Ja. Hast du Degenhard selbst auch getroffen?«

»Das war ein Weiberabend, Kerle unerwünscht. Durchaus zu empfehlen für Frauen wie dich, damit du ausspannen kannst von deinen diversen Männerbekanntschaften.«

»Hahaha«, machte Kassandra.

»War nur ein gut gemeinter Rat. Hör zu, dieser Degenhard ist meiner Meinung nach ein mieser Typ, der schon immer allen Röcken hinterherlief, aber das ist offenbar seine einzige Schwäche. Ein Schläger oder sonst wie brutal scheint er nicht zu sein, meinte eine andere liebe Freundin von Cornelia, die ich kennenlernen durfte und die absolut nichts gegen Tratsch einzuwenden hat. Wenn eine Frau Nein sagt oder wenn ihm ein Mann in die Quere kommt und Besitzansprüche geltend macht, akzeptiert er das. Folglich eher jemand, der Konfrontationen aus dem Weg geht. Klingt mir nicht nach dem typischen Mörder.«

»Vielleicht ist Violetta deshalb von seiner Unschuld überzeugt.«

»Ja, möglich. Tut mir leid, dass diese Spur im Sand verläuft.«

»Nicht deine Schuld. Danke auf jeden Fall, du hast was gut bei mir.«

»Ich erinnere dich gelegentlich dran, wenn ich das Bedürfnis verspüren sollte, deinen Fischer und deinen Künstler kennenzulernen«, sagte Mona fröhlich. »Also, mach's gut, und pass auf dich auf.«

Langsam kehrte Kassandra zu ihrem Tisch zurück. Arnold hatte ein zweites Glas Wein bestellt und sah sie erwartungsvoll an. »War's wichtig?«

»Eine Freundin von früher.«

»Eine, die ähnlich mitteilungsbedürftig ist wie Violetta?«, witzelte Arnold.

»Ich kann mir keine unterschiedlicheren Frauen vorstellen«, gab Kassandra wahrheitsgemäß zurück. »So, das Handy ist ausgeschaltet, der Rest des Abends sollte ungestört verlaufen.«

»Es sei denn, Jonas kommt unvermutet vorbei.«

»Halte ich für unwahrscheinlich.« Kassandra lachte und hoffte, dass es nur für ihre Ohren etwas gezwungen klang. »Erzähl mir von dir und deinem Künstlerleben.«

»Das ist ein weites Feld. Was willst du hören?« Er wartete ihre Antwort gar nicht ab, sondern war bald mitten in einer ganzen Reihe von Anekdoten seiner Ausstellungsreisen rund um die Welt. Kassandra bemerkte zwei Dinge: Er konnte ausgesprochen fesselnd erzählen, es machte Spaß, ihm zuzuhören – aber er gab dabei erstaunlich wenig über sich persönlich preis. Als die Terrasse sich immer mehr zu leeren begann, brachen sie auf und schlenderten die Strandstraße hinauf.

Kassandra hatte keine Ahnung, wo Arnold untergekommen war, aber sie nahm an, dass er sie nach Hause bringen wollte. Sie zwang sich, den Gedanken an das, was er vielleicht erwarten würde, von sich zu schieben. Darum würde sie sich kümmern, wenn es so weit war.

»Jetzt habe ich dauernd von mir geredet, und ich weiß gar nichts über dich«, sagte er.

»Ich bin völlig uninteressant«, wehrte Kassandra ab.

»Das würde ich nicht unterschreiben. Wie war das zum Beispiel mit diesem Larsen, den Gerlinde gestern erwähnt hat? Dessen Name ist ja sogar durch die überregionale Presse gegeistert. Du warst mit dem verheiratet?«

Kassandra zog eine Grimasse. Vermutlich kam sie nicht drumherum, daher gab sie Arnold eine Kurzfassung ihrer Geschichte und drehte am Ende kurzerhand den Spieß um. »Wo wir gerade von Expartnern sprechen – ist Tina Bodenstedt deine Ex? Du musst doch einen Grund haben, warum du sie so verabscheust.«

Als Arnold nicht gleich antwortete, warf Kassandra ihm einen Seitenblick zu, konnte aber seinen Gesichtsausdruck nicht deutlich erkennen. Dann schüttelte er milde lächelnd den Kopf. »Die? Und ich? Ich müsste extrem beleidigt sein, aber weil du's bist, vergesse ich, dass du gefragt hast. Ein bisschen enttäuscht bin ich trotzdem, ich dachte, du hättest mir einen besseren Geschmack zugetraut.«

»Wahrscheinlich gibt es reichlich Männer, die sie nicht von der Bettkante stoßen würden.«

»Mag sein. Aber sie ist ein arrogantes, zickiges kleines Mädchen, das sich für die größte Bildhauerin seit ich weiß nicht wann hält. Ins Bett geht sie nur mit Männern, bei denen sie was zu gewinnen hat. Josef Kind wäre ein Kandidat gewesen.«

»Glaubst du, dass sie was miteinander hatten?«, fragte Kassandra.

Arnold zuckte die Achseln. »Er muss was über sie rausgekriegt haben, wenn er sie erpresst hat. Mit ihr ein Verhältnis anzufangen, wäre nicht die schlechteste Methode gewesen.«

»Du hast noch nichts weiter über sie in Erfahrung bringen können, oder?«

Arnold blieb stehen. Alles Humorvolle war aus seiner Stimme verschwunden. »Du musst mir schon ein kleines bisschen mehr Zeit geben. Oder drängt dein Major zur Eile?«

Kassandra schluckte. »Paul? Wieso sollte er?«

»Heute keine empörte Reaktion mehr? Freese war wirklich ein höheres Tier bei der Stasi, oder?«

»Ich weiß nicht, was Paul früher gemacht hat, aber das ganz sicher nicht.« Es klang resolut, fühlte sich aber nicht so an. Kassandra wusste nicht mal, was Paul heute machte. Zumindest musste er jede Menge Zeit haben, wenn er für sie überall in den Galerien Erkundigungen einziehen konnte. Sie kämpfte eine überaus seltsame Mischung aus Angst, Wut und Beschützerinstinkt nieder. Angst, dass an dem, was Arnold sagte, was dran sein könnte. Wut auf sich selbst, dass sie das überhaupt in Erwägung zog, und auf Arnold, der sie dazu brachte. Und Beschützerinstinkt, weil sie Paul vor jeder Art

Diffamierung und Verletzung bewahren wollte. »Um deine Frage zu beantworten: Ich habe ihn nicht mehr gesprochen, seit du Jonas und mich gestern im Garten stehen lassen hast.«

Arnold schien zu spüren, dass er zu weit gegangen war. Er setzte sich wieder in Bewegung. »Ich sollte weniger misstrauisch sein, aber ich muss gestehen, dass mir eben der unschöne Gedanke durch den Kopf ging, ob du nur mit mir ausgegangen bist, um mich bei Laune zu halten, damit ich Tina unter die Lupe nehme. Entschuldige.«

Kassandras Wut auf Arnold verflog. Er kratzte gewaltig an der Wahrheit. »Schon gut.«

Mittlerweile waren sie vor ihrem Haus angekommen. »Hübsch«, urteilte er. »Hat das mal einem alten Kapitän gehört?«

»Laut den Urkunden hieß er Friedrich Bradhering.«

»Ist nicht wahr.« Arnold grinste.

»Mit d«, stellte Kassandra klar.

»Aha.« Arnold grinste immer noch. »Ich fange an, das Fischland mehr und mehr in mein Herz zu schließen. Wo es solche Namen gibt, müssen die Menschen was Besonderes sein.« Er legte seine Hände auf Kassandras Schultern. »Aber das wusste ich ja längst.« Seine rechte Hand löste sich von ihrer Schulter und strich ihr durchs Haar.

Kassandra musste sich entscheiden. Ihr war unwohl bei der Sache, aber wenn sie nicht mitspielte, schwänden ihre Chancen, an Arnold dranzubleiben. Sie schloss die Augen, damit er nicht sah, wie unsicher sie war. Das fasste er offensichtlich als Zustimmung auf. Sie spürte, wie seine Lippen ihre berührten.

»Verzeihung, der Moment ist vielleicht etwas ungünstig, aber ich würde gern was mit dir besprechen, Kassandra.«

Es dauerte eine Sekunde, bis sie registrierte, wer sie störte – ungefähr genauso lange, wie Arnold benötigte. Er stieß sie beinah grob von sich und wandte sich mit einem Ruck um. Ihn als zornig zu bezeichnen, wäre extrem untertrieben gewesen. »Waren Sie bei Ihren Überwachungen früher auch so plump, Genosse Oberstleutnant? Gehen Sie zur Hölle!«

Paul hob die Brauen. Kassandra fragte sich, ob aus seinem Blick wirklich Belustigung sprach. »Noch nicht«, erwiderte er trocken. »Was ich zu sagen habe, dauert nicht lange, dann bin ich wieder weg.«

»Kassandra?« Immer noch aufgebracht sah Arnold zu ihr.

Sie nahm ihn bei der Hand und zog ihn ein Stück von Paul weg. »Tut mir leid. Ich hatte mir den Abend auch anders vorgestellt, aber wenn wir mal davon absehen, dass wir dauernd gestört wurden, war es sehr schön.«

Arnold entspannte sich etwas. »Ja, war es. Ich nehme an, du willst mir sagen, dass ich besser gehen soll? Und dass wir an einem anderen Abend noch mal von vorn anfangen?« Als sie nickte, lächelte er beinah. »Wir sollten das ganz weit weg tun, wo du niemanden kennst.« Wieder nickte sie. »Ich ruf dich an.« Er wandte sich um und ging, ohne Paul noch eines Blickes zu würdigen.

»Bist du von allen guten Geistern verlassen?«, blaffte Kassandra Paul an, der daraufhin zusammenfuhr.

»Könntest du etwas leiser sein? Ich habe nur …«

»Ach, vergiss es. Wenn du nun schon mal hier bist, kannst du auch reinkommen.« Kassandra trat durch ihre Vorgartenpforte, ohne sich umzuschauen, ob Paul ihr folgte. Sie öffnete die Tür, legte den Schlüssel auf das Schränkchen daneben und streckte die Hand nach dem Lichtschalter aus. Dann überlegte sie es sich anders und ließ sich stattdessen müde gegen die Wand fallen. Sie hörte, dass Paul hinter ihr die Tür schloss. Auch er schaltete das Licht nicht ein und lehnte sich ein Stück von ihr entfernt an die gegenüberliegende Wand.

»Was sollte das da eben?«, fragte Kassandra leise.

»Ich war mir nicht sicher, ob deine … Recherchemethoden die richtigen sind«, sagte Paul ebenso leise.

»Was ist falsch daran? Du hast Jonas geraten, bei Tina Bodenstedt seinen Charme zu versprühen, dann kann ich das auch bei Arnold. Gleiches Recht für alle, oder?« Sie ließ ihm keine Zeit zu antworten, sondern fuhr gleich fort: »Was willst du denn nun mit mir besprechen?«

»Wen«, korrigierte Paul. Er machte keinerlei Anstalten, noch etwas zu Kassandras vorheriger Bemerkung zu sagen. »Tina Bodenstedt. Ich habe mich gestern etwas länger mit ihr unterhalten.«

»Das hat Jonas erwähnt. Komm ins Wohnzimmer, da ist es gemütlicher.« Kassandra ging voran und knipste die kleine Leselampe an. »Möchtest du was trinken?«

Paul nickte. »Wasser bitte.«

Als Kassandra mit einer Flasche aus der Küche zurückkam, stand Paul vor der Anrichte. Er drehte sich zu ihr um und deutete auf ein Buch, das dort neben dem Bilderrahmen mit dem Foto ihrer Mutter lag. »Du interessierst dich für Afrika?«

Kassandra lächelte. »Nicht sonderlich. Das gehört Violetta, die meinte, ich solle es mir wenigstens mal ansehen. Es ist einfacher, sich nicht gegen ihre Begeisterung zu sträuben.«

Paul erwiderte das Lächeln. »Ja, das stimmt zweifelsohne.« Er setzte sich zu Kassandra aufs Sofa. »Also, Tina Bodenstedt …«

»Bevor du weiterredest – und weil es so schön zu Violetta passt«, fiel ihm Kassandra ins Wort. »Ich hab auch was über die Bodenstedt in Erfahrung gebracht.« Sie berichtete von ihrem Telefonat mit Mona, wobei sie weiter ausholen musste, weil bisher weder Jonas noch Paul wussten, dass sie ihre alte Freundin auf die Degenhards angesetzt hatte. Schließlich erwähnte sie noch, was Arnold von Tina Bodenstedt hielt. »Entspricht das dem Eindruck, den du von ihr hast?«

Paul, der bisher vorgebeugt dagesessen und ihr zugehört hatte, lehnte sich zurück und dachte nach. »Teilweise. Sie hat jedenfalls nichts gegen ältere Männer, was eine nützliche Eigenschaft sein kann, falls es ihre Gewohnheit ist, ihre Fühler nach denen mit Macht auszustrecken.«

»Diese Eigenschaft kann man sich antrainieren, wenn man es drauf anlegt. Hat sie mit dir geflirtet?«

»Ja, stell dir vor«, sagte Paul mit leiser Selbstironie.

»Wer hat euch bekannt gemacht?«

»Gerlinde. Ich hatte sie drum gebeten. Warum?«

»Was hat sie über dich gesagt?«

Paul runzelte die Stirn. »Das Übliche – sie hat übertrieben und aus mir den wichtigsten Menschen des Fischlandes gemacht und …« Er unterbrach sich. »Oh. Ich verstehe. Du meinst, das passt zu dem, was Kesting sagte – dass Tina Bodenstedt sich für Männer interessiert, die ihr was einbringen könnten.« Er seufzte schwer. »Und ich dachte schon, ich hätte sie beeindruckt.«

»Hast du wahrscheinlich. Wir reden hier hypothetisch, unter der Prämisse, dass Arnold recht hat. Es kann alles ganz anders sein.«

Paul sah Kassandra einen Augenblick lang an. Dann lachte er plötzlich, und sie fühlte sich an den Abend erinnert, an dem sie ihn kennengelernt hatte. Das Zimmer schien heller zu werden. »Kassandra! Ich hab das nicht ernst gemeint! Es ist nett von dir, dass du mich seelisch aufrichten willst, aber Tina Bodenstedt ist achtundzwanzig. Ich bin vierundfünfzig.«

»Na und?«

»Na und?«, wiederholte Paul amüsiert. »Kassandra, Liebes, flirtest *du* jetzt mit mir?«

»Nach deinen verqueren Ansichten habe ich mehr Recht dazu als Tina. Ich bin sechs Jahre älter als sie.« Du lieber Himmel, was tat sie da? Sie flirtete tatsächlich mit Paul! Sie musste vollkommen verrückt sein. Und sofort damit aufhören. »Aber um zum Thema zurückzukommen: Da dein Eindruck von ihr nur teilweise dem von Arnold entspricht – was stimmt denn nicht überein?«

Paul nahm einen Schluck Wasser, bevor er antwortete. »Ich fand sie nicht besonders arrogant. Sie ist durchaus überzeugt von dem, was sie macht, und sie lässt sich von niemandem reinreden. So kam es jedenfalls rüber, als jemand eine ihrer Plastiken kritisierte. Sie hat sehr deutlich gemacht, warum sie sie so und nicht anders gestaltet hat.«

»Dabei reden die Leute immer davon, dass Künstler bei jeder Art von Kritik einen Nervenzusammenbruch kriegen.«

»Nicht Tina Bodenstedt. Sie hat nur bei einem Thema kurz ihre Contenance verloren.« Paul machte eine dramatische Pause.

»Arnold Kesting.«

Er nickte. »Mein Tipp ist, dass die mal was miteinander hatten.«

»Arnold bestreitet das.«

»Du hast ihn danach gefragt? Gratuliere, du bist weiter gekommen, als ich für möglich gehalten hätte. Ihr müsst ja schon ziemlich ans Eingemachte gegangen sein.«

Kassandra zuckte mit den Schultern. »Er wollte was über Sven wissen, da hab ich die Gelegenheit beim Schopf ergriffen.«

»Glaubst du ihm?«

»Schwer zu sagen.« Sie rief sich die Szene in Erinnerung. Er hatte nicht sofort geantwortet, aber das konnte auch an seiner Verblüffung gelegen haben. »Meinst du, du könntest was darüber rauskriegen?«

»Ich? Wie das denn?« Dann begriff er. »Über Tina Bodenstedt? Ich weiß wirklich nicht, ob sie sich so viel von mir verspricht, dass sie bereit wäre, sich mit mir zu treffen. Aber gut, ich kann es versuchen. Immerhin hab ich ihre Telefonnummer.«

»Ach?« Kassandra griente.

Paul überging die Anspielung und wechselte stattdessen das Thema. »Ich hab vorhin übrigens mit Jonas gesprochen.«

»Da ist dir mehr gelungen als mir. War er überhaupt mal zu Hause?«

»Er kann sich nicht an den Gedanken gewöhnen, dass du dich mit sensiblen Künstlern triffst, besonders mit solchen, die er nicht mag und die man für potenziell gefährlich halten kann. Deshalb hat er bei dieser Detektei angerufen, die Kind kontaktiert hatte, und denen den Auftrag erteilt, Informationen über Kesting zu sammeln.« Paul stand auf. »Er findet das sicherer, und ich nehme an, er hofft, dass du deine Recherchen aufgibst, sobald die mit Informationen rüberrücken.«

»Bist du deshalb hier? Solltest du mir das sagen? Ich meine, was du mir über Tina Bodenstedt erzählt hast, hätte theoretisch bis morgen warten können.«

Paul schüttelte langsam den Kopf. »Jonas hat keine Ahnung, dass ich hier bin. Und die Bodenstedt hätte sogar bis übermorgen Zeit gehabt, aber da ich schon mal hier war, dachte ich, ich warte auf dich. Natürlich hätte ich auch beschließen können, dich später anzurufen, als ich sah, dass du … beschäftigt warst. Oder ich hätte …«

»Paul?«

»Ja?«

»Danke.«

»Wofür?« Pauls Gesicht war eine einzige Unschuldsmiene.

»Ich weiß zwar nicht, wie du das machst, aber du hast genau bemerkt, dass ich selbst Zweifel hatte in Bezug auf meine … Recherchemethoden. Das stimmt doch, oder?«

»Wie ich das mache, ist kein Geheimnis. Alles eine Frage der Ausbildung. Ein Oberstleutnant kann gut beobachten, auch wenn er nicht mehr im Dienst ist.« Dabei salutierte er in ihre Richtung, und bevor sie überhaupt zu einem Einwand Luft holen konnte, hatte er das Haus durch die Terrassentür verlassen.

Kassandra sah seine Gestalt ins Dunkel der Nacht eintauchen. Dieser Mann gab ihr eine Menge mehr Rätsel auf als Jonas und

Arnold Kesting zusammen. Was Letzteren betraf, konnte sie nur hoffen, dass er nicht über eine ähnlich scharfe Beobachtungsgabe verfügte wie Paul und im Gegensatz zu diesem nichts von Kassandras innerem Widerstreit bemerkt hatte.

11

Arnold Kesting erwies sich als einigermaßen ungeduldig. Kassandra hatte kaum die Frühstückstische ihrer Gäste abgeräumt, als er anrief und für den Nachmittag einen Ausflug nach Prerow vorschlug. Wider Erwarten freute sie sich darauf, denn sie liebte die Schifferkirche dort mit den uralten, teils kunstvoll gemeißelten Grabsteinen, durch die sie geschickt das Gespräch auf Tina Bodenstedt lenken könnte. Auch wenn Steinmetze nicht unbedingt mit Bildhauern gleichzusetzen waren, gab es immerhin einen Ansatzpunkt.

Eine halbe Stunde lang spazierten sie über den ruhig am Waldrand gelegenen Friedhof und studierten die Grabinschriften rund um die Kirche. Viele der Grabsteine waren mit Schiffen oder anderen maritimen Symbolen verziert, die Schrift im Laufe der letzten hundertfünfzig Jahre oft verwittert.

»Wäre ich Schriftsteller, würde ich mich hier inspirieren lassen«, meinte Arnold. »So viele unbekannte Geschichten hinter diesen Steinen.«

Der Gedanke gefiel Kassandra. »Hast du mal was von Alexander Hardenberg gelesen?«, fragte sie.

»Nein. Was schreibt der denn? Ich gestehe hiermit, dass ich in erster Linie Fachliteratur lese.«

»Das gibt's?«, staunte Kassandra nur halb scherzhaft. »Hardenberg schreibt ...« Sie zögerte, weil sie nicht wusste, ob es dafür eine Genrebezeichnung gab. »... Geschichten über die See und die Menschen. Egal ob über einen Schiffer aus Prerow oder über eine Tänzerin von den Scilly Islands, seine Figuren sind immer echt, lebendig, als säßen sie vor dir und erzählten dir ihr Leben. Und es kann passieren, dass du auf der einen Seite Tränen weinst und auf der nächsten Tränen lachst.«

»Klingt, als wäre der Mann ein Genie.«

»Jedenfalls ist er ein begnadeter Schriftsteller.« Sie fuhr mit den Fingern die Konturen eines Ankers auf einem der Grabsteine nach und zwang sich, wieder an den Grund ihres Hierseins zu denken. »Sind solche Grabmäler auch Inspiration für Bildhauer wie Tina?«

»Schlag's ihr vor. Sie hat durchaus manchmal einen morbiden Geschmack, vielleicht liegt ihr das.« Arnold lächelte. »Stehen wir hier, um über Tina zu reden?«

»Natürlich nicht«, widersprach Kassandra. »Wir stehen hier, weil es einer der schönsten Plätze auf dem Darß ist. Willst du noch ein paar sehen?« Innerlich schimpfte sie mit sich selbst. Sie durfte Arnold nicht mit der Nase auf ihre Motive stoßen.

»Absolut. Falls dazu ein Restaurant oder ein Café gehört, wäre ich dankbar. Ich bin nämlich am Verhungern.«

Eine halbe Stunde später saßen sie im Garten der »Teeschale« bei hausgemachtem Kuchen und zwei Kannen Tautropfen-Tee. Kassandra kam oft nach Prerow, nur um in diesem Garten zu sitzen und sich verwöhnen zu lassen.

»Ich hab inzwischen« etwas Tinas Hintergrund recherchiert«, begann Arnold zwischen zwei Bissen Heidelbeerkuchen. »Ein bisschen wusste ich natürlich schon. Aber dennoch bin ich da auf eine interessante Sache gestoßen. Erinnerst du dich, dass Gerlinde den Privatunterricht erwähnte, den Tina während ihres Studiums genommen hat?«

»Dunkel, aber mir fällt kein Name dazu ein.«

»Heiner Bertram. Der Mann war ein anerkannter Bildhauer in der DDR und wurde Anfang der Achtziger mit Auszeichnungen überschüttet. Dann ging es bergab mit ihm. Niemand weiß so recht, warum. Das ist an sich nichts Ungewöhnliches bei einem Künstler. Du kannst heute top sein, doch über Nacht ist was ganz anderes angesagt, und du stehst draußen. Da musst du dich entweder schnell anpassen, oder du bleibst deiner Linie treu und endest im Bedeutungslosen. Allerdings hab ich immer gedacht, dass in der DDR das System bestimmt hat, was gefällt und was nicht. Könnte also sein, dass Bertram in Ungnade gefallen ist.«

»Vielleicht hatte er persönliche Probleme«, mutmaßte Kassandra.

»Mag sein«, sagte Arnold wenig überzeugt. »Jedenfalls hat sich Bertram vor ein paar Jahren völlig überraschend aufgerappelt, seine Arbeiten waren plötzlich wieder gefragt. Ungefähr zur selben Zeit, als Tina bei ihm Unterricht nahm.«

Kassandra zwirbelte nachdenklich an einer Haarsträhne. »Was heißt ungefähr? Vorher oder nachher?«

»Das ist natürlich die Frage. Je nachdem, wie die Antwort ausfällt, wäre die nächste Frage, ob es einen Zusammenhang gibt.«

»Tina war zu dem Zeitpunkt eine kleine Studentin. Was hätte sie bewirken sollen?«

»Bertrams berühmteste Plastiken sind Aktfiguren. Tina steht ihm da übrigens an Talent in nichts nach. Vielleicht war sie damals nur seine Schülerin. Ganz unschuldig. Vielleicht hat Bertram in ihr aber auch seine Muse gesehen und, statt Geld zu verlangen, *sie* dafür bezahlt, dass er sie … unterrichten durfte. Nicht umgekehrt.«

»Du meinst, Kind hat Tina erpresst, weil sie sich prostituiert hat, um ihr Studium zu finanzieren?«

Arnold zuckte mit den Schultern. »Sagen wir eher, sie hat möglicherweise ihre Finanzen aufgebessert, nötig gehabt hätte sie es bestimmt nicht. Solange ich sie kenne, hatte sie allerdings immer was übrig für das kleine bisschen Extra. Vielleicht liege ich falsch, aber wenn nicht, könnte ich mir vorstellen, dass Bertram nicht der Einzige war, dessen … Muse sie gewesen ist. Wer weiß also, was da noch im Verborgenen liegt, das Josef Kind zutage gefördert hat.« Er rührte zwei weitere Kandisstückchen in seinen Tee, und Kassandra bemerkte, dass er dem Strudel in der Tasse mit den Augen folgte. »Es hat mich mehrere Telefonate und eine Menge Geduld gekostet, einen Termin mit Bertram zu vereinbaren. Der Mann ist heute gefragt wie nie zuvor, man kommt schwer an ihn ran. Sonntag fliegt er nach Spanien, aber am Samstag hat er eine Stunde in seinem Kalender für mich freigeschaufelt – und auch das nur, weil ihm mein Name was sagt.«

»Wenn es so war, wie du vermutest, wird er dir das kaum freiwillig erzählen.«

»Das nicht. Aber ich kann sehen, wie seine Reaktionen ausfallen, wenn ich geschickt ein paar Fragen stelle. Gedulden wir uns bis Samstag.«

Obwohl das schon übermorgen war, kam es Kassandra wie eine Ewigkeit vor. Das Damoklesschwert Dietrich schwebte ständig über ihr, obwohl er sich bisher nicht wieder gemeldet hatte. Die Polizei schien im Fall Josef Kind keine weiteren Fortschritte gemacht zu haben, es war jedenfalls nicht darüber berichtet worden. Falls also Dietrich etwas über sie ausgrub, was er für einigermaßen verdächtig hielt, diesen dubiosen Zeugen beispielsweise, stünde er mangels anderer Verdächtiger garantiert bald vor ihrer Tür. »Wir haben Sie im Auge«, hatte er gesagt.

Kassandra versuchte, sich ihre Sorgen nicht anmerken zu lassen, während Arnold von seiner Faszination für Kunst erzählte und sie ihm Prerows Seebrücke zeigte, die sich ein ganzes Stück weiter in die Ostsee zog als die von Wustrow. Der Strand war fast leer, und auch am Brückenkopf standen kaum Menschen. Arnold legte den Arm um ihre Schultern.

»Es war eine gute Idee, den Tag in Prerow zu verbringen. Keine Violetta, keine sonstigen Freundinnen. Kein Oberst Freese.«

Kassandra holte hörbar Luft. »Wie oft willst du ihn noch befördern?«

»Sag du's mir.«

»Als ihr euch kennengelernt habt, hast du gedacht, ihr wärt euch schon mal begegnet. Wo?« Sie machte sich von Arnold los und sah ihm fest in die Augen.

»Müssen wir über den Mann sprechen?«

»Du hast angefangen.«

»Ich hab nur angedeutet, dass ich es wunderbar finde, heute absolut ungestört zu sein. Wenn wir nun aber sogar gestört werden, ohne dass die betreffende Person anwesend ist, ist das ein bisschen frustrierend.«

»Wo?«, fragte Kassandra unbeeindruckt ein zweites Mal.

»Nirgends. Das war nur so dahingesagt. Ich mag es nicht, wenn man mich taxiert, wie Freese das getan hat. Als stünde ich unter strengster Observation. Ich wollte ihn schlicht aus der Reserve locken.«

»Ist dir nicht gelungen.«

»Nein. Der Genosse Oberst hat sich gut unter Kontrolle.«

»Diesmal keine Beförderung? Hast du Angst, dass dir bald die Dienstgrade ausgehen? Woher kennst du dich eigentlich so gut damit aus?« Kassandra wusste selbst nicht, warum sie das fragte, und gleich darauf verwünschte sie sich dafür. Zu ihrer Erleichterung war Arnold jedoch nicht beleidigt, sondern belustigt.

»Ich war beim Bund, die Dienstränge nehmen sich nicht viel, schätze ich.« Sein Tonfall wurde eindringlich. »Kassandra, ich mag Freese nicht, tut mir leid, aber das ist die Wahrheit. Außerdem glaube ich, dass du dir mal seine Vergangenheit ansehen solltest, bevor du deine Freundschaft mit ihm fortsetzt. Aber das ist deine Entscheidung. Nur bitte – lass uns den Abend nicht verderben, ja?«

Als er sie diesmal küsste, ging leider niemand dazwischen, und Kassandra musste mitspielen.

Auf der Fahrt zurück nach Wustrow schaute sie aus dem Seitenfenster und sah die vertraute Landschaft an sich vorbeiziehen. Gerade erreichten sie den Darßwald zwischen Born und Ahrenshoop. An einigen Stellen wirkte er dunkel und undurchdringlich, aber nicht gefährlich. Trotzdem war es wahrscheinlich unangenehm, wenn man sich darin verirrte. So ähnlich kam sie sich selbst vor mit ihrer Absicht, etwas über Arnold in Erfahrung zu bringen, der ihr zwar nicht gefährlich schien, den sie sogar mochte, wenn es nicht gerade um Paul ging – den sie aber auch nicht gänzlich durchschaute.

»Ich würde gern noch bleiben«, sagte Arnold, als sie vor Kassandras Haus hielten, »aber mir ist da tatsächlich eine Idee gekommen, die mit diesen Grabsteinen in Prerow zusammenhängt. Ich bin kein guter Unterhalter, wenn ich was ausbrüte, und morgen bin ich bei Freunden in Potsdam. Was hältst du davon, wenn ich mich bei dir melde, sobald ich bei Bertram gewesen bin? Wir könnten es noch mal mit essen gehen versuchen.«

Kassandra war froh, dass es ihr erspart blieb, über ihr weiteres Vorgehen an diesem Abend nachzudenken. »Das wäre großartig.«

Arnold beugte sich zu ihr herüber und streifte ihre Lippen mit einem Kuss. »Alles klar.«

Als Kassandra ausstieg, verließ Arnold ebenfalls den Wagen. »Hätte ich fast vergessen.« Er öffnete die hintere Tür und holte eine Tüte heraus. »Das ist das wenige Material, das ich bisher über Tina bekommen konnte. Nichts Aufregendes, hauptsächlich Kataloge. Die waren mal für jeden zugänglich, aber einige sind heute nur noch mit entsprechenden Verbindungen zu Galerien und Museen zu kriegen. Gehen wir die Sachen doch übermorgen zusammen durch.«

»Guten Abend«, grüßte plötzlich jemand von der Seite.

Kassandra, die Tüte schon in der Hand, drehte sich um und sah sich mit Heinz Jung konfrontiert, der sie und Arnold interessiert musterte.

»Wie geht's denn Herrn Zepplin?«, fragte er und ließ nur für einen Sekundenbruchteil Häme durch seine Freundlichkeit scheinen, bevor er ihnen den Rücken zukehrte und das Haus betrat.

»Ekelpaket«, stieß Kassandra zwischen den Zähnen hervor. »Falls du unbedingt jemanden von der Stasi suchst, hättest du mit dem den wahrscheinlichsten Kandidaten.«

»Der wirkt doch ganz harmlos. Was hast du gegen ihn?«

»Das ist ein Roman. Der beginnt damit, dass er versucht, meine Pension meinen Gästen madigzumachen. Falls er mal tot aufgefunden wird, kannst du davon ausgehen, dass ich was damit zu tun habe.«

Arnold lachte. »Ich verspreche, ich tröste dich über all das Böse hinweg, das dir der Mann angetan hat.«

»Jaja, wer den Schaden hat«, sagte sie düster, aber dann lächelte sie. »Viel Spaß in Potsdam, und vor allem viel Erfolg bei Bertram.«

Arnold stieg in seinen Wagen und brauste los.

12

»Hallo. Redest du noch mit mir?«

Kassandra hatte den ganzen nächsten Tag versucht, Jonas abzupassen, aber er war entweder auf dem Boot oder in seinem Laden gewesen, wo sie ihn nicht stören wollte. Nach einem langen Strandspaziergang griff sie sich Arnolds Tüte, versuchte es erneut und war fast erschrocken, als er diesmal öffnete.

Auf Jonas' Gesicht breitete sich ein Lächeln aus. »Ich dachte schon, du wärst von Kesting entführt worden. Wir versuchen seit zwei Stunden, dich zu erreichen.«

»Tut mir leid, ich hatte mein Handy ausgeschaltet.«

Er ging ihr voran ins Wohnzimmer. »Paul, sieh mal, wer da ist.«

Paul, der mit einer schwarz gerändterten Lesebrille vor einem Laptop am Esstisch saß, schaute hoch. »Kassandra! Ich hatte Mühe, Jonas davon abzuhalten, eine Vermisstenanzeige aufzugeben. Hier, sieh dir das an.«

Während Jonas in die Küche ging, um ihr einen Kaffee zu holen, trat Kassandra zu Paul an den Tisch. »Was habt ihr da?«

Paul drehte den Laptop zu ihr um und deutete auf das Display, auf dem eine ganze Reihe Bilder zu sehen waren. »Das sind Fotos von Tina Bodenstedts Ausstellungseröffnung in der Galerie Degenhard.«

Kassandra schaute mit hochgezogenen Brauen vom Laptop zu Paul. »Wie bist du da drangekommen?«

»Ich kenn jemanden bei der ›Ostsee-Zeitung‹«, sagte Paul lächelnd.

»Logisch. Manchmal frag ich mich, ob es jemanden gibt, den du nicht kennst.«

»Ehemalige Oberstleutnants kommen eben rum und können die eine oder andere Schuld einfordern.« Pauls Lächeln war mit einem Mal verschwunden.

»Du wurdest befördert«, sagte Kassandra.

»Tatsächlich. Herr Kesting scheint ungewöhnlich gut informiert.«

»Paul …«

»Dein Kaffee«, sagte Jonas, der gerade wieder den Raum betreten hatte. Er drückte Kassandra den Becher in die Hand und wandte sich an Paul. »Zeig ihr das Foto.«

Paul scrollte mit der Maus nach unten, auf der Suche nach dem angesprochenen Bild. Während Kassandra ihn dabei beobachtete, fiel ihr wieder eine Bemerkung ein, die er im »Kapitänshaus« gemacht hatte – über Ralf Peters, den Veranstalter der Gemäldeauktion in Ahrenshoop. Paul hatte gesagt, dass Peters unter ein bisschen Druck zugegeben habe, Kind engagiert zu haben. Er hatte ihn also unter Druck gesetzt. Womit? Und wie?

Kassandra sah, wie Paul das Foto fand und anklickte, sodass es das ganze Display einnahm, aber sie konnte sich nicht darauf konzentrieren. Stattdessen starrte sie auf Pauls Rücken, seinen verspannten Nacken, den er sich gerade mit einer Hand massierte. Sie rief sich zur Ordnung. Das mit Peters konnte tausend Gründe haben, und dieses ganze Stasi-Gerede war Unfug. Sie wollte, Paul würde die kryptischen Bemerkungen sein lassen.

»Paul«, sagte sie. »Hör auf damit, bitte. Das ist nicht lustig.«

Paul drehte sich zu ihr um, jetzt wieder ein Lächeln im Gesicht. »Nein?«

Jonas sah verwirrt von einem zum anderen. »Müsst ihr in Rätseln sprechen? Ich versteh kein Wort. Was ist nicht lustig?«

»Das hier«, sagte Kassandra schnell und beugte sich herunter zu dem Foto. Dann sah sie das Bemerkenswerte daran. »Du meine Güte, ist das Josef Kind?«

Jonas war sichtlich immer noch etwas irritiert, aber er nickte. »Anscheinend gibt er sich Mühe, keine Aufmerksamkeit auf sich zu ziehen. Es ist nämlich das einzige Foto, auf dem er zu sehen ist, wenn auch nur in der hintersten Ecke. Der Fotograf hat an dem Abend mehr als zweihundert geschossen, und wir haben sie alle durchgesehen.«

»Das beweist, dass Tina Bodenstedt ihn gekannt hat«, stellte Kassandra fest.

»Tut es das?«, meldete sich Paul zu Wort. »Das Foto beweist nur, dass Josef Kind da war, mehr nicht. Es ist nicht gesagt, dass er ein einziges Wort mit ihr gewechselt hat. Vielleicht war er da, um sich mit Degenhard zu treffen?« Er scrollte wieder ein Stück zurück und klickte ein anderes Bild an, das einen blonden Mittvierziger am Arm einer attraktiven, kaum jüngeren Frau zeigte. »Das sind übrigens Raimund und Cornelia Degenhard.«

Kassandra warf einen neugierigen Blick auf Degenhard. Was fand Violetta an dem? Der Mann sah auf oberflächliche Weise sehr gut aus, aber kein bisschen interessant. »Vielleicht war er nicht wegen Tina Bodenstedt da. Vielleicht aber *gerade* wegen ihr«, nahm sie den Faden wieder auf. »Schließlich wissen wir, dass er ein wie auch immer geartetes Interesse an ihr hatte.«

Paul nickte nachdenklich. »Das stimmt. Trotzdem. Wenn er offiziell da gewesen wäre, hätte es mehr Fotos von ihm gegeben.«

»Wir haben doch schon festgestellt, dass er keinen Wert darauf gelegt hat, in den Medien zu erscheinen. Das dürfte erklären, warum er sonst auf keinem auftaucht. Er wollte das eben nicht«, wandte Jonas ein.

»Paul hat recht«, sagte Kassandra. »Bei solchen Veranstaltungen gehen die Fotografen durch die Menge und schießen drauflos. Natürlich bitten sie mal um ein gestelltes Bild, aber meist bekommen die Leute gar nicht mit, dass sie fotografiert werden. Auf diese Weise entstehen die besten Bilder. Es ist reichlich unwahrscheinlich, dass ein Fotograf bei so vielen Fotos Josef Kind nicht wenigstens ab und zu mal am Rand erwischt hätte. Es sei denn, Kind wäre anschließend zu ihm gekommen und hätte die entsprechenden Bilder eingefordert.«

»Nein«, sagte Paul. »Freddy hat beteuert, dass das alles ist, was er an dem Abend geschossen hat.«

»Vielleicht hat er gelogen?«, versuchte es Jonas erneut.

»Nein«, wiederholte Paul bestimmt. »Wenn Freddy sagt, dass das alles ist, ist das alles.«

»Kann ich das Foto mit Kind noch mal sehen?«, bat Kassandra.

Paul rief das Bild erneut auf und erhob sich. »Setz dich am besten direkt davor.«

Kassandra ließ das Foto auf sich wirken. Im Vordergrund stand Tina Bodenstedt, die einigen Galerie-Besuchern offenbar gerade eine ihrer Plastiken erläuterte. Ein grau melierter Mann dicht neben ihr betrachtete fasziniert mehr sie als ihr Kunstwerk. Das Foto war optimal belichtet, alle wichtigen Personen und Gegenstände deutlich zu erkennen. Im dunkleren Hintergrund stand Josef Kind in einer Tür. Etwas an ihm erregte Kassandras Aufmerksamkeit.

Sie klickte das Foto mehrmals an, um es zu vergrößern, und schob den Ausschnitt, auf den es ihr ankam, in die Bildschirmmitte. Dabei spürte sie, dass Paul und Jonas sich über ihre Schultern beugten und zu erfassen versuchten, was sie so interessant fand. Sie vergrößerte den Ausschnitt noch ein weiteres Mal. Sie hatte sich nicht geirrt.

»Da liegt eine Hand auf Kinds Schulter«, sagte Jonas.

»Als hätte jemand hinter ihm gestanden und ihn aus dem Sichtfeld der Menschen im Ausstellungsraum ziehen wollen«, ergänzte Paul. »Zu schade, dass wir nicht wissen, wessen Hand das ist.«

»Ich glaube ...« Kassandra musste sich räuspern und fing noch mal von vorn an. »Seht ihr den Ring?« Sie deutete auf eine durch die Vergrößerung etwas verwaschene Stelle des Ausschnitts.

Paul beugte sich noch weiter vor. »Ein Siegelring. Demnach dürfte es sich um eine Männerhand handeln. Degenhards vielleicht? Lass uns das auf den anderen Fotos nachprüfen.«

»Nein«, wehrte Kassandra ab. »Ich hab so einen Ring schon mal gesehen. An einem der Kripo-Beamten.«

Paul richtete sich auf und pfiff leise durch die Zähne, während Jonas gleichzeitig feststellte: »Der Herr Kommissar Dietrich. Sieh an. Er muss einen verteufelt guten Grund gehabt haben, um zu verschweigen, wer der unbekannte Tote in deiner Pension war.«

»Nicht Dietrich«, korrigierte Kassandra. »Menning.«

»Menning? Ich dachte eigentlich, der wäre in dieser Guter-Bulle-böser-Bulle-Geschichte der Gute«, sagte Paul.

»Ja.« Kassandra sah unvermindert auf die Hand auf Kinds Schulter. »Das dachte ich auch.«

»Bist du sicher, dass das derselbe Ring ist? Es gibt durchaus einige Männer, die solchen Schmuck mögen.«

»Natürlich kann ich nicht hundertprozentig sicher sein, aber dieses goldene Muster in der schwarzen Platte ist Mennings Ring zumindest sehr ähnlich.«

»Wartet einen Moment«, bat Paul und verschwand im Flur. Als er wieder auftauchte, hielt er sein Handy am Ohr. »Hallo, Freddy, Paul. Du hast doch bestimmt ein Bildbearbeitungsprogramm, mit dem du vernünftige Vergrößerungen hinkriegst.« Offensichtlich bestätigte Freddy das. »Wir brauchen eine Ausschnittvergrößerung von DegenhardEröffBodenstedt0148. Die hintere rechte

Ecke, ein Mann steht in einem Türrahmen, seine linke Schulter. Kannst du das heute Abend noch mailen?« Pause. »Ja, das ist wirklich wichtig. Danke.« Paul beendete das Gespräch. »In ein, zwei Stunden wissen wir mehr. Bis dahin sollten wir austauschen, was wir ansonsten rausbekommen haben.«

Sie verlagerten ihr Konferenzbüro vom Esszimmertisch zu dem bequemeren Sessel und dem Sofa, auf dem Kassandra und Jonas Platz nahmen.

»Ich schätze, ich bin am schnellsten fertig«, meinte Paul, »ich war nämlich abgesehen von den Fotos nicht erfolgreich. Wie du vorgeschlagen hast, Kassandra, hab ich bei Tina Bodenstedt angerufen und sie um ein Treffen gebeten.« Er machte eine kurze Pause und zwinkerte ihr zu. »Anscheinend hatte sie zwischenzeitlich erfahren, dass ich ein völlig unwichtiger Mensch bin. Sie hat höflich, aber sehr bestimmt abgelehnt.«

»Vielleicht hatte sie nur gerade was anderes vor«, meinte Kassandra.

Paul lachte. »Ich hab ihr jede Gelegenheit gegeben, absolut jederzeit über mich zu verfügen. Sie hat trotzdem abgelehnt. Ich fürchte, du musst mich sehen, wie ich bin: zu alt.«

»Du …«

»Stopp mal«, unterbrach Jonas. »Kassandra hat dir das vorgeschlagen? Wann habt ihr denn darüber geredet?«

»Wir sind uns neulich über den Weg gelaufen, als ich von hier weg bin«, erklärte Paul. »Wobei mir einfällt: Hat sich diese Detektei schon gemeldet, die du wegen Kesting beauftragt hast?«

»Ja, aber die haben nur haufenweise Ausstellungskataloge geschickt und einige Ausdrucke aus dem Web. Außerdem eine Vita. Die ist zugegebenermaßen sehr detailreich, trotzdem geht aus ihr nichts Besonderes hervor. Entweder ist die Detektei Stringer nicht sehr gründlich, oder Kesting ist sauber, und Kind hätte mit Zitronen gehandelt, wenn er vorgehabt hätte, ihn zu erpressen.«

»Hm.« Paul rieb sich nachdenklich das Kinn, dann sah er Kassandra an. »Du bist diejenige von uns, die bisher den meisten Kontakt zu Kesting hatte. Was denkst du über ihn?«

Kassandra nahm einen Schluck kalt gewordenen Kaffee und stellte den Becher schnell wieder auf dem Couchtisch ab. Detailliert berichtete sie, was sich während der beiden Treffen mit Arnold ereignet hatte. Sie endete mit seinem Vorhaben, am nächsten Tag Heiner Bertram aufsuchen zu wollen.

»Das heißt, er zeigt sich äußerst kooperativ«, meinte Paul. »Aber du hast nicht rausfinden können, was er nun gegen Tina Bodenstedt hat oder warum er meint, sie könne was mit einem Mord zu tun haben. Das bereitet mir nämlich immer noch Kopfzerbrechen.«

»Du hast bisher bloß geschildert, was ihr gemacht habt«, ließ sich Jonas vernehmen. »Wie ist denn nun dein Eindruck von ihm?«

»Falls ihr wissen wollt, ob ich ihn für einen Mörder halte: eher nicht. Wenn ich ein Wort für ihn finden müsste, wäre das vermutlich einfach ›nett‹.«

»›Nett‹«, wiederholte Jonas ungläubig. »Er ist einfach nur nett? Ich finde, er ist ein arrogantes ...«

»Ich weiß, was du findest«, spöttelte Kassandra. »Aber du hast nach meinem Eindruck gefragt, und der ist: Er kann aufbrausen und zornig werden, wie vor zwei Abenden, als Paul auf der Bildfläche erschien. Aber er kann genauso gut charmant sein und den sensiblen Künstler rauskehren. Man kann sich gut mit ihm unterhalten, er kann begeistert erzählen und ...«

»Und was?«, hakte Jonas nach.

»... und ich hätte nichts dagegen, mit ihm befreundet zu sein.« Sie sah, dass Jonas etwas darauf erwidern wollte, und fügte abschließend hinzu: »Mehr nicht.«

»Sieht er das genauso?«

»Nicht ganz. Aber das ist ja wohl der Sinn der Sache. Ich soll doch an ihm dranbleiben, oder?«, fragte Kassandra ein bisschen genervt.

Jonas grummelte etwas Unverständliches, nickte aber zögernd.

Eine Weile blieb es still. Kassandra schielte zu Paul hinüber. Kurz glaubte sie, seine Mundwinkel zucken zu sehen, aber vielleicht bildete sie sich das bloß ein.

Da kam ein Pling vom Esstisch. Paul erhob sich, ging zu seinem Laptop und checkte seine Mails. »Freddy war schnell, er hat die Vergrößerung geschickt.«

Kassandra nutzte das als Entschuldigung, vom Sofa aufzustehen. Ihr war nicht ganz klar, ob Jonas ausschließlich besorgt um sie war oder ob es ihm um mehr ging. War er verliebt in sie und eifersüchtig auf Arnold? Er hatte nie direkt was gesagt. Unsicher warf sie einen Blick zurück, als sie schon neben dem Laptop stand. Was würde sie tun, wenn er es täte?

»Das ist großartig geworden«, urteilte Paul. »Sieh's dir an, Kassandra.«

Kassandra schüttelte den Gedanken an Jonas ab und setzte sich vor das Notebook. Die Vergrößerung war zwar immer noch nicht hundertprozentig deutlich, stellte aber eine beträchtliche Verbesserung gegenüber dem Original dar.

Paul ging neben ihr in die Hocke. »Und?«

»Ich würde sagen, das ist Mennings Ring. Oder jedenfalls einer, der genauso aussieht. Wenn es kein Unikat ist, sondern es mehrere von der Sorte gibt, beweist das natürlich immer noch nicht, dass es auch Mennings Hand ist.«

»Aber es wäre dann schon ein großer Zufall, wenn nicht. Vielleicht können wir diesen Ring irgendwo finden. Lässt du mich mal?«

Automatisch stand Kassandra auf, blieb hinter Paul stehen und beobachtete, wie er die Begriffe Siegelring, exklusiv und Design googelte, um anschließend mehrere Bild- und Textlinks anzuklicken. Auch Jonas kam zu ihnen herüber und verfolgte Pauls Recherchen, die jedoch ohne Erfolg blieben.

»Das bringt nichts.« Paul klickte sich zurück in sein Mailprogramm und öffnete eine neue Mail. Er gab eine Adresse ein, tippte »Dringende Recherche« in die Betreffzeile und fing an zu schreiben, wobei seine schlanken Finger in einer Geschwindigkeit über die Tastatur flogen, als hätten sie nie was anderes getan.

Liebe Query,
ausnahmsweise mal was ganz anderes: Anbei ein Bild von einem Siegelring. Ich müsste wissen, woher das gute Stück kommt – ob es ein Exklusiv-Design von einem Goldschmied ist oder ob man so was an jeder Ecke kaufen kann. Leider ist die Bildqualität nicht optimal, aber ich bin sicher, du kriegst das hin, wie immer – es gibt keine Bessere! ;-)
Danke und Gruß, *aha*

Paul hängte die Datei an und schickte die Mail ab. »Wenn jemand was rauskriegt, dann Query.«

»Kann ich mir denken«, bestätigte Jonas.

»Wer ist Query?«, fragte Kassandra.

Jonas und Paul sahen sich an und schienen zu beschließen, darüber keine Auskunft zu geben.

»Männer.« Kassandra seufzte, als sie begriff, dass dieser Blick zwischen den beiden das Einzige bleiben würde, was sie bekäme.

»Sollen wir uns jetzt gemeinsam das Material ansehen, das die Stringer-Leute über Kesting geschickt haben?«, fragte Jonas. »Und Kassandra, hast du nicht gesagt, Kesting hätte was über die Bodenstedt bei dir gelassen?«

»Ich hab's mitgebracht, wir können gleich loslegen.«

»Wenn's geht, nicht mehr heute Abend«, widersprach Paul. »Gönnt einem alten Mann eine Pause. Ich würde alles Mögliche übersehen, nachdem ich schon x-mal diese Fotos durchgegangen bin. Lasst uns das auf morgen verschieben.«

»Ich hab morgen eine Zeesbootstour nach der anderen. Das Wetter hat eine Menge Leute dazu gebracht, im Voraus zu buchen. Bei mir ginge es nur abends«, meinte Jonas.

Kassandra schüttelte den Kopf. »Da will Arnold vorbeikommen und erzählen, was dieser Bertram gesagt hat.«

»Wie wär's dann Sonntagabend? Da dürfte er dich jedenfalls nicht mit Beschlag belegen. In der Zeitung stand, dass er in der Kunstscheune mit einem Preis für was weiß ich was ausgezeichnet wird.«

»Vielleicht will er, dass ich mitkomme«, sagte Kassandra, aber sie lachte dabei, damit selbst Jonas klar wurde, dass sie ihn aufzog. »Ich sehe zu, dass ich eine Ausrede habe, falls ihm das einfällt. Treffen wir uns diesmal bei mir?«

Jonas nickte, während Paul seinen Laptop zusammenklappte und in die Tasche packte. Er hob zum Abschied die Hand. »Wenn ich zwischendurch was von Query höre, ruf ich an oder maile.«

Ohne nachzudenken, folgte Kassandra Paul und winkte Jonas ebenfalls zu. »Wir sehen uns ja sicher vor Sonntag noch übern Gartenzaun«, rief sie im Gehen über die Schulter zurück, sodass sie nicht bemerkte, dass Paul stehen geblieben war. Sie prallte auf ihn, stolperte und wäre gefallen, wenn er sie nicht gehalten hätte. Sein Gesicht kam ihrem dabei sehr nah, und sie verstand die Botschaft, die er ihr mit seinem Blick schickte. Sie ignorierte sie. Sie würde nicht bleiben.

Jonas hatte unwillkürlich einen schnellen Schritt auf Kassandra zu gemacht, als er sah, dass sie im Begriff war zu fallen, hielt jedoch inne, weil Paul ihr schon geholfen hatte. »Sicher. Mein Zaun ist sowieso schöner als der vom guten Heinz.«

Die wenigen Meter bis zu Kassandras Pforte gingen sie und Paul schweigend. »Bis übermorgen also«, sagte Kassandra zum Abschied, doch Paul berührte sie am Arm und hielt sie zurück.

»Normalerweise mische ich mich nicht in persönliche Angelegenheiten ein. Aber ich denke, es wäre gut, wenn ihr diese Sache zwischen euch klärt.«

Kassandra schluckte. Pauls Hand lag immer noch auf ihrem Arm, sie spürte seine Wärme.

»Ich hab keine Ahnung, warum er bei dir so zögerlich ist«, fuhr er fort, »aber wenn's sein muss, mach eben du den ersten Schritt.«

Sie schluckte erneut. Was Paul sagte, klang richtig – und fühlte sich trotzdem falsch an.

Er nahm die Hand von ihrem Arm, hob ihr Kinn und zwang sie damit, ihn anzusehen. »Kassandra. Ich kenne Jonas sein ganzes Leben, er ist ein sehr guter Freund. Mir liegt viel an ihm. Und an dir.«

»Dabei kennst du mich gerade mal anderthalb Wochen«, versuchte Kassandra die ernste Stimmung aufzulockern.

Abrupt ließ Paul sie los und schaute die Straße hinauf. »Denk drüber nach. Macht euch das Leben nicht unnötig schwer.« Dann ging er ohne einen weiteren Gruß.

13

Am Wochenende frühstückten Kassandras Gäste später als gewöhnlich, sie war bis halb zwölf damit beschäftigt, sich um die Zimmer zu kümmern. Während sie ihre Arbeit erledigte, kreisten ihre Gedanken um Pauls Worte. Sie erinnerte sich daran, wie Jonas ihr geholfen hatte, als ihr Keller vollgelaufen war. Wie sie an diesem Abend begonnen hatte, ihm zu vertrauen und ihm ihre Geschichte zu erzählen, die doch überhaupt niemand jemals hatte erfahren sollen. Wie wohl und friedlich sie sich gefühlt hatte auf seinem Boot.

Alles sprach dafür, dass sie sich in Jonas verliebte und weit mehr in ihm sah als nur den Freund von nebenan. Stand ihr diese vermaledeite Mordgeschichte im Weg? Würde sich etwas ändern, wenn sie sich nicht mehr um Leichenfunde kümmern musste und um Kriminalkommissare, die sie verdächtigten?

Paul wäre äußerst unzufrieden mit mir, dachte sie, als sie aufgab, eine endgültige Antwort zu finden. Aber wenn er so gut im Beobachten ist, soll er mir doch sagen, was mit mir los ist! Fast war sie versucht, sich auf den Weg zu ihm zu machen – dabei wusste sie nicht mal, wo er wohnte. Gab es überhaupt irgendwas von Bedeutung, das sie über ihn wusste? Verdammt, Paul!

Zu guter Letzt schnappte sie sich ihr Handy und verließ das Haus. Sie lief am Bodden entlang bis nach Niehagen. Auf dem schmalen Weg begegnete ihr kaum ein Mensch. Ab und zu blieb sie stehen und schaute über die ruhige Wasseroberfläche, auf der ein Zeesboot an ihr vorbeizog. Es erinnerte sie an Jonas. Dennoch ertappte sie sich dabei, dass sie mit ihren Gedanken immer wieder bei Paul landete. Erst am Spätnachmittag war sie zurück. Arnold hatte sich nicht gemeldet. Sie nahm an, dass er entweder demnächst anrufen oder gleich vor ihrer Tür stehen würde. Doch es wurde später und später, und nichts geschah. Er hatte gesagt, sie würden zusammen essen gehen, jetzt war es fast neun. Sie wollte nicht den Eindruck erwecken, ihn zu etwas zu drängen, deshalb zögerte sie, sich selbst bei ihm zu melden. Als sie es endlich doch tat, sprang nur seine Mailbox an. Sie hinterließ eine Nachricht und bat um Rückruf. Eine Stunde später versuchte sie es noch mal – ebenso erfolglos. Hatte er ihr vielleicht gemailt? Doch statt einer Mail von Arnold fand sie in ihrem Postfach eine von Paul, die Jonas an sie weitergeleitet hatte.

Jonas, anbei Querys Antwort, leite sie bitte an Kassandra weiter, hab ihre Mail-Adresse nicht. Gruß, Paul

Hallo, mein lieber *aha* !
Ich mag ja Herausforderungen, diese hat mich allerdings fast zur Verzweiflung getrieben. Du weißt, wie gründlich ich bin, aber ich habe nichts, absolut gar nichts gefunden über Deinen Siegelring. Meine Vermutung ist, dass es sich um ein Familienerbe von Anno Dunstkreis handelt. Auf jeden Fall ein Einzelstück, sonst hätte ich was ausgegraben. Hilft Dir das? Was treibst Du denn da bloß?
Liebe Grüße, Query

Kassandra, wenn Du Dir sicher bist, dass Menning diesen Ring getragen hat, können wir wohl davon ausgehen, dass er zu der Hand auf dem Foto gehört. Ich würde gern mehr über ihn erfahren, aber für solche Sachen ist Query nicht zuständig, und ich weiß nicht, wie klug es ist, eine Detektei damit zu beauftragen, Informationen über einen Polizisten einzuholen, der gerade mit einem Mordfall am eigenen Ort befasst ist. Wir müssen uns was überlegen.
Gruß, Paul

Kassandra schickte eine Mail an beide, in der sie ihnen mitteilte, dass Arnold sich nicht hatte blicken lassen. Dann öffnete sie eine neue Mail, die sie nur an Paul schrieb.

Paul, ich hab nachgedacht. Vielleicht ist mein Leben gerade kompliziert genug. Lass mir Zeit. Kassandra
PS: Und wer ist nun eigentlich Query? ;-)

Gleich anschließend verfasste sie eine Notiz an Violetta. Sie hatten sich seit dem Abend im »Swantewit« nicht mehr gesehen, vielleicht hatte Violetta immer noch ein schlechtes Gewissen. Das hatte Kassandra auch, sie hätte sich längst melden sollen, aber es spukten ihr zu viele Dinge im Kopf herum. Sie hatte die Mail an Violetta kaum abgeschickt, als sie eine neue bekam.

Kassandra, verzeih. Paul
PS: Query schätzt ihre Anonymität. Aber glaub mir, sie ist sehr effizient. ;-)

Kassandra lächelte.

Ich hab Dir nichts zu verzeihen, schrieb sie. Spontan fügte sie noch einen Satz hinzu: *Es ist schön, dass Du da bist.*

Keine Minute später kam die Antwort:

Danke. Gleichfalls.

Eine Weile schaute Kassandra auf die zwei Worte und lächelte immer noch, als sie den PC ausschaltete. Inzwischen war es fast elf. Arnold würde heute wohl nicht mehr kommen.

Er kam auch nicht am nächsten Tag. Weder meldete sich Arnold bei ihr, noch konnte sie ihn erreichen. Sie wusste nicht, in welchem Hotel er wohnte oder ob er eine Ferienwohnung hatte. Zwar ging sie davon aus, dass Gerlinde Meerbusch das wissen könnte, aber sie zögerte, die Galeristin zu fragen. Spätestens am Abend wurde Arnold in der Kunstscheune zur Verleihung des Goldenen Knotens für Bildende Kunst in Mecklenburg-Vorpommern erwartet. Da würde er sicher nicht durch Abwesenheit glänzen und sich hoffentlich morgen mit ihr in Verbindung setzen.

Jonas stand abends als Erster vor ihrer Tür, die Unterlagen der Detektei Stringer unterm Arm. In Kassandras Büro hatten sie kaum begonnen, sie zu sortieren, da klingelte das Telefon.

»Heinz hat eine außerplanmäßige Gemeindevertretersitzung einberufen«, sagte Paul genervt. »Ich hab keinen Schimmer, worum es geht, aber es klang, als ob mindestens der Untergang des Fischlandes bevorstünde. Wartet nicht auf mich.«

Kassandra hatte zwar gewusst, dass Paul wie ihr ungeliebter

Nachbar zur Rechten Mitglied der Gemeindevertretung war, bis zu diesem Zeitpunkt aber gar nicht mehr daran gedacht. Sie fragte sich, wie die Sitzungen wohl ablaufen mochten, wenn zwei so gegensätzliche Menschen aufeinanderprallten, die sich zusammenraufen mussten, um vernünftige Arbeit zu leisten.

»Ich hoffe, ganz so schlimm wird's nicht«, erwiderte sie. »Komm einfach, wenn die Sitzung zu Ende ist.«

»Jung hat die Gemeindevertreter zusammengetrommelt?«, fragte Jonas nach Kassandras Erklärung erstaunt. »Er mag ja seine Macken haben, aber das würde er nur tun, wenn's wirklich wichtig ist. Bin gespannt, was das bedeutet.«

»Darf Paul denn darüber reden?«

Jonas zuckte mit den Schultern. »Über den öffentlichen Teil schon. Wenn das heute was Außerplanmäßiges ist – keine Ahnung.« Er deutete auf die Papierstapel. »Fangen wir schon mal an. Wer weiß, wie lange das bei Paul dauert.«

Sowohl das Material über Tina Bodenstedt als auch das über Arnold Kesting bestand hauptsächlich aus Ausstellungskatalogen und damit Abbildungen ihrer Werke. Außerdem waren einige Websites angegeben, die virtuelle Ausstellungen zeigten, bei denen man sich dank einer Zoomfunktion jedes Detail der ausgestellten Objekte ansehen konnte. Kassandra stöhnte. »Nicht besonders vielversprechend für unsere Zwecke.«

»Je eher wir damit durch sind, desto eher können wir's abhaken.«

Kassandra ließ sich auf der kleinen Couch gegenüber des Schreibtisches nieder und widmete sich Tina Bodenstedt, während Jonas Arnold Kesting übernahm. Viel brachte die Aktion zunächst aber nicht. Dann stutzte Jonas.

»Was hältst du hiervon?« Er saß an Kassandras PC und durchsuchte eine der virtuellen Ausstellungen. »Vielleicht leide ich an zu viel Einbildungskraft, aber ich finde, die Dame auf diesem Gemälde hat ziemliche Ähnlichkeit mit Tina Bodenstedt.«

Kassandra kam zu Jonas herum. Das Bild zeigte eine Frau, die an einem See stand. Es wirkte, als hätte Arnold den einen Augenblick festgehalten, in dem sie sich geistesabwesend ihr blondes Haar aus dem Gesicht strich und sich gleichzeitig mit der Hand gegen das Licht der untergehenden Sonne schützte. Sie war nur im Profil zu sehen, aber Kassandra erkannte, was Jonas meinte. Und noch etwas anderes erkannte sie.

»Wenn das Tina Bodenstedt ist, haben wir uns geirrt. Arnold hasst Tina nicht. Er liebt sie.«

»Oder hat sie geliebt. Hier steht, ›Frau am See‹ entstand 2009. Das ist mindestens zwei Jahre her, wir wissen ja nicht, wann genau in dem Jahr es gemalt wurde. Da kann sich viel ändern. Jedenfalls hat dein Arnold gelogen, wenn er behauptet hat, Tina wäre nie seine Ex gewesen.«

»Er ist nicht mein Arnold«, meinte Kassandra eher beiläufig. »Außerdem beweist das Bild nichts dergleichen. Es drückt aus, dass Arnold sie geliebt hat, da bin ich sicher, aber wer sagt, dass das auf Gegenseitigkeit beruhte?« Sie machte eine Pause. »Vielleicht hasst Arnold Tina doch – und zwar aus genau diesem Grund.«

»Das bringt uns also nicht wesentlich weiter«, sagte Jonas unzufrieden. »Hast du was Bemerkenswertes gefunden?«

»Nichts. Auch nichts, was auf Tina Bodenstedts nähere Bekanntschaft mit Heiner Bertram hinweist.« Sie setzte sich wieder, blätterte den letzten Katalog durch und legte ihn frustriert zur Seite. Beide schwiegen, bis das Klingeln des Telefons sie aus ihren Gedanken riss. Kassandra schreckte hoch und fegte beim Aufstehen den Katalog auf den Fußboden. »Wenn Paul noch mal anruft, lässt das wohl befürchten, dass sich die Sitzung wirklich lange hinziehen wird.« Doch nicht Paul war dran.

»Hallo, Frau Voß, hier spricht Gerlinde Meerbusch. Entschuldigen Sie die Störung, aber wissen Sie vielleicht, wo Arnold ist?«

Die Frage verschlug Kassandra fast die Sprache. »Ist er denn nicht bei der Preisverleihung?«, erkundigte sie sich nicht sonderlich intelligent.

»Wir warten seit fast einer Stunde, und auch wenn Arnold sich gern mal verspätet, das hat er sich noch nie geleistet. Hier geht's nicht um irgendwas, die Leute von der Stiftung sind einigermaßen aufgebracht. Haben Sie eine Idee, wo er sein könnte?«

»Nein, tut mir leid. Können Sie in seinem Hotel anrufen?«

»Er hat sich in einer Wohnung in Hufe III einquartiert, nur ein paar Schritte von hier entfernt. Es geht aber niemand ans Telefon. Ich hab sogar schon jemanden hingeschickt – nichts. Auf seinem Handy krieg ich nur die Mailbox.«

Kassandra berichtete von ihren eigenen vergeblichen Versuchen, ihn am Tag zuvor zu erreichen. »Ich dachte, es wäre ihm was dazwischengekommen, aber …«

»… man lässt nichts zwischen eine Preisverleihung kommen«, führte Gerlinde Meerbusch den beunruhigenden Gedanken zu Ende. »So unzuverlässig ist Arnold nicht. Wenn Sie was von ihm hören, sagen Sie mir bitte Bescheid. Ich schicke erst mal alle nach Hause.«

Kassandra legte auf und sah Jonas bestürzt an.

»Arnold Kesting ist verschwunden?«, fragte er ungläubig.

»Sieht ganz so aus.« Befremdet fügte sie hinzu: »Wie kommt Frau Meerbusch dazu, mich nach ihm zu fragen?«

Jonas amüsierte sich. »Die Leute hier sehen alles, hören alles – und denken sich ihr Teil.«

»Offensichtlich.« Kassandra biss sich auf die Lippe. »Es muss was passiert sein. Vielleicht hatte er einen Unfall.«

»Es wäre hilfreich, wenn wir wüssten, wann er verschwand. War er zum Beispiel am Freitag in Potsdam, wie er gesagt hat? War er noch bei Bertram? Wer außer dir wusste, dass die beiden verabredet waren?«

Die Bemerkung traf Kassandra wie ein Schock. »Du meinst, jemand könnte versucht haben, ihn davon abzuhalten?«

»Mir wäre es ja lieber, wenn Kesting selbst hinter der ganzen Sache mit Josef Kind stecken würde, aber die Anzeichen deuten gerade auf was anderes. Es sei denn, er hatte wirklich einen Unfall und liegt in einem Krankenhaus im Koma.«

»Jemand könnte für so einen Unfall gesorgt haben. Vielleicht sogar Bertram selbst? Falls Arnold bei ihm war und zu tief gestochert hat.« Sie tigerte im Zimmer auf und ab. »Er sagte, Bertram hätte diesem Treffen einen Tag vor einer Spanienreise zugestimmt. Das heißt, der Mann dürfte jetzt schon sonst wo sein. Wir können ihn nicht mal mehr fragen, ob Arnold bei ihm war.«

Jonas wandte sich wieder zum PC um und begann zu tippen. »Vielleicht hat dieser Bertram eine Agentur. Er muss doch zu erreichen sein. Wenn Kesting nicht bald wieder auftaucht, wird früher oder später die Polizei eingeschaltet, und die wird sich ebenfalls erkundigen, wer ihn zuletzt gesehen hat.«

»Die Polizei?« Entsetzt sah Kassandra Jonas an.

»Na sicher, das ist so bei Vermissten.«

»Bitte nicht«, flüsterte sie. »Wenn Dietrich und Menning erfahren, dass nun auch noch jemand verschwunden ist, mit dem ich mich getroffen habe, nachdem gerade zwei Wochen zuvor Kind hier gefunden wurde …«

Jonas streckte die Hand aus und schien Kassandra berühren zu wollen, ließ sie jedoch wieder sinken. »Warten wir's erst mal ab. Sieh nicht gleich alles so schwarz.«

Während Kassandra noch zweifelnd Jonas' Recherchen über Bertram verfolgte, klingelte es. Paul stürmte an ihr vorbei, kaum dass sie geöffnet hatte. Er war auf hundertachtzig. »Dieser Idiot!«, schimpfte er. »Ist der noch zu retten?«

Abrupt blieb er in der Tür zum Wohnzimmer stehen. »Ist Jonas schon weg?«

»Ich bin hier«, rief der über den Flur. »Was ist denn um Himmels willen passiert?«

Im Büro ließ sich Paul gegen die Wand fallen und bemühte sich sichtlich runterzukommen. »Heinz hat die grandiose Idee, aus Larsens Seefahrtschulprojekt doch noch was zu machen. Er hat alles wieder vorgeholt und einen Architekten aufgetan, der auf seinen Auftrag hin Larsens Vorhaben überarbeitet hat. Er hat sogar schon einen möglichen Investor an der Hand, der heute Abend zusammen mit dem Architekten da war. Wir sind fast vom Glauben abgefallen. Er hat das in anderthalb lausigen Wochen aus dem Boden gestampft und heute auf die letzte Sekunde diese bescheuerte Sitzung einberufen. Verflucht, was denkt er, wer er ist?«

»Polizei*haupt*meister a.D. Heinz Jung«, sagte Kassandra trocken, als Paul zum Luftholen innehielt.

Paul hatte die ganze Zeit Jonas angesehen, jetzt starrte er zu Kassandra hinüber. Dann fing er an zu lachen, und sein Ärger verflog sichtlich. »Wie konnte ich das nur vergessen? Kassandra, du bist unvergleichlich.«

Sie lächelte. »Da hab ich wahrscheinlich was mit Herrn Jung gemeinsam. Setz dich und erzähl.«

Paul schälte sich aus seiner schwarzen Lederjacke, die er achtlos auf den Boden fallen ließ, und nahm auf dem Sofa Platz. Offenbar war Heinz Jung den Plan, den Sven damals der Gemeindevertretung vorgelegt hatte, mit einem jungen, ambitionierten Architekten durchgegangen, der zuerst mal alle Ideen aussortiert hatte, die, wie er sich ausgedrückt hatte, größenwahnsinnig gewesen waren. Übrig geblieben war ein beträchtlich kleineres Projekt, das sich laut Architekt und eines Unternehmens, das auf exklusive Luxushotels spezialisiert war, durchaus finanzieren ließe – wenn sich zwei weitere Investoren in der Größenordnung des bereits gefundenen auftun ließen.

»Das klingt doch gar nicht schlecht«, meinte Jonas vorsichtig.

»Nicht schlecht?« Paul stützte die Ellbogen auf seine Knie und legte den Kopf in die Hände. Als er hochsah, schimmerte erneut Wut in seinem Blick. »Hast du mal gezählt, wie viele angebliche Unternehmer und Investoren seit Mitte der Neunziger hochfliegende Pläne mit der Seefahrtschule hatten?«

»Heißt das, Sven war nicht der Erste?«, fragte Kassandra.

Paul lachte auf, verbittert diesmal. »Dein Ex war weder der Erste noch der Letzte. Allerdings der weitaus Schlimmste mit seinen durchdachten Plänen und glanzvollen Versprechungen, die scheinbar sogar finanzierbar waren. Bis die größten Investoren auf einen Schlag absprangen, hatten alle hier ihre Hoffnungen in ihn gesetzt. Deswegen wurde mit dem Scheitern des Projekts aus Sven Larsen der meistgehasste Mann auf dem Fischland.« Er schüttelte den Kopf. »Kassandra, die Seefahrtschule war nicht irgendeine Schule, sie war ein Stück Identität für die Wustrower, sie hat ihr Leben mitbestimmt, nicht nur durch die vielen Studenten. Sie war auch ein Treffpunkt für das ganze Dorf, die Feste, die es gegeben hat, sind legendär.« Er hielt kurz inne. »Du kannst hundertfünfzig Jahre Tradition nicht einfach wegwischen, nur weil jemand von oben bestimmt, den Hochschulbetrieb einzustellen.« Er wandte sich wieder an Jonas. »Du hast gesagt, Heinz' Idee wäre nicht schlecht. Aber zum wievielten Mal willst du das durchmachen? Der Enthusiasmus, die Zuversicht – und dann bricht wieder alles zusammen? Ich hab so die Nase voll davon. So schrecklich ich es finde, wie das Gebäude vor die Hunde geht, sosehr ich mir wünschte, wir könnten es retten und der Schule ein würdiges Andenken bewahren – manchmal wollte ich, wir würden das Ding endlich abreißen.«

»Sie steht unter Denkmalsch…«, wollte Jonas einwenden.

»Ach, Scheiße.« Paul schnitt ihm resigniert das Wort ab. Mit geschlossenen Augen lehnte er sich zurück. »Kassandra, hast du was zu trinken für mich? Was Starkes?«

Als Kassandra mit einem Glas Weinbrand zurückkam, saß er unverändert da. Sie glaubte nicht, dass Paul und Jonas ein einziges Wort gewechselt hatten. Jonas sah hilflos aus.

Sie setzte sich neben Paul und berührte zaghaft seinen Arm. Langsam richtete er sich auf, griff nach dem Glas. Sie sah ihm zu, wie er eine Zeit lang die goldene Flüssigkeit betrachtete, und hätte gern mehr für ihn getan. Schließlich hob Paul das Glas, aber statt den Inhalt ex zu trinken, nahm er nur einen Schluck, bevor er es mit einem Ruck auf den Schreibtisch stellte und nacheinander Jonas und Kassandra ansah. »Also, was hat das Material hergegeben?«

Sowohl Kassandra als auch Jonas akzeptierten wortlos, dass Paul nicht mehr über die Seefahrtschule sprechen wollte. Zehn Minuten später war er auf dem neuesten Stand. Arnold Kestings Verschwinden kommentierte er mit einer erhobenen Braue.

»Ein Unfall wäre ungewöhnlich zufällig.« Dabei bückte er sich und hob den Katalog auf, der vorhin heruntergefallen war. Eine Doppelseite war aufgeschlagen, die zwei sehr unterschiedliche Skulpturen von Tina Bodenstedt zeigte: einen Bauarbeiter einschließlich Handwerkszeug und eine weibliche Aktfigur ähnlich derjenigen, die sie in der Kunstscheune gesehen hatten. »Da fehlt eine Seite.« Paul deutete auf die Seitenzahlen, links stand 14, rechts 17. Er hob den Katalog dichter vor die Augen. »Die Bindung ist nicht beschädigt, jemand hat diese Seite sehr vorsichtig und sauber herausgetrennt, es fällt kaum auf.«

»Arnold hat nicht gesagt, dass was fehlt«, meinte Kassandra. »Aber er hat die Sachen wahrscheinlich auch nicht komplett durchgesehen, das wollte er ja mit mir tun. Er wird es nicht gemerkt haben.«

»Oder er hat die Seite selbst rausgetrennt«, wandte Jonas ein. »Wäre interessant zu erfahren, was darauf zu sehen ist.«

»Das ist verrückt – wen verdächtigen wir denn nun? Eben sind wir noch davon ausgegangen, dass jemand Arnold was angetan haben könnte. Jetzt soll er auf einmal wieder was zu verbergen haben?«

»Wir ermitteln in alle Richtungen«, flachste Paul. »Was mich zum nächsten Punkt bringt: Was machen wir in Sachen Menning? Wir sollten wirklich nicht selbst hinter ihm herschnüffeln. Könnte das deine Freundin Mona übernehmen?«

»Würde sie bestimmt gern tun, aber wenn Menning dahinter-kommt, kann er leicht die Verbindung zwischen uns beiden herstellen.«

Paul überlegte. »Am besten, wir finden jemanden, der jeman-den kennt, der jemanden kennt. Ich kümmer mich drum.«

»Mehr können wir erst mal nicht tun.« Jonas erhob sich. »Ich bin hundemüde und muss morgen früh raus. Wir kriegen eine neue Ladung Seemann-Sweater für den Laden, der Lieferant will schon gegen sieben auf der Matte stehen.«

Auch Paul stand auf. »Ich lass mir noch mal den Wind um die Nase wehen. Vielleicht werd ich auf die Weise meine Wut auf Herrn Polizei*haupt*meister los.« Er lächelte dabei, aber Kassandra sah ihm an, dass ihm wenig danach zumute war.

»Es tut mir leid«, sagte sie, als sie schon draußen standen.

»Wofür entschuldigst du dich?«, fragte Paul.

»Du hast gesagt, Jung hat vor anderthalb Wochen Svens alten Plan ausgegraben – das dürfte gewesen sein, als ihm klar wurde, wer ich bin. Ich war der Auslöser für alles.«

»In dem Fall müsste ich die Schuld auf mich nehmen«, meinte Jonas. »Ohne mich wüsste heute noch kein Mensch über dich Be-scheid.«

»Niemand hat Schuld«, sagte Paul entschieden. »Abgesehen von Heinz. Wenn ich nicht so wütend wäre, könnte ich ihn sogar verstehen. Er hat damals eine Menge Träume gehabt, von denen keiner Wirklichkeit wurde. Stattdessen hat er sein Geld verloren.«

»Ja, und als dann auch noch Karin …« Jonas unterbrach sich und warf einen Blick auf Paul.

Kassandra schaute fragend von einem zum anderen. »Wer ist Karin und was ist mit ihr? Oder ist das ein Geheimnis wie Que-ry?«

Paul schüttelte langsam den Kopf. »Karin ist … war … Heinz' … Frau. Sie … ist kurz nach der Larsen-Affäre an Krebs gestorben.« Er machte eine Pause, in der er an Kassandra vorbei hinüber zu Heinz Jungs Haus sah. »Heinz hatte mit einem Schlag gar nichts mehr. Jetzt hat er sich seinen alten Traum zurückge-holt – und merkt nicht, was das für ein dämlicher Schnellschuss ist. Der Architekt, das Unternehmen und der sogenannte Investor haben das Gebäude noch nicht mal von innen gesehen.«

»Was passiert denn nun weiter?«

»Heinz hat eine Begehung beantragt, die nach vielem Hin und Her genehmigt und für Freitag angesetzt wurde. Wir werden sehen.« Paul seufzte leise. »Ich lass mir wegen Menning was einfallen und melde mich. Wenn sich bei euch was tut, sagt mir Bescheid.«

Er verabschiedete sich, und auch Jonas hatte es ziemlich eilig, nach Hause zu kommen.

Zurück im Büro, fiel Kassandras Blick auf Heiner Bertrams Website. Da waren die Telefonnummer und die Adresse seiner Agentur angegeben. Jonas hatte sie auf einen Zettel gekritzelt, der auf dem Schreitisch lag, und zusätzlich noch eine weitere Nummer, hinter die er *priv.?* geschrieben hatte. Das musste er recherchiert haben, bevor Paul auf der Bildfläche erschienen war. Anscheinend hatte Jonas jemanden mit dem Namen Heiner Bertram im Online-Telefonbuch gefunden, war sich aber nicht sicher, ob es sich um den richtigen handelte. Kassandra überlegte, wie klug es war, dort anzurufen. Falls die Polizei tatsächlich eingeschaltet werden musste, würde sie zweifellos denselben Schritten folgen und sich wundern, dass sich schon jemand anders nach Arnold erkundigt hatte. Und falls auch Dietrich von der Sache erfuhr, wäre es sicher besser, wenn er gar nicht erst auf den Gedanken kam, Kassandra könne hinter Arnold herschnüffeln. Sie sah noch immer auf das Blatt mit der Telefonnummer, da kam ihr eine Lösung in den Sinn: Sollte Paul jemanden auftun, der jemanden kannte, der jemanden kannte, der über Menning Erkundigungen einzog, konnte derjenige auch diesen Anruf erledigen.

14

Im Laufe des nächsten Vormittags konnte sich Kassandra kaum auf ihre Verwaltungsarbeit konzentrieren. Sie beschloss, stattdessen das Haus von oben bis unten gründlich zu putzen. Das Telefon klingelte gegen Mittag zum ungünstigsten Zeitpunkt – Kassandra steckte bis zu den Ellbogen in Schmutzwasser. Gerlinde Meerbusch erkundigte sich, ob Kassandra von Arnold gehört habe, und erzählte ihrerseits, dass sie alle Leute abtelefoniert hatte, die sie mit ihm in Verbindung brachte, sogar seine Exfrau – Kassandra hatte bisher keine Ahnung gehabt, dass es eine gab – und die Seniorenresidenz in Münster, in der sein Vater lebte.

»Ich rufe die Polizei an und melde ihn als vermisst«, schloss sie. »Die werden bestimmt bei Ihnen auftauchen, wenn sie hören, dass Sie näher mit ihm bekannt waren.«

Kassandra überhörte die Betonung auf dem Wort »bekannt« und bedankte sich für die Vorwarnung. Jetzt war also der schlimmste Fall eingetroffen. Nein, korrigierte sie sich. Der schlimmste Fall wäre, wenn man Arnold ebenso wie Josef Kind tot auffand. Am schlimmsten für Arnold – und für sie.

Drei Stunden später standen Hauptkommissar Menning und Kommissar Dietrich vor der Tür.

»Das ging ja schnell«, sagte Kassandra.

»Schnell? Sie haben uns erwartet?«, fragte Dietrich. »Da können wir uns wohl geschmeichelt fühlen.«

»Kay«, warnte Menning. »Dürfen wir reinkommen, Frau Voß?«

Entmutigt ließ sie die beiden eintreten und führte sie in die Küche. Als sie am Tisch Platz nahmen, wanderte Kassandras Blick zu Mennings Hand mit dem Siegelring. Ihr wurde ein wenig übel.

»Ihrer Bemerkung entnehme ich, dass Sie ahnen, weshalb wir hier sind?«, begann er das Gespräch. »Als die Kollegen aus Ribnitz den Vermisstenfall Kesting auf den Tisch bekamen und hörten, dass er aus Wustrow verschwunden ist, erinnerten sie sich an den Mord an Josef Kind und informierten uns. Das Fischland ist nicht gerade eine Weltmetropole, in der solche Dinge andauernd geschehen.«

»Arnold Kesting kommt nicht aus Wustrow«, widersprach Kassandra, obwohl sie wusste, dass das nichts brachte. Sie sah Menning dabei nicht an, sondern starrte auf die Tischplatte, auf der seine Hand mit dem Ring lag. Wenn es wirklich keinen identischen zweiten gab, war das der auf dem Foto.

Dietrich schüttelte verärgert den Kopf. »Was soll das Theater, Frau Voß? In Ihrer Pension wird ein ermordeter Kunstexperte aufgefunden. Verhältnismäßig kurze Zeit später taucht der Maler Arnold Kesting in Wustrow auf und verbringt einen Großteil seiner Zeit ausgerechnet mit Ihnen. Dann verschwindet er spurlos. Dass wir da einen gewissen Zusammenhang sehen, ist Ihnen doch klar.«

Das war leider nur allzu wahr. »Vielleicht gibt es noch ein paar andere Zusammenhänge«, wagte sie trotzdem einzuwerfen.

»Welche?«, fragte Menning.

Kam es Kassandra nur so vor, als würde er diese Frage zu schnell stellen? Während ihrer Putzorgie hatte sie sich dieses Gespräch ausgemalt und darüber nachgedacht, von Kinds erpresserischer Tätigkeit zu erzählen, von der die Polizei nichts wusste – jedenfalls nicht, soweit ihr bekannt war. Das wäre was gewesen, auf das Dietrich sich stürzen konnte. Dennoch gab es einen Grund, der dagegen sprach: Das Foto von der Ausstellung bedeutete möglicherweise, dass Menning nicht nur Josef Kind, sondern auch Degenhard kannte. Menning war Polizist, er vertrat die Staatsmacht, er konnte das eine oder andere tun, was Kassandra und ihre Aussagen in einem schlechten Licht erscheinen lassen würde, wenn er es darauf anlegte. Und Dietrich würde ihm zweifellos mit Freuden dabei helfen.

»Ich weiß es nicht«, antwortete sie zaghaft.

Menning nickte mitfühlend. »Erzählen Sie uns, was Sie über Arnold Kesting wissen. Was Sie gemacht haben, wo Sie zusammen waren und wann Sie ihn das letzte Mal gesehen haben.«

Kassandra berichtete so wahrheitsgemäß wie möglich. Sie erwähnte die Freunde in Potsdam, deren Namen sie nicht kannte, und sie erwähnte Heiner Bertram. Nur den Grund für Arnolds Besuch bei dem Bildhauer verschwieg sie. Dietrich machte sich eine Menge Notizen und ließ ab und zu eine sarkastische Spitze fallen, die Menning jedes Mal mit einem Stirnrunzeln quittierte, bis es ihm zu viel wurde und er ihn aufforderte, den Mund zu halten.

Kassandra war Menning dankbar dafür und fürchtete sich zugleich vor ihm.

»Danke für Ihre Geduld«, sagte er schließlich, während Dietrich bloß verächtlich schnaubte. »Wir werden wahrscheinlich noch mal auf Sie zurückkommen.«

»Daran zweifle ich nicht«, antwortete Kassandra, bevor sie es verhindern konnte.

»Tja, Frau Voß«, sagte Dietrich. »Manche Leute glauben, es wäre am besten, immer gleich mit dem Schlimmsten zu rechnen. Gehören Sie auch dazu?«

Menning zog ihn am Ärmel mit sich. »Das reicht jetzt endgültig, Kay.«

»Bis ich Ihnen begegnet bin, Herr Dietrich, gehörte ich eher zu den optimistischen Menschen«, biss Kassandra trotzdem zurück.

Dietrich hob amüsiert die Brauen. »Ach ja? Tut mir außerordentlich leid, falls ich Ihr Weltbild erschüttert haben sollte.«

»Keine Sorge, so weit ist es dann doch noch nicht gekommen. Aber beantworten Sie mir eine Frage?«

Menning runzelte die Stirn. Kassandra sah ihm an, dass ihm dieser Kleinkrieg nicht gefiel, aber sie gedachte nicht, sich noch länger auf der Nase rumtanzen zu lassen.

»Kommt auf die Frage an«, erwiderte Dietrich.

»Haben Sie je in eins von Svens Projekten Geld gesteckt?«

Für den Bruchteil einer Sekunde verdunkelten sich Dietrichs Augen. Das genügte ihr. Sie nickte knapp und schloss die Tür betont leise. Nun kannte sie also endlich die Ursache für Dietrichs Abneigung. Das machte es nicht besser, aber immerhin verständlicher. Sie hätte schon darauf kommen können, nachdem sich Heinz Jung so aufgeführt hatte. Offenbar gab es mehr als einen, der seine Aversionen gegen ihren Exmann auf sie übertrug.

Sie wartete, bis der Wagen der Beamten verschwunden war, und ging hinüber zu Jonas, um ihm von ihrem Besuch zu erzählen, doch der war noch nicht wieder zu Hause. Sie versuchte, Paul anzurufen, aber auch da hatte sie kein Glück. Sie fing eine Mail an beide an, schickte sie aber nicht ab. Sie wollte lieber mit ihnen reden.

Paul blieb den ganzen Abend über unerreichbar, was bei Kassandra leichtes Unwohlsein hervorrief. Musste sie sich um ihn dieselben Sorgen machen wie um Arnold? Sie beruhigte sich mit dem Gedanken, dass er durchaus mal ausgegangen sein konnte. In die Kneipe mit einem Kumpel. Mit einer Frau ins Kino oder sonst wohin. Sie überlegte, wie die Frau aussehen mochte, mit der Paul sich traf. Dann fragte sie sich, wieso sie das überhaupt interessierte. Ungefähr um dieselbe Zeit ging bei Jonas das Licht an, doch es war bereits nach Mitternacht, und Kassandra beschloss, dass alles Weitere bis morgen Zeit hatte.

15

Jonas meldete sich sehr früh am nächsten Morgen von allein bei Kassandra. Wie sich herausstellte, hatte nicht Paul, sondern er am vergangenen Abend mit einem Kumpel in der Kneipe gesessen. Während Kassandra das Frühstück ihrer Gäste zubereitete, saß er mitgenommen am Küchentisch.

»Brauchst du ein Aspirin?«, erkundigte sie sich angelegentlich.

»Ich hab gehofft, dass du das fragst. Meine sind alle.«

Kassandra ließ eine Brausetablette in ein Glas Wasser fallen. »Muss ja ein beeindruckender Abend gewesen sein.«

Jonas verzog das Gesicht. »Geht so. Ich kann mich nicht erinnern, wann ich das letzte Mal so versackt bin. Gerlinde war übrigens auch da, sie hat mir von der Vermisstenanzeige erzählt. Hat sich schon jemand bei dir blicken lassen?«

Kassandra fasste ihre Befragung zusammen.

»Wir treten auf der Stelle, bis wir was über Menning erfahren oder Kesting wieder auftaucht«, meinte Jonas. »Wir könnten allerdings so lange versuchen, ein zweites Exemplar des Katalogs aufzutreiben, aus dem die Seite fehlt. Ich häng mich im Laden deswegen ein bisschen ans Telefon, die Bootstouren fallen heute sowieso aus. Es schüttet und ist stürmisch, daran wird sich den Tag über wenig ändern.«

Er nahm den Katalog mit, als er sich verabschiedete. »Ach ja«, sagte er, schon halb draußen. Weil der Regen in den Flur drang, schloss er die Tür wieder. »Hast du heute Nachmittag was vor?«

»Nein. Was soll man bei dem Wetter schon machen?«

»Warst du mal in der Seefahrtschule?«, antwortete Jonas mit einer Gegenfrage.

Kassandra war nie in der Ruine gewesen und hatte dazu bisher auch keinerlei Bedürfnis verspürt. Zweifelnd schüttelte sie den Kopf.

»Jungs Idee hat mich drauf gebracht. Lass uns doch vor der offiziellen Begehung selbst eine veranstalten. Mag sein, dass er etwas voreilig war, aber im Grunde finde ich seinen Plan nicht übel. Entweder macht man was aus dem Gebäude, oder man reißt es endgültig ab. Ersteres ist sinnvoller.«

»Paul scheint anderer Meinung zu sein.«

»Paul hat das nur so dahingesagt. Er will nicht ernsthaft, dass die Schule abgerissen wird. Aber selbst wenn: Er hat nicht immer recht«, sagte Jonas etwas ungeduldig.

Kassandra sah ihn verwundert an. »Ich glaub nicht, dass er das für sich beansprucht. Aber gut, sehen wir uns an, was man aus dem Kasten machen könnte. Übernimmt Chris nachmittags den Laden?«

»Ja. Er hat mich um Sonderschichten gebeten, weil er das Geld braucht. Ich hol dich um drei ab.«

Ausgestattet mit Taschenlampen und festen Schuhen standen Kassandra und Jonas am Parkplatz hinter der Schule. Es hatte zwar aufgehört zu regnen, aber der Sturm war heftiger geworden, was der Umgebung eine seltsame Atmosphäre verlieh. Das Gebäude bestand aus einem dreistöckigen, lang gezogenen Komplex, an dessen linker Ecke sich ein dreißig, vierzig Meter hoher quadratischer Turm mit einer Aussichtsbalustrade befand. Fast am anderen Ende gab es noch einen kleineren Seitenflügel. Kassandra sah an der graubraunen Fassade mit den teils mit Brettern vernagelten, teils eingeschlagenen, teils noch heilen Fenstern empor.

»Das graue Schloss am Meer«, zitierte sie eine früher gebräuchliche Bezeichnung für die Seefahrtschule, die sie irgendwo aufgeschnappt hatte. »Weißt du, was hier ursprünglich wo untergebracht war?«

»Nur ungefähr. Im Turm gab's ein Planetarium und eine Bibliothek. Ein paar Gebäudeteile sind abgerissen worden, es gab ein Internat und technische Abteilungen. Ich hab mich nie sonderlich für die Schule interessiert. Als sie 1992 geschlossen wurde, hatte ich tausend andere Sachen im Kopf. Bloß das mit dem Brand hab ich mitbekommen.«

»Es hat gebrannt?«

»Unten im Turm fing's an, vermutlich Brandstiftung, aber man hat nie rausgefunden, wer dahintersteckte. Auf jeden Fall hat das die Schließung noch mal beschleunigt.«

Nachdenklich ließ Kassandra ihren Blick weiter über den Komplex gleiten. »Daraus könnte tatsächlich was werden, aber ich möchte nicht wissen, wie viel man dazu investieren muss. Das

Gebäude steht seit fast zwanzig Jahren leer, die erforderliche Kernsanierung ist wahrscheinlich noch das geringste Problem.«

»Mit den richtigen Geldgebern machbar«, fand Jonas.

Kassandra zog die Stirn kraus. »Du glaubst, dass ausgerechnet Jung die findet?«

»Ich weiß nicht, aber es ist ein unglaublich guter Standort – und nur weil die Großinvestoren damals rechtzeitig abgesprungen sind, bevor dein Exgatte aufflog, heißt das ja nicht, dass wir sie oder andere nicht von Neuem begeistern können. Lass uns reingehen und so tun, als hätten wir alles Geld der Welt.«

Er führte sie um das Gebäude herum zu einer Tür, zu der ein paar mittlerweile von Gestrüpp und sogar einer kleinen Birke überwucherte Stufen hinaufführten. »Dieser Eingang sollte natürlich dicht sein, aber das Schloss ist kaputt.« Zusammen mit Kassandra zwängte er sich durch das dichte Gebüsch, half ihr die Stufen hoch und drückte die Tür auf. »Sei vorsichtig, ist nicht ganz ungefährlich, hier rumzuspazieren.«

Wie sich herausstellte, war in dem Seitenflügel die Mensa untergebracht gewesen. Noch heute bot sie trotz des desolaten Zustands, der kaputten Fenster und des zerstörten, aufgeworfenen Parketts ein beeindruckendes Bild. Der Raum war riesig und hoch, er nahm zwei Stockwerke ein, die Decke wurde von quadratischen Holzsäulen gestützt. Über dem Teil des Raumes, der die Essensausgabe gewesen war, erkannte Kassandra ein großes Wandgemälde, das eine Weltkarte zeigte und Schiffe und Matrosen.

»Das ist von Hedwig Holtz-Sommer«, erklärte Jonas. »Nicht dass ich viel von Kunst verstehe, weißt du ja, aber dass eine von den berühmten Malweibern sich hier verewigt hat, hat sich selbst mir eingeprägt.«

Es bereitete Kassandra keinerlei Schwierigkeiten, sich vorzustellen, wie es hier früher von Studenten gewimmelt hatte, die aßen und schwatzten und von ihrer Zukunft träumten.

Sie vergaß Arnolds Verschwinden und ihren Ärger mit Dietrich und Menning, während sie sich über das imposante breite Treppenhaus von einem Stock in den nächsten vorarbeiteten. Fast überall sah es gleich aus: Die Wände waren mit Graffiti beschmiert, auf den Fußböden lagen Holzlatten und anderer Schutt, Tapeten hingen halb abgerissen von den Wänden. Irgendwo stand ein Fenster mit zerbrochenen Scheiben offen, eine kaputte Rotkäppchensekt-flasche lag auf dem Boden. Schließlich stiegen sie an der gegenüber-liegenden Seite des Gebäudes auf den Turm, vorbei am ehemaligen Planetarium, bis hinauf in einen Raum, in dem ein Deckengemälde schon abblätterte und kaum noch zu erkennen war. Dort stießen sie eine Tür auf und traten nach draußen auf die schmale Balustrade. Die Aussicht auf Wustrow, den Bodden und auf die See war über-wältigend, sogar trotz des schlechten Wetters.

»Hier müsste ein Café hin oder der Ruhebereich einer Sauna, verglast mit Rundumblick«, fand Kassandra. Im gleichen Moment kam ihr das wie ein Sakrileg vor. Dennoch rissen sie weiter ge-danklich Wände ein und verwandelten den durchgängigen Dach-stuhl in ein gigantisches Schwimmbad.

Als sie wieder am Ausgangspunkt waren und Jonas schon das Gebäude verlassen wollte, fiel ihr noch etwas ein. »Was machen wir mit dem Keller?«

»Der wird zum Entertainment-Bereich«, schlug Jonas vor. »Mu-sik, Kino, Theater, dazu braucht man kein Tageslicht.« Vorsichtig stieg er die Stufen hinunter, schaltete die Taschenlampe ein und leuchtete den Gang entlang. »Nein, dafür sind die Decken viel zu niedrig.« Ganz langsam arbeiteten sie sich in der Dunkelheit vor-wärts. Selbst die Taschenlampen spendeten nur notdürftig im sehr nahen Umfeld Licht, und sie mussten höllisch aufpassen, keine der immer wieder plötzlich auftauchenden Stufen zu übersehen. Kas-sandra hatte noch nie solche Finsternis erlebt. Ohne vorausschau-en zu können, gelangten sie von einem Raum in den nächsten, dann wieder in einen nach rechts oder links abzweigenden Gang.

»Das ist ein Labyrinth«, sagte sie und fluchte gleich darauf, weil sie erneut Stufen übersehen hatte und fast hingefallen wäre.

»Vielleicht gibt's hier Ratten oder sogar Fledermäuse«, tönte Jonas' Stimme aus dem Dunkel vor ihr.

»Von mir aus.« Kassandra stieß fast gegen Jonas, der stehen ge-blieben war. »Was ist? Hast du die absolut geniale Keller-Idee, der kein Investor widerstehen kann?«

Jonas bedeutete ihr mit einem »Schsch«, still zu sein. Da hörte sie es auch. Kassandra lief es kalt über den Rücken bei dem Ge-räusch, das sich wie eine unheimliche Mischung aus Stöhnen, Rufen und Kreischen anhörte. Zuerst war es ganz leise, aber es wurde etwas lauter, als sie sich weiter in die eingeschlagene Richtung bewegten. Mit einem Mal standen sie jedoch vor einer Mauer. Es gab keinen anderen Weg aus dem Raum als den, den sie gekommen waren.

»Eine Sackgasse«, flüsterte Jonas und legte das Ohr an die Wand. »Aber es kommt von drüben.« Er leuchtete über den Boden, fand eine Metallstange und schlug damit gegen die Mauer. Danach brüllte er mit dem Mund dicht an der Wand: »Hallo? Ist da jemand?«

Kassandra hielt die Luft an, bis sie etwas Dumpfes hörte, das wie eine Antwort klang. »Ruft da wer?«

»Hört sich so an. Und dieser jemand schlägt auch mit einem Gegenstand auf etwas ein. Nicht auf die Mauer, sonst wäre es lauter. Vielleicht auf den Boden oder einen Pfeiler, einen oder zwei Räume weiter.« Erneut benutzte er die Metallstange und wartete, bis die Antwort kam.

»SOS!« Kassandras Augen weiteten sich.

Jonas nickte. »Da braucht eindeutig jemand Hilfe. Ich hab nur keine Ahnung, wie wir von diesem Keller in den anderen kommen oder wo ein zweiter Zugang sein könnte. Ich weiß nicht mal mehr, unter welchem Teil des Gebäudes wir sind.«

»Wir sollten die Polizei rufen. Nicht dass ich auf die allzu großen Wert lege, aber wir haben keine Wahl.«

»Doch«, sagte Jonas zu Kassandras Erstaunen. »Haben wir. Hol Paul. Er wird wissen, wie wir weiterkommen.«

»Aber meinst du nicht, die Polizei …«

»Kassandra, willst du unbedingt noch mehr Aufmerksamkeit auf dich ziehen? Vielleicht steckt da ein Jugendlicher in der Klemme, der sich den falschen Platz für was auch immer ausgesucht hat – dafür brauchen wir keine Polizei. Allerdings sollte einer von uns hierbleiben, damit derjenige da drüben weiß, dass er nicht länger allein ist und Hilfe kommt. Mir wäre es lieber, du gehst Paul holen, ich würde dich ungern in diesem Loch zurücklassen.«

»Wenn du meinst.« Halb erleichtert, dass die Polizei erst mal außen vor gelassen werden sollte, fischte sie nach ihrem Handy. »Aber das geht ja wohl schneller, wenn wir ihn anrufen. – Mist, kein Netz. Ich versuch's oben.«

»Netzempfang wird dir nichts nutzen. Wenn Paul arbeitet,

schaltet er Telefon und Handy ab. Du musst ihn holen«, beharrte Jonas.

»Was arbeitet er denn?«, fragte Kassandra und dachte einen Moment lang nicht daran, dass sie gerade andere Probleme hatten. Da hörte sie wieder die Geräusche. »Jaja, vergiss es. Wo find ich ihn?«

»Zur Glippe. Letztes Haus, das mit der Glasfront.«

Kassandra hatte sich schon immer gefragt, wer dort direkt hinterm Deich wohnte. Als sie endlich wieder im Tageslicht stand, beschloss sie, querfeldein zu Paul zu laufen. Leider lag die Zeit, in der sie regelmäßig gejoggt war, schon länger zurück. Sie hoffte, dass sie dennoch durchhalten würde, und sprintete los. Dreimal musste sie innehalten, um wieder zu Atem kommen, was auch daran lag, dass es unverändert stürmte und der Wind ihr die Luft nahm.

Pauls Haus war ursprünglich ein kleines Einfamilienhaus gewesen, dessen hinteren Teil er aufgestockt hatte. Die Seeseite war komplett verglast, man musste aus dem oberen Geschoss einen traumhaften Blick auf die See haben. Vorn war es dunkelblau verputzt, die Tür, an der Kassandra immer noch außer Atem klingelte, hellblau gestrichen.

»Großer Gott, Kassandra!« Paul sah sie entsetzt an, bevor er sie an sich zog und einen kurzen Augenblick lang hielt. Kassandra ließ es geschehen und schloss die Augen. Dann schob Paul sie ein Stück von sich und musterte sie immer noch erschrocken. Erst jetzt wurde ihr bewusst, wie sie aussehen musste: verdreckt vom Herumklettern in der Ruine, verschwitzt und aus der Puste vom Laufen, die Haare zerzaust vom Sturm.

»Nun sag schon, was los ist!«, verlangte Paul.

Sie holte Luft und brachte endlich heraus, was Jonas und sie in der Seefahrtschule gehört hatten. Es kam ihr zwar ausgesprochen unpassend vor, aber sie konnte ihren Blick währenddessen nicht von Paul nehmen. Er war barfuß, trug nur T-Shirt und Jeans. Seine Lesebrille hatte er auf die Haare geschoben, und für einen Mann, der ständig auf seinem Alter rumritt, wirkte er erstaunlich durchtrainiert. Wahrscheinlich hätte er die Strecke von der Schule bis hierher in der Hälfte der Zeit geschafft.

»Alles klar«, sagte er, als sie geendet hatte, »ich zieh mir was über, bin gleich wieder da.« Er lief eine freitragende Treppe hoch, die zu einer Art Galerie führte. Kassandra schaute ihm nach und bemerkte, dass der Raum, in dem sie stand, fast das ganze Haus einnahm, er war offen nach allen Seiten, bis zu einer Küchenzeile und nach oben, wo sich Pauls Schlafbereich befand. Sie konnte ein Bett erkennen und den Teil eines ebenfalls offenen Regals. Unten waren die Wände mit Bücherregalen gepflastert, auf einem Schreibtisch stand sein Laptop, daneben lagen weitere Bücher, eine kleine Lampe brannte. Der Raum wirkte trotz seiner Größe heimelig. Draußen dagegen war es ganz dunkel geworden, der Sturm tobte noch heftiger als eben.

»Kassandra?«, rief Paul von oben. »Die untere linke Schublade vom Schreibtisch. Da liegen ein paar alte Umlaufmappen, ich brauch die blaue mit der Aufschrift Seefahrtschule. Leg sie raus, ja?«

»Mach ich«, sagte Kassandra so leise, dass Paul sie vermutlich gar nicht gehört hatte. Sie fühlte sich seltsam befangen. Nur zögernd trat sie an den Schreibtisch heran, zog dann aber entschlossener die Schublade auf und fand schnell die Mappe, in der Baupläne lagen. Sie schloss die Schublade wieder. Dabei schaute sie auf das Notebook, auf dem der Bildschirmschoner abwechselnd Fotos von Möwen und Ostseewellen zeigte. Ihr Finger bewegte sich in Richtung Leertaste, um ihn zu deaktivieren, aber das wagte sie doch nicht. Stattdessen fiel ihr Blick auf das neben dem Laptop liegende Buch, in dem mehrere Papierschnipsel als Lesezeichen steckten. Überrascht wollte sie es aufnehmen, da kam Paul herunter. Er hatte ein Hemd übergezogen und steckte in festen Schuhen und Lederjacke. In der Hand trug er eine Taschenlampe.

»Können wir?« Er nahm ihr die Mappe aus der Hand und ging voraus.

»Woher hast du die Pläne?«, fragte Kassandra. »Von der Gemeindevertretung geklaut oder aus alten Stasi-Beständen?« Sie hatte überhaupt nicht nachgedacht, bevor sie sprach, und erschrak über sich selbst. Am liebsten hätte sie die Worte zurückgenommen, aber dazu war es zu spät.

Paul wandte sich kurz zu ihr um. Seine Brauen zuckten in die Höhe, er sah aus, als wisse er nicht recht, wie er darauf reagieren sollte. »Tut mir leid, dich enttäuschen zu müssen. Weder noch«, sagte er schließlich mit einem kleinen Lächeln. »Mein Vater war Professor an der Seefahrtschule und in den Achtzigern Mitglied einer Umbaukommission. Als die Schule geschlossen wurde, legte keiner mehr Wert auf die Pläne, da hat er sie behalten.« Er schloss seinen Wagen auf. »Steig ein, das geht schneller, als gegen den Sturm anzulaufen.«

»Was macht dein Vater heute?«, fragte Kassandra. Erste dicke Regentropfen prasselten gegen die Windschutzscheibe.

»Nichts. Er ist tot.«

»Das tut mir leid. Was ist passiert?«

Paul warf ihr einen Seitenblick zu. »Wie kommst du darauf, dass was passiert ist?«

»Ach Paul, auch wenn du immer so tust – du bist nicht Methusalem. Dein Vater könnte noch leben.«

»Hm.« Paul bog in die Strandstraße ab, die er trotz der Schwellen zur Geschwindigkeitsbegrenzung in halsbrecherischem Tempo entlangraste. Die Stoßdämpfer des Wagens funktionierten gut, dennoch hielt sich Kassandra bei jedem Holpern fest. »Mein Vater war schon Dozent an der Seefahrtschule, als sie noch offiziell so hieß. Lange vor dem Zusammenschluss zur Ingenieurhochschule für Seefahrt Warnemünde/Wustrow Ende der Sechziger. Er war nicht irgendein Dozent, er war der beste in seinem Fach. Ich hab ihn damals in Teufels Küche gebracht, als ich …« Paul unterbrach sich und setzte neu an. »Die Schule wusste genau, was sie an ihm hatte, er wurde später Leiter des Wissenschaftsbereichs Technische Mechanik. Umgekehrt bedeutete die Schule das Leben für meinen Vater. Als sie nach der Wende in die Uni Rostock eingegliedert wurde, sah es erst aus, als bleibe alles mehr oder weniger beim Alten. Doch dann wurde ein Politikum draus, und das Aus für Wustrow ließ nicht lange auf sich warten. In Rostock haben sie meinen Vater mit Kusshand genommen, aber das war nicht mehr dasselbe für ihn. Das Ende der Seefahrtschule bedeutete auch seins. Im Jahr darauf erwischte ihn ein Infarkt. Meine Mutter konnte das nicht verwinden, sie ist nach Schwerin gezogen und nie zurückgekommen.«

Kassandra spürte Pauls Schmerz, egal, wie lange das her war. »Du bist geblieben.«

»Ich geh hier erst weg, wenn ich sterbe.« Ein erneuter Seitenblick traf sie, begleitet von einem Lächeln. »Klingt pathetisch, was? Ist aber so. Ich könnte nie woanders leben.«

16

Paul hielt auf dem durchweichten Parkplatz, schaltete das Licht im Wagen an und blätterte schnell durch die Pläne, bis er den für den Keller gefunden hatte. »Wo seid ihr rein?«

»Auf der anderen Seite, die Tür gleich dort um die Ecke.« Sie erklärte, welchen Weg sie genommen hatten, und beschrieb die ungefähre Stelle der Mauer im Keller.

Paul tippte mit dem Finger auf den Plan. »Das muss hier sein. Da unten ist noch das Fundament der ursprünglichen Schule aus dem 19. Jahrhundert. Ich nehme an, dass deshalb der Keller nicht durchgängig zu begehen ist.« Er legte den Plan zur Seite und studierte den vom Erdgeschoss. »Hiernach liegt im Turmbereich ein zweiter Kellerzugang, keine breite Treppe, nur eine Falltür.« Er ließ den Motor an, wendete und fuhr am Seitenflügel mit der Mensa um das Gebäude herum.

Mittlerweile stiebte der Regen nur noch leicht, dennoch beeilten sie sich, ins Gebäude zu kommen. Das Letzte, was Kassandra von Paul sah, bevor sie Jonas holen ging, war, wie er sich dem Seitenflügel zuwandte.

Als sie wieder auftauchten, stand er in einer der offenen Türen zur Mensa, versunken in das Wandgemälde. Zu dritt liefen sie durch den langen Gang im Erdgeschoss, links und rechts flankiert von leeren oder mit Bauschutt zugemüllten ehemaligen Büroräumen, bis sie im Treppenhaus des Turmbereichs standen. Paul zog noch einmal den Plan zurate und nahm die südliche Mauer in Augenschein.

»Und ich dachte, es wäre sentimental gewesen, all das Zeug meines Vaters aufzuheben«, sagte er so leise vor sich hin, dass nur Kassandra ihn hörte, die näher bei ihm stand als Jonas. Dann deutete er auf den Boden. »Hier.«

Die Falltür war auf den ersten Blick nicht zu erkennen gewesen, aber erstaunlich leicht zu öffnen. Eine steile Holztreppe führte in den Keller, dessen Gänge und Räume auch unter diesem Teil des Gebäudes an ein Labyrinth erinnerten. Außerdem war es genauso dunkel, und entsprechend langsam kamen sie voran. Dabei riefen sie immer wieder und bekamen bald eine Antwort.

»Hilfe! Hier!« Das klang verzweifelt und kraftlos. »Bitte, Hilfe!« Eindeutig eine Männerstimme.

Kassandras Nackenhaare stellten sich auf. Zum ersten Mal kam ihr der abwegige Gedanke, dass sie vielleicht wusste, wer da rief. Sie machte einen schnellen Schritt, da wurde sie am Arm gepackt und zurückgerissen.

»Pass auf, wohin du gehst!«, warnte Paul.

Mit den Augen folgte sie dem Strahl seiner Taschenlampe und entdeckte direkt vor ihren Füßen eine offene Luke im Boden. Das Licht wurde reflektiert, der Raum unter dem Keller musste bis oben hin mit Wasser vollgelaufen sein.

»Danke.« Kassandra spürte, dass Pauls Hand sich langsam von ihrem Arm löste, und hörte gleichzeitig, wie jemand mit einem Gegenstand gegen etwas schlug.

»Da drüben«, sagte Jonas. Der Lichtkegel seiner Lampe war durch den Raum gehuscht, über Schutt und Gerümpel. Jetzt leuchtete Jonas neben ein altes Regal, auf eine Stahltür, vor der sich ein Rohr verkantet hatte. »Sind Sie da drin?«

»Ja. Bitte holen Sie mich raus! Bitte!«

Das Rohr steckte ziemlich fest. Paul musste kräftig daran ziehen und wechselte einen bedeutungsvollen Blick mit Kassandra und Jonas, bevor er es zur Seite warf und die schwere Stahltür aufzog. Das Innere des Raumes war stockdunkel. »Nicht erschrecken, meine Lampe wird Sie blenden. Schließen Sie am besten die Augen.«

Als Antwort kam nur noch ein leises zustimmendes Stöhnen. Paul richtete den Strahl der Lampe zuerst auf die Zimmerdecke. Langsam ließ er ihn weiterwandern bis eine am Boden kauernde Gestalt im Lichtkegel auftauchte. Der Mann hielt sich schützend eine Hand vors Gesicht und ließ sie nur langsam sinken.

»Arnold!« Obwohl Kassandra in den letzten Minuten geahnt hatte, wen sie hier finden würden, bestürzte sie sein Anblick. Im Licht von nunmehr drei Taschenlampen erkannte sie, dass er vollkommen fertig aussah. Sein Gesicht war grau, sein ehemals weißes Hemd schmutzig und am linken Ärmel aufgerissen, seine Haare hingen ihm wirr in die Augen. Er saß auf dem Boden, an ein verrostetes, umgekipptes Regal gelehnt, sein rechtes Bein angewinkelt, sein linkes ausgestreckt, der Fuß unnatürlich verrenkt.

»Halt mal.« Paul drückte Kassandra seine Lampe in die Hand. »Jonas, fass mit an.« Mit wenigen Schritten waren die beiden Männer bei Arnold Kesting, während Kassandra die Szene erschüttert beobachtete. »Halten Sie sich an uns fest. Wir ziehen Sie hoch.«

Schließlich stand Arnold mit schmerzverzerrtem Gesicht aufrecht.

»Können Sie auftreten?«, fragte Paul.

Arnold schüttelte den Kopf. »Ich glaube, der Fuß ist gebrochen«, sagte er heiser.

Er muss seine Stimme mit Rufen und Schreien ruiniert haben, dachte Kassandra betroffen.

»Wir bringen Sie nach oben. Sagen Sie, wenn Sie nicht mehr können, dann machen wir eine Pause. Kassandra, geh mit der Lampe voran.«

Es dauerte lange, bis sie das Erdgeschoss und die Tür erreichten, durch die sie das Gebäude betreten hatten. Kassandra rief einen Krankenwagen, während sich Paul und Jonas weiter um Arnold kümmerten, der weiß wie ein Laken war. Schweiß rann ihm übers Gesicht.

»Kannst du ihn kurz allein halten?«, fragte Paul, und als Jonas nickte, holte er von irgendwoher einen halb morschen Holzstuhl. »Setzen Sie sich, der hält, bis der Rettungswagen kommt.«

Unter Stöhnen ließ Arnold sich nieder.

»Was ist denn bloß passiert?« Das waren die ersten Worte, die Kassandra an Arnold richtete. Sie kniete neben ihm nieder und legte ihre Hand auf seine. Er zuckte zusammen, anscheinend war er auch am Arm verletzt.

»Interessante Frage«, fand Jonas und fügte ein wenig bissig hinzu: »Was haben Sie hier zu suchen gehabt?«

»Jonas!«, fuhr ihn Kassandra an. »Das ist jetzt nicht der richtige Zeitpunkt.« Sie wandte sich wieder Arnold zu. »Was ist passiert?«, wiederholte sie.

Arnold richtete seinen Blick nach draußen in den Regen. »Ich … war nach meinem Gespräch mit Bertram früh wieder da, ich dachte … ich wollte …« Er stockte und rang nach Atem. »Wir wollten doch abends essen gehen … es … war aber erst Nachmittag, ich dachte … Du … hattest mir von der Seefahrtschule erzählt und was dein Ex … vorhatte. Ich war … neugierig. Ich bin hier drin rumgelaufen ... und ... hab's wohl etwas übertrieben.« Das Sprechen strengte Arnold an, er wischte sich mit zitternder Hand erneut den Schweiß von der Stirn. »War ... dumm von mir, auch noch im Keller ... rumzuspazieren. Ich wollte wissen, was ... hinter dieser Stahltür war. Sicher ... verschimmelte ...« Er sah zu Paul hinüber und grinste schief, was Kassandra ein bisschen an den alten Arnold erinnerte. »... Stasi-Unterlagen. Ich hab ... nicht aufgepasst. Die Tür ... schlug zu, und ich saß fest.«

»Du hast drei Tage in dem Keller gesessen?«, fragte Kassandra entsetzt. »Ohne Licht? Ohne Wasser, ohne was zu essen?«

»Nicht ganz ... Als ich begriffen hatte, dass ich eingeschlossen war, hab ich ... den Raum untersucht. Das war schwer, ging nur ... zentimeterweise, weil es stockdunkel war. Ich bin ... gestolpert und hab was umgerissen, als ich ... zu Boden fiel. Dabei hab ich mir das Bein ... geprellt und den Fuß gebrochen. Aber ich bin immerhin direkt ... neben ein paar Flaschen gelandet, die das Chaos heil überlebt ... hatten. Da haben sicher mal ein paar Kids eine Party gefeiert und ihre ... Überreste stehen lassen. Ich hatte wenigstens was ... zu trinken.«

Die Sirene eines Krankenwagens wurde langsam lauter, und Jonas lief zum Parkplatz, um den Sanitätern den Weg zu weisen. Kassandra überwand ihr schlechtes Gewissen, sich jetzt nach Tina Bodenstedt zu erkundigen. »Arnold, ich weiß, das ist nicht besonders feinfühlig, aber hast du bei Bertram was in Erfahrung bringen können?«

Arnold schien ihr die Frage nicht übel zu nehmen. »Nichts. Bertram kann sich kaum an Tina erinnern. Behauptet er jedenfalls ... und es klang ... glaubhaft.«

Der Krankenwagen bog um die Ecke, kurz darauf stiegen die Sanitäter aus und begannen, Arnold zu untersuchen. Kassandra blieb bei ihm und bekam nur aus den Augenwinkeln mit, dass Paul sich zurückzog. Die Sanitäter erkundigten sich, was geschehen war, und stellten Arnold ein paar Fragen. Offenbar waren sie einigermaßen zufrieden mit seinem Zustand, gemessen an den Strapazen, die er mitgemacht hatte, und hoben ihn auf die Trage. Kassandra folgte ihnen nach draußen, wo es immer noch stürmte, aber nicht mehr regnete.

»Du solltest die Polizei benachrichtigen, dass du wieder aufgetaucht bist«, sagte sie. »Gerlinde Meerbusch hat dich vermisst gemeldet. Die suchen nach dir – sogar in Verbindung mit Josef Kinds Tod. Das waren denen ein bisschen zu viele Zufälle.«

»Auch das noch«, murmelte Arnold. Er lächelte müde. »Ich glaub, die … fahren mich nach Ribnitz ins Krankenhaus. Wirst du mich besuchen kommen?«

»Natürlich.«

»Danke. Für die Rettung.«

»Bedank dich bei Jonas, der hat dich zuerst gehört.«

Arnold stöhnte. »Immer noch besser als beim Genossen Oberst.«

»Ohne den hätten wir dich nicht gefunden«, kommentierte Kassandra etwas schadenfroh.

Als der Wagen weg war, ging Kassandra zu Jonas zurück, Paul war nach wie vor verschwunden.

»Das ist ja wohl die seltsamste Geschichte, die ich je …«, fing Jonas an. Er hielt inne und starrte in Richtung der bunten neuen Häuser der Parkstraße, die der Seefahrtschule gegenüberstanden. Kassandra folgte seinem Blick. Über die Grünfläche kam Tina Bodenstedt auf sie zugelaufen. Sie trug eine Plastiktüte, war völlig in Gedanken versunken und wirkte etwas angegriffen. Sie schien zu spüren, dass sie beobachtet wurde, schaute auf und stoppte mitten im Schritt, als sie Kassandra und Jonas bemerkte. Dann machte sie abrupt auf dem Absatz kehrt und lief davon. Jonas sprintete hinter ihr her, doch wie auf Knopfdruck setzte da mit einem Schlag der Regen wieder ein, so heftig, dass er Kassandra fast die Sicht nahm. Es dauerte nur Sekunden, bis der unebene Boden so rutschig war, dass Jonas ausglitt und hinfiel. Nur Momente später verwandelte sich der heftige Schauer wieder in sanften Nieselregen. Tina Bodenstedt war längst in das kleine Waldstück hinter der Parkstraße eingetaucht und nicht mehr einzuholen.

Als Kassandra bei Jonas angelangt war, hörte sie ihn fluchen. »Ich glaub's nicht! Ich hab mir das Fußgelenk verstaucht.«

Das war alles andere als lustig, trotzdem frotzelte Kassandra: »Vielleicht geben Sie dir ja im Krankenhaus das Bett neben Arnold.«

»Sehr witzig. Au!« Gestützt auf Kassandra gelangte er zur Seefahrtschule zurück. »Wenn's wenigstens nicht umsonst gewesen wäre. Möchte wissen, was die hier verloren hatte.«

»Wer?«, erkundigte sich Paul, der eben aus dem Gebäude kam.

»Die Bodenstedt«, sagte Jonas mit zusammengebissenen Zähnen. »Ist mir entwischt. Mein Fußgelenk ist hin, und ich bin klitschnass.«

»Die war hier?«, fragte Paul etwas abwesend. Er hatte offenbar gerade nicht sehr viel Mitleid für Jonas übrig.

»Ja. Jetzt nicht mehr. Du musst sie wohl noch mal anrufen, wenn du sie treffen willst«, antwortete Jonas bissig. »Könntest du mich vorher freundlicherweise nach Hause fahren? Ich hab keine Lust, zu Fuß zu gehen.«

»Entschuldige«, bat Paul zerknirscht. »Es ist nur … Na, egal, klären wir später. Und dich fahr ich lieber zum Arzt statt nach Haus.«

»Ich glaube nicht, dass der gute Doktor begeistert sein wird, wenn ich seine Praxis volltropfe. Zuerst nach Hause.«

Sie einigten sich darauf, dass Paul Jonas zum Arzt fahren sollte, nachdem der sich abgetrocknet und umgezogen hatte. Später wollten sie sich alle noch mal zusammensetzen. Kassandra war daher erstaunt, als eine Dreiviertelstunde später Paul allein vor ihr stand.

»Der Doktor hat Jonas' Fußgelenk mit einem Verband umwickelt und ihm ein Schmerzmittel verpasst. Jonas ist davon schon fast im Wagen eingeschlafen. Das wird heute nichts mehr.« Paul stutzte. »Du steckst ja immer noch in den nassen Klamotten. Willst du dich erkälten? Du hättest dich umziehen sollen.«

»Da hatten ein paar Leute was gegen. Arnold muss meinen Rat befolgt und überall Bescheid gesagt haben, dass er wieder unter den Lebenden weilt. Zuerst rief Gerlinde Meerbusch an und wollte alles ganz genau wissen. Kaum hatte ich aufgelegt, war Dietrich dran. Er und Menning sind von ihren Kollegen informiert worden. Dietrich klang nicht so, als würde er Arnolds Geschichte schlucken, und hat eine Menge Fragen gestellt. Die wollen auch noch mal persönlich mit ihm reden – und mit uns.«

»Kann man ihnen nicht verdenken.« Paul schob Kassandra weiter den Flur hoch. »Wo ist dein Bad? Du stellst dich jetzt endlich unter die Dusche, und ich mach dir einen Tee.«

Widerspruchslos folgte sie Pauls Anweisungen und ließ zehn Minuten lang heißes Wasser auf ihren Körper niederprasseln, bis sie sich wieder einigermaßen aufgewärmt fühlte. Paul hatte sich in Kassandras Küche gut zurechtgefunden, ihre Teekanne stand schon auf einem Stövchen. Er schenkte ihr ein und stellte den Becher mit Kandis vor sie.

»Danke, das kann ich gut brauchen.« Sie nahm einen Schluck und umfasste die Tasse mit beiden Händen. Paul saß ihr gegenüber und sah ihr schweigend zu. Als sie hochschaute, trafen sich ihre Blicke. Sie hatte zuvor nie den dunklen Ring um seine graublaue Iris bemerkt.

»Ich hab vorhin den Kellerraum unter die Lupe genommen«, begann Paul. »Was glaubst du, womit Jugendliche heutzutage Partys feiern?«

Kassandra schüttelte den Gedanken an Pauls Augen ab. »Keine Ahnung. Ist lange her, dass ich so jung war. Auf jeden Fall Alkohol, vielleicht irgendwelche Pillen.«

»Nicht bloß mit Wasser, Sandwichs und Schokoriegeln also«, stellte Paul ironisch fest. »Das ist nämlich alles, was ich gefunden habe. Zwei volle, eine halb leere und fünf ganz leere Wasserflaschen. Außerdem drei leere Plastikverpackungen, in denen laut Aufschrift je ein Ei-, ein Käse- und ein Gurkensandwich waren, und das Papier von einem Mars-Riegel. Ist Arnold Vegetarier?«

Kassandra dachte nach. »Kann durchaus sein. Er hat an dem Abend im ›Swantewit‹ weder Fleisch noch Fisch gegessen. Obwohl ich den Matjes empfohlen habe.«

»Dachte ich mir. Was da unten lag, könnte natürlich sonst wer zurückgelassen haben, aber ich halte das für unwahrscheinlich. Außerdem ist da noch das Rohr.«

Kassandra nickte. Daran hatte sie auch schon gedacht. »Wir können nicht ausschließen, dass es tatsächlich beim Zuschlagen der Tür aus dem Regal daneben gefallen ist. Aber dass es sich von selbst so fest verkeilt hat, ist ziemlich unwahrscheinlich.«

»Sehe ich auch so«, stimmte Paul zu. »Jemand hat die Tür mit voller Absicht verklemmt.«

»Tina Bodenstedt?«, fragte Kassandra. »Sie hatte eine Plastiktüte bei sich, vielleicht waren da Lebensmittel für Arnold drin. Aber warum?«

Paul zuckte mit den Schultern. »Wer weiß, was dieser Bertram wirklich erzählt hat. Falls Arnold sich von Tina bedroht fühlt, hat er womöglich nur vorgegeben, dass das Treffen mit ihm ergebnislos war.«

»Aber wenn sie für Josef Kinds Tod verantwortlich ist – warum hat sie Arnold nicht auch umgebracht?«

»Falls es so war, hat sie es vermutlich nicht selbst oder zumindest nicht allein getan. Sie braucht Hilfe, und bis sie die bekommt, wollte sie ihn festhalten. Dazu passt allerdings nicht, dass sie ihn mit Lebensmitteln versorgt.«

»Vielleicht ist ihr ein einziger, von jemand anders ausgeführter Schlag lieber, als Arnold eigenhändig verhungern und verdursten zu lassen.« Nachdenklich schaute Kassandra in ihre Teetasse, die fast leer war. Ungefragt schenkte Paul ihr nach. »Danke. Arnold hätte, nachdem wir ihn befreit hatten, doch sagen können, was er rausgefunden hat. Er war in Sicherheit. Oder wenn schon nicht uns, dann doch wenigstens der Polizei. Was er nicht getan hat, sonst wäre Dietrich nicht so misstrauisch. Tina Bodenstedt ist sicher nicht dermaßen gefährlich, dass Arnold Verwicklungen in höchste Kreise befürchtet.«

»Kommt drauf an, wie du höchste Kreise definierst.«

»Das ist wohl richtig«, musste Kassandra zugeben. »Normalerweise würde ich sagen, wir erzählen das alles Menning. Aber ...«

»... wenn wir davon ausgehen, dass die ganze Geschichte zusammenhängt, wäre das keine kluge Entscheidung.«

»Ist dir eingefallen, wie wir was über Menning erfahren können?«

Paul strich sich nachdenklich über die Nase. »Mir war was eingefallen, ja.« Er stand auf, trat ans Fenster und schaute hinaus in den Regen. Kassandra störte ihn nicht, sie wartete, bis er sich wieder umdrehte. »Dass ihr Tina Bodenstedt gesehen habt, weiß niemand außer uns dreien?«

Kassandra nickte.

»Sie ist die einzige Person, die mit jedem in Verbindung gebracht werden kann, der in diesem Fall eine Rolle spielt. Wir wissen zwar nicht hundertprozentig, ob sie Josef Kind persönlich kannte, aber der Mann war auf ihrer Ausstellungseröffnung, genau wie Hauptkommissar Menning. Sie hatte eine Affäre mit Degenhard, der von Kind deswegen erpresst wurde, und sie hat Streit oder Ärger mit Arnold wegen einer Sache, die weit genug geht, um ihn mehrere Tage mit wer weiß was für Optionen einzusperren.« Paul hielt inne. »Es gibt jemanden, der in diesem Reigen bisher noch nicht aufgetaucht ist. Rede mit Dietrich.«

»Dietrich?« Kassandra konnte Pauls Schlussfolgerungen nachvollziehen, dennoch sah sie einen gewaltigen Haken. »Der hasst mich. Er würde mir nicht zuhören, und wenn ich der letzte Mensch auf Erden wäre. Glauben würde er mir erst recht nicht. Du musst mit ihm reden oder Jonas.« In zwei Sätzen schilderte sie Paul, wie sie herausgefunden hatte, warum Dietrich so schlecht auf sie zu sprechen war.

»Gerade deshalb musst du das machen«, sagte Paul. »Er wird dir glauben, wenn ausgerechnet du zu ihm kommst, obwohl er dich nicht ausstehen kann.«

»Oder er wird denken, ich will ihn in was reinreiten«, befürchtete Kassandra.

»Du wirst ihm das Foto zeigen.«

»Könnte gefälscht sein.«

»Wenn er zweifelt, kann er zu Menning gehen – du wärst es, die dumm dasteht, wenn der dir nachweist, dass das Foto gefälscht ist. Dietrich wird dir glauben.«

Kassandra seufzte. »Wie soll ich das bewerkstelligen? Er und Menning arbeiten zusammen, sie werden uns auch zusammen befragen.«

»Lass deiner Phantasie freien Lauf, dir wird schon was einfallen«, meinte Paul zuversichtlich.

Etwas anderes störte Kassandra noch immer. »Menning wird den Keller untersuchen und selbst Dinge finden, die auf Tina Bodenstedt hinweisen«, wandte sie ein, »ihre Fingerabdrücke müssen überall sein, wenn sie da unten war.«

»Er weiß nicht, dass er danach suchen muss.«

»Wenn er was mit Tina zu schaffen hat, schon.«

Paul lehnte sich gegen die Fensterbank. »Oder er wird viel Wert darauf legen, gerade das nicht zu finden. Wenn das der Fall ist, wird er sich was einfallen lassen müssen, es so zu deichseln, *dass* nichts gefunden wird.«

Daran hatte Kassandra noch nicht gedacht. »Ganz schön wilde Sache. Riskieren wir nicht ein bisschen zu viel? Wenn rauskommt, was wir alles verschwiegen haben, falls Menning überhaupt nichts mit der Sache zu tun hat, falls … Ich möchte lieber nicht darüber nachdenken, was uns blühen könnte.«

»Willst du aufgeben?« Pauls Stimme hatte plötzlich einen ungeduldigen, fast verärgerten Tonfall angenommen.

»Ich …« Unsicher biss sich Kassandra auf die Lippe.

»Kassandra.« Paul kam zu ihr rüber, zog sie vom Stuhl hoch und legte ihr die Hände auf die Schultern. »Als das alles anfing, hab ich dich gefragt, ob du das wirklich durchziehen willst.«

»Damals kam es mir weniger kompliziert vor.« Kassandra erinnerte sich sehr gut an ihren Eindruck, dass er ihre Antwort nicht nur hören, sondern vor allem fühlen wollte.

»Manches wird mit der Zeit komplizierter. Zuerst ist es nur ein Spiel – und auf einmal ist es ernster, als man je zuvor geglaubt hat. Das ist der Preis, den man zahlen muss, wenn man hinter den Dingen steht, die man tut.«

Unversehens hatte Kassandra das Gefühl, dass er nicht mehr von ihr sprach, sondern von sich selbst. Vage begann sie zu ahnen, was er meinen könnte. »Du hast recht. Vergiss, was ich gesagt habe. Bliebe nur noch das Problem, wie Dietrich es schaffen soll, auf eigene Faust die Spurensicherung loszuschicken, ohne dass Menning es mitkriegt.«

Paul blinzelte, als würde ihm Kassandras Sinneswandel zu schnell gehen und als müsse er sich erst darauf einstellen, dass sie eine neue Frage aufgeworfen hatte. »Das ist Dietrichs Problem. Wenn er auf die Geschichte anspringt, wird er das hinkriegen.« Langsam ließ er Kassandra los und wandte den Blick ab. »Vielleicht bist du es, die recht hat, nicht ich. Ich hatte euch gewarnt, dass es gefährlich werden könnte, weil ich nicht wollte, dass euch was passiert. Ich hab möglicherweise damals klarer gesehen als heute.«

»Nein, hast du nicht. Menning ist Polizist und repräsentiert damit auch dieses Land. Falls er an irgendwelchen Machenschaften beteiligt oder korrupt ist, sollten wir ihn drankriegen.«

Paul sah sie wieder an. Sehr lange. Dann nickte er langsam. »Gut. Sobald Jonas aus seinem Schönheitsschlaf erwacht, werden wir ihm erzählen, was wir vorhaben. Und jetzt sollte ich gehen. Du hast mich nämlich vorhin mitten in der Arbeit unterbrochen.« Den letzten Satz begleitete ein Lächeln.

»Wenn ich das gewusst hätte, wäre ich nicht gekommen.«

Paul stutzte, dann lachte er auf. Aller Ernst in seinem Gesicht wurde von diesem Leuchten verdrängt. Zum hundertsten Mal fragte sich Kassandra, wie er das machte. »Erinner mich dran, dass ich bloß nie ein ›Bitte-nicht-stören‹-Schild an meine Tür hänge.«

»Mach ich«, versprach Kassandra. »Darf ich dich was fragen, auch wenn du's eilig hast?«

So plötzlich, wie Paul eben gelacht hatte, wurde er wieder ernst. »Was denn?«

»Bist du Journalist?« Kassandra war sein Name nie bewusst in den Medien aufgefallen, aber das konnte viele Gründe haben. Vielleicht schrieb er unter einem Kürzel oder veröffentlichte in Online-Zeitungen, die Kassandra nie las.

Paul ließ sich die Frage etwas länger durch den Kopf gehen. »Wie kommst du darauf?«, fragte er nach einer Weile.

»Du hast das neue Buch von Alexander Hardenberg neben deinem Laptop liegen. Es waren mehrere Lesezeichen drin. Wenn du's einfach nur gelesen hättest, hätte eins gereicht, also hat der Roman eher was mit deiner Arbeit zu tun. Eine Rezension vielleicht. Wenn du Journalist bist, erklärt das auch, woher du den Fotografen von der ›Ostsee-Zeitung‹ kennst.«

»Nicht schlecht.« Pauls Ausdruck blieb undurchdringlich. »Würdest du eine gute Kritik oder einen Verriss erwarten?«

»Verriss?«, empörte sich Kassandra. »Wenn du das machst, rede ich kein Wort mehr mit dir!«

»Das fände ich etwas übertrieben. Hast du ›Eisschatten‹ gelesen? Das Buch hat eine ganze Reihe Schwächen.«

»Ich hab jeden Roman von Hardenberg gelesen, mindestens zweimal. Wo bitte siehst du Schwächen?«

Paul hob die Brauen. »Du magst seine Bücher?«

»Nein. Ich liebe sie. Also: Wo siehst du die Schwächen?«

Paul zögerte kurz, bevor er sich wieder an den Tisch setzte. »Schön, reden wir über Hardenberg.«

Sie diskutierten fast zwei Stunden, in denen Kassandra jeden Satz verteidigte, den Paul auseinandernahm. Er kannte Hardenbergs Bücher ebenso gut wie sie – und sagte Dinge darüber, die ihr vieles in ganz neuem Licht erscheinen ließ. Umgekehrt schien es ihm genauso zu gehen.

»So interpretierst du das Ende von ›Eisschatten‹?« Paul ließ sich fast erschöpft zurückfallen. »Vielleicht hast du recht.« Er schaute an Kassandra vorbei.

»Das ist nur meine Deutung. Wahrscheinlich sieht er das ganz anders. Hast du ihn mal interviewt?«

Paul rieb sich die Augen. »Nein«, sagte er und senkte die Hände. »Bevor ich mich wieder an den Laptop setze, muss ich das erst mal alles sortieren.« Er stand auf. »Danke.«

»Dir auch«, sagte Kassandra leise. Sie folgte Paul nach draußen. »Was meinst du, wann wir Jonas morgen früh wecken können? Ich weiß ja nicht, wie eilig es Menning haben wird.«

»Ich ruf ihn an und instruiere ihn. Dann sehen wir weiter.«

Als Paul gegangen war, stand Kassandra unbeweglich im dunklen Flur. Das Haus wirkte leer, obwohl sie gehört hatte, dass die Familie mit der kleinen Tochter zurückgekommen war. Sie wusste nicht, wie lange sie dagestanden hatte, bevor sie ins Wohnzimmer ging, die Terrassentür öffnete und nach draußen trat. Der Sturm hatte sich gelegt, es war trocken. Sie atmete die frische Luft ein.

Paul.

Es war ein seltsames Gefühl, fast ein Schock. Wann hatte es angefangen? Auf dem Kirchturm? Auf der Vernissage? Nachdem er an jenem Abend den Kuss zwischen Arnold und ihr verhindert hatte? Heute Nachmittag in seinem Haus? Oder schon viel eher, als sie ihn zum ersten Mal hatte lachen sehen? Ziemlich früh jedenfalls, gestand sie sich ein. Sie erinnerte sich gut an die vielen Gelegenheiten, bei denen ihr Paul im Kopf herumgeistert war. Ausgerechnet Paul. Der keinen Zweifel daran ließ, dass er mit jüngeren Frauen nichts anzufangen gedachte. Der sie zu allem Überfluss noch mit seinem Freund zusammenbringen wollte. Sie hatte keine Chance.

17

Es wurde später Vormittag, bis Menning und Dietrich kamen, was Kassandra, Jonas und Paul genug Zeit gab, ihre Aussagen abzusprechen. Kassandra führte die Beamten ins Wohnzimmer.

»Ist Ihre Küche nicht aufgeräumt? Das ist doch sonst Ihr bevorzugter Befragungsraum«, sagte Dietrich zynisch. Anscheinend hatte er sich davon erholt, dass Kassandra ihm letztes Mal die Zähne gezeigt hatte.

Sie reagierte nicht weiter darauf, sondern sah Menning an. »Haben Sie schon mit Herrn Kesting gesprochen?«

»Wir möchten erst mal Ihre Version der Geschichte hören.«

»Warum bezweifeln Sie die, die er Ihren Kollegen erzählt hat?«, erkundigte sie sich.

»Ich habe nicht behauptet, dass ich sie bezweifele, aber …«

»Aber wir haben was gegen Zufälle«, schaltete sich Dietrich ein. »Zu viele Tote und Verschwundene an einem Fleck machen stutzig. Selbst wenn einer wieder auftaucht. Und wo wir schon von Zufällen sprechen, wüsste ich zu gern, warum Sie sich gerade gestern für eine Besichtigungstour der alten Seefahrtschule entschieden haben.«

Was Kassandra Menning und Dietrich erzählte, entsprach absolut der Wahrheit.

Als sie an der Stelle angelangt war, wo sie Arnold in diesem schrecklichen Zustand gefunden hatten, begannen ihre Hände zu zittern. Sie stockte und räusperte sich. »Entschuldigung. Das war ein Schock, ihn so zu sehen.«

»Ja, sicher, Sie waren ja gut mit Herrn Kesting bekannt«, stellte Dietrich sarkastisch fest.

Empört, aber immer noch mit zitternden Händen sah Kassandra ihn an. »Es ist vollkommen egal, wie gut ich mit Herrn Kesting bekannt bin! Mag ja sein, dass es Sie kaltlässt, wenn Sie jemanden finden, der drei Tage lang mit gebrochenem Fuß in einem dunklen Keller gehockt hat – mich nicht.«

»Verständlicherweise. Bitte beruhigen Sie sich, Frau Voß«, sagte Menning. »Brauchen Sie eine Pause?«

Dankbar sah Kassandra ihn an. »Würden Sie mir ein Glas Wasser aus der Küche holen?«

»Natürlich.« Menning verließ das Wohnzimmer.

»Mir kommen gleich die Tränen«, sagte Dietrich.

»Das ist nicht nötig.« Ruhig wandte Kassandra sich ihm zu. »Ich brauche nur Ihre Handynummer.«

Dietrich starrte sie an. »Wie bitte?«

»Ich kann nicht reden, wenn Ihr Kollege dabei ist. Es ist wichtig.«

»Was soll der Mist?« Dietrich war immer noch verblüfft, aber er wurde auch wütend.

Kassandra blieb nicht mehr viel Zeit. »Herr Dietrich, glauben Sie mir, wenn ich eine andere Möglichkeit sähe, als ausgerechnet Sie ins Vertrauen zu ziehen, würde ich sie nutzen. Ihre Handynummer. Bitte.« Sie hörte Menning aus der Küche kommen, während Dietrich sich kein Stück rührte. Das war ihre einzige Chance gewesen, sie hatte sie verpatzt. Außerdem lief sie Gefahr, dass Menning von Dietrich erfuhr, was sie gesagt hatte. Als Kassandra das Glas von Menning in Empfang nahm, war das Zittern ihrer Hände echt.

Langsam erzählte sie weiter und ließ nur aus, was Paul im Keller gefunden und dass sie und Jonas Tina Bodenstedt gesehen hatten. »Ich persönlich finde Herrn Kestings Geschichte glaubhaft«, schloss sie. »Da unten ist es stockfinster, in dem Raum liegen kreuz und quer Gegenstände, man kann sehr leicht stolpern. Wahrscheinlich hat er Glück gehabt, dass er sich nur den Fuß gebrochen hat.«

»Wir werden uns das ansehen. Die Ribnitzer Kollegen haben darauf verzichtet, weil laut Aussage von Herrn Kesting keinerlei Fremdverschulden vorliegt.« Menning warf Dietrich einen Blick zu. »Aber Herr Dietrich bleibt skeptisch, und ich mache mir auch lieber selbst ein Bild. Falls wir im Zusammenhang mit dem Mordfall Kind die Kriminaltechnik bestellen, müssten wir von Herrn Zepplin und Herrn Freese noch Fingerabdrücke nehmen, damit wir sie abgleichen können mit denen, die wir da unten finden. Ihre haben wir ja schon.«

Kassandra hätte sonst was darum gegeben, wenn sie gewusst hätte, was es mit Menning auf sich hatte und was er zu finden oder nicht zu finden hoffte.

Menning erhob sich. »Wissen Sie eventuell, wo wir Herrn Zepplin antreffen? Zu Hause ist er nicht.«

»Er hat einen Souvenirladen und ein Zeesboot am Hafen.« Sie sah auf die Uhr. »Wahrscheinlich ist er gerade auf dem Bodden unterwegs. Versuchen Sie es doch zuerst bei Herrn Freese.«

Menning und Dietrich verabschiedeten sich, und Kassandra überlegte fieberhaft, wie sie noch einmal Dietrichs Aufmerksamkeit auf sich lenken konnte. Ihr fiel nur eins ein, selbst wenn es das Verkehrteste sein sollte, was sie tun konnte.

»Herr Dietrich«, rief sie ihn zurück. Er verließ gerade hinter Menning das Haus und blieb sichtlich genervt stehen. »Was ist eigentlich aus diesem Zeugen geworden, der angeblich bestätigen kann, dass ich Josef Kind begegnet bin?«

Dietrichs Augen verdunkelten sich, und es war Menning, der antwortete. »Der ist letztes Jahr verstorben. Das muss Sven Larsen entgangen sein in seiner Zelle.« Er lächelte, aber das nahm Kassandra nur am Rande wahr. Sie sah Dietrich an.

»Erhöht das meine Glaubwürdigkeit?«

Wortlos drehte er sich um und ging an Menning vorbei zum Wagen. Menning zuckte mit den Schultern, immer noch lächelnd. »Kommt drauf an, aus welcher Perspektive man es betrachtet. Seine kennen Sie wohl.« Er nickte ihr zu und folgte Dietrich zum Auto.

Im Wohnzimmer ließ sich Kassandra aufs Sofa fallen und griff nach dem Handy. Paul hatte seins heute nicht ausgestellt, um wegen der Polizei für sie erreichbar zu sein.

»Du kriegst gleich Besuch.« Sie berichtete, was vorgefallen war. »Ich hab mich zu blöd angestellt.«

»Nein. Das war alles, was du in der kurzen Zeit machen konntest. Wir müssen uns eben was anderes überlegen.«

»Schwierig«, sagte Kassandra unzufrieden und schob abwesend die Kissen auf dem Sofa hin und her. Da blitzte etwas Weißes hervor. »Paul! Es hat doch funktioniert, Dietrich hat seine Visitenkarte dagelassen. Er muss sie unter das Kissen geschoben haben, während ich mit Menning gesprochen habe. Kannst du mir das Foto von Kind auf der Vernissage schicken und die Vergrößerung mit dem Siegelring? Ich leite ihm beides auf sein Handy weiter, dann hat er was zum Nachdenken.«

»Ich hoffe, er mag Puzzlespiele.« Paul lachte. »In fünf Minuten hast du alles. Ich melde mich, wenn die beiden wieder weg sind.«

Zehn Minuten später hatte Kassandra ihrerseits Dietrich eine SMS mit dem kurzen Text: *Wann können wir reden?* sowie die Fotos gesandt. Wiederum eine halbe Stunde später rief Paul an.

»Kurz nachdem sie hier angekommen waren, surrte Dietrichs Handy ein paarmal. Er hat draufgesehen und es ohne ein Wort wieder eingesteckt. Warst du das?«

»Wahrscheinlich. Er hat sicher bloß die Nachricht gelesen und noch nicht die Fotos angesehen. Jetzt können wir nur warten.«

Aber Dietrich meldete sich den ganzen Tag nicht. Hatte er nicht angebissen? Oder hatte er die Fotos am Ende doch Menning gezeigt? Es war schon acht, als Jonas anrief. »Kann ich rüberkommen? Ich hab da was Interessantes.«

»Seit wann fragst du?«, meinte Kassandra belustigt.

Er ging auf ihren Tonfall ein. »Hätte ja sein können, dass du beschäftigt bist. Dass Kesting entlassen wurde und du dich um ihn kümmerst. Wobei ich und mein verstauchter Fuß das ebenfalls nötig hätten.«

»Klar, ich bin eine Pflegestation. Soll ich dich stützen kommen?«

»Danke, nicht nötig, ich humpele schon allein.«

Während sie auf Jonas wartete, ging Kassandra auf, dass sie versprochen hatte, Arnold im Krankenhaus zu besuchen. Wenn sie das morgen nachholte, konnte sie gleich fragen, was die Beamten alles von ihm hatten wissen wollen.

Jonas ließ sich mit schmerzverzerrtem Gesicht in einen Sessel plumpsen. »Mein Fuß bringt mich um, aber ich hatte so viele Reservierungen, dass ich die Bootstouren nicht absagen konnte.« Er ächzte leise. »Heute Vormittag hab ich bei der Agentur von Heiner Bertram angerufen, wo ich mich als Journalist mit einem Interviewwunsch vorgestellt habe. Der Mann ist zurzeit tatsächlich in Spanien. Über Bertrams Termine vor seiner Reise wollte die Agentur keine Auskunft geben, wir wissen demnach nicht, ob Kesting wirklich bei ihm war.«

»Bezweifelst du das?«

»Der Rest seiner Story ist im höchsten Maße unglaubwürdig, wer weiß, ob das nicht auch auf sein Treffen mit Bertram zutrifft?« Jonas drückte Kassandra einen Ausstellungskatalog in die

Hand. »Und das hier ist das Ergebnis von ein paar Telefonaten, die ich gestern geführt habe: ein komplettes Exemplar des Katalogs, in dem die Seite fehlte. Guck dir an, was drauf ist.«

Es war eine von Tina Bodenstedts Plastiken – ein Akt zweier Menschen in einer sehr intimen Position. Im Gegensatz zu den meisten ihrer sonstigen Arbeiten trugen diese Figuren sehr ausdrucksstarke Züge: Die Frau hatte große Ähnlichkeit mit ihr selbst, und der Mann stellte eindeutig Arnold dar, das erkannte man sogar auf dieser kleinen Abbildung.

Nachdem sie inzwischen davon ausgingen, dass Arnold von Tina Bodenstedt im Keller der Seefahrtschule eingesperrt worden war, hatte sich Kassandra nicht mehr vorstellen können, dass die beiden einmal ein Paar gewesen waren.

»Wie kann Liebe in solchen Hass umschlagen? Ich hätte nicht gedacht, dass es das wirklich gibt.«

»Du müsstest doch am besten wissen, wie so was passieren kann«, meinte Jonas. »Oder hegst du noch nette Gefühle für Sven Larsen?«

»Meinetwegen soll er im Gefängnis alt werden, aber ich hasse ihn doch nicht«, erwiderte Kassandra indigniert. »Ich verachte ihn, und ehrlich gesagt hab ich ein bisschen Angst vor dem Tag, an dem er rauskommt, auch wenn er nie gewalttätig gewesen ist. Aber Hass? Glaubst du im Ernst, dass ich tun könnte, was Tina Bodenstedt getan hat?«

»Entschuldige. Nein. Das glaube ich nicht. Aber was ist mit Kesting? Der wollte ihr doch unbedingt unterstellen, in dunkle Machenschaften verwickelt zu sein. Er scheint sie in gleichem Maß zu hassen wie sie ihn, egal, was er behauptet. Also kennen wir jetzt endgültig sein Motiv.«

»Kennen wir das?«, murmelte Kassandra.

Die Türklingel schnitt Jonas das Wort ab.

»Was soll das? Was zum Teufel wollen Sie mit diesen Fotos andeuten?«, fragte Kommissar Dietrich aufgebracht und ohne jede Vorrede. »Woher haben Sie die überhaupt?«

»Die Bilder sind nicht das Einzige, worüber ich mit Ihnen reden muss. Danke, dass Sie gekommen sind.« Kassandra hätte sich Dietrich gegenüber bei dem Wort Danke am liebsten die Zunge abgebissen. Sie führte ihn ins Wohnzimmer, wo er abrupt stehen blieb.

»Herr Zepplin. So schnell sieht man sich wieder. Wie kommt es, dass ich nicht überrascht bin?« Er wandte sich wieder an Kassandra. »Was mag Herr Kesting davon halten, dass sie lieber mit Ihrem Nachbarn zu Hause sitzen, statt bei ihm Händchen zu halten?«

»Dietrich, Sie …«, fing Jonas an.

»Jonas, ist gut. Ich bin sicher, wir würden heute Abend alle lieber was anderes tun. Setzen Sie sich doch, Herr Dietrich.«

»Ich will mich nicht setzen. Ich will wissen, was für eine Nummer Sie hier abziehen! Was sind das für Fotos?«

»Sie stammen aus einer Reihe von Bildern, die bei einer Ausstellungseröffnung von Tina Bodenstedt gemacht wurden.«

Dietrich wollte schon wieder lospoltern, doch er hielt inne. »Bodenstedt? Die Frau, die mit Arnold Kesting gemeinsam die Ausstellung in der Kunstscheune hat?«

»Genau die.«

»Anscheinend hab ich doch nicht falsch damit gelegen, dass der Mord am Kunstexperten und das Verschwinden des Malers zusammenhängen«, sagte er langsam.

»Nein, sehr wahrscheinlich nicht«, bestätigte Kassandra.

»Und Sie«, er deutete mit dem Finger auf Kassandra, »haben genauso damit zu tun.«

Sie schüttelte vehement den Kopf. »Ich lege Wert auf die Tatsache, dass ich persönlich nur zufällig da reingerutscht bin.«

»Ach ja?« Dietrich nahm sie eingehend in Augenschein. »Das wird sich zeigen.«

Kassandra konnte schlecht damit rechnen, dass er sofort mit fliegenden Fahnen zur ihr überlief. Trotzdem fragte sie herausfordernd: »Wenn Sie so argwöhnisch sind, wieso haben Sie mir Ihre Visitenkarte dagelassen?«

Dietrich guckte verdrossen. »Das frag ich mich auch. Ich schätze, ich war einfach neugierig. Berufskrankheit.«

»Das kann ich nachvollziehen. Ich bin selbst neugierig und wüsste zu gern, was Sie zu der Seefahrtschule meinen.«

»Nicht so schnell«, wehrte Dietrich ab. »Sie haben gesagt, es gibt noch mehr Fotos von dieser Ausstellungseröffnung?«

»Über zweihundert. Aber nur eins, auf dem Kind zu erkennen ist. Und der Siegelring.«

»Kann ich die anderen sehen?«

»Ich hab sie nicht hier, aber ...«

»Nicht hier? Entweder spielen Sie mit offenen Karten, oder ich gehe wieder und hör mir Ihre Beschuldigungen nicht länger an.«

»Bisher hab ich niemanden beschuldigt, Herr Dietrich«, widersprach Kassandra. »Sie haben Ihre eigenen Schlussfolgerungen gezogen, die offenbar dieselben waren wie unsere. Warten Sie einen Moment.« Sie griff nach ihrem Handy und hoffte, dass Paul seins immer noch eingeschaltet hatte.

Es dauerte eine Weile, bis er abhob, und er klang, als müsse er erst zu sich kommen. Wahrscheinlich hatte sie ihn wieder bei der Arbeit unterbrochen.

»Kassandra? Was gibt's?«

»Eine gute und eine schlechte Nachricht. Die gute: Herr Dietrich ist hier. Die schlechte: Er will die anderen Fotos sehen.«

Kassandra konnte Pauls Lächeln geradezu hören. »Gründlicher Mensch, sehr schön. Bin gleich da.«

Bis Paul kam, wollte Kassandra Dietrich über das informieren, was sie bisher rausgefunden hatten. Sie begann mit der Erpressergeschichte.

»Wieso haben Sie uns das nicht gleich gesagt?«, fragte Dietrich aufgebracht. »Erzählen Sie mir nicht, das hätte was mit HK Menning zu tun, das konnten Sie zu dem Zeitpunkt nicht wissen.«

»Stimmt. Ich hab's nicht getan, weil Violetta meine Freundin ist ...«, Kassandra hob ihre Stimme, als sie sah, dass Dietrich erneut empört etwas einwenden wollte, »... und vor allem, weil ich nichts davon hätte beweisen können. Was leider nach wie vor der Fall ist. Violetta und Raimund Degenhard waren die Einzigen, die davon wussten, und beide hätten es geleugnet. Sie, Herr Dietrich, hätten doch wieder nur geglaubt, dass ich irgendwelchen Unsinn erzähle, um von mir abzulenken.« Sie sah ihm an, dass sie recht hatte.

Bevor sie zu weiteren Erklärungen ansetzen konnte, wurden sie von Paul unterbrochen. Jonas öffnete ihm die Tür, während Kassandra und Dietrich einander stumm taxierten.

»Guten Abend, Herr Dietrich«, begrüßte Paul den Kommissar. »Tut mir leid, dass Sie warten mussten, aber es freut mich, dass Sie lieber alles überprüfen möchten.«

Dietrich war aufgestanden, als Paul den Raum betreten hatte. »Sie? Sie stecken da auch mit drin?«, fragte er entgeistert. »Ich dachte, Sie hätten bloß mit den Bauplänen ausgeholfen.«

»Oh, ich bin da durch Zufall reingerutscht. Wie wir alle«, sagte Paul lächelnd. »Hier ist das, was Sie interessiert.« Er hielt einen USB-Stick in der Hand, den er Kassandra reichte. »Schmeiß deinen PC an, damit Herr Dietrich sich durch die Bilder kämpfen kann.«

Als Kassandra den Stick entgegennahm, berührten sich ihre und Pauls Finger. Sie musste sich zusammenreißen, ihn nicht anzustarren, sondern sich zu verhalten wie immer. Also bat sie Dietrich, ihr ins Arbeitszimmer zu folgen. Er brauchte eine Viertelstunde, bis er fertig war.

»Haben Sie was Auffälliges gefunden?«, erkundigte sich Paul.

»Drei, vier Leute auf den Fotos sind mir bekannt – sie arbeiten bei der Stadtverwaltung beziehungsweise bei Gericht in Stralsund. Ich denke, es würde zu weit führen, wenn wir anfangen, jeden zu verdächtigen. Auf solchen Eröffnungen treibt sich meist Prominenz rum, niemand von ihnen scheint sich Mühe zu geben, nicht fotografiert zu werden, und zumindest einer der Richter hat ein echtes Interesse an Bildhauerei.«

»Woher kennen Sie all die Leute aus Stralsund?«, ergriff Jonas nach längerer Zeit das Wort. »Ich dachte, Sie kommen aus Anklam.«

Dietrich verzog das Gesicht. »Misstrauisch?« Seine Augen funkelten kurz, was ihn beinah sympathisch aussehen ließ. »Ich bin erst seit Kurzem in Anklam, ich wurde zusammen mit Claus Menning von Stralsund dorthin versetzt. Im Gegensatz zu ihm wohne ich sogar noch in Stralsund.«

Kassandra erinnerte sich, was Polizeimeister Löber ihr von der Umstrukturierung der Landespolizei erzählt hatte. Demnach war Dietrich einer der Beamten, die es lieber gesehen hätten, wenn die KPI in Stralsund geblieben wäre.

Dietrich sah wieder zu Paul. »Ich kann davon ausgehen, dass das alle Fotos sind?« Auf dessen Nicken hin fuhr er fort: »Gut. Konzentrieren wir uns auf Josef Kind und den Siegelring.«

Kassandra fiel auf, dass Dietrich die Frage nach den Fotos mehr wie eine Feststellung formuliert und bereits mehrfach »wir« gesagt hatte. Außerdem hatte er Pauls Aussagen nicht mal ansatzweise in Zweifel gezogen. Er hielt ihn offensichtlich für integer und glaubwürdig, was ihrer Sache nur nützlich sein konnte. Sie fragte sich, womit Paul sich diese Vorschusslorbeeren verdient hatte.

»Was wissen Sie über Herrn Menning, seinen Hintergrund, seinen Werdegang?«, fragte Paul.

Dietrich schürzte die Lippen. »Herr Freese, lassen Sie mich eins klarstellen. Claus Menning und ich arbeiten seit zehn Jahren zusammen, da lernt man einen Menschen ganz gut kennen. Es fällt mir sehr schwer zu glauben, dass er in krumme Geschäfte verwickelt sein könnte, obwohl mich der Siegelring nachdenklich macht. Er hat mal erzählt, dass es sich um ein Familienerbstück von seinem Urgroßvater handelt. Aber das Foto und der Ring sind absolut keine Beweise gegen ihn. Solange ich die nicht habe, werde ich an seine Unschuld glauben. Das heißt, dass ich zwar bereit bin, mich mit Ihnen zu unterhalten – ich tue das aber in erster Linie, um HK Menning von jedem Verdacht reinzuwaschen. Bevor wir weiter über ihn reden, möchte ich wissen, was Sie mir noch zu erzählen haben.«

Kassandra wollte schon fortfahren, da wurde sie von Jonas gestoppt. »Wenn Sie so sehr von seiner Unschuld überzeugt wären, wie Sie behaupten, wären Sie nicht hier. Sie sagen es selbst: Das Foto ist kein Beweis. Folglich muss es andere Anhaltspunkte geben, die Sie überzeugt haben herzukommen.«

Dietrich musterte ihn scharf. »Ich sagte, ich will hören, was Sie noch zu erzählen haben.«

Bevor Jonas erneut protestieren konnte, sagte Kassandra: »Wir verlangen ziemlich viel von Herrn Dietrich. Er hat also das Recht, zuerst zu erfahren, was wir wissen. Oder zu wissen glauben.«

Jonas fügte sich, wenn auch widerwillig. Kassandra stand also auf, ging kurz ins Büro und übergab Dietrich das Paket des Rostocker Antiquariats an Ferdinand Thun, was er mit einer Standpauke quittierte, in der Unterschlagung von Beweismaterial noch der harmloseste Vorwurf war. Danach hörte er jedoch ruhig zu, stellte zwischendrin einige Fragen und machte sich Notizen. Nachdem er in alles eingeweiht war, begann er, auf ein Blatt Papier die Namen der Beteiligten zu schreiben und sie mit Pfeilen und Fragezeichen zu verbinden. Das sah wild aus, aber Kassandra verstand, wie er vorging. Konzentriert betrachtete Dietrich die Darstellung, niemand sagte ein Wort.

»Tina Bodenstedt könnte tatsächlich der Schlüssel zu allem sein«, stellte er schließlich fest. »Auf jeden Fall wäre es interessant, mit ihr zu reden. Sie wissen nicht, wo Sie sich aufhält, oder? Sonst hätten Sie bei ihr sicher weiter Detektiv gespielt.«

»Wir wissen alle, dass das kein Spiel ist, Herr Dietrich«, sagte Paul. »Frau Bodenstedt lebt in Schwerin, ist ihrer Nachbarin zufolge aber seit einigen Wochen nicht zu Hause gewesen.«

Verwundert sah Kassandra zu Paul. Davon hatte er gar nichts erwähnt. Dietrich seinerseits nickte langsam. Dann musterte er Paul ebenso scharf wie vorhin Jonas. »Darf ich fragen, woher Sie Tina Bodenstedts Nachbarin kennen?«

»Wer hat gesagt, dass ich sie kenne?«, entgegnete Paul belustigt. »Ich habe bei Tina Bodenstedt angerufen, ihre Nachbarin hob ab – sie war gerade dabei, sich um die Pflanzen zu kümmern.«

»Aha«, machte Dietrich etwas säuerlich. »Haben Sie zufällig noch jemanden gefunden, bei dem Sie sich nach ihr erkundigen konnten?«

»Ich hätte gern Gerlinde Meerbusch gefragt, die könnte etwas wissen. Aber es bestand die Möglichkeit, dass Sie Frau Meerbusch wegen Arnold Kesting aufsuchen, und sie sollte Herrn Menning lieber nicht erzählen können, dass ich mich nach Tina Bodenstedt erkundigt habe. Waren Sie bei ihr?«

»Nein«, gab Dietrich zu.

»Warum nicht? Sie hat Arnold Kesting doch überhaupt erst vermisst gemeldet«, hakte Jonas nach. Er beugte sich vor. »Es ist an der Zeit, dass Sie mal erzählen.«

Dietrich sah Jonas, Kassandra und Paul der Reihe nach an, wobei sein Blick etwas länger an Paul hängen blieb. Eine Sekunde sah er zu Boden, als müsste er sich sammeln. Kassandra begriff, dass es ihm schwerfiel, ihnen gegenüber offen zu sein. Trotzdem hatte er sich dazu entschlossen, und sie war geneigt, Jonas zuzustimmen. Das konnte nicht an dem Foto allein liegen.

»Nachdem wir gestern mit Ihnen fertig waren«, begann er, »sind wir nach Ribnitz gefahren, um Arnold Kesting zu befragen, der Wort für Wort bei seiner Aussage geblieben ist. HK Menning war mürrisch, weil er allmählich anfing, den Kollegen recht zu geben, die an der ganzen Geschichte nichts Verdächtiges sahen, und unser Nachhaken als Zeitverschwendung betrachtete. Trotzdem haben wir uns den Keller der Seefahrtschule angesehen.« Er schaute Paul an. »Bleiben Sie bei der Schilderung, wie Sie den Raum vorgefunden haben?«

»Natürlich.«

»Dann gebe ich Ihnen jetzt meine: zwei leere Flaschen Wasser, ein gutes Dutzend leere Alkopopflaschen, eine leere und eine fast leere Flasche Wodka, und unter einem umgekippten Regal fanden wir ein Tütchen mit einer Ecstasy-Tablette. Keine Sandwichverpackung, kein Schokoriegelpapier.«

Eine Weile war es absolut still im Zimmer.

»Tina Bodenstedt konnte nicht wissen, was für eine Geschichte Arnold der Polizei erzählen würde«, sagte Kassandra schließlich.

»Die nicht, aber Menning wusste es von seinen Kollegen«, betonte Jonas. »Er hätte genug Zeit gehabt, dafür zu sorgen, dass es so aussah, wie Kesting behauptete.«

»Das würde bedeuten, dass Menning Tina Bodenstedt schützen will«, sagte Kassandra. »Oder dass er mit Arnold gemeinsame Sache macht.«

»Oder Sie haben mir einen Haufen Lügen aufgetischt«, warf Dietrich mit erhobener Stimme ein.

»Da Sie immer noch hier sind, haben Sie den Gedanken offenbar erwogen, aber wieder verworfen«, sagte Paul ruhig.

Dietrich seufzte. »Ich hab mir die Tür angesehen und das Rohr, das sie verklemmt hat – und ich konnte mir kein Bild davon machen, wie das zufällig passiert sein sollte. Ich wollte die Spurensicherung dahaben, ich wollte, dass der ganze Keller auf den Kopf gestellt wird, bis wir was finden, das beweist, wie absurd Kestings Aussage ist. Claus Menning wurde immer ungeduldiger, behauptete, ich sei paranoid, und fand für das Rohr eine sehr unwahrscheinliche, wenn auch nicht gänzlich unmögliche Erklärung. Er meinte, es könne sich durch die Erschütterung beim Zuschlagen der Stahltür aus dem Gerümpel gelöst haben und an einer unglücklichen Stelle gelandet sein.« Dietrich schüttelte in Gedanken daran den Kopf. »Schließlich hielt er mir einen Vortrag über das Geld der Steuerzahler, das er nicht zu verschwenden gedachte, indem er die Truppe von der KT völlig umsonst in diesen Keller schickte. Unnötig zu sagen, dass er auch nicht mehr mit Gerlinde Meerbusch sprechen wollte, was wir ursprünglich durchaus vorhatten. Für ihn war das Thema erledigt. Für mich nicht. Ich hab's in Anklam bei einer Teambesprechung zu der Kind-Sache noch mal erwähnt, aber nachdem er dagegenhielt, ich würde mich nur wieder in was verbeißen wie bei Ihnen«, er sah widerwillig in Kassandras Richtung, »teilte keiner mehr meine Meinung. Ich war wütend. Aber ich habe nicht ernsthaft in Erwägung gezogen, dass er besondere Gründe haben könnte, die Angelegenheit Kesting ruhen zu lassen.«

»Was denken Sie jetzt?«, fragte Kassandra.

Dietrich zögerte kaum merklich. »Erst mal noch dasselbe. Für mich ist Claus Menning ohne einen eindeutigen Gegenbeweis sauber. Und der existiert bisher nicht, trotz allem.« Er machte eine Pause. »Aber fest steht, dass es eine Menge Ungereimtheiten in diesem Fall gibt. Ich bin Polizist. Ich will wissen, was hier läuft. Und ich werd's rausfinden, so oder so.«

Paul nickte. »Wenn Sie sich immer noch um die Spuren im Keller kümmern wollen, sollten Sie das schnell tun, weil für Freitag eine Begehung der Ruine mit einer ganzen Horde Leute angesetzt ist.«

»Danke für die Warnung. Ich werde mir was einfallen lassen.«

»Bleiben noch Tina Bodenstedt, Josef Kind und Arnold Kesting«, sagte Jonas. »Sie könnten uns gelegentlich sagen, was Sie über Josef Kind alles haben.«

Dietrich schüttelte den Kopf. »Das ist offizielles Ermittlungsmaterial, das kann ich nicht mal eben kopieren.«

»Müssen Sie nicht. Es reicht, wenn wir wissen, was drinsteht«, meinte Jonas spöttisch.

»Ich denke drüber nach. Da wäre noch was: Wahrscheinlich werde ich in dem Keller auf eine Menge Spuren stoßen. Haben Sie etwas, worauf Fingerabdrücke von den Beteiligten zu finden sind oder womit ich ihre DNS abgleichen kann?«

Kassandra holte die Kataloge, die Arnold mitgebracht hatte. »Da sind allerdings auch reichlich Abdrücke von uns drauf.«

»Das ist kein Problem, wenn Sie mir Ihre ebenfalls zur Verfügung stellen«, sagte Dietrich.

»Ich kann Ihnen das hier von Tina Bodenstedt geben.« Paul reichte Dietrich eine Visitenkarte, die in eine perlmuttfarben schimmernde Folie eingeschweißt war.

»Danke. Ich melde mich, sobald ich Ihre Abdrücke brauche. Das war's erst mal.«

»Noch nicht ganz«, stellte Paul lächelnd fest. »Wir haben jemanden ganz sträflich vernachlässigt, nämlich Kinds erstes Erpressungsopfer. Hat noch mal jemand einen Gedanken an Raimund Degenhard verschwendet?«

Kassandra war erstaunt, dass Dietrich das Lächeln erwiderte. »Durchaus. Ich finde diese Erpressungsgeschichte äußerst interessant. Raimund Degenhard steht auf meiner Liste. Außerdem werde ich Herrn Kesting ein zweites Mal besuchen und ihn fragen, wo er war, als Josef Kind ermordet wurde. Mir egal, ob diese Detektei nichts über ihn rausgefunden hat – wenn Kind sein Geschäft verstand, hat er nicht umsonst vermutet, dass es bei Kesting was zu holen gibt.« Er erhob sich. »Wir bleiben in Kontakt.«

Kassandra stand ebenfalls auf, um ihn hinauszubegleiten, da schien ihm noch was einzufallen. Er drehte sich zu Paul um. »Übrigens, nettes Interview heute Morgen auf der ›Ostseewelle‹.«

Kassandra sah zu Paul hinüber. »Du warst im Radio? Wieso hast du nichts gesagt, das hätte ich auch gern gehört.«

Paul antwortete nicht, stattdessen starrte er an Kassandra vorbei Dietrich an, der die Stirn runzelte. »Das waren Sie doch, oder? Ich hab ein ausgesprochen gutes Gehör für Stimmen und irre mich selten.«

»Wen hast du denn interviewt?«, fragte Kassandra. Aus den Augenwinkeln heraus bekam sie mit, dass Jonas sich ein Lachen verkniff. Paul schwieg immer noch, irgendwas schien ihm unangenehm zu sein.

»Er hat niemanden interviewt, er wurde interviewt«, stellte Dietrich klar.

»Du wurdest? Worüber denn?« Kassandra begriff nicht, warum Jonas jetzt unverhohlen breit grinste und Paul immer noch wirkte, als hätte er was Schlechtes gegessen.

Dietrich guckte irritiert zu Kassandra. »Na, zu welchem Thema wird ein Bestseller-Autor wohl interviewt?« Er schaute zurück zu Paul. »War mir jedenfalls ein Vergnügen, Sie kennenzulernen, Herr ... Hardenberg. Das einzig Erfreuliche an diesem Tag.« Er nickte ihm zu und verließ endgültig das Wohnzimmer.

Kassandra vergaß, dass sie ihn hatte hinausbegleiten wollen. Sie stand nur da und sah Paul an, der langsam den Blick hob und ihrem begegnete. Plötzlich fielen alle Puzzleteile wie von selbst an die richtige Stelle. »Eisschatten« war der erste Teil einer Trilogie, der zweite Teil wahrscheinlich längst in Arbeit, daher hatte das Buch neben Pauls Laptop gelegen. Er hatte die Mail an Query mit *aha* unterschrieben. Alexander Hardenberg. Er hatte nie behauptet, Journalist zu sein, er hatte Kassandra nur nicht widersprochen. Und er kannte Hardenbergs Bücher wirklich gut.

»Guck nicht so entgeistert«, gluckste Jonas. »Das ist kein Geheimnis, du hast es nur noch nicht mitbekommen.«

Ohne den Blick von Kassandra zu nehmen, sagte Paul: »Jonas, würdest du uns bitte allein lassen?«

»Was?«

»Fünf Minuten, dann bin ich weg. Bitte.«

Kassandra hörte, wie Jonas humpelnd das Haus verließ. Sie selbst war unfähig, sich zu rühren oder etwas zu sagen. Sie hatte versucht, Paul seine eigenen Romane zu erklären. Wie ungeheuer peinlich. Und er hatte es geschehen lassen. Was für ein Mistkerl!

Paul kam langsam auf sie zu. Sie wich zurück. Er blieb sofort stehen. »Es tut mir leid. Ich hätte es sagen sollen.« Seine Stimme klang unsicher, es dauerte ein, zwei Sekunden, bis er weitersprach. »Ich habe so oft Interviews gegeben oder im Netz mit Leuten diskutiert. Die wussten alle, mit wem sie sprachen. Ich fand es einfach unwiderstehlich, mit jemandem über meine Romane zu sprechen, der keine Ahnung hatte, wer ich bin. Hättest du mit mir geredet, wie du es getan hast, wenn ich als Alexander Hardenberg vor dir gesessen hätte?«

»Ich hätte vor allem nicht versucht, dir deine eigenen Texte zu erklären«, sagte Kassandra halb verärgert, halb beschämt.

»Das hast du nicht. Du hast mir gesagt, wie du sie siehst, nicht wie ich oder jemand anders sie sehen soll. Zu Anfang war ich neugierig, aber zum Schluss habe ich mehr aus diesen zwei Stunden mitgenommen, als du dir vorstellen kannst.« Paul verstummte.

»Du hättest es mir hinterher sagen können.« Sie spürte, wie ihr Zorn schwand.

»Ich wollte. Aber dann dachte ich, dass du nur noch den Teil von mir sehen könntest, der Hardenberg ist.«

Je mehr in ihr Bewusstsein drang, dass Paul Alexander Hardenberg war, desto passender kam es ihr vor, aber sonst änderte es überhaupt nichts. Sie schüttelte den Kopf und sagte leise: »Ich seh bloß dich.« Als ihr klar wurde, dass die Art, wie sie es gesagt hatte, ziemlich deutlich ihre Gefühle widerspiegelte, fügte sie mit festerer Stimme hinzu: »Ganz abgesehen davon, dass das Autorenfoto von Alexander Hardenberg, das überall im Internet rumgeistert, nur sehr entfernt was mit dir zu tun hat.«

Paul entspannte sich etwas. Er wagte ein kleines Lächeln. »Tja, ich komme mehr nach meiner Mutter.«

»Das ist dein Vater?«, fragte Kassandra perplex. »Es wirkt überhaupt nicht wie ein altes Bild.«

»Deshalb hab ich es ausgesucht. Ich bin sicher, es hätte ihm gefallen.«

Kassandra und Paul standen noch immer mitten im Raum, zwei Schritte voneinander entfernt. Jetzt streckte sie die Hand aus und lotste ihn zum Sofa zurück. »Wie bist du Alexander Hardenberg geworden?«

Paul setzte sich zögernd neben sie. »Ich war ein egoistischer Idiot, ich hätt's dir sagen sollen.«

»Wenn du drauf bestehst: Du warst ein egoistischer Idiot. Bedauerlicherweise hab ich eine Schwäche für solche Typen, du wirst mich also nicht so schnell los. Und jetzt erzähl.«

Eine kleine Weile sah Paul sie an, ohne dass Kassandra seinen Blick deuten konnte. »Als ich vor zehn Jahren mit meinem ersten Manuskript zu meinem Verleger kam, meinte er, das sei ja ganz schön, aber mit einem Namen wie Paul Freese würde ich keinen Blumentopf und erst recht keine Bücher verkaufen. Irgendwelche Marketingstrategen hatten angeblich rausgefunden, dass besonders mein Vorname bei der weiblichen Leserschaft gar nicht ankommt, und die meisten Leser sind nun mal heutzutage Frauen. Mein Großvater hieß Alexander, der Mädchenname meiner Großmutter war Hardenberg. Das gefiel dem Verleger. Was ihm immer noch nicht gefiel, war mein Äußeres. Ich bin nicht attraktiv genug für die lesende Damenwelt.«

»Was für ein Quatsch«, entfuhr es Kassandra.

»Dass ich nicht attraktiv bin oder dass es Leserinnen was ausmacht, wie ein Autor aussieht?«, fragte Paul amüsiert.

»Ich hab schon gesagt, dass du perfekt aussiehst, als wir zur

Kunstscheune gingen«, konterte Kassandra, froh, dass ihr das einfiel.

»Ich hatte eigentlich angenommen, das hätte sich auf meinen Anzug bezogen«, spöttelte Paul. »Ich hab vorgeschlagen, ganz auf ein Foto zu verzichten, aber der Verleger wollte mehr Authentizität.«

»Er wollte *was*?«

Paul lachte. »So ist jedenfalls Alexander Hardenberg entstanden. Interviews mach ich per Telefon oder E-Mail. Talkshows und Lesungen sind nicht mein Ding, ich kann nicht sonderlich gut lesen. Andererseits weiß hier zu Hause jeder, der mich kennt, dass ich Alexander Hardenberg bin.«

»Bloß ich nicht. Ich hab doch tatsächlich geglaubt, was in deiner Biografie steht, wonach du mit Frau, Hund und Kindern auf Rügen lebst. Du hast keinen Hund. Wie steht's mit Kindern und Frau?« Sie hätte das nicht fragen sollen, das war Pauls Angelegenheit, es ging sie nichts an, und sie wollte es streng genommen gar nicht wissen.

»Weder noch.« Paul nahm sein Glas hoch, das von vorhin noch auf dem Tisch stand, und drehte es zwischen den Fingern. »Hunde und Kinder kommen immer gut, sagt der Verleger. Mir ist ehrlich gesagt schnuppe, was da steht. Die Leser sollen sich mit dem auseinandersetzen, was ich schreibe. Nicht mit mir.« Unvermittelt sah er auf die Uhr. »Die fünf Minuten, die ich Jonas gebeten habe, uns allein zu lassen, sind lange um. Ich sollte jetzt gehen.«

Irrationalerweise war Kassandra erleichtert, dass es gerade keine Frau in Pauls Leben gab, obwohl es ihre Chancen bei ihm kaum erhöhte. Und sie wollte nicht, dass er ging. »Warte noch. Mir ist gerade was eingefallen. Query ist deine Rechercheurin, oder?«

Jetzt lächelte Paul wieder. »Die allermeisten Dinge recherchiere ich selbst, aber wenn's mal zu knifflig wird und ich in Zeitnot bin, beauftrage ich sie, stimmt. Ich weiß, woran du denkst, aber ich hatte neulich nicht nur Bedenken, sie wegen Menning recherchieren zu lassen, weil er Polizist ist. Query ist gut bei historischen Fragen oder wenn es um Schauplätze oder Dinge wie diesen Siegelring geht. Aber sie betreibt keine Personenrecherche. Wir müssen uns da schon selbst durchbeißen. Ich frag morgen als Erstes bei Gerlinde nach Tina Bodenstedt, obwohl ich nicht glaube, dass sie von ihr gehört hat. Sie wird bei der Seefahrtschule nicht vor Jonas weggelaufen sein, um einen Tag später in der Kunstscheune aufzutauchen.« Er stand auf. »Danach müssen wir abwarten, was Dietrich findet.«

Kassandra ging hinter ihm den Flur entlang und verwünschte sich dafür, dass sie am liebsten gesagt hätte: Bleib. Paul trat nach draußen und wandte sich noch einmal um. Einen kurzen Moment lang hatte Kassandra den Eindruck, er wolle etwas sagen oder tun, doch stattdessen winkte er ihr nur zu und verschwand in der Dunkelheit.

Kassandra räumte die Gläser weg und schaltete im Büro den PC aus. Dabei sah sie, dass Pauls USB-Stick noch immer im Rechner steckte. Die Versuchung nachzusehen, was er außer den Fotos sonst darauf abgespeichert hatte, war groß. Stattdessen zog sie den Stick heraus, griff nach ihrem Handy und rief Paul an.

»Ja?«, meldete er sich nach nur einem Klingeln. Seine Stimme klang seltsam belegt, oder kam ihr das nur so vor?

»Du hast deinen Stick vergessen.«

»Oh. Na, macht nichts, es ist nichts Wichtiges drauf. Außer vielleicht … Wenn du Lust hast, kannst du die ersten Kapitel von ›Eiswellen‹ lesen.«

Kassandra verschlug es kurz die Sprache. »Aber ich kann doch nicht … Die sind sicher noch nicht fertig.«

»Nein, es ist nur die Rohfassung. Trotzdem. Bitte sag mir, was du davon hältst.«

»Ich bin keine Literaturkritikerin.«

»Glücklicherweise nicht. Kassandra, mir liegt viel an deiner Meinung, ich dachte, das hätte ich gesagt.«

»Du hast gesagt, dir lag viel daran, mit jemandem zu reden, der nicht weiß, wer du bist.«

Einen Augenblick blieb Paul stumm. Im Hintergrund konnte Kassandra die See hören. Sie fragte sich, wo er gerade war, vielleicht an der Brücke? Am Strand? Wieso war er noch nicht zu Hause? »Ich hab auch mal gesagt, dass mir viel an dir liegt«, sagte er. »Also wird mir wohl genauso viel an deiner Meinung liegen.«

Kassandra wusste, dass Paul keine Ahnung hatte, was er mit seinen Worten anrichtete. Sie erinnerte sich sehr gut an die Situation, in der er ihr das gesagt hatte – in einem Atemzug damit, dass sie und Jonas seiner Meinung nach zusammengehörten. »Wenn das so ist, hab ich natürlich keine andere Wahl«, erwiderte sie betont munter. »Mach dich auf meine gnadenlose Kritik gefasst.«

»Ich rechne mit dem Schlimmsten, Kassandra, Liebes.« Er lachte leise und beendete das Gespräch, während sie noch mit dem Stick in der Hand dastand.

18

»Überraschung!«

Kassandra konnte nicht glauben, was sie sah.

»Du hast mich schmählich vernachlässigt, dabei hattest du doch versprochen, mich im Krankenhaus zu besuchen. Wenn der Prophet nicht zum Berg kommt … du weißt schon.« Arnold stand auf Krücken gestützt vor ihr und ähnelte trotz seiner Blässe wieder erheblich mehr dem selbstbewussten Mann, der er in der Kunstscheune gewesen war. Mit der rechten Krücke zeigte er auf eine Reisetasche, die neben ihm auf der Erde stand. »Hast du ein Zimmer frei? Die Wohnung in Barnstorf geht über zwei Etagen, ich muss dauernd Treppen steigen – und sie ist weitab vom Schuss, wenn ich mal was einkaufen will. Hier wär's praktischer. Außerdem hätte ich jemanden, der mir das Frühstück macht«, fügte er lächelnd hinzu.

Kassandras erster Impuls war zu sagen, dass sie ausgebucht war. Arnold hatte mehrfach gelogen, und sie wusste nicht, was er für ein Spiel spielte. Wenn er bei ihr wohnte, konnte sie nicht mal mehr ihre Tür schließen und ihn aus ihrem Leben aussperren. Andererseits würde er sich wundern, wenn sie ihn abwies, wo sie gerade dabei gewesen waren, sich näherzukommen. Vielleicht gelang es ihr sogar, ihn dazu zu bringen, dass er ihr vertraute und erzählte, was in dem Keller wirklich geschehen war. Sie traf ihre Entscheidung, riss die Tür weit auf und erwiderte sein Lächeln. »Wenn's dir nichts ausmacht, ins Zimmer eines Mordopfers zu ziehen.«

»Ich hoffe doch, das ist nicht ansteckend.« Arnold lachte.

Kassandra bückte sich nach seiner Tasche. Kann man nie wissen, dachte sie. »Wieso bist du nicht mehr im Krankenhaus?«

»Ich hab mich selbst entlassen und bin ziemlich sicher, dass die nicht allzu böse waren. Ist letztlich egal, wo ich rumhumpele.«

Kassandra stieß die Tür zu Josef Kinds Zimmer auf, das die Polizei schon lange wieder freigegeben, in dem aber seit seinem Tod niemand mehr gewohnt hatte. Sie stellte die Tasche auf das Bett und drehte sich um. »Wie geht's dir?«

»Ich dachte schon, du würdest nie fragen.« Arnold humpelte auf sie zu. »Jetzt geht's mir schon viel besser.« Er ließ eine der Krücken los und lehnte sie an den Schrank, mit der freien Hand berührte er Kassandras Gesicht.

Selten war sie über die Türklingel so froh gewesen. »Entschuldige mich«, bat sie.

Gleich darauf vor Paul zu stehen, war allerdings fast zu viel für sie, was sich deutlich auf ihrem Gesicht abzeichnete.

»Ist was nicht in Ordnung?«, fragte Paul.

Sie konnte nicht sofort antworten, schüttelte bloß den Kopf. Sie wusste nicht, was Arnold hören konnte, die Tür zu seinem Zimmer hatte sie offen gelassen. »Doch, alles klar.«

»Sicher?«

Sie zuckte die Achseln und deutete hinter sich, was Paul veranlasste, alarmiert über ihre Schulter zu sehen und gleichzeitig ganz ruhig zu sagen: »Mir ist eingefallen, dass doch was auf dem Stick ist, das ich zum Arbeiten brauche, ich komme sonst nicht weiter. Könntest du dir ›Eiswellen‹ auf den PC kopieren und mir den Stick mitgeben?«

»Ja, natürlich.« Kassandra ging voran und sah Arnold aus dem Zimmer kommen. Im selben Moment hörte sie, wie Paul stehen blieb.

»Was tun Sie hier?«, fragte er. »Sollten Sie nicht im Krankenhaus liegen?«

»Tag, Genosse Oberst«, erwiderte Arnold. »Tut mir leid, Sie enttäuschen zu müssen. Bei Kassandra ist es netter als anderswo, deshalb bin ich dankbar, dass sie mich aufgenommen hat. Und bevor ich es vergesse: Ich fürchte, ich muss mich bei Ihnen für meine Rettung bedanken. Das tue ich hiermit.«

Paul und Arnold musterten einander. Die Temperatur auf dem Flur schien dabei plötzlich um einige Grade zu sinken.

»Keine Ursache. Erinnern Sie sich einfach gelegentlich daran, dass Staatssicherheit auch das kleine Wort Sicherheit beinhaltet.« In Pauls Ton lag kein einziger Funke Ironie oder gar Humor, er klang kalt, wie Kassandra ihn das letzte Mal auf der Ausstellung gehört hatte.

Arnold schrak unwillkürlich ein wenig zusammen. »Sie sind ein …«

»Ein was?«, schnitt ihm Paul das Wort ab. »Sie spionieren hinter Tina Bodenstedt her, das ist nicht besser als das, was wir damals gemacht haben. Bloß haben wir uns nicht so dämlich angestellt. Wir sind nie von den von uns beobachteten Subjekten in irgendwelche Keller eingesperrt worden.«

»Eingesperrt? Mich hat niemand eingesperrt. Ich habe keine Ahnung, wie Sie darauf kommen. Sie sind etwas eingerostet in Ihrem Job. Zu viel überschäumende Phantasie.«

»Das hat mit Phantasie nichts zu tun, Herr Kesting. Wohl aber mit Frau Bodenstedt, die Sie da unten mit Lebensmitteln versorgt hat. Was Sie Kassandra über Ihr Treffen mit Heiner Bertram erzählt haben, war Müll. Ich schlage vor, Sie rücken mit der Wahrheit raus.«

»Ich weiß nicht, wovon Sie reden«, sagte Arnold, inzwischen weit weniger selbstbewusst. »Bertram sagte, er habe Tina unterrichtet, und das wäre alles gewesen.«

»Und für diese Information sperrt Frau Bodenstedt Sie in den Keller? Wohl kaum. Oder hat sie das schon getan, bevor Sie überhaupt eine Chance hatten, Bertram zu sehen? Trifft sich gut, dass der Mann zurzeit in Spanien ist, aber ich garantiere Ihnen, dass ich rausfinde, wie er zu erreichen ist. Die Märchen von Ihnen, die ich glaube, müssen erst noch erfunden werden.«

Kassandra verfolgte das ungleiche Duell mit zunehmendem Unbehagen. Pauls Verhalten wirkte bedrohlich, sogar auf sie.

»Viel Erfolg dabei«, wünschte Arnold und machte auf dem Absatz kehrt, doch auf den Krücken kam er zu langsam voran. Paul war mit einem Schritt bei ihm und nahm ihm eine der Krücken ab, sodass Arnold etwas hilflos mit dem Arm ruderte, bis er Halt an der Wand fand.

»Ich mache mir allerdings ungern unnötige Arbeit. Es wäre effektiver, wenn ich die Antworten von Ihnen bekäme.« Paul hob die Krücke und zielte damit auf Arnolds Fuß, der zwar in einer Schiene steckte, aber auf Erschütterung trotzdem empfindlich genug reagieren würde.

»Paul!«, rief Kassandra.

»Sind Sie verrückt?« Arnold versuchte, weiter zurückzuweichen.

»Ganz und gar nicht. Das sind die üblichen Verhörmethoden, wissen Sie? Zuckerbrot und Peitsche. Wenn ich die Antworten kriege, die ich hören will, kriegen Sie Ihre Krücke zurück, und ich verschwinde.«

Kassandra hätte eine Stecknadel fallen hören können. Sie sah von Paul zu Arnold und zurück. Ohne mit der Wimper zu zucken, fixierte Paul sein Gegenüber, allenfalls ein »Ich warte« war von seinem Gesicht abzulesen.

Arnold lief der Schweiß von der Stirn. »Okay«, sagte er. »Bertram hatte was mit Tina. Das hätte er moralisch nicht gedurft, er war ihr Lehrer, aber da das Ganze außeruniversitär ablief, hat kein Hahn danach gekräht. Das hat er jedenfalls gesagt, und ich hab's ihm geglaubt.«

»Jetzt nicht mehr?«, fragte Paul.

»Ich weiß nicht, was ich glauben soll. Tina muss mein Rumschnüffeln irgendwie aufgefallen sein, jedenfalls tauchte sie auf einmal auf, als ich Bertram verließ, und hatte diesen Typen bei sich. Die haben mich in einen Wagen geschubst, sind mit mir zu dieser Ruine gefahren und haben angefangen, mich auszuquetschen. Ich hab denen dasselbe gesagt wie Ihnen, aber sie haben mir nicht geglaubt. Stattdessen hab ich mir das da eingehandelt.« Er zeigte mit zitternder Hand auf seinen Fuß. »Drei Tage lang haben die mich da unten festgehalten. Sie können sich nicht vorstellen, wie froh ich war, als Sie aufgetaucht sind. Konnte ja nicht ahnen, dass Sie nahtlos da weitermachen, wo Tina und ihr Typ aufgehört haben.«

»Warum hast du das nicht der Polizei erzählt?«, fragte Kassandra schwach.

»Weil Tina gedroht hat, mich umzubringen, falls ich das tue«, sagte Arnold unwirsch.

»Sie konnten nicht aus dem Keller, wieso sollte Frau Bodenstedt das in Erwägung gezogen haben?« Paul hielt die Krücke weiterhin drohend auf Arnolds Fuß gerichtet.

»Was weiß ich, was in ihrem kranken Hirn vor sich geht! Die ist völlig ausgerastet. Sie glaubt, dass ich weiß, was Kind gegen sie in der Hand hatte. Tatsache ist aber, dass ich keine Ahnung habe – und mittlerweile wünschte ich, ich hätte weder von Tina noch von Kind je gehört. Ich werde der Polizei gegenüber jedenfalls kein Sterbenswörtchen über Tina verlauten lassen, und wenn die sich auf den Kopf stellen. Ich hänge an meinem Leben.«

»Sie können der Polizei erzählen, was Sie wollen.« Langsam senkte Paul die Krücke. »Das spielt keine Rolle.«

Arnold atmete kaum merklich auf. »Richtig. Ich hatte vergessen, dass Sie auch lieber an denen vorbei Ihr Süppchen kochen. Kann ich die Krücke jetzt zurückhaben?«

»Gleich. Wer war der Mann bei Tina Bodenstedt?«

»Hab ich nie vorher gesehen. Groß, blond, um die dreißig. Er hat nicht viel geredet, bloß zugeschlagen.«

»Sonst nichts Auffälliges? Akzent? Narbe?«

Arnold schüttelte den Kopf.

Wortlos reichte Paul ihm die Krücke und wandte sich an Kassandra. »Könntest du bitte nach dem Stick sehen?«

Fassungslos sah sie Paul an, der ihren Blick gelassen erwiderte. Dann fragte sie Arnold: »Bist du in Ordnung?«

»Du meinst abgesehen davon, dass mir dein Genosse Oberst den Fuß fast das zweite Mal zertrümmert hätte? Ja. Du solltest die Wahl deiner Freunde mal ausgiebig überdenken. Wenn ich nicht wüsste, dass du aus anderem Holz geschnitzt bist, wäre ich in zwei Sekunden weg.«

»Das dürften Sie kaum schaffen, selbst wenn Sie wollten«, sagte Paul sarkastisch. »Im Übrigen können Sie sich wieder abregen. Ich weiß, was ich wissen wollte, das reicht mir. Kassandra, der Stick.«

Während sie hinüber in ihr Arbeitszimmer ging und Paul ihr folgte, hörte sie, dass Arnold die Zimmertür zufallen ließ und hinter sich abschloss. Kassandra nahm den Stick vom Schreibtisch und reichte ihn Paul.

»Danke«, sagte er, ohne sie anzusehen.

»Paul ...«

»Glaubst du ihm?«, ließ er sie nicht zu Wort kommen. »Ich bin mir nicht sicher.«

»Er hat dich nicht belogen. Er hatte eine Scheißangst vor dir!«

»Er hatte bestimmt auch Angst vor Tina. Trotzdem hat er ihr offensichtlich nicht gesagt, was sie hören wollte, sonst wäre er entweder tot, oder sie hätte ihn laufen lassen, je nachdem.«

»Du kannst ihn ja noch mal ein bisschen ... nachdrücklicher fragen, um sicherzugehen!«, gab Kassandra wütend zurück. »Was ist bloß in dich gefahren?«

»Was willst du?«, fragte Paul ebenso ungehalten. »Er hat immerhin eine Menge zugegeben, auch wenn mich nicht alles ganz überzeugt hat. Die Beschreibung von dem Kerl, mit dem die Bodenstedt zusammen war, ist ein bisschen dürftig.«

»Na, dann geh doch zurück und …«

»Kassandra.« Paul stand plötzlich ganz dicht vor ihr. »Glaubst du, ich hätte das getan? Glaubst du das?«

Obwohl sie erschrocken über sein Verhalten gewesen war, kam es ihr jetzt vollkommen irreal vor. Verwirrt schüttelte sie den Kopf. »Nein, aber du warst sehr überzeugend.«

»Natürlich. Man lernt so einiges von der Stasi.« Für einen Sekundenbruchteil huschte ein Lächeln über Pauls Gesicht. »Trotzdem wissen wir immer noch zu wenig über Arnold, und ich lege Wert darauf, dass ihm eins klar ist, solange er sich bei dir rumtreibt: Wenn er sich irgendwas leistet, was er nicht leisten sollte, kriegt er's mit mir zu tun.« Bevor Kassandra etwas erwidern konnte, fuhr er fort: »Ich hab inzwischen mit Gerlinde gesprochen. Sie weiß nichts von der Bodenstedt, nur dass sie sich wie Arnold irgendwo in der Gegend eingemietet hat und entspannen wollte. Ich versuch's über die Ferienwohnungsvermittlungen. Leider hab ich nicht zu allen so guten Kontakt, dass ich mit Auskünften rechnen kann. Aber zu etlichen.« Er steckte den Stick ein, den er noch in der Hand gehalten hatte. »Und du passt auf dich auf.«

Nachdem Paul gegangen war, klopfte Kassandra vorsichtig an Arnolds Tür.

»Ist der Irre weg?«

»Ja, ist er. Möchtest du einen Tee oder was anderes?«

Arnold öffnete die Tür. Er sah mitgenommen aus, was vermutlich an Pauls Behandlung und dem gebrochenen Fuß gleichermaßen lag. »Tee wäre großartig. Vielleicht könnte ich mich auf die Terrasse setzen? Ich brauche dringend frische Luft.«

Nachdem er sich einigermaßen bequem hingesetzt und Kassandra einen Becher Tee vor ihn gestellt hatte, fragte er: »Wie kannst du mit so jemandem befreundet sein?«

»Paul mag's nicht, wenn er angelogen wird«, erwiderte Kassandra. »Ich übrigens auch nicht. Du hast uns angelogen.«

»Reiner Selbstschutz, bitte glaub mir das.« Er seufzte. »Wo steckt eigentlich der Dritte aus eurem Triumvirat der Mördersucher?«

»Meinen Sie mich?«, ließ sich von links eine Stimme vernehmen.

Kassandra schaute überrascht hoch. »Was machst du mitten am Tag zu Hause? Ich dachte, du wärst mit dem Boot draußen.«

Jonas deutete auf seinen Fuß, der in einem dickeren Verband steckte als am Vorabend. »Ich hätte gleich einen Tag pausieren sollen. Jetzt bin ich außer Gefecht gesetzt.«

»Was haben Sie denn gemacht?«, fragte Arnold.

»Er ist auf seinem Zeesboot ausgerutscht«, erklärte Kassandra. Arnold wusste zwar durch Pauls Bemerkung, dass sie wiederum von Tina Bodenstedts Verwicklung in seine Entführung wussten, aber er musste nicht erfahren, dass es dazu nur durch Zufall gekommen war.

Jonas ließ sich nichts anmerken und nickte. »Tut höllisch weh. Leider werde ich ja nicht so gut umsorgt wie Sie. Was machen Sie überhaupt hier? Sollten Sie nicht im Krankenhaus liegen?«

Arnold verdrehte die Augen. »Die Frage hab ich heute schon mal gehört.«

»Komm doch rüber, Jonas«, schlug Kassandra vor. »Ihr könnt euch über kaputte Füße und andere Dinge austauschen.« Sie sah, dass Arnold nicht gerade begeistert war, aber Jonas griff den Vorschlag sofort auf und saß kurz darauf bei ihnen.

»Hätte nicht gedacht, dass ein verstauchter Fuß so schlimm ist«, beklagte er sich. »Zu allem Überfluss hatten die heute früh in der Apotheke das Schmerzmittel nicht, das der Arzt mir verschrieben hat, ich muss also nachher noch mal los.«

»Gib mir den Abholschein, das kann ich für dich machen«, bot sich Kassandra an. »Ich muss sowieso ein paar Einkäufe erledigen, schließlich hab ich jetzt einen Gast mehr.«

»Ist Jung dafür verantwortlich, dass das Zimmer noch immer frei war?«, erkundigte sich Jonas.

»Es war für diese und nächste Woche ohnehin nicht gebucht. Falls jemand vor der Tür stand und Jung denjenigen vergrault hat, weiß ich nichts davon. Er sollte momentan sowieso andere Dinge im Kopf haben, wo doch morgen die Begehung der Seefahrtschule ansteht.«

Jonas erklärte auf Arnolds Frage hin, was es damit auf sich hatte. Danach unterhielten die beiden sich eher stockend, aber Kassandra hatte keine Zeit, auf der Terrasse sitzen zu bleiben und das Gespräch in Gang zu halten. Bevor sie ins Haus ging, fiel ihr allerdings auf, dass sich Jonas Arnold gegenüber um Freundlichkeit bemühte.

Kassandra parkte gerade vor dem Supermarkt, als Dietrich anrief.

»Die Sache im Keller kommt ins Rollen. Fragen Sie mich nicht, wie. Über das Risiko, das ich da eingehe, will ich lieber nicht nachdenken. Ansonsten gibt's eine schlechte Nachricht: Kesting ist aus dem Krankenhaus abgehauen. Die Adresse, die er hinterlassen hat, ist die seiner inzwischen verlassenen Ferienwohnung.«

»Arnold Kesting ist bei mir.« Sie erklärte kurz, was sich ereignet hatte, worauf Dietrich ihr eine Idee unterbreitete.

»Ich komme heute Abend zu Ihnen, mache reichlich Aufriss mit ein paar Fragen, und Sie sehen zu, dass Kesting dabei ist. Auf die Weise kann ich mir den wie zufällig vorknöpfen. Anschließend nehme ich die Fingerabdrücke von Herrn Freese und Herrn Zepplin für den Abgleich. Sagen Sie ihnen Bescheid, dass ich vorbeikomme?«

»Kein Problem. Herr Freese bemüht sich gerade, Tina Bodenstedt ausfindig zu machen. Haben Sie schon was über Herrn Menning …«

»Nein«, unterbrach Dietrich sie. »Das wird ein bisschen länger dauern, aber ich hab's nicht vergessen.« Fraglos ging es ihm immer noch an die Nieren, dass er gegen seinen Kollegen ermittelte.

Zwanzig Minuten später hatte Kassandra ihre Einkäufe beisammen und hielt bei der Apotheke um die Ecke.

»Hallo, Frau Voß«, grüßte die Apothekerin Ulrike Becker, die sich noch um eine andere Kundin kümmerte, eine ältere Dame mit Blasenbeschwerden. »Bin gleich für Sie da.«

Kassandra hatte bisher nur selten in der Apotheke zu tun gehabt, gerade genug, dass sie wusste, wer die Inhaberin war. Dass Ulrike Becker sie erkannt hatte, musste wie bei den anderen Ausbrüchen von Wohlwollen an Jonas' Erzählfreudigkeit liegen.

Nachdem die ältere Dame gegangen war, wollte sich Frau Becker gerade Kassandra zuwenden, als sie von ihrer Kollegin gerufen wurde.

»Gleich, ich hab noch eine Kundin«, rief sie zurück.

Kassandra lächelte. »Ist nicht eilig, ich seh mich gern ein bisschen um.« Sie deutete auf das Regal mit den Duschgels und Bodylotions. »Davon wollte ich schon immer mal was mitnehmen.«

»Versuchen Sie das Orangen-Vanille-Gel, ist sehr gut«, riet Ulrike Becker und verschwand nach hinten.

Kassandra nahm die Tube in die Hand und öffnete sie. Es war ruhig im Laden, beinah zwangsweise bekam sie das leise geführte Gespräch der beiden Frauen mit.

»Was machen wir mit diesen Glaukom-Tropfen? Die liegen hier seit zwei Wochen. Josef Kind wird sie kaum noch abholen, und ansonsten braucht das doch kein Mensch. Oder sollen wir sie behalten für den Fall, dass mal ein Urlauber vorbeikommt, der Grünen Star hat? Ich kenn sonst jedenfalls niemanden.«

Grüner Star? Kassandra wusste nicht allzu viel über diese Krankheit, nur dass sie wie Grauer Star mit den Augen zu tun hatte. Kind hatte also Augentropfen benötigt, aber diese Erkenntnis brachte ihr kaum etwas.

»Ich hab sie extra liegen lassen, weil diese Bildhauerin neulich anrief und sich erkundigte, ob wir so was vorrätig haben oder es bestellen müssen. Ich hab ihr die Herstellerfirma genannt, und sie war ganz glücklich, weil sie dieselben nimmt. Allerdings ist sie bisher nicht aufgetaucht. Behalten wir die Tropfen, vielleicht kommt sie noch. Das Fläschchen nimmt ja nicht viel Platz weg.«

Ulrike Becker kam wieder nach vorn, Kassandra hatte gerade noch Zeit, ihre Nase an das Duschgel zu halten.

»Das duftet wirklich gut«, sagte sie, stellte die Tube auf die Ladentheke und reichte der Apothekerin den Abholschein. »Außerdem hätte ich gern noch das hier.«

»Ach, Sie holen das Schmerzmittel für Jonas? Das ist aber nett. Der arme Kerl sah völlig deprimiert aus heute Morgen«, stellte Ulrike Becker mitfühlend fest.

»Ja, hoffentlich wirken die Tabletten«, gab Kassandra nickend zurück. »Ich habe übrigens eben mitbekommen, wie Sie über die Augentropfen geredet haben. Meinten Sie zufällig Tina Bodenstedt?« Sie fühlte sich ein bisschen schlecht bei dem, was sie vorhatte, aber sie sah keine andere Möglichkeit. »Paul will sich mit ihr treffen, vielleicht kann er die Tropfen mitnehmen? Falls Sie sie mir anvertrauen dürfen.«

»Paul? Paul Freese?«, versicherte sich Ulrike Becker.

Kassandra nickte. Dass er Tina Bodenstedt treffen wollte, war nicht direkt gelogen. Sie hoffte nur, dass sie keine Gerüchte in die Welt setzte. Na ja, der Zweck heiligt die Mittel, beruhigte sie sich selbst. Und es war auf jeden Fall lohnend herauszufinden, was das für Tropfen waren, wenn man bedachte, dass Tina und Josef Kind dieselben benötigten.

Ulrike Becker schien immer noch zu überlegen. »Ist da was dran, dass Sie, Jonas und Paul neulich in der Seefahrtschule diesen Künstler befreit haben, der es fertiggebracht hat, sich selbst einzusperren?«

Natürlich hatte sich das rumgesprochen. »Ja, das stimmt.«

»Tja«, meinte Ulrike Becker belustigt, »wo Paul überall seine Finger drin hat. Nun auch noch bei Tina Bodenstedt.«

»Das ist nicht, wie … ich meine …«, stammelte Kassandra. Jetzt hatte sie exakt das angerichtet, was sie vermeiden wollte.

»Nein, so hatte ich das auch nicht aufgefasst.« Ulrike Becker lachte, bevor sie fortfuhr: »Leider sind die Tropfen rezeptpflichtig, ich kann sie Ihnen nicht mitgeben. Sagen Sie doch Paul, er soll mit dem Rezept von Frau Bodenstedt vorbeikommen, wenn er ihr diesen Gefallen tun will. Hab ihn sowieso schon viel zu lange nicht gesehen, der Mann ist geradezu unverschämt gesund.«

Voll bepackt kam Kassandra zu Hause an und stellte fest, dass Arnold allein auf der Terrasse saß und eingeschlafen war. Leise zog sie sich zurück und ging rüber zu Jonas. Die Tropfen hatte sie zwar nicht, aber vielleicht konnten sie trotzdem etwas über dieses Glaukom-Zeug herausfinden.

»Was weißt du über Grünen Star?«, fragte sie, als sie ihm sein Schmerzmittel reichte.

»So was wie der Graue Star? Wieso?«

»Weil Tina Bodenstedt daran leidet und Kind ebenfalls. Ist doch auffällig, oder?«

»Lass uns nachsehen, wie häufig das ist.« Jonas lotste Kassandra in einen winzigen Raum, der ihm als Büro diente, und fuhr seinen PC hoch. »Setz dich irgendwo, falls du Platz findest.«

Kassandra räumte einen Papierstapel von einem uralten Bürodrehstuhl. Kurze Zeit später wussten sie, dass sich Glaukom-Patienten das Medikament regelmäßig gegen überhöhten Augeninnendruck tropfen mussten. Taten sie es nicht, bestand die Gefahr der Erblindung. Grüner Star war nicht selten, es mochte durchaus ein Zufall sein – andererseits war die Krankheit vererbbar.

Kassandra ließ sich auf dem Stuhl zurückfallen, der ein ächzendes Geräusch von sich gab. »An so eine Verbindung haben wir überhaupt noch nicht gedacht. Tina Bodenstedt könnte auch vom Alter her Kinds Tochter sein. Das gäbe dem Fall eine ganz neue Wendung.«

»Erscheint mir unlogisch. Kind würde doch nicht seine eigene Tochter erpressen.«

»Vermutlich nicht«, räumte Kassandra ein. »Sind wir in einer Sackgasse gelandet? Ich mag das trotzdem nicht auf sich beruhen lassen. Vielleicht fällt Paul was dazu ein.«

Seltsamerweise hatte sie den Eindruck, dass Jonas kurz erstarrte, als Pauls Name fiel. Dann fragte er in beiläufigem Tonfall: »Apropos Paul, wieso sollte ich euch beide gestern allein lassen? Hatte das was mit dieser Hardenberg-Sache zu tun? Ich hätte mich wegschmeißen können, als ich dein Gesicht sah, während du es ja weniger komisch fandest. Was war da los?«

Kassandra drehte sich in ihrem Stuhl ein Stück von Jonas weg. »Nichts weiter, nur ein Missverständnis, das hat sich erledigt.«

»Mit anderen Worten: Du willst nicht drüber reden.« Ganz plötzlich packte Jonas die Armlehnen von Kassandras Stuhl und drehte sie ruckartig zu sich zurück. »Liebst du Paul?«

Kassandra war völlig unvorbereitet und konnte nichts mehr verbergen.

Jonas las die Antwort in ihren Augen. Resigniert ließ er den Stuhl los. »War wohl ein Fehler, Paul damals mitgebracht zu haben. Weißt du, ich hatte gedacht, du und ich …«

»Jonas. Bitte. Das ist …«

»Du musst nichts erklären. Ich hab's am Ausstellungsabend schon geahnt. Wie du ihn angesehen hast und wie du später von mir wissen wolltest, was es mit seiner Vergangenheit auf sich hat. Ich fürchte, ich hab meine Enttäuschung konsequent an Arnold Kesting ausgelassen, der war ein besseres Ziel als Paul. Paul ist mein Freund, und das soll so bleiben.«

Kassandra schwieg eine Sekunde, bevor sie sagte: »Paul hat keine Ahnung, was mit mir los ist. Er will mich unbedingt mit dir zusammenbringen.«

Jonas sah an Kassandra vorbei aus dem Fenster. »Ich hab mich das eine oder andere Mal gefragt, ob das so ist. Soll ich das nun tragisch oder komisch finden?«

»Es tut mir leid«, sagte Kassandra leise.

»Nicht deine Schuld. Solche Dinge passieren eben. Man kann sich nicht aussuchen, in wen man sich verliebt.« Er lächelte ein bisschen traurig. »Warum sagst du's ihm nicht?«

»Wenn Paul sich Hochzeitsglocken für dich und mich in den Kopf gesetzt hat, dürfte klar sein, dass ich ihn in romantischer Hinsicht nicht die Bohne interessiere. Es ist besser, er weiß nichts.« Kassandra zögerte zu fragen, was sie unbedingt wissen wollte. »Danke. Ich bin froh, dass du mein Freund bist. Bleiben willst. Trotzdem. Das willst du doch, oder?«

Erneut schaute Jonas an ihr vorbei. »Es wäre albern, wenn ich sagen würde, wir sehen uns besser nicht mehr. Immerhin wohnen wir nebeneinander. Und wir haben noch diesen Fall zu klären.« Sein Blick traf wieder ihren. »Also zurück zu Frau Bodenstedt und Herrn Kind.«

»Wenn Dietrich heute Abend kommt, soll er alles Material über Kind mitbringen, das er hat. Wir müssen nach einer Verbindung zu Tina Bodenstedt suchen. Wenn wir da nichts finden, können wir uns diese wilde Spekulation abschminken.«

»Dietrich will kommen?«

Kassandra holte ihr Versäumnis nach und erzählte von Dietrichs Anruf.

»Wir können uns hier treffen«, schlug Jonas vor.

»Nein, besser bei Paul. Wenn wir alle bei dir auflaufen, könnte Arnold das mitbekommen.«

Jonas rief Paul an, der bei seiner Suche nach Tina erfolglos geblieben war, während Kassandra Dietrich benachrichtigte.

»Eigentlich unnötig, dass Dietrich noch die Spurensicherung in die Schule schickt. Arnold hat zugegeben, dass die Bodenstedt da war«, meinte Jonas anschließend.

»Dietrich muss es beweisen können, vor allem, falls Menning etwas damit zu tun haben sollte. Wir können ihm nicht an den Kragen, wenn es Lücken gibt.«

»Meinst du, Dietrich will diese Spuren überhaupt finden?«

»Er will nicht. Aber wenn er sie findet, wird er sie verwenden.«

19

Kassandra saß mit Arnold im Wohnzimmer. Zu ihrem Erstaunen empfand sie das Zusammensein mit ihm ähnlich entspannend wie damals in Prerow, und fast bedauerte sie es, als gegen halb neun Dietrich kam und ihr polternd ins Wohnzimmer folgte. Normalerweise hätte sie gesagt, er übertreibe, aber tatsächlich benahm er sich exakt so, wie er das früher ihr gegenüber getan hatte. In der Tür blieb er stehen.

»Herr Kesting! Das verlorene Schaf. Wie schön, dann kann ich gleich mit Ihnen weitermachen, wenn ich mit Frau Voß fertig bin. Würde es Ihnen einstweilen was ausmachen, das Zimmer zu verlassen? Nicht das Haus allerdings, wenn ich bitten darf.«

»Ich würde kaum weit kommen«, sagte Arnold und deutete auf seine Krücken.

Dietrich lächelte boshaft. »Alles hat seine Vorteile.«

»Charmant.« Arnold humpelte hinaus, Kassandra und Dietrich hörten, wie er in seinem Zimmer verschwand.

Trotzdem stand Dietrich sicherheitshalber auf und spähte in den Flur. Kopfschüttelnd kam er zurück. »Nicht mehr zu sehen.«

»Haben Sie in der Schule was finden können?«, fragte Kassandra.

»Auf den ersten Blick erstaunlich wenig, jedenfalls dort, wo Kesting gesessen hat. Es sah aus, als sei jemand zwischenzeitlich noch mal im Keller gewesen und hätte erneut Dinge verändert. Unter anderem fehlte das Rohr, mit dem die Tür verklemmt war.«

»Arnold könnte das nicht geschafft haben mit seinem Fuß. Herr Menning also? Er musste das Rohr für Ihre gemeinsame Besichtigung des Kellers liegen lassen, damit die Geschichte stimmig blieb. Vielleicht waren daran aber Fingerabdrücke oder sonstige Spuren. Menning hat deshalb beim zweiten Aufräumen das Rohr mitgenommen, obwohl er bestimmt hoffte, es würde sich kein Mensch mehr nach da unten verirren – besonders Sie nicht.«

Dietrich schaute sie unwillig an. »Das könnte sonst wer getan haben, allen voran Tina Bodenstedt. Bitte lassen Sie HK Menning außen vor, bis wir deutlichere Hinweise gefunden haben.«

»Ich dachte, Sie tun das alles, weil es die bereits gibt«, gab Kassandra bissig zurück.

»Ach, halten Sie den Mund!«, schimpfte Dietrich. Als er sah, dass Kassandra auffahren wollte, riss er sich zusammen. »Tut mir leid. Ich stehe ziemlich unter Strom. Mein Kollege von der Kriminaltechnik war auch nicht gerade begeistert, er kriegt diese Überstunden nicht bezahlt, sondern tut mir einen Gefallen, ohne zu wissen, worum es geht. Ich kann kaum glauben, dass ich das tue.«

Kassandra war klar, was Dietrich riskierte, und sie akzeptierte seine Entschuldigung. Dann hob er plötzlich die Stimme. »Hören Sie auf, Frau Voß, es kann doch nicht sein, dass Sie diesen Anmeldezettel immer noch nicht aufgetrieben haben.« Leise fügte er hinzu: »Nebenbei: Haben Sie ihn gefunden?«

Kassandra verneinte. »Ich bin wirklich nicht so unordentlich. Jonas Zepplin hat vermutet, dass Kind irrtümlich richtige Angaben gemacht und den Zettel deshalb selbst entsorgt hat.«

»Suchen Sie weiter. Ich hoffe für Sie, dass er wieder auftaucht«, sagte Dietrich laut und provokant. Dann wieder leiser: »Die These hat was. Kann ich den Karteikasten haben, um ihn auf Fingerabdrücke zu untersuchen? Ich mag nämlich keine offenen Fragen.« Auf Kassandras Nicken hin fuhr er fort: »Wo wir dabei sind: Haben Sie für einen DNS-Abgleich etwas, was Arnold Kesting benutzt hat? Ich hätte zur Sicherheit gern Speichelspuren oder Ähnliches.«

»Da ist noch ein Glas im Geschirrspüler. Ich kann das und den Karteikasten nachher mit zu Herrn Freese nehmen.«

»Perfekt. Und jetzt schicken Sie mir Kesting rein.«

Kassandra hatte keine Möglichkeit, das Gespräch zwischen Dietrich und Arnold zu belauschen – sie wagte nicht, auf dem Flur stehen zu bleiben. Stattdessen ließ sie Arnolds Glas in der Küche vorsichtig in eine Gefriertüte gleiten und packte es mit dem Karteikasten in ihren Shopper. Nebenbei hörte sie, dass Arnold einmal empört lauter wurde und zu seinem Zimmer und zurück humpelte, und schließlich, wie sich Dietrich verabschiedete.

»Machen Sie sich keine Mühe, Herr Kesting, ich finde allein raus«, sagte er, als er schon auf dem Flur stand. »Wiedersehen, Frau Voß«, rief er noch, dann fiel die Tür ins Schloss, ohne dass sie etwas darauf erwidert hatte – sie war damit beschäftigt, eine SMS zu verschicken, die nur aus einem Wort bestand: *Jetzt.*

Arnold saß auf dem Sofa, mühsam unterdrückten Zorn im Blick. »Was wollte er?«, fragte Kassandra.

»Zum hundertsten Mal dieselben Fragen beantwortet haben. Wo ich wann war, bis in die Steinzeit. Ich musste meinen Kalender zurate ziehen.« Genauer ließ sich Arnold nicht aus, er erwähnte auch nicht, ob Dietrich nach seinem Alibi für die Mordnacht gefragt hatte.

»Mach dir nichts draus. Dietrich ist ein unangenehmer Zeitgenosse, was meinst du, was ich mir von dem schon alles anhören musste.«

»Vielleicht sollten wir uns gegenseitig trösten?«, schlug Arnold lächelnd vor. Er legte seine Hand auf ihre.

Kassandra ging auf seinen Ton ein. »Kein schlechter Plan«, sagte sie.

Der Griff um ihre Hand wurde stärker, er zog sie zu sich herüber, während er ihr in die Augen sah. Da klingelte es Sturm. Arnold wurde bleich. »Wenn das wieder Dietrich ist«, sagte er, und Kassandra fragte sich, wie scherzhaft das gemeint war, »schlag ich ihn eigenhändig mit meinen Krücken zusammen.«

Dazu kam es nicht, denn eine völlig aufgelöste Violetta platzte herein, die einen Redeschwall über sie ergoss, wie er aufgeregter nicht hätte sein können. Sie stoppte ganz kurz, als sie Arnold sah, sprach aber sofort weiter. »Oh, ich störe, Entschuldigung, Herr Kesting, ich wusste nicht, dass Sie … Ich bin unmöglich, ich hätte vorher anrufen sollen, ich weiß, aber bitte, Kassandra, ich schaff das nicht allein, es ist eine Katastrophe, kannst du gleich mitkommen, es ist viel verlangt und ja schon spät, aber ich stürz mich sonst von der Seebrücke, ich schwör's dir, ich mach's wieder gut, für Sie auch, Herr Kesting, bestimmt.«

Arnold sah nicht mehr wütend, sondern vielmehr erschlagen aus. »Kein Thema, Frau …«

»… Grabe, wirklich nicht, danke, das ist wunderbar, Kassandra, kommst du, wenn wir nicht gleich … weiß ich echt nicht mehr, wie …« Violettas Stimme wurde leiser, als sie wieder hinauslief.

Kassandra warf Arnold einen entschuldigenden Blick zu. »Ich mach's auch wieder gut, versprochen. Aber ich kann Violetta nicht im Stich lassen.«

»Klar. Geht's wieder um diesen, wie hieß er gleich? Raimund?«

»Das hast du dir gemerkt? Nein, ich glaube, das hier ist was anderes. Warte nicht auf mich, kann spät werden.« Sie ließ ihn im Wohnzimmer zurück, schnappte sich ihre Jacke und die Tasche von der Garderobe und folgte Violetta nach draußen.

Erst nachdem sie Heinz Jungs Haus passiert hatten, richtete Kassandra das Wort an ihre Freundin. »Ich kann dir nicht sagen, worum es geht, aber du hast mir gerade das Leben gerettet.«

»So schlimm sieht doch der Herr Kesting gar nicht aus, ich würde sogar sagen, ich wäre ausgesprochen verärgert gewesen, wenn mich jemand von ihm weggezerrt hätte«, stellte Violetta fest.

»Glaub mir, der ist nichts für dich. Er mag keine Romane«, sagte Kassandra lächelnd. »Jedenfalls danke für diese Aktion.«

»Wozu sind Freunde da? Auch wenn du dich in letzter Zeit ein bisschen rargemacht hast, wir müssen noch diesen Krimi gemeinsam lesen, falls du dich erinnerst.«

»Ja, ich weiß.« Dabei fiel ihr etwas ein. »Warum hast du mir eigentlich nie erzählt, wer Alexander Hardenberg ist?«

Violetta schaute sie konsterniert an. »Wieso? Ich dachte, das wüsstest du, das weiß doch jeder, sag bloß, du hattest keine Ahnung.«

Kassandra seufzte und wechselte das Thema. »Hast du schon mal wieder was von Raimund gehört?«

»Nein, und ich hab beschlossen, ich lauf dem nicht hinterher, aber sag mal, wohin willst du denn nun?« Sie waren auf der Strandstraße angekommen, Violetta musste nach rechts, Kassandra nach links.

»Wenn das alles vorbei ist, erklär ich's dir.« Sie kam sich ein bisschen schlecht dabei vor, ihre Freundin auf diese Weise abzufertigen, aber sie wollte sie da nicht mit reinziehen – sofern sie nicht sowieso schon drinsteckte, weil sie was mit Raimund Degenhard gehabt hatte.

Die Häuser der Strandstraße ragten in der Dämmerung auf und wirkten irgendwie anders als sonst, größer, dunkler, ebenso wie die Bäume, obwohl Kassandra nicht sagen konnte, wieso. Es begegneten ihr kaum Menschen. Nur vorn am Kiosk beim Sommerkino-Zelt standen noch Leute um einen Stehtisch und redeten und lachten. Wenn sie Zeit gehabt hätte, wäre sie an den Strand gegangen, hätte ein bisschen auf den Booten in den Dünen gesessen und den Wellen zugehört. Stattdessen lief sie unten am Deich entlang zu Pauls Haus.

»Violetta war also zuverlässig?«, flachste er, als er ihr die Tür öffnete. Er wirkte wie immer – von dem Stasi-Offizier, den er am Morgen Arnold gegenüber rausgekehrt hatte, war nichts mehr zu sehen.

»Der arme Arnold, Violetta ist ihm sowieso unheimlich, er wusste gar nicht, wie ihm geschah«, sagte Kassandra vergnügt.

Jonas war schon da, er saß mit Dietrich in einer Sitzecke am Fenster und drückte gerade seine Finger auf ein Stempelkissen und anschließend auf eine Karteikarte.

»Tut mir leid, dass ich Sie mit dieser althergebrachten Methode belästigen muss. Für einen Scanner muss ich unterschreiben, darauf wollte ich lieber verzichten bei einer inoffiziellen Aktion.« Dietrich schob das Kissen und leere Karten zu Paul rüber.

Der ließ sich in einen Sessel fallen und sah zögerlich auf die Utensilien.

»Das geht beim Händewaschen wieder ab«, versicherte Dietrich.

Paul nickte und machte es Jonas nach, während Kassandra sich an Dietrich wandte. »Was haben Sie Arnold vorhin gefragt, als er so wütend wurde?«

»Wo er in der Mordnacht war.«

»Und?« Offensichtlich hatte er das den anderen noch nicht erzählt, denn Jonas und Paul horchten interessiert auf. Aber Dietrich schwieg.

»Kommen Sie schon«, verlangte Jonas. »Hat er ein Alibi?«

»Er hat behauptet, eins zu haben, und mir den Eintrag in seinem Handykalender gezeigt. Ich werde das überprüfen.«

»Woraus besteht es?«

»Die Polizeiarbeit sollten Sie schon noch mir überlassen. Ich hab gesagt, ich prüfe es nach, und gut. Wenn ich Ihnen einen Namen verrate, kann ich mit Sicherheit davon ausgehen, dass einer von Ihnen«, Dietrich sah alle drei nacheinander an, »morgen bei der betreffenden Person vor der Tür steht.«

»Ihr enormes Vertrauen ehrt uns«, meinte Paul amüsiert.

»Hab ich vielleicht unrecht?«, konterte Dietrich schnippisch.

Kassandra beendete die Diskussion, indem sie Dietrich Glas und Karteikasten übergab. »Wo wir gerade bei Arnold sind …«

»Danke. Ich hab jetzt viel Arbeit vor mir, aber vielleicht stoße ich am Ende mit den Fingerabdrücken bei Tina Bodenstedts Begleiter sogar auf jemand Bekannten in unseren Datenbanken. Falls es ihn wirklich gegeben haben sollte.« Er verstaute alles zusammen mit dem Stempelkissen und den Karten.

»Haben Sie die Unterlagen über Josef Kind mitgebracht?«, fragte Kassandra.

Dietrich holte einen Schnellhefter aus seiner Laptoptasche, behielt ihn aber in der Hand.

»Für Skrupel ist jetzt nicht die richtige Zeit. Wir sind – Sie sind mittendrin«, half ihm Paul auf die Sprünge.

In Dietrichs Zögern hinein klingelte sein Handy. Er meldete sich und hörte eine Weile zu, bis er sagte: »Ja, alles klar, ich bin unterwegs.« Er beendete das Gespräch und reichte Paul endlich die Mappe. »Ich muss weg, leider. Dienstlich. Kann ich mich drauf verlassen, dass diese Unterlagen Ihr Haus nicht verlassen?«

»Hundertprozentig.«

»Gut. Wir hören voneinander.«

Nachdem Dietrich fort war, zog Kassandra den Lebenslauf von Tina Bodenstedt aus einem der Kataloge hervor und griff nach der Kind-Akte. »Ich müsste die Daten von der Bodenstedt allmählich auswendig können, aber ich hab lieber alles mitgebracht, damit ich nichts übersehe.«

Obwohl ihr klar gewesen war, dass die Akte über Kind sehr umfangreich sein würde, überraschte es sie doch, was der Mann alles gemacht hatte. Das hätten sie dem Internet allein nie entnehmen können, publicityscheu, wie er gewesen war. Kassandra widmete sich hauptsächlich dem Zeitraum um Tinas Geburtsjahr. Während sie suchte, hörte sie Paul sagen: »Wäre interessant, Kinds Daten mit denen von Menning zu vergleichen, aber die wird Dietrich unter keinen Umständen rausrücken. Kann ich sogar nachvollziehen.« Kassandra bekam nur nebenbei mit, dass Jonas etwas erwiderte. Sie hatte was gefunden.

»Hört mal«, unterbrach sie Jonas' und Pauls Unterhaltung. »Die Eltern von Tina sind beide Lehrer in Kiel. Waren sie schon, bevor Tina geboren wurde. Ich nehme an, das wird überhaupt nur erwähnt, weil ihre Mutter Kunstlehrerin ist.« Sie machte eine bedeutungsvolle Pause und zeigte auf die Kind-Akte. »1982 hatte Josef Kind für ein Semester einen Lehrauftrag an der Schleswig-Holsteinischen Akademie für Bildende Kunst. Die ist ebenfalls in Kiel. 1983 wurde Tina geboren.«

»Das, zusammen mit der Tatsache, dass beide Grünen Star haben, legt die Vermutung nahe, dass Frau Bodenstedt senior ihrem Gatten nicht in bedingungsloser Treue zugetan war«, meinte Jonas süffisant.

»Es würde außerdem erklären, warum Kind auf Tinas Ausstellungseröffnung war«, fügte Paul hinzu. »Vaterstolz.« Er griff nach dem Telefon und hatte gleich darauf Dietrich in der Leitung. Paul stellte den Lautsprecher an, damit Kassandra und Jonas mithören konnten.

»Faszinierend. Falls Frau Bodenstedt auf ihrer Visitenkarte keine zweifelsfrei identifizierbare DNS hinterlassen haben sollte, dürften wir zumindest im Keller Spuren von ihr gefunden haben – vorausgesetzt, dass Kesting Ihnen die Wahrheit erzählt hat. Ich werde alles mit Kinds DNS abgleichen lassen, dann wissen wir vielleicht mehr. Danke für den Hinweis.«

»Keine Ursache. Wiedersehen, Herr Dietrich.« Paul legte das Telefon zur Seite. »Wenn Kind Tina nicht erpresst hat – wie hängt sie sonst mit drin?«

Ein paar Minuten sagte niemand etwas. Kassandra ging in Gedanken noch mal die Geschehnisse der vergangenen zweieinhalb Wochen durch. »Als Mona mir erzählt hat, dass Degenhard vor Violetta was mit Tina hatte, habe ich mich gefragt, ob er deswegen auch schon erpresst worden war – und Tina gleich mit. Vielleicht lag ich damit gar nicht grundverkehrt, nur dass die Rollen anders verteilt waren. Kind hat nicht Degenhard und Tina, sondern Kind und Tina haben Degenhard erpresst.«

Paul nickte. »Ein Team. Klingt logisch. Das bedeutet allerdings konsequenterweise, dass uns Arnold schon wieder von vorn bis hinten Lügen aufgetischt hat. Seine Geschichte basiert immerhin darauf, dass Tina geglaubt haben soll, er wisse, was Kind gegen sie in der Hand hatte.« Er sah Kassandra an. »Es gefällt mir immer weniger, dass Arnold bei dir wohnt. Jonas, hab ein Auge auf sie, ja?«

»Mach ich. Aber wär's nicht vorstellbar, dass er in was reingeraten ist, was er gar nicht durchblickt? Dass er was weiß, von dem er nicht mal weiß, dass er es weiß? Oder dass er nur nicht durchschauen konnte, was Tina in dem Keller in Wirklichkeit versucht hat, aus ihm herauszukitzeln – nämlich ob er beim Rumspionieren über ihre Erpressungen gestolpert ist?«

»Möglich. Aber ich glaub's nicht. Kesting hat schon mehrfach gelogen«, widersprach Paul. »Nicht zuletzt, als er behauptet hat, er und Tina wären nie zusammen gewesen. Sein Bild und Tinas Plastik sagen das Gegenteil. Dann weiß er auch, dass Kind ihr Vater war. Es sei denn, sie hat's ihm nicht gesagt – aber wenn ich die Plastik richtig deute, war sie schwer in ihn verliebt. Da vertraut man sich doch.«

»Und wenn sie's selbst nicht wusste?«, fragte Kassandra. Ungläubig schüttelte Jonas den Kopf, doch sie sprach schon weiter. »So was soll's geben. Ich beispielsweise habe keine Ahnung, wer mein Vater ist.«

»Tatsächlich nicht?«, fragte Jonas erstaunt.

»Ich weiß nicht mal überwältigend viel über meine Mutter, geschweige denn über ihre Familie. Ich kenne ihren Mädchennamen und ihren Geburtsort, Bergen auf Rügen, weil das in den Papieren steht. Es gab keine weiteren Unterlagen, deshalb habe ich immer angenommen, dass sie Streit mit ihrer Familie hatte und ihre gesamte Vergangenheit auslöschen wollte.«

»Hast du nicht nachgeforscht?«

»Es war mir nie wichtig genug. Wenn du dein ganzes Leben ohne Familie zugebracht hast, fehlt sie dir nicht, und was meinen Vater betrifft, wollte ich meine Mutter nicht bedrängen. Wahrscheinlich hatte sie ihre Gründe, ein Staatsgeheimnis draus zu machen. Ich hab jedenfalls auch nach ihrem Tod keine Hinweise gefunden. Er könnte sonst wer sein.«

Jonas guckte noch immer zweifelnd, dann sagte er plötzlich hinterhältig: »Stell dir vor, es ist Heinz Jung.«

Kassandra lachte. »Ich weiß nicht, wen ich mehr bedauern müsste, ihn oder mich!«

Jonas wandte sich um. »Hey, Paul, das wär was, oder?«

Paul reagierte nicht. Er saß nur da und starrte auf den Tisch.

»Erde an Paul, bist du anwesend?«, fragte Jonas.

»Ja.« Er schien von sehr weit weg zu kommen. »Ja, bin ich.«
Paul stand auf. »Möchte jemand was trinken?«

»Einen Wein, wenn du hast«, bat Kassandra. Ratlos blickte sie
ihm hinterher. Etwas musste ihm eingefallen sein, vielleicht etwas
über Josef Kind, auf dessen Akte er eben gestarrt hatte. Als er zurückkam und Kassandra das Weinglas reichte, fiel ihr auf, dass seine Hand leicht zitterte, doch seiner Stimme war nichts anzumer-
ken, als er wieder sprach.

»Die Einzige, die uns diese Fragen endgültig beantworten kann,
ist Tina Bodenstedt. Wir müssen sie finden.«

»Irgendwelche Vorschläge?«, warf Jonas ein.

»Ich möchte wissen, warum sie …«, murmelte Kassandra,
brachte aber ihren Gedanken nicht zu Ende, weil Paul sich gerade
mit beiden Händen durch die Haare fuhr, eine Geste, die ihn
müde erscheinen ließ. »Geht's dir gut?«, fragte sie.

Er hob den Kopf und schaute sie an, als müsse er sich mühsam
auf ihre Worte konzentrieren. »Ja, klar«, sagte er schließlich und
fügte dann in aufgeräumtem Ton hinzu: »Was möchtest du wissen?«

»Warum Tina so abgekämpft aussah. Was immer da unten im
Keller passiert ist, hat sie offenbar nicht kaltgelassen. Nehmen wir
an, sie hat Angst, wovor auch immer. Sie will in Ruhe gelassen
werden, nachdenken. Wohin würde sie gehen?«

»Wohin würdest du in so einem Fall gehen?«, fragte Paul.

Kassandra lächelte. »An einen Ort, der mir was bedeutet, der
leise ist und ruhig. Ich würde hierher kommen. Als wir uns zum
ersten Mal begegneten, hab ich gesagt, ich hätte mich in Wustrow
verliebt. Das stimmt, aber das war schon, bevor ich mit Sven hier
war. Ich hatte davon gelesen. In deinem Roman.«

Paul erwiderte nichts, aber sie sah ihm an, dass ihn ihre Worte
berührten.

»Was ich sagen will – vielleicht gibt es einen ähnlichen Ort für
Tina. Der kann was mit ihrer Kindheit zu tun haben oder mit ihrer Arbeit. Über ihre Kindheit wissen wir nichts, aber …« Kassandra griff nach einem der Ausstellungskataloge und blätterte darin,
bis sie eine bestimmte Stelle fand. »Seit frühester Jugend hatte
Tina Bodenstedt ein großes Vorbild, den Bildhauer Emil Herdes.
Bodenstedts Kummer war stets, dass sie dem Künstler nie persön-

lich begegnen würde, der bereits vierzig Jahre tot war, als sie selbst auf die Welt kam«, las sie vor. »Es folgen noch drei Absätze, inwieweit Herdes' Arbeiten ihre inspiriert haben, nämlich sehr viel mehr, als Heiner Bertram es je getan hat. Herdes war sozusagen ihre erste große Liebe – der Grund, warum sie überhaupt Bildhauerin wurde. Das muss nichts heißen, aber wir müssen irgendwo anfangen.«

Paul holte ein dickes Kunstlexikon aus seinem Regal. »Herdes wurde in Neubrandenburg geboren, lebte und arbeitete einige Zeit auf Rügen und Hiddensee, ging nach Berlin, um schließlich seinen Lebensabend in –« Er sah auf. »… in Ribnitz zu verbringen. Um die Ecke, sieh an.«

»Steht da, wo genau?«, wollte Kassandra wissen.

»Nein. Fragen wir Google.«

Nach einer Weile wurden sie fündig. Herdes' Häuschen stand in Boddennähe und wurde heute an Feriengäste vermietet.

»Das wäre zu schön, um wahr zu sein. Andererseits war diese Gegend ja schon immer mit Künstlern gepflastert – ich lerne nur jetzt erst, das richtig zu würdigen«, sagte Jonas gut gelaunt. »Paul, fährst du hin, um das zu überprüfen? Ich muss morgen endlich wieder aufs Boot, egal, was mein Fuß dazu sagt. Ich kann nicht noch einen Tag ausfallen lassen.«

Paul nickte, doch Kassandra fuhr dazwischen. »Nein. Lasst mich das machen.«

»Bist du verrückt?«, protestierten Jonas und Paul wie aus einem Mund. »Kommt überhaupt nicht in Frage.«

»Die Frau ist gefährlich, denk an Arnold«, fügte Jonas hinzu.

»Ich bin nicht verrückt. Ich bin eine Frau. Möglicherweise komme ich besser mit ihr klar als einer von euch. Wenn auch nur, weil sie mich nicht ernst nimmt und mich nicht als Gefahr betrachtet. Oder weil sie die Nase voll von Männern hat. Wie man an Arnold eindrucksvoll sieht. Ich fahre.«

Jonas wollte erneut protestieren, doch Paul schien sich ihre Argumente durch den Kopf gehen zu lassen. »Da ist was dran. Aber du fährst nicht allein, unter keinen Umständen. Sie muss mich nicht zu sehen kriegen, trotzdem werde ich dich begleiten.«

20

Arnold wirkte besorgt um sie, als Kassandra ihm beim Frühstück mitteilte, dass sie heute wegen einer Routineuntersuchung nach Ribnitz zum Arzt musste. Er wünschte ihr Glück und brachte sie sogar noch zur Tür. Auf der Straße wollte sie gerade ins Auto steigen, da kam Heinz Jung aus dem Haus. Spontan drehte sie sich um und winkte ihm zu. »Viel Erfolg für die Begehung heute Nachmittag.«

Er sah sie grimmig an. »Ihre guten Wünsche können Sie sich sparen. Wir schaffen das auch ohne Ihren Exgatten.«

Kassandra, die schon halb im Wagen saß, stieg noch mal aus und sah Jung in die Augen. »Es tut mir leid, was damals passiert ist. Ehrlich. Ich weiß eigentlich nicht, wozu ich das sage, es ist Ihnen ja sowieso egal.«

Ohne seine Antwort abzuwarten, stieg sie endgültig ein. Sie fuhr bis zur Parkstraße, wo sie vor dem ehemaligen Haus der Malerin Hedwig Woermann hielt, das heute ebenso wie Herdes' Domizil Feriengäste beherbergte. Dort wartete Paul im einsetzenden Nieselregen.

»Morgen«, grüßte sie wortkarg. Jung lag ihr immer noch im Magen, dabei hätte sie längst gelernt haben müssen, nicht auf den Mann zu achten. Paul grüßte zurück, beschränkte sich aber ansonsten darauf, sie von der Seite anzusehen. Sie spürte seinen Blick und musste an sein merkwürdiges Verhalten am gestrigen Abend denken. Wenn ihm etwas zu Josef Kind eingefallen sein sollte, warum hatte er es nicht gesagt? Verstohlen musterte sie ihn, was zu der etwas grotesken Situation führte, dass beide sich gegenseitig beobachteten.

Schließlich lächelte Paul. »Wenn du fertig bist mit deinen Betrachtungen, könntest du mir sagen, was in deinem Kopf vor sich geht.«

Kassandra spürte instinktiv, dass es besser war, zu gestern nichts zu sagen. »Jung«, meinte sie stattdessen. »Ich schaff es einfach nicht, auf Durchzug zu stellen, wenn er mit mir redet.«

Paul versuchte, die Beine auszustrecken, was bei seiner Größe in Kassandras kleinem Renault schwierig war. »Das lernst du schon noch.«

»Ich liebe deinen Optimismus. Wann ist die Begehung? Schaffen wir es pünktlich zurück?«

»Um drei. Ich denke schon, dass wir das schaffen. Kommt natürlich drauf an, was Tina Bodenstedt zu erzählen hat, falls sie überhaupt da ist und mit uns redet.«

»Mit mir«, korrigierte Kassandra.

»Mir dir, natürlich«, bestätigte Paul. »Ich war übrigens überrascht, dass du nichts gegen meine Begleitung einzuwenden hattest. Ich dachte, du würdest energisch darauf bestehen, keinen Aufpasser zu brauchen.«

»Du hättest dir das doch sowieso nicht ausreden lassen. Wozu also Streit anfangen?«

Paul lachte auf. »Kennst du mich schon so gut?«

Kassandra verschwieg den wahren Grund für ihren mangelnden Protestenthusiasmus: Sie würde jede Gelegenheit nutzen, mit Paul zusammen zu sein.

Das Künstlerhaus von Emil Herdes stand idyllisch, fünfzig Meter vom Bodden entfernt. Um Tina Bodenstedt nicht zu früh auf sich aufmerksam zu machen, hielten Kassandra und Paul ein Stück weit entfernt an der Hauptstraße und durchquerten zu Fuß ein kleines Wäldchen, bis die Lichtung vor ihnen lag. Ruhig und friedlich war es hier, das Haus rot verputzt mit einem Rohrdach, weißer Tür und weißen Fensterläden. Im Hintergrund glitzerte kurz die Oberfläche des Boddens durch einen hervorbrechenden Sonnenstrahl auf. Hätte nicht ein schwarzer Smart neben dem Haus gestanden, hätte Kassandra geglaubt, in einem anderen Jahrhundert gelandet zu sein.

Sie machte einen Schritt auf die Lichtung hinaus, doch Paul hielt sie zurück. »Warte, bis ich hinter dem Haus bin.« Am Waldrand entlang bewegte er sich unauffällig um die Lichtung herum und lief das letzte Stück zum hinteren Teil des Hauses. Als er nicht mehr zu sehen war, trat Kassandra vor und ging langsam auf die Eingangstür zu. Sie lauschte, es war nichts zu hören. Vielleicht war überhaupt niemand da. Entschlossen hob sie die Hand und klopfte laut und vernehmlich. Keine Reaktion, kein Geräusch.

»Frau Bodenstedt?«, rief sie. Ein bisschen unheimlich war ihr schon zumute. Sie musste zugeben, dass sie froh war über Pauls Gegenwart. »Frau Bodenstedt? Mein Name ist Kassandra Voß, ich würde gern mit Ihnen reden. Es ist wichtig. Bitte.« Erneut klopfte sie, doch noch immer kam keine Antwort. Sie spähte durch eins der Fenster, konnte allerdings nur eine Küchenzeile und einen Esstisch erkennen. Da hörte sie von rechts ein Geräusch.

Fünf Meter entfernt stand eine Frau in einem Regenmantel. Wenn Kassandra nicht gewusst hätte, wen sie suchte, hätte sie Tina Bodenstedt kaum wiedererkannt, deren blondes Haar ihr in feuchten Strähnen in das völlig ungeschminkte Gesicht fiel. Kassandra wagte nicht näherzukommen, weil sie befürchtete, dass Tina, die ihr in einer Mischung aus Verblüffung und Panik entgegensah, wieder weglief.

»Hallo, Frau Bodenstedt, ich bin Kassandra Voß. Ich war auf Ihrer Ausstellungseröffnung in der Kunstscheune, und wir sind uns am Dienstag an der Seefahrtschule begegnet. Ich möchte mit Ihnen reden.«

Tina Bodenstedt blieb, wo sie war. »Ich weiß nicht, was Sie meinen. Sie müssen mich verwechseln.«

»Das glaube ich nicht. Es geht um Arnold Kesting … und um Josef Kind.«

Bei der Erwähnung der beiden Namen legte Tina die Hand auf den Mund, blieb aber stumm. Kassandra versuchte sich vorzustellen, wie die eher fragil als gefährlich wirkende Frau auf Arnold losging oder jemandem auch nur befahl, ihm den Fuß zu brechen. Das war nicht ganz leicht, aber man konnte nie wissen, welche Gefühle in einem Menschen brodelten.

»Ich will wirklich nur mit Ihnen reden«, fing Kassandra noch mal an. »Niemand weiß, dass ich hier bin. Arnold sitzt bei mir zu Hause und denkt, ich bin beim Arzt.« Für einen Moment glaubte sie, mit dem letzten Satz einen Fehler gemacht zu haben, denn Tina Bodenstedt schrak heftig zusammen.

»Arnold ist bei Ihnen?« Resigniert ließ sie die Schultern sinken. »Wie haben Sie mich gefunden?«

»Emil Herdes«, erklärte Kassandra.

Tina nickte abwesend und sah sich auf der Lichtung um, als suche sie jemanden. »Wieso wollen Sie noch mit mir reden? Hat Arnold Ihnen nicht schon alles erzählt?«

»Er hat eine Menge erzählt, aber ich bin mir nicht sicher, ob das die Wahrheit ist.« Diesmal hatte Kassandra offenbar die richtigen Worte erwischt. Sie konnte sehen, wie es hinter Tinas Stirn buchstäblich zu arbeiten begann. Als sie unvermutet in die Tasche ihres Regenmantels griff, versteifte sich Kassandra für eine Schrecksekunde. Doch Tina zog nur einen Schlüssel hervor.

»Ich hab es satt, allein über dem ganzen Schlamassel zu hocken. Wahrscheinlich sollte ich mit jemandem reden. Wieso nicht mit Ihnen?« Tina ging vor und hängte im Vorbeigehen ihren Mantel an der Garderobe auf. »Setzen Sie sich.« Sie deutete auf eine blau-weiß karierte Sitzgruppe. Als sie einander gegenübersaßen, maß sie Kassandra mit einem langen Blick. »Ich hab Sie in der Kunstscheune bemerkt. Arnold hat sich für Sie interessiert«, sagte sie. »Weshalb auch immer er jetzt bei Ihnen ist, ich empfehle Ihnen: Schmeißen Sie ihn raus, das ist sicherer für Sie.«

»Sicherer? Wenn mich nicht alles täuscht, haben Sie ihm den Fuß gebrochen und nicht umgekehrt. Oder zumindest Ihr blonder Hüne.«

»Wer?« Tina sah sie befremdet an.

Kassandra erklärte, was Arnold über die Ereignisse im Keller der Seefahrtschule erzählt hatte. Während des daraufhin herrschenden Schweigens versuchte sie, Tinas Gesichtsausdruck zu deuten. Mit einem Mal brach Tina in ein derart hysterisches Lachen aus, dass ihr Tränen in die Augen stiegen. Kassandra war nicht ganz klar, ob sie immer noch lachte oder verzweifelt schluchzte. Sie hockte sich neben sie, reichte ihr ein Taschentuch und wartete ein, zwei Minuten, bis sie sich beruhigt hatte.

»Arnold Kesting hat meinen Vater ermordet«, sagte sie langsam und deutlich. »Wollen Sie wissen, warum?«

Diese unerwartete Schuldzuweisung musste Kassandra erst mal verdauen. »Das würde ich allerdings gern.«

Tina sammelte sich und zerdrückte das Taschentuch, bevor sie mit ihrer Geschichte begann. Dass sie Josef Kinds Tochter war, hatte sie erfahren, als sie volljährig wurde. Nicht von ihrer Mutter, sondern von Kind selbst, und Tina war sofort fasziniert gewesen. Immerhin war sein Name in der Kunstwelt, für die sie sich schon damals begeisterte, ein Begriff, und seine Persönlichkeit tat ein Übriges. Kind seinerseits war stolz auf seine Tochter und später auch auf ihre Erfolge. Er verbrachte viel Zeit mit ihr, legte allerdings keinen Wert darauf, sie in seinen Bekanntenkreis einzuführen, und wollte nicht, dass sie jemandem von ihrer Verbindung erzählte. Josef Kind liebte die Geheimnisse um seine Person und seine Arbeit. Dann begegnete Tina Arnold Kesting und verliebte sich so sehr, dass sie zum ersten Mal mit der Regel brach und ihm anvertraute, wer ihr Vater war. Josef Kind erfuhr davon nichts, nicht mal von dem neuen Mann in ihrem Leben. Tina wusste, wie besitzergreifend Kind war, sie hatte es einmal mit einem anderen Mann erlebt. Folglich waren sie und Arnold extrem diskret. Als er es nach fast zwei Jahren doch mitbekam, machten Tina und Arnold ihre beiden Werke öffentlich, aus denen ihre Beziehung für jene deutlich wurde, die sie gut kannten. Kind seinerseits machte keinen Hehl daraus, dass er Arnold nicht ausstehen konnte, aber diesmal ließ sich Tina nicht beeinflussen. Eines Tages bat ihr Vater sie um ein außerplanmäßiges Treffen. Er steckte in Schwierigkeiten. Tina fragte, ob sie etwas für ihn tun könne, und zögernd rückte er damit heraus: Sie sollte ein Verhältnis mit Raimund Degenhard anfangen, um ihn erpressbar zu machen. Kind weigerte sich hartnäckig, den Grund zu nennen. Er sagte nur, es handele sich um eine sehr persönliche Angelegenheit, und versprach, dass er so etwas nie wieder verlangen würde. Widerstrebend willigte Tina ein, beging aber den Fehler, Arnold zu informieren, der ausrastete.

»Er drohte, meinen Vater hochgehen zu lassen, er war wahnsinnig wütend, es schien ihm egal zu sein, dass Josef Kind nicht irgendwer war, sondern mir viel bedeutete. Als ich ihn darauf hinwies, wurde er ganz still. Dann sagte er, ich sei offenbar blind dafür, was für ein Mensch mein Vater sei – ein egoistisches Schwein, ein Mann, der sogar seine Tochter gnadenlos ausnutzt. Er sagte, er würde meinen Vater umbringen, wenn er mich nicht in Ruhe ließe. In dem Moment hab ich ihm jedes Wort geglaubt – und nachgegeben.« Tina machte eine kurze Pause und stöhnte gequält auf. »Wäre ich bloß dabei geblieben. Aber ich dachte allen Ernstes, ich könnte meinem Vater helfen und Arnold belügen. Das hat nicht funktioniert, weil Raimunds Frau uns erwischte. Immerhin hatte es lange genug gedauert, dass Raimund gezwungen gewesen war, zumindest zum Teil das zu tun, was mein Vater von ihm gewollt hatte. Und bevor Sie fragen, ich weiß nicht, was es war.«

Sicher falsche Expertisen erstellen, was er später noch mal tun musste, weil er was mit Violetta anfing. Was für ein Glück für Josef Kind, dachte Kassandra, während Tina weitererzählte.

»Mein Vater war etwas ungehalten, aber er verstand, dass ich nichts dafür konnte. Außerdem hatte ich sowieso gerade andere Sorgen, nämlich Arnold. Nachdem die Affäre aufgeflogen war, hatte ich erwartet, dass er wieder ausflippt, aber das Gegenteil war der Fall. An jenem Abend hat er einfach seine paar Sachen gepackt, die er in meiner Wohnung deponiert hatte, und ist gegangen. Er hat kein Wort gesagt. Ich hab ihn erst in der Kunstscheune wiedergesehen.«

Im Verlauf der Erzählung hätte Kassandra Tina am liebsten mehrmals geschüttelt. Wie hatte sie ihrem Vater so hörig sein können? »Was ist dann geschehen?«, fragte sie nun.

Tina seufzte. »Diese Doppelausstellung von Arnold und mir ist vor längerer Zeit geplant worden. In der Zwischenzeit hatte sich einiges geändert, aber wäre die Ausstellung abgesagt worden, hätten wir eine Menge erklären müssen. Wir taten das einzig Vernünftige: weitermachen, als wäre nichts geschehen. Meine und Arnolds Agenturen haben sich mit Gerlinde Meerbusch um die Auswahl der Werke und den Aufbau gekümmert. Ich kam erst einen Tag vor der Eröffnung nach Wustrow, um mir das Ergebnis anzusehen und noch letzte Änderungen vorzunehmen. In den Tagen davor hatte ich Urlaub in Italien gemacht und von all dem, was in Deutschland passierte, nichts mitbekommen. Als ich hier ankam, war fast das Erste, was ich sah, eine Zeitung mit dem Artikel über Josef Kind, dessen Leiche endlich identifiziert worden war. Das war der Schock meines Lebens. Ich hatte Arnolds Worte noch sehr deutlich im Ohr – aber bis zu dem Zeitpunkt nicht mehr dran geglaubt, dass er seine Drohung wahr machen könnte. Wie gehörig man sich doch täuschen kann.«

Tina starrte auf die geblümte Tischdecke. »Dann stand er am Eröffnungsabend plötzlich da, zwischen uns nur Gerlinde Meerbusch. Ich weiß nicht, wie ich diesen Abend überstanden habe.« Sie stöhnte leise auf. »Ich weiß es wirklich nicht. Am liebsten wäre ich so weit von ihm weggerannt wie möglich. Trotzdem war es wie ein Zwang für mich, jede seiner Bewegungen zu verfolgen, auch, wie er mit Ihnen gesprochen und geflirtet hat. We-

niger gut klar kam er mit den beiden Männern in Ihrer Begleitung. Er verträgt keine Konkurrenz.«

»Wegen Arnolds Drohung denken Sie also, dass er Ihren Vater
umgebracht hat«, stellte Kassandra fest. »Das ist nicht gerade hieb-
und stichfest. Hitzige Drohungen stoßen viele aus im Eifer des Ge-
fechts, ohne dass sie ihren Worten je Taten folgen lassen.«

»Mag sein, aber ich habe Arnold, wie gesagt, an jenem Abend
genau beobachtet. Während sich der ältere Ihrer beiden Begleiter
mit mir unterhielt – sein Name war Paul Freese, wenn ich mich
recht erinnere –, war Arnold mit Ihnen draußen. Später kam er
allein zurück und machte eine weitere Runde, ich tat dasselbe,
wobei ich ihn immer im Blick behielt. Sein Handy klingelte, er
schaute auf das Display und reagierte … ich weiß nicht, verärgert
oder erschrocken. Er ging hinaus, ich folgte ihm. Den Anfang des
Gesprächs habe ich nicht gehört, und natürlich bekam ich nicht
mit, was sein Gesprächspartner sagte oder wer es war. Aber es
ging eindeutig um meinen Vater. Arnold sagte, er habe die Frau
getroffen, in deren Pension er gefunden worden war, und meinte,
er wolle sich was einfallen lassen, weil er das Gefühl habe, sie würde rumschnüffeln. Das waren Sie, oder?«

Kassandra nickte.

»Jedenfalls«, nahm Tina den Faden wieder auf, »hörte Arnold seinem Gesprächspartner längere Zeit zu und sagte am Schluss, er
würde sich melden, und der andere solle ihn bloß nicht wieder anrufen. Als er das Handy wegsteckte, wirkte er sehr nervös.« Tina
rückte die Tischdecke gerade, obwohl sie gar nicht schief lag, und
sah hoch, direkt in Kassandras Augen. »Hätte ich in diesem Moment eine Waffe gehabt, ich hätte sie wahrscheinlich benutzt. Verstehen Sie, ich hatte gerade mitbekommen, dass Arnold mit dem
Tod meines Vaters zumindest etwas zu tun hatte. Ich habe überlegt,
zur Polizei zu gehen, obwohl ich natürlich nichts beweisen konnte.
Was mich davon abgehalten hat, war, dass Arnold denen wahrscheinlich von der Erpressergeschichte erzählt hätte. Damit hätte
ich in der Klemme gesteckt, aber vor allem wäre der gute Ruf meines Vaters ruiniert gewesen. Andererseits musste ich wissen, was Arnold getan hatte und wer der zweite Mann war.«

»Was wollten Sie tun?«

Tina senkte den Blick. »Ich habe lange gebraucht, mir meinen

Plan zurechtzulegen, und noch länger, bis ich genug Mut gefasst hatte, ihn auszuführen. Es kostete mich eine Menge Überwindung, auf Arnold zuzugehen. Ich hatte ihn mal mehr geliebt als sonst jemanden.«

»Abgesehen von Ihrem Vater«, konnte Kassandra sich nicht zurückhalten zu sagen.

»Das ist wohl wahr«, gab Tina zu. »Ich wusste nicht, wie Arnold jetzt zu mir stand. Wäre er überhaupt bereit, sich mit mir zu treffen? Erstaunlicherweise schien er nur auf mich gewartet zu haben. Als ich vorschlug, über alles zu reden und uns auszusöhnen, hat er mich angesehen, als würde ich ihm die Welt auf einem Silbertablett servieren.« Sie lächelte wehmütig. »Bis heute bin ich mir nicht sicher, wie ehrlich er war. Vielleicht ahnte er, dass ich etwas ahnte, und spielte mir was vor. Aber ich hatte keine Wahl, ich wollte die Wahrheit. Letzten Samstag fuhren wir zusammen nach Warnemünde und bummelten die Promenade und den Strand entlang, fast wie früher. In einem Café hab ich ihm von der alten Seefahrtschule erzählt, von der ich in der Kunstscheune gehört hatte, und ein kleines Abenteuer vorgeschlagen. Er fand das verrückt, wollte mir aber gern den Gefallen tun, also sind wir in die Ruine rumgeklettert. Ich hatte das vorher schon allein getan, mir den Keller ausgeguckt, den passenden Raum gefunden und festgestellt, dass es da unten keinen Netzempfang gab.« Tina verschränkte die Finger ineinander. »Ich hab Arnold einen Stoß versetzt und hinter ihm die Tür verkeilt. Dann bin ich gegangen.«

»Sie haben ihn da schmoren lassen?«

Tina nickte. »Am nächsten Abend bin ich wieder hin. Er hatte eine Nacht und einen Tag im Dunkeln gesessen, ich dachte, das reicht, um ihn weichzukochen.«

»Moment mal«, unterbrach Kassandra. »Haben Sie gerade gesagt, das wäre Sonnabend gewesen? Arnold war doch an dem Tag bei Heiner Bertram und hat ihn über Sie ausgefragt.«

»Heiner Bertram? Was hat der damit zu tun?«

Kassandra erzählte, worum es ging, und erntete ein verständnisloses Kopfschütteln.

»Wir waren in Warnemünde. Diese ganze Bertram-Geschichte ist lächerlich. Der Mann war mein Lehrer, das ist alles, und Arnold weiß das.«

Kassandra ließ das sacken. »Arnold hat mir weisgemacht, dass Sie was zu verbergen hätten, und mich mit seinen angeblichen Recherchen demzufolge absichtlich auf eine falsche Fährte gelockt. Anscheinend, um von sich selbst abzulenken. Aber kann es wirklich sein, dass er Sie wegen Ihres Betrugs und der Erpressungsgeschichte so sehr hasst, dass er Sie ernsthaft in den Mord an Ihrem eigenen Vater verwickeln will? Oder hat er vielleicht vor, zwei Fliegen mit einer Klappe zu schlagen? Will er mit seinen Anschuldigungen nicht nur von sich, sondern noch von etwas anderem ablenken? Von etwas, das Sie wirklich getan haben, nämlich der Erpressung?«

»Warum sollte ihm daran gelegen sein?«

Dafür gab es nicht überwältigend viele naheliegende Gründe. »Weil er sie immer noch liebt?«

»Meinen Sie? Aber das wäre doch ein Widerspruch in sich. Es würde heißen, dass er mir einen Mord anhängen will, um von etwas weit weniger Schlimmem abzulenken. Klingt nicht gerade nach Liebe.«

»Das ist nur auf den ersten Blick widersprüchlich. Er weiß ja, dass Sie den Mord nicht begangen haben, Ihnen kann also diesbezüglich gar nichts passieren.«

Tina ließ sich das durch den Kopf gehen, zweifelte aber sichtlich, was Kassandra nachvollziehen konnte. Es war eine ziemlich gewagte These. Dann sprang Tina plötzlich auf. »Welches Interesse haben Sie überhaupt an dem Ganzen? Wieso sitze ich hier und erzähle Ihnen alles, was mich um Kopf und Kragen bringen kann? Ich muss vollkommen bescheuert sein!«

»Ich glaube eher, Sie sind vollkommen verzweifelt.« Kassandra holte ein Glas und nahm eine Flasche Wasser aus dem Kühlschrank. »Hier, trinken Sie.«

Tina leerte das Glas und studierte schließlich die kleine Restpfütze darin. »Was wollen Sie?«

»Dasselbe wie Sie – die Wahrheit. Ich bin von der Polizei verdächtigt worden, mit dem Tod Ihres Vaters zu tun zu haben, weil mein Exmann Sven Larsen Geschäftsbeziehungen zu Josef Kind unterhalten hatte.«

»Sven Larsen? *Der* Sven Larsen? Mit so jemandem hatte mein Vater ganz bestimmt nichts zu tun, das muss ein Irrtum sein.«

Kassandra zuckte mit den Schultern und behielt ihre Meinung für sich. Wenn Kind ein Erpresser gewesen war, konnte er noch ganz was anderes gewesen sein. »Was passierte in dem Keller?«, fragte sie stattdessen und kam so zum Ausgangspunkt zurück.

»Arnold war mit den Nerven runter, als ich wiederkam. Er hatte versucht, sich im Dunkeln durch den Raum zu bewegen und einen Fluchtweg zu finden, aber da lag ja überall was rum, scharfe, kantige Gegenstände. Er war mehrfach gestolpert, hatte sich verletzt, war durstig und hungrig. Ich fragte ihn nach meinem Vater, nach der Person, mit der er bei der Ausstellungseröffnung telefoniert hatte – nach allem, was ich wissen wollte. Er sagte, ich sei wahnsinnig, er würde meinem Vater doch nie wirklich was antun. Ich fragte ihn nach seinem Alibi für die Mordnacht, aber er hatte keins. Da stand für mich fest, dass er log. Ich ließ ihm Wasser da und Sandwichs und ging wieder. Am nächsten Tag griff er mich aus dem Dunkeln heraus an. Ich hatte das Rohr noch in der Hand, mit dem ich die Tür versperrt hatte – und schlug blind zu. Ich weiß nicht, was ich alles getroffen habe, aber anscheinend auch sein Bein. Er heulte auf, stürzte über ein Regal und krachte so unglücklich damit zu Boden, dass er nicht wieder aufstehen konnte. Dabei hat er sich wahrscheinlich den Fuß gebrochen, er schrie furchtbar, und es dauerte eine Weile, bis er nur noch wimmerte. Es war schrecklich. Da lag der Mann, den ich mal geliebt hatte und der meinen Vater umgebracht hatte, und ich fühlte gar nichts. Ich dachte bloß: Geschieht dir recht! Ich fragte ihn wieder nach dem, was er getan hatte, und nach dem Mann am Telefon, aber er blieb bei seiner Geschichte und erklärte, das Telefonat müsse ich falsch verstanden haben. Er habe nur einem Freund von seiner Bekanntschaft mit der Frau erzählt, bei der mein Vater tot aufgefunden worden war. Er nannte mir sogar den Namen und die Nummer, aber darunter war nie jemand zu erreichen.«

»Haben Sie denn trotzdem nicht einmal in Erwägung gezogen, dass er die Wahrheit sagt? Er war schwer verletzt, litt Höllenqualen, meinen Sie nicht, dass er nur noch da rauswollte?«

Tinas Blick wurde hart. »Ich glaube, er hatte weitaus größere Angst davor, dass ich ihn töte, sobald er gesteht.«

»Hätten Sie das getan?«

»Ich weiß nicht. Vielleicht. Ich bin glücklicherweise nicht

mehr dazu gekommen, das rauszufinden, Sie haben ja dazwischengefunkt.« Tina wandte den Blick ab. »Was werden Sie tun? Die Polizei rufen?«

Kassandra schwankte zwischen Mitleid, Verständnis und vor allem Fassungslosigkeit. Aber dann sah sie die Frau vor sich, die wie sie selbst auf der Suche nach der Wahrheit war.

»Ich werde alles abstreiten, was ich Ihnen erzählt habe«, sagte Tina. »Sie können nichts beweisen. Da Arnold sicher keinen Wert darauf legt, wegen Mordes im Gefängnis zu landen, wird er verschweigen, was in dem Keller tatsächlich passiert ist.«

»Es dürfte nicht schwer sein nachzuweisen, dass Sie dort waren. Was den Rest betrifft, haben Sie wahrscheinlich recht, aber es gibt so was wie Indizienbeweise.«

»Was gewinnen Sie dadurch, dass Sie mich ausliefern? Arnold ist ein Mörder. Er gehört vor Gericht, nicht ich.«

»Selbst wenn. Selbstjustiz ist strafbar.«

Darauf hatte Tina keine Antwort, sie sackte in sich zusammen.

Kassandra horchte etwas ratlos in sich hinein. Es fiel ihr schwer, in Arnold mit einem Mal einen kaltblütigen Mörder zu sehen. Dennoch klang Tinas Geschichte glaubhaft, während es bei Arnolds Aussagen immer öfter Widersprüche gegeben hatte und Kassandra jetzt sogar davon ausgehen musste, dass er ihr von Anfang an genauso hinterherspioniert hatte wie sie ihm. Sie fasste einen Entschluss. Der würde Tina vermutlich weniger gefallen, also sagte sie, was sie hören wollte – und auf gewisse Weise war es die Wahrheit.

»Einverstanden. Ich werde Sie nicht verraten. Mag sein, dass ich das irgendwann bereue, aber für den Moment scheint es mir das Richtige zu sein.« Aus ihrer Handtasche fischte sie ein Visitenkärtchen. »Wenn was ist, rufen Sie mich auf dem Handy an, nicht auf dem Festnetzanschluss. Vielleicht geht Arnold mal ans Telefon. Er denkt, ich denke, er ist verliebt in mich, und bewegt sich frei im Haus.«

Tina nickte erleichtert und reichte ihr ihrerseits eine ihrer perlmuttfarben glänzenden Visitenkarten. »Danke. Was werden Sie jetzt tun?«

Obwohl Kassandra eine gewisse Vorstellung davon hatte, sagte sie nichts dergleichen. »Mir was einfallen lassen. Wiedersehen,

Tina. Unter den gegebenen Umständen können wir uns wohl duzen, oder?« Sie lächelte.

Tina lächelte zurück. »Wiedersehen, Kassandra.«

Kurz nachdem Kassandra ins Auto gestiegen war, öffnete Paul die Beifahrertür und ließ sich auf den Sitz neben ihr fallen. »Frau Bodenstedt war so freundlich, ein Fenster aufzulassen, ich konnte hören, was ihr geredet habt«, sagte er rau. »Du wirst einen Grund finden müssen, Arnold loszuwerden. Heute noch.«

»Du glaubst ihr also?«

Paul zögerte. »Sie klang zumindest sehr glaubwürdig. Das Risiko ist zu hoch.«

»Vielleicht wäre es das wert. Arnolds Handy ...«

»Hast du nicht gehört, was ich gesagt habe?«, unterbrach Paul sie. »Es war immer klar, dass Arnold was zu verbergen hat, und ich war nie begeistert von seiner Anwesenheit in deinem Haus. Aber falls Tinas Geschichte stimmt, lebst du mit einem Mann unter einem Dach, der jemanden umgebracht hat oder zumindest an einem Mord beteiligt war.«

»Aber wenn Arnold die Anrufliste auf seinem Handy nicht gelöscht hat und es mir gelingt, da ranzukommen, wüssten wir, mit wem er am Abend der Ausstellung telefoniert hat. Wir wüssten, wer dieser zweite Mann ...«

»Verdammt, Kassandra!« Paul wurde so laut, dass sie erschrak. »Du hast gesagt, Arnold hätte eine Scheißangst vor mir gehabt und bestimmt nicht gelogen. Aber im Moment hat es den Anschein, dass ich weniger überzeugend war, als wir dachten. Außerdem bin ich es jetzt, der eine Scheißangst hat. Um dich. Vergiss das Handy – wir informieren Dietrich, der soll das übernehmen. Für uns ist die Sache zu Ende.«

Kassandra hatte vermutet, dass Paul besorgt um sie sein würde, aber nicht mit einer so heftigen Reaktion gerechnet. Sie holte tief Luft. »Willst *du* jetzt etwa aufgeben? Manchmal muss man ein Risiko eingehen für die Dinge, hinter denen man steht.« Bewusst wandelte sie Pauls eigene Worte nur unwesentlich ab.

Sie sah, dass er blass wurde und kurz die Augen schloss. Mit einem Ruck öffnete er die Tür und stieg aus. Draußen lehnte er sich gegen den Wagen und stand zwei Minuten lang bewegungslos da, bis Kassandra ebenfalls das Auto verließ und zu ihm trat. Er hatte die Arme vor der Brust verschränkt und starrte vor sich hin. Sie stellte sich neben ihn und starrte ebenfalls auf die Straße.

»Was meinst du, wer Arnold angerufen hat?«, fragte sie. »Mein Tipp wäre Menning. Der hat vielleicht nicht nur aus rein beruflicher Neugier nach Arnold gesucht. Immerhin war vermutlich er es, der hinter ihm aufgeräumt beziehungsweise alles so hinterlassen hat, dass es zu seiner Schilderung passte. Warum wollte er partout den Keller nicht untersuchen lassen? Es hätte was mit Tina zu tun haben können – aber wissen die beiden überhaupt voneinander? Es ahnt ja kein Mensch, dass Josef Kind ihr Vater war, sie wurde nie von der Polizei befragt. Menning und Kind können sich in der Galerie getroffen haben wie an jedem anderen beliebigen Treffpunkt, ohne dass Kind je erwähnt hat, wer Tina ist, oder sie Menning über den Weg lief. Wenn wir nach Freddys Fotos gehen, war er nie im Ausstellungsraum. Laut Tina hat ihr Vater sie nie in seinen Bekanntenkreis eingeführt, warum hätte er hier eine Ausnahme machen sollen? Das heißt: Es ging Menning nicht um Tina, es ging ihm um Arnold. Vielleicht hat er sogar befürchtet, dass Arnold versehentlich was im Keller hinterlassen hat, was auf Mennings Verwicklung in die Angelegenheit hinweist. Vielleicht …«

»Kassandra.« Paul hatte sich ihr zugewandt. »Das ist ein ziemlich mieser Trick, weißt du?«

»Was?«, fragte sie unschuldig. Erleichtert registrierte sie, dass Pauls Lippen ein kleines Lächeln umspielte. »Du willst doch nicht im Ernst das Handtuch schmeißen. Arnold weiß nicht, was wir wissen, er glaubt, ich vertraue ihm. Wenn es dich beruhigt, kannst du ja Heinz Jung in seiner Eigenschaft als Polizeihauptmeister beauftragen, auf mich aufzupassen.«

»Das ist nicht witzig«, stellte Paul fest, aber er gab nach. »Versprich mir, dass du beim kleinsten, unwichtigsten Vorkommnis sofort Jonas holst oder mich anrufst oder meinetwegen auch Heinz alarmierst.« Leise, wie an sich selbst gerichtet, fügte er hinzu: »Ich fühle mich verantwortlich für dich.«

»Warum das denn? Ich bin für mich selbst verantwortlich.«

Wie vorhin schloss Paul kurz die Augen. Sie dachte schon, er würde nicht antworten, da tat er es doch. »Weil ich dich überredet habe weiterzumachen.«

»Wenn ich es nicht gewollt hätte, hätte ich es nicht getan. Lass uns zurückfahren, sonst schaffst du's nicht mehr pünktlich zur Begehung.«

Auf dem Parkplatz der Seefahrtschule wollte Paul gerade aussteigen, da fiel Kassandra eine Bemerkung von Tina wieder ein.

»Was ist los?«, fragte Paul, der ihr etwas angesehen haben musste.

»Tina sagte, Arnold hätte kein Alibi für die Mordnacht gehabt. Ist doch seltsam, dass er eins hatte, als Dietrich danach fragte. Ich will ihn sowieso anrufen, um ihn über die veränderte Lage zu informieren.« Sie griff nach ihrem Handy und verzog kurz das Gesicht. »Tina gegenüber habe ich zwar gesagt, ich würde nicht mit der Polizei reden, aber da Dietrichs Ermittlungen im Moment ja eher inoffiziell sind, habe ich nicht komplett gelogen. Und ich schätze, das mit dem Alibi interessiert ihn sehr.«

Doch Dietrich war nicht zu erreichen. Kassandra hinterließ keine Nachricht auf der Mailbox, sie wollte lieber später persönlich mit ihm sprechen.

Zu Hause fand Kassandra Arnold ausgerechnet mit dem Fischland-Roman von Alexander Hardenberg in der Hand vor.

»Wie gefällt's dir?«, fragte sie möglichst harmlos.

Arnold nickte anerkennend. »Ich lese ja nicht viel Belletristik, aber weil du so angetan warst, wurde ich neugierig. Du hast recht, der Mann schreibt fesselnd.«

»Freut mich, dass du meine Meinung teilst.« Sie musste sich abwenden, um sich nichts anmerken zu lassen. Dabei fragte sie sich, weshalb sie die Situation amüsant fand, wo sie doch Angst vor Arnold haben sollte. Tatsache war, dass sie keine empfand, sie fühlte sich höchstens ein bisschen unwohl. Das wiederum lag daran, dass sie sich auf dem Weg hierher vergebens den Kopf darüber zerbrochen hatte, wie sie am unauffälligsten an Arnolds Handy kommen konnte. Am besten, wenn sie am nächsten Morgen sein Zimmer machte, was sie für ihn ebenso erledigte wie für ihre anderen Gäste. Hoffentlich ließ er sie dabei allein – und sein Handy liegen.

Auf ihr eigenes gab sie besonders acht für den Fall, dass entweder Tina oder Dietrich sich meldeten. Bei Letzterem versuchte sie es selbst wiederholt, aber inzwischen sprang nicht mal mehr die

Mailbox an, es meldete sich nur noch eine unpersönliche Stimme, die erklärte, der Teilnehmer sei nicht zu erreichen. Stattdessen rief Jonas an, der von Paul auf den neuesten Stand gebracht worden war und der sie ebenfalls um größte Vorsicht bat. Abends verfrachtete sie Arnold ins Auto und fuhr mit ihm den kurzen Weg zur »Schifferwiege« zum Essen. Sie hätte selbst gekocht, aber Arnold fiel nach eigenem Bekunden langsam die Decke auf den Kopf, und mittlerweile war Kassandra doch nervöser, als sie gedacht hatte, und froh, unter Leute zu kommen.

Es war fast zehn, als sie wieder zu Hause waren. Kassandra hatte gerade überlegt, Kopfschmerzen vorzuschützen und ins Bett zu gehen, als es an der Tür klingelte.

»Kriegst du jeden Abend um diese Zeit Besuch? Wer ist es diesmal? Wieder Violetta? Oder dein Oberst? Für den Fall sollte ich mich lieber absetzen.« Arnold mochte von Pauls Drohungen nicht in dem Maße eingeschüchtert worden sein, wie sie angenommen hatten. Dennoch legte er offenbar keinen Wert darauf, ihm erneut zu begegnen. Vorsichtshalber zog er sich in sein Zimmer zurück.

Zu Kassandras außerordentlicher Überraschung sah sie sich mit jemand ganz anderem konfrontiert.

»Guten Abend, Frau Voß«, sagte Heinz Jung.

»Herr Jung! Was kann ich für Sie tun?«

»Da Sie mir heute Morgen ausdrücklich viel Erfolg für die Begehung der Seefahrtschule gewünscht haben, dachte ich, es würde Sie vielleicht interessieren, wie sie ausging. Ist das so?«

Sein Tonfall war schwer zu deuten. Kassandra hatte daran gedacht, Paul anzurufen und zu fragen, es aber lieber gelassen, weil das ein sensibles Thema für ihn war. Zögernd nickte sie.

»Darf ich reinkommen?«, insistierte Jung.

»Oh. Ja, sicher.« Immer noch völlig verdutzt, ließ Kassandra ihn eintreten. Jung schaute sich neugierig um, während sie ihn ins Wohnzimmer führte und ihm einen Platz anbot.

»Nein, danke.« Jung sah sie ausdruckslos an.

Die Situation war lächerlich. Kassandra räusperte sich, doch da entschloss sich Jung, das Schweigen zu brechen.

»Der Architekt ist begeistert, der Investor auch, allerdings verlangt er, dass die Gemeinde noch mindestens einen weiteren Geldgeber findet, und der Bauunternehmer will einen Kostenvoranschlag erstellen.« Nach diesem abrupten Ausbruch herrschte erneut Stille.

»Um mir das zu sagen, sind Sie hergekommen?«, fragte Kassandra ungläubig.

»Wissen Sie«, erwiderte Jung und ließ seinen Blick durch das Zimmer schweifen, als könne er sie bei seinen Worten nicht ansehen, »ich hätte nie gedacht, dass ich den Tag erlebe, an dem Paul Freese mich um was bittet. Heute hat er es getan, und das muss heißen, dass es ihm sehr wichtig ist. Wirklich sehr wichtig. Er hat mir nicht gesagt, worum es geht, aber er wollte, dass ich bei Ihnen nach dem Rechten sehe und …« Mitten im Satz stockte er, seine linke Braue zuckte nach oben, er machte einen Schritt auf die Anrichte zu.

Kassandra, der langsam klar geworden war, dass Paul ihre ironische Äußerung ernst genommen hatte, folgte Jungs Blick.

»Wer ist das?« Er deutete auf den Bilderrahmen.

»Meine Mutter«, antwortete sie, nun noch irritierter als zuvor. »Wieso fragen Sie?«

Jung sagte drei Sekunden lang nichts, dann schüttelte er den Kopf. »Entschuldigen Sie. Eine Verwechslung.« Er wandte sich wieder Kassandra zu. »Jedenfalls hat Paul mich gebeten nachzusehen, ob bei Ihnen alles in Ordnung ist.«

Kassandra sah zwischen Jung und dem Foto hin und her. »Mit wem haben Sie meine Mutter verwechselt?«

»Mit … meiner Schwägerin. Das ist zu dumm, ich sah nur im ersten Moment eine Ähnlichkeit. Woher sollten Sie auch meine Schwägerin kennen?« Jung machte eine kurze Pause. »Um auf den Grund meines Besuchs zurückzukommen: Ist bei Ihnen alles in Ordnung?«

»Ja. Danke.«

»Gut. Ich werde Paul das sagen. Wenn was sein sollte, wissen Sie, wo Sie mich finden.« Ohne einen weiteren Blick auf das Foto zu werfen, verabschiedete er sich.

Kassandra wusste nicht, worüber sie sich zuerst Gedanken machen sollte: darüber, dass Paul ihretwegen Heinz Jung um einen Gefallen gebeten hatte, oder darüber, dass Jung geglaubt hatte, in ihrer Mutter seine Schwägerin wiederzuerkennen. Obwohl – so, wie er es gesagt hatte, hätte sie schwören können, dass das gelogen war. Er hatte zu lange gezögert. Eine Weile betrachtete sie das Foto, und Jonas' Bemerkung zu ihrem unbekannten Vater kam ihr in den Sinn: Was, wenn es Heinz Jung wäre? Das war bloß ein Witz gewesen. Kassandra musste sich setzen.

»Ist dein Besuch wieder weg?«, hörte sie wie aus weiter Ferne Arnold fragen. Langsam drehte sie sich zu ihm um. Er stand in der Tür und beobachtete sie.

»Ja, Jonas wollte sich erkundigen, wie's beim Arzt war«, sagte sie und hoffte, dass Arnold nicht an der Tür gelauscht und Jungs Stimme gehört hatte. »Ich bin müde, ich geh schlafen. Wir sehen uns morgen. Gute Nacht.«

»Nacht.« Arnold ließ sie anstandslos an sich vorbei.

Ruhelos wälzte sich Kassandra im Bett von einer Seite auf die andere. Es war eine verrückte Vorstellung, dennoch bekam sie sie nicht aus dem Kopf. Es wurde eins, es wurde halb zwei. Gegen zwei griff sie nach ihrem Handy. Sie kannte nur einen Menschen, der vermutlich über Heinz Jungs Vergangenheit Bescheid wusste.

»Was ist passiert?« Paul klang hellwach, als habe er vorm Telefon gesessen und gewartet.

»Nichts«, beeilte sich Kassandra zu versichern. »Tut mir leid, dass ich so spät anrufe, es hat nichts mit Arnold zu tun.« Sie berichtete von dem merkwürdigen Erlebnis mit Heinz Jung. »Ich weiß, das ist weit hergeholt, aber ...« Sie hoffte, dass Paul ihr sofort ins Wort fallen und sagen würde, wie weit. Stattdessen schwieg er. »Paul?«

»Entschuldige. Ich hab nur nachgedacht. Heinz ist einige Jahre älter als ich, ich kann dir nicht sagen, was er in seiner Jugend getrieben hat, aber vor fünfunddreißig Jahren war er ausschließlich an einer Frau interessiert: an Karin. Er hätte absolut gar nichts riskiert, sie zu verlieren. Heinz ist ganz sicher nicht dein Vater.«

Kassandra ließ sich ins Kissen zurückfallen. Sie konnte nicht mal sagen, ob sie erleichtert oder enttäuscht war, denn es hätte immerhin das Rätsel um ihren Vater gelöst. »Aber an irgendwen hat meine Mutter ihn erinnert. Ich möchte wetten, es war nicht seine Schwägerin. Merkwürdig, ich hätte Jung nicht für jemanden mit Geheimnissen gehalten.«

»Jeder Mensch hat welche«, widersprach Paul. »Leg dich schlafen. Du solltest morgen ausgeruht sein und musst auf dich aufpassen.«

»Hm. Paul?«

»Ja?«

»Was sind deine Geheimnisse?«

Paul lachte leise. »Wenn ich dir das erzähle, sind es keine mehr.«

21

Kassandra stand bewegungslos in Arnolds Zimmer und lauschte. Alles war ruhig. Nach dem Frühstück hatte sich Arnold auf die Terrasse zurückgezogen, während Kassandra sich an die Gästezimmer machte. Sie hatte mit dem von Arnold begonnen, weil sie so davon ausgehen konnte, dass er lange genug mit der Zeitung beschäftigt sein würde, und in Windeseile sein Bett gemacht und das Bad geputzt. Sollte Arnold während ihrer Suche unerwartet auftauchen, würde sie jederzeit sagen können, sie sei gerade mit dem Zimmer fertig geworden.

Sein Handy lag nirgends offen herum, also öffnete sie die Schublade des Nachttisches. Leer. Auch in den anderen Schubladen und im Schrank fand sie nichts außer Kleidung, Wäsche und einem Buch über Malerei auf dem Fischland. Ihr Blick fiel auf Arnolds Jacke, die an einem Haken an der Tür hing. In der linken Innentasche ertastete sie das Handy. War sie vorher schon nervös gewesen, schlug ihr jetzt das Herz bis zum Hals, was sie nicht daran hinderte, das Telefon aufzuklappen und sich mit fliegenden Fingern durch das Menü zu suchen, bis sie zu den Anruflisten kam. Da hörte sie Arnolds Krücken auf dem Flur. Schnell tippte sie sich aus dem Menü zurück auf die Startseite, klappte das Handy zu und wollte es in die Jacke zurückstecken, doch in ihrer Hektik fand sie die Innentasche nicht sofort. Erst als Arnold schon die Tür öffnete, ließ sie das Handy in die Tasche gleiten. Sie hatte keine Zeit mehr, die Jacke zurück an den Haken zu hängen, und ließ sie zu Boden fallen.

Kassandra war sich nicht sicher, ob die Verblüffung in seinem Blick echt war. Oder lag darin vielmehr ein Ausdruck von Misstrauen? Sie bückte sich und hob die Jacke auf.

»Tut mir leid, ich wollte die Tür abstauben, dabei ist die vom Haken gerutscht.« Das war keine sehr originelle Ausrede, aber immerhin hatte während der ganzen Aktion ein Staubtuch unter ihrem Arm geklemmt, mit dem sie jetzt wedelte.

»Kein Problem.« Arnold nahm die Jacke, hängte sie wieder auf und sah sich um. »Du bist ja sehr gründlich.«

»Klar, sonst würden meine Gäste nicht wiederkommen. Wenn du frische Handtücher brauchst, sag Bescheid.«

Arnolds Augen schienen sich in ihre zu bohren. »Die sind noch okay, danke.« Mit seinen Krücken machte er einen Schritt auf sie zu. »Wenn du was brauchst, sag's auch nur ruhig. Jederzeit.« Das hatte einen beinah drohenden Unterton. Er stieß eine seiner Krücken weg und zog Kassandra mit der freien Hand an sich. »Jederzeit«, wiederholte er, bevor er abrupt wieder von ihr abließ. »Aber du hast sicher noch eine Menge zu tun, oder?«

Etwas atemlos nickte sie.

»Lass dich nicht aufhalten«, sagte Arnold und lächelte plötzlich. »Erst die Arbeit, dann das Vergnügen. Wenn du fertig bist, könnten wir an den Strand gehen.«

»Wenn du da laufen kannst.« Kassandra hoffte, dass ihre Stimme nicht ihre Angst verriet. Gerade war ihr zum ersten Mal bewusst geworden, in welcher Gefahr sie möglicherweise schwebte und dass Pauls Befürchtungen mehr waren als übervorsichtige Sorge.

»Wir müssen es ja nur bis zum Strandkorb schaffen. Ich seh ganz gern mal in charmanter Begleitung ein paar Stunden auf die See.«

Einerseits war Kassandra erleichtert, weil sie draußen nicht mit Arnold allein sein würde. Andererseits hieß das, dass sie sein Handy vorerst vergessen konnte. Es war sowieso schon frustrierend genug, dass es nichts anderes zu tun gab. Alles Weitere lag in Dietrichs Händen. Den hatte sie immer noch nicht erreicht und ihm stattdessen gesimst, mit der Bitte, sie zurückzurufen.

Der Nachmittag verlief ereignislos, außer dass sowohl Paul als auch Jonas per SMS anfragten, wie es ihr ging. Sie antwortete sehr knapp, Arnold saß die ganze Zeit neben ihr im Strandkorb. Da sie zwischen all den Leuten nichts zu befürchten hatte, entspannte sich Kassandra und sah den Möwen und der See zu, die beständig auf den Wellenbrechern aufschlug und in der Sonne glitzernde Wassertropfen in die Höhe warf.

Arnold riss sie aus ihren Betrachtungen. »Was passiert da denn?« Er deutete nach vorn, wo gerade ein großes Boot auf einem Anhänger von einem rot-weißen Unimog an den Strand gebracht wurde.

Kassandra erkannte das Seenotrettungsboot »Barsch« der Deutschen Gesellschaft zur Rettung Schiffbrüchiger, das, von staunenden Touristen beobachtet, ins Wasser glitt und davonfuhr. »Seenotrettungsübung. Wenn wirklich was passiert wäre, wären sie entschie- den schneller unterwegs.«

Das Boot kehrte erst zurück, als Kassandra und Arnold gegen Abend den Strand verließen. Auf der Seebrücke kam ihnen der alte Bruno mit seiner Angel entgegen und winkte Kassandra zu. »Alles klar, Mädchen?«

Sie nickte. »Guten Fang!«

»Gleichfalls«, erwiderte Bruno gut aufgelegt. »Aber in den richtigen Gewässern.«

»Wer war das?«, erkundigte sich Arnold. »Wieso nennt der dich Mädchen, und war das da eben eine Anspielung?«

Kassandra erklärte es ihm. »Bruno hat mich noch nie anders genannt. Was er meint, ist nicht immer ganz klar, aber er meint's auf jeden Fall gut.«

Arnold drehte sich nach Bruno um. Dabei sah Kassandra, dass der sich nicht von der Stelle bewegt hatte und erst jetzt seinen Weg fortsetzte. Wäre der Gedanke nicht zu abwegig gewesen, sie hätte vermutet, dass Paul Bruno, für den Fall, dass er ihr begegnete, ebenfalls darauf angesetzt hatte, auf sie aufzupassen.

Zu Hause kümmerte sich Kassandra um das Abendessen, während Arnold im Wohnzimmer saß. Fast wie ein altes Ehepaar, dachte sie. Nur fühlte es sich nicht so an. Mit zwei Tellern voll belegter Brötchen ging sie ins Wohnzimmer, wo Arnold den Fernseher eingeschaltet hatte und sich vom Regionalmagazin berieseln ließ. Hungrig griff er zu.

»Danke. Daran könnte ich mich gewöhnen. Es hat was für sich, in einer Pension mit Sonderbehandlung unterzukommen.«

Kassandra bemühte sich um ein Lächeln und bemerkte dabei, dass Arnolds Handy auf dem Tisch lag. Hatte er gerade telefoniert? Falls ja, mit wem? Sie drückte sich selbst die Daumen, dass er irgendwann kurz das Wohnzimmer verlassen musste. Andererseits würde er ihr kaum eine zweite Chance geben, sein Handy auszuspionieren, sollte er am Morgen tatsächlich misstrauisch geworden sein. Sie versuchte, nicht dauernd hinzulinsen, und schaute stattdessen auf den Fernseher. Gerade wurden die ersten Bilder des nächsten Berichtes eingeblendet, eine Straße mit zwei Autowracks. Von einem Wagen war der vordere, von dem anderen der hintere Teil kaum noch zu erkennen.

»Heute Nachmittag ereignete sich auf der B 105 zwischen Greifswald und Stralsund ein schwerer Verkehrsunfall. Aus noch ungeklärter Ursache geriet ein Pkw von der Fahrbahn und prallte mit überhöhter Geschwindigkeit gegen ein geparktes Fahrzeug. Der Wagen geriet in Brand, konnte aber vor einer Explosion gelöscht werden. Den Rettungskräften gelang es, den verletzten Fahrer aus dem Wrack zu befreien. Wegen der Schwere seiner Verletzungen musste er mit dem Hubschrauber ins Hanseklinikum nach Stralsund geflogen werden.«

»Ich beklage mich nie wieder über meinen gebrochenen Fuß«, sagte Arnold.

Kassandra wollte etwas erwidern, wurde aber von der Moderatorin abgelenkt, die jetzt auf dem Schirm erschien. *»Wie soeben bekannt wurde, handelt es sich bei dem Fahrer des Wagens um einen Beamten der Kriminalpolizei. Sein Zustand ist nach wie vor kritisch. Und nun zum Wetter.«*

Die Wettervorhersage hörte Kassandra nur noch mit halbem Ohr. Es gab eigentlich überhaupt keinen Grund anzunehmen, dass dieser Unfall etwas mit Kommissar Dietrich zu tun hatte. Abgesehen davon, dass er gerade gegen einen Kollegen ermittelte, dem das womöglich nicht so ganz in den Kram passte. Ihr wurde flau im Magen. Sie warf einen Blick auf Arnold. Falls der noch weiter über den Unfall nachdachte, verbarg er es gut. Direkt konnte er dafür nicht verantwortlich sein, ein besseres Alibi als den ganzen Tag mit ihr zusammen zu sein, gab er es kaum. Und indirekt? Sie schüttelte sich. Das war nicht Dietrich gewesen, bestimmt nicht.

»Darf ich das letzte Brötchen haben?«, fragte Arnold.

»Ja, sicher«, antwortete sie zerstreut. Sie wäre gern genauso sicher gewesen, was diesen Unfall anging. Ihr fiel etwas ein. »Möchtest du noch eins? Kann ich dir gern bringen.«

»Würdest du? Seeluft macht hungrig.«

»Kommt sofort.« Kassandra verzog sich in die Küche, wo sie in dem Augenblick nach ihrem Handy griff, in dem eine SMS ankam. *Ruf mich an, wenn du kannst. Jonas*

Anscheinend hatte er dieselbe Sendung gesehen und dieselben

Schlüsse gezogen. Sie hatte keine Zeit, ihn zurückzurufen, sie musste zuerst mit Paul sprechen, der vermutlich nicht vorm Fernseher saß.

Wie in der Nacht war Paul bereits nach einem einzigen Klingeln in der Leitung, aber Kassandra ließ ihn diesmal gar nicht erst zu Wort kommen. Ein Brötchen zu schmieren dauerte keine Ewigkeit, sie musste sich beeilen.

»Was ist mit diesem Freddy?«, fragte sie, nachdem sie ihm von dem Fernsehbeitrag berichtet hatte. »Der ist doch bei der ›Ostsee-Zeitung‹ und kennt eine Menge Journalisten, die bestimmt mehr wissen. Kannst du über den rausfinden, ob dieser Unfall was mit Dietrich zu tun hat?«

Paul hatte sie nicht unterbrochen. »Ich versuch's. Hoffentlich hast du unrecht.«

»Wenn nicht, haben wir Dietrich auf dem Gewissen.«

Am anderen Ende blieb Paul nur einen kleinen Augenblick still. »Ich weiß, dass einem das so vorkommen muss. Es stimmt nicht. Der einzig Verantwortliche wäre Menning. Nicht wir.«

»Aber …«

»Kein Aber, Kassandra. Ich melde mich.«

Eine Minute später stand sie wieder im Wohnzimmer.

Arnold zwinkerte ihr zu. »Musstest du das Brötchen erst backen?« Er biss in eins der Gürkchen, mit denen Kassandra den Teller garniert hatte.

»Das nicht, aber ich hatte einen Anruf von einer alten Freundin.«

»Von derselben, mit der du damals an der Seebrücke telefoniert hast und die Violetta so unähnlich ist? Sag nicht, die hat auch Probleme und braucht dich heute Abend ganz dringend.« Arnold hatte sich offenbar Gedanken gemacht und den einen oder anderen richtigen Schluss gezogen. Oder seine Bemerkung hatte gar nichts zu bedeuten.

»Nein, sie wollte bloß ein bisschen plaudern und sich mit mir verabreden. Ich hab ihr gesagt, dass ich zurzeit Krankenschwester spiele und unabkömmlich bin.«

»Du willst meinetwegen auf ein Weibertreffen verzichten? Das rechne ich dir hoch an, vor allem, wenn man bedenkt, dass du zurzeit fast ausschließlich von Männern umschwärmt bist.« Arnold zählte vielsagend an den Fingern auf: »Jonas, Genosse Oberst, dieser Bruno-Typ, ich.«

Kassandra kicherte. »Umschwärmt von Bruno?«

»Aha. Bei allen anderen hast du offenbar nichts dagegen. Soll ich erfreut oder beleidigt sein?«

»Deine Entscheidung. Noch ein Brötchen?«

»Nein, danke. Du könntest was anderes für mich tun. Setz dich zu mir. Dieser Sessel ist schrecklich weit weg.«

Es blieb Kassandra nichts weiter übrig, auch wenn klar war, dass Arnold was anderes im Sinn hatte als einen gemütlichen Fernsehabend.

»Lass uns sehen, ob ich es schaffe, in die ganz enge Wahl zu kommen.« Er begann, sie zu küssen.

Kassandra versuchte, an alles zu denken, nur nicht an Arnold. Trotzdem konnte sie nicht verhindern, sich zu fragen, wie weit sie zu gehen bereit war. Am Ende war es Arnold, der sie losließ.

»Es tut mir leid. Du hast es mit einem Invaliden zu tun. Ich fürchte, um dich ganz zu überzeugen, mich auf Platz eins deiner Liste zu setzen, muss ich erst wieder richtig fit sein.«

»Das Warten lohnt sich bestimmt.« Kassandra verbarg ihre Erleichterung.

»Das hoffe ich«, erwiderte er lächelnd. »Im Moment brauch ich allerdings mein Schmerzmittel.« Als Kassandra aufstehen wollte, winkte er ab. »Ich hol's schon, will mich ja nicht dauernd von dir bedienen lassen.« Mühsam erhob er sich und humpelte aus dem Zimmer.

Kassandras Blick fiel auf das Handy, das er auf dem Tisch liegen lassen hatte. War das ein Test? Wie schnell würde Arnold wieder hier sein? Egal, sie hatte den ganzen Tag darauf gewartet, sie musste es riskieren. Diesmal war sie schneller im Anruflistenmenü, doch das half ihr gar nichts. Sämtliche eingehenden und ausgehenden Anrufe waren gelöscht worden. Kassandra hätte für ihr Leben gern gewusst, ob das am Morgen schon so gewesen war. Sie lauschte, aber noch war nichts von Arnold zu hören, also suchte sie das Adressbuch und tippte M für Menning ein. Kein Eintrag. Dann C für Claus. Wieder kein Eintrag. Was hatte sie erwartet? Wenn Arnold die Anrufe gelöscht hatte, weil er damit rechnete, dass sie hinter ihm herschnüffelte, würde er auch Mennings Daten gelöscht haben. Nutzlos leuchtete ihr das Display entgegen, als plötzlich Dietrichs Worte in ihr widerklangen. Gefragt nach seinem Alibi, hatte Arnold in seinem Handykalender nachsehen müssen, weil er sich – angeblich? – nicht mehr erinnerte, wo er gewesen war. Der Kommissar hatte sich darum kümmern wollen, aber wenn er es gewesen war, den man am Nachmittag schwer verletzt ins Krankenhaus gebracht hatte … Niemand konnte sagen, ob Dietrich schon dazu gekommen war, Arnolds Angaben zu überprüfen, und vor allem wusste niemand außer den beiden, aus wem oder was dieses Alibi überhaupt bestand. Kassandra überlegte nicht länger. Kind war in der Nacht vom neunzehnten auf den zwanzigsten Juni ermordet worden. Der Eintrag in Arnolds Kalender vom neunzehnten Juni 2011 lautete: *21:00 Uhr Susanne Boes, HRO.* Kassandra hörte eine Tür gehen, verließ Arnolds Kalender und legte das Handy lautlos auf die Stelle, von der sie es genommen hatte. Die leeren Teller in den Händen, traf sie Arnold auf dem Weg in die Küche.

»Setzen wir uns noch auf die Terrasse?«, fragte er. »Der Abend ist so schön.«

Kassandra hätte sich lieber zurückgezogen, aber dazu war es noch zu früh, also stimmte sie zu. Kurz nachdem sie es sich in ihren Stühlen bequem gemacht hatten, betrat Heinz Jung seinen Garten und machte sich mal hier und mal da an seinen Pflanzen zu schaffen. Kassandra hoffte, dass Arnold keine Ahnung von Gartenarbeit hatte, denn was Jung da tat, ergab alles in allem wenig Sinn. Es sei denn, man zog in Betracht, dass er Pauls Bitte mit dem gestrigen Abend nicht als erfüllt betrachtete. Kassandra bemerkte, dass er ab und zu prüfende Blicke zu ihnen herüberwarf.

»Neugieriger Mensch«, meinte Arnold leise, dem das ebenfalls aufgefallen war. »Oder wie würdest du das interpretieren?«

Kassandra nickte scheinbar genervt. Dabei waren alle Bemühungen, sie zu schützen, sowieso nur ein Tropfen auf den heißen Stein. Wenn Arnold ihr etwas antun wollte, hatte er reichlich Gelegenheit dazu, niemand konnte sie vierundzwanzig Stunden täglich überwachen. Wenigstens stellte sein Fuß ein gewisses Handicap dar, Kassandra war geneigt, das als kleinen Vorteil anzusehen.

Gegen halb elf entschuldigte sie sich mit der Begründung, am nächsten Morgen früh rauszumüssen, obwohl Sonntag war. Sie würde eben der Glaubwürdigkeit halber um dieselbe Zeit aufstehen wie sonst.

Eine Weile lag Kassandra noch wach und wartete auf Pauls Nachricht, doch es kam keine. Entweder hatte er Freddy nicht erreicht – oder Freddy wusste nichts über den Unfall.

Sie konnte nicht gleich sagen, was sie geweckt hatte, doch dann hörte sie jemanden leise an ihr Schlafzimmerfenster klopfen, das zur Straße hinaus lag. Sie sah auf die Uhr – fast Mitternacht – und öffnete das Fenster. Draußen stand Jonas. Er sah besorgt aus.

»Paul hat versucht, dich anzurufen, aber du hast dich nicht gemeldet«, flüsterte er. »Er hat mich sofort rübergeschickt.«

Erschrocken suchte Kassandra nach ihrem Handy. Hatte sie es irgendwo im Haus liegen lassen, wo Arnold leichten Zugriff hatte? Nein, es lag auf ihrem Nachttisch – mit leerem Akku. Jonas zückte seines, um bei Paul Entwarnung zu geben, und wurde von Kassandra davon abgehalten, das Gespräch sofort wieder zu beenden. »Ich hab was rausgefunden, wir sollten uns einen Plan zurechtlegen. Können wir uns treffen?«

Jonas gab Kassandras Worte weiter, hörte zu und sagte: »Gut, bis gleich.« An Kassandra gewandt fügte er hinzu: »An der Seebrücke.«

Fünf Minuten später schwang Kassandra ihre Beine aus dem Fenster. Das war besser, als im Flur an Arnolds Zimmer vorbeizugehen, außerdem hätte er die Haustür hören und sich fragen können, was da mitten in der Nacht passierte.

»Wie geht's deinem Fuß?« Kassandra merkte, dass Jonas noch leicht humpelte.

»Besser, glücklicherweise. Für morgen ist wieder Bombenwetter angesagt, ich hab sogar eine Tour mehr im Programm.«

»Und statt dich zu schonen, rennst du nachts in der Gegend rum. Wir hätten uns bei dir treffen sollen.«

»Ist sicherer so. Weit weg von Arnold.«

Bei der Skulptur des Slawengottes Swantewit am Seebrückenaufgang wartete Paul schon auf sie. Er bedachte Kassandra mit einem Blick, aus dem halb Erleichterung, halb Verärgerung sprach.

»Kommt nicht wieder vor«, sagte sie schuldbewusst.

Paul nickte und dirigierte sie und Jonas zu den Bänken nahe der Treppe zum Strand. »Ich hab schlechte Nachrichten. Freddy sagt, es hat tatsächlich Dietrich erwischt. Er war mit seinem Privatwagen unterwegs, den jemand manipuliert hat. Die Polizei glaubt an ein Rachemotiv und nimmt jeden unter die Lupe, für dessen Verhaftung Dietrich zumindest mitverantwortlich war.«

»Herrn Hauptkommissar Menning dagegen wird keiner unter die Lupe nehmen«, sagte Kassandra verbittert. Obwohl sie etwas Derartiges befürchtet hatte, war sie schockiert, es von Paul bestätigt zu bekommen.

»Der hat sich lautstark auf die Fahne geschrieben, den Typ zu schnappen, der seinem Kollegen das angetan hat, egal, ob das in seine Zuständigkeit fällt oder nicht.«

»Wie ungeheuer praktisch«, kommentierte Jonas. »Dabei ist es garantiert kein Zufall, dass Dietrich das ausgerechnet jetzt zustößt.«

Kassandra nahm das nächtliche Wellenrauschen, das sie sonst so liebte, kaum wahr. Paul hatte recht, wenn er sagte, das alles sei nicht ihre Schuld, aber ihr Bauch sagte was anderes als ihr Kopf. »Weiß Freddy, wie es Dietrich geht?«

»Nicht gut. Er liegt im künstlichen Koma auf der Intensivstation, die Ärzte hoffen, dass er durchkommt, aber sie bezweifeln es.«

Kassandra schloss kurz die Augen.

»Was tun wir?«, fragte Jonas. »Wir sind es Dietrich schuldig weiterzumachen, ich habe bloß nicht die geringste Vorstellung, wie wir Menning was nachweisen sollen.«

Paul stieß einen Seufzer aus. »Das ist nicht mal das dringendste Problem, falls er weiß, wie Dietrich auf die Idee gekommen ist, hinter ihm herzuspionieren.«

Unwillkürlich erschauderte Kassandra.

»Ist nicht gesagt, dass es so ist«, sagte Jonas schnell, um sie zu beruhigen.

»Die Chancen dafür stehen aber ziemlich gut. Menning brauchte sich nur mal Dietrichs Handy mit meinen Nachrichten drauf ansehen.«

»Dazu ist das Handy gar nicht nötig«, sagte Paul. »Es gibt heutzutage Programme, mit denen Anrufprotokolle, E-Mails, Textnachrichten und was noch alles zurückverfolgt und sogar wiederhergestellt werden können, wenn sie schon gelöscht wurden. Das gilt sicher auch für Bilddateien.«

»Vor einer Stunde dachte ich noch, Arnold wäre für uns das größte Risiko.« Kassandra wurde innerlich schrecklich kalt.

»Sollten die beiden unter einer Decke stecken, hat sich daran nichts geändert. Menning wird es weiter Arnold überlassen, sich um dich zu kümmern, kann höchstens sein, dass er es jetzt ein bisschen eiliger hat«, stellte Paul fest. »Wenn ich nicht wüsste, dass ich gegen eine Wand rede, würde ich sagen, du bleibst heute Nacht bei Jonas.«

»Dann ist es gut, dass du es nicht sagst«, antwortete Kassandra, bevor Jonas darauf eingehen konnte. »Ich gebe ja zu, dass ich allmählich Angst kriege, aber es ist keine Lösung, mich jede Nacht rauszuschleichen. Arnold würde das früher oder später mitbekommen, ich fürchte, er ist schon misstrauisch.« Sie erzählte von seinen Bemerkungen, die ganz unschuldig, aber ebenso mit Bedacht platziert worden sein konnten, und von seinem Alibi. »Solange unklar ist, wie alles zusammenhängt, schlage ich vor, wir tun, was wir tun können: Susanne Boes in Rostock aufsuchen.«

»Willst du das wieder machen – so von Frau zu Frau?«, fragte Jonas. »Du warst ja bei Tina Bodenstedt auch erfolgreich.«

Kassandra zögerte. »Mir gehen allmählich die Ausreden aus, dauernd allein unterwegs zu sein. Ich kann Arnold nicht immer abhängen, er wird sich nach den Gründen fragen.«

»Wie wär's denn, wenn Arnold zur Abwechslung dich abhängt? Als wir uns neulich auf deiner Terrasse unterhalten haben, hat er sich nach meinen Bootstouren erkundigt. Ich werde ihn für morgen einladen mitzufahren.«

»Wie viel Zeit kannst du mir dadurch verschaffen? Bis nach Rostock sind es zwar nur fünfunddreißig Kilometer, aber die Straße ist dauernd verstopft.«

Jonas rieb sich das Kinn. »Das könnte knapp werden, stimmt.« Sein Gesicht hellte sich auf. »Aber der Wetterdienst hat Windstille vorausgesagt, und ich fürchte, mein Boot wird mitten auf dem Bodden einen kleinen Motorschaden haben. Lange genug, um nach Rostock zu fahren, mit Susanne Boes zu reden und wieder zurückzukommen.«

»Das kannst du nicht machen. Du hast vier Touren, du verlierst dadurch mindestens eine, wenn nicht sogar zwei«, protestierte Kassandra.

»Das werd ich schon überleben. Reichen dreieinhalb Stunden?«

Immer noch zweifelnd sah Kassandra Jonas an. »Bist du sicher?« Auf sein Nicken hin nickte sie ebenfalls. »Ich bringe Arnold zum Hafen und fahre von da aus gleich los. Das Schwierigste wird sein, ihn zu der Bootstour zu überreden.«

»Du kennst meine Überzeugungskraft nicht«, erwiderte Jonas feixend.

»Doch, kenne ich.« Kassandra lächelte. »Aus eigener Erfahrung.«

»Dann machen wir das so.« Er wandte sich an Paul, der die ganze Zeit kein Wort gesagt hatte. »Was sagst du dazu?«

»Klingt vernünftig.« Paul erhob sich und sah sich gedankenverloren um. »Morgen zum Informationsaustausch um dieselbe Zeit am selben Ort?« Er wartete kaum Jonas' und Kassandras Zustimmung ab, bevor er sich an eine imaginäre Mütze tippte und ging.

»Was ist denn mit dem los?« Ratlos schaute Jonas ihm nach. »Wir sollten auch gehen. Es ist spät.«

»Nein, ich bleibe noch ein bisschen. Wir sehen uns morgen.« Nachdem die Dunkelheit Jonas verschluckt hatte, stieg Kassandra die paar Stufen zum Strand hinunter und wanderte langsam am Wasser entlang Richtung Steilküste. Es war halb eins durch, sie sollte im Bett liegen und schlafen, aber sie wusste, dass sie das ohnehin nicht konnte. Sie dachte an Arnold und Menning und die Bedrohung, die von beiden ausging, und daran, ob und wie beides zusammenhing. Sie dachte an Dietrich, der gerade um sein Leben kämpfte, und daran, dass sie sich schon bald selbst in einer ähnlichen Situation befinden könnte. Wieso tat sie das eigentlich? Am Anfang war der Grund für Ihre Nachforschungen der Wunsch gewesen, sich von jedem Verdacht reinzuwaschen. Inzwischen musste sie niemandem mehr etwas beweisen. Aber sie steckte so tief drin, dass ihr alles andere falsch vorgekommen wäre.

Vor ihr kamen die acht, neun Boote in Sicht, die umgedreht am Strand lagen, dort, wo die Dünen langsam ins Hohe Ufer übergingen und die Buhnen begannen – Holzpfahlreihen in der See, die die Kraft der Wellen brachen und so das Land schützten. Tagsüber waren die bunten kleinen Boote von Touristen umlagert, nachts kam Kassandra manchmal her, wenn sie nachdenken und dabei auf die See schauen wollte. Schon von Weitem sah sie, dass heute vor ihr jemand anders auf den Gedanken gekommen war. Sie würde noch ein Stück weitergehen und sich auf einen Stein setzen.

Im Vorbeigehen hörte sie leise ihren Namen. Überrascht drehte sie sich um. Die Gestalt bei den Booten war aufgestanden und kam auf sie zu. »Was machst du noch hier?«, fragte Paul.

»Ich konnte nicht einfach nach Hause gehen. Mir schwirrt so viel im Kopf rum.«

Paul nickte, als wollte er sagen: »Mir auch«, schwieg aber. Er sah sie nur an. Es war zu dunkel, um den Ausdruck seiner Augen zu erkennen, und das verunsicherte sie.

»Du hast vorhin nicht sehr viel gesagt zu unserem Plan. Kann es sein, dass du wenig davon hältst?«, fragte Kassandra.

»Unter den gegebenen Umständen ist es das Naheliegendste, und es wäre egal gewesen, was ich sage, du hättest es sowieso getan. Wieso sollte ich Streit anfangen?« Den letzten Satz begleitete ein ironisches Lächeln.

»Sollst du nicht.« Sein Lächeln zu erwidern, fiel Kassandra schwer, weil ihr bewusst wurde, wie nah sie bei Paul stand und dass sie ganz allein am Strand waren, was unter anderen als den gegebenen Umständen sehr romantisch hätte sein können. Unter sehr viel anderen als den gegebenen Umständen, vor allem, was Paul betraf. »Ich möchte trotzdem wissen, was du darüber denkst.«

»Was ich darüber denke«, sagte Paul langsam, »ist, dass du gesagt hast, Arnolds Handy hätte dagelegen wie eine Einladung. Vielleicht war es eine, und du hast genau das gelesen, was du lesen solltest. Das kann dreierlei bedeuten: Entweder das Alibi ist echt, was hieße, dass Tina gelogen hat, als sie sagte, Arnold hätte keins vorzuweisen gehabt. Oder das Alibi ist fingiert, und diese Susanne Boes wird erzählen, was er ihr vorher eingebläut hat. Oder du läufst in eine Falle.«

»Eine Falle? Meinst du, Menning steckt dahinter?« Kassandra konnte nicht verhindern, dass die Angst, die sie vorhin bis zu einem gewissen Grad unterdrückt hatte, wieder in ihr hochkroch.

»Ich weiß es nicht. Möglich. Kann auch sein, alles ist ganz harmlos.« Paul hielt inne. »Ich möchte nicht, dass du allein nach Rostock fährst, noch weniger, als ich wollte, dass du allein mit Tina sprichst.«

»Hast du morgen schon was vor?«, fragte Kassandra lockerer, als ihr zumute war.

Ein Teil der Anspannung schien von Paul abzufallen. »Ich schätze, die ›Eiswellen‹ können noch ein bisschen mit dem Schmelzen warten.« Als er weitersprach, war er wieder ernst und wandte den Blick ab. »Würdest du mir einen Gefallen tun? Übernachte bei Jonas. Bitte.«

Es berührte Kassandra mehr, als sie ihm je würde sagen können, dass Paul so offensichtlich Angst um sie hatte. Aber was er verlangte, konnte sie nicht tun. »Nein. Nicht bei Jonas.«

»Wieso nicht? Du musst doch nicht … Ich meine, er hat ein Gästezimmer, wenn ihr nicht …«

Beinah lächelte Kassandra. »Nein«, wiederholte sie. »Das geht nicht. Bitte versteh das.«

Paul benötigte geraume Zeit, um über ihre Worte nachzudenken. Er fingerte in seiner Jackentasche nach etwas, was Kassandra erstaunt als ein Päckchen Zigaretten identifizierte, und steckte sich eine an.

»Seit wann rauchst du?«

Als hätte er gar nicht bemerkt, was er getan hatte, schaute er von der glimmenden Zigarette auf. »Seit ewig. Nicht besonders häufig. Das Päckchen muss zwei Monate alt sein.« Abwesend inhalierte er ein paar Züge, bevor er den Stummel zu Boden warf, austrat und wieder aufhob. »Dann bleib heute Nacht bei mir«, sagte er dabei.

»Was?« Kassandra hasste sich dafür, dass ihre Stimme heiser klang, aber dieser Vorschlag kam zu unvermutet.

Paul verzog belustigt die Mundwinkel. »Ich hab zwar kein Gästezimmer, aber ein Sofa. Da werde ich schlafen, du kannst mein Bett haben.«

»Aber …«

»Kassandra.« Indem er ihren Namen sagte, wischte er sämtliche Einwände fort, obwohl sie wusste, dass er nicht die geringste Ahnung hatte, welcher Art ihre Einwände gewesen wären. »Warum willst du mit aller Macht das Schicksal herausfordern? Ich wecke dich früh genug. Halb sechs?«

Eine halbe Stunde später lag Kassandra in Pauls Bett. Er hatte es zwar frisch bezogen, aber es hing noch ein Hauch seines Aftershaves oder Duschgels im Kissen, eine Mischung aus Zitrusfrüchten und Sandelholz, und das machte Kassandra zu schaffen. Es war ein bisschen, als läge er neben ihr statt unten auf seinem Sofa, wo er es sich so bequem wie möglich gemacht hatte. Abgesehen vom Rauschen der See war es still im Haus. Kassandra versuchte, das Kissen zu ignorieren, bis sie aufgab und es zum Fußende des Bettes schleuderte.

»Kannst du nicht schlafen?«, fragte Paul von unten, der anscheinend ebenso wach lag wie sie.

»Ich muss mich an ein fremdes Bett gewöhnen. Entschuldige, ich wollte dich nicht stören.«

»Hm«, machte Paul.

Kassandra drehte sich auf die Seite und starrte durch die große Glasfront in den nächtlichen Himmel. Was sie auf der Seebrücke gesagt hatte, stimmte: Es war keine Lösung, jede Nacht die Flucht zu ergreifen. Aber deswegen lag sie ja auch nicht hier, sondern weil ihr Gefühl vorhin deutlich verlangt hatte, bei Paul zu sein.

Das würde trotz der wenigen verbleibenden Stunden bis zum Morgen eine sehr lange Nacht werden.

22

Kassandra stand auf dem Hohen Ufer zwischen Wustrow und Ahrenshoop, der Wind spielte in ihren Haaren. Paul stand neben ihr und sagte etwas, das sie nicht verstand, als sie eine Hand in ihrem Rücken spürte, die sie mit ganzer Kraft nach vorn stieß, über die Klippe hinweg. Sie stürzte, sah die Steine und die See auf sich zukommen. In freiem Fall drehte sie sich und erkannte Paul, der entsetzt ihren Namen rief.

»Kassandra.«

Sie streckte die Arme nach ihm aus, aber ihre Hände griffen nur etwas Weiches, sie fand keinen Halt.

»Kassandra, es ist halb sechs.«

Sie fuhr hoch und wäre fast mit Paul zusammengeprallt, der sich über sie gebeugt hatte. In ihren Armen hielt sie das Kissen.

»Wach?«, fragte Paul lächelnd. »Tut mir leid, wenn ich zu unsanft war. Ich bin's nicht gewohnt, Frauen um diese Uhrzeit aus meinem Bett zu schmeißen. Im Bad findest du Handtücher und eine Zahnbürste.«

Kassandra verzichtete darauf, Pauls Duschgel zu benutzen. Den ganzen Tag seinen Duft auf ihrer Haut zu tragen, wäre zu viel für sie gewesen. Sie verzichtete ebenfalls auf die Tasse Kaffee, die er ihr anbot, weil sie so früh zu Hause sein wollte, dass möglichst wenige Leute sie durch ihr Schlafzimmerfenster einsteigen sahen.

»Du kannst die Haustür nehmen«, meinte Paul. »Kauf auf dem Weg Brötchen für deine Gäste, und falls Arnold dich sieht, hast du eine Entschuldigung, um die Zeit auf den Beinen zu sein.«

Um die Nachbarn hätte sie sich keine Sorgen machen müssen, dafür aber um früh aufstehende Jogger, denn Paul hatte kaum die Tür hinter ihr geschlossen, als sie ausgerechnet Violetta über den Weg lief. Ihre Freundin stoppte sofort und starrte Kassandra wie vom Donner gerührt an. Vermutlich rang sie zum ersten Mal in ihrem Leben um Worte.

»Violetta, es ist nicht, wie du denkst.« Selbstverständlich war das das, was man in solchen Situationen sagte und was der andere zu hören erwartete – und nie glaubte.

»Du und Paul Freese?«, sagte Violetta denn auch verdattert, als sie ihre Sprache wiedergefunden hatte. »Meine Güte, das hätte ich nun wirklich nicht gedacht, obwohl, du hast ja neulich gefragt, warum ich dir nie was über Alexander Hardenberg erzählt hätte, und wenn ich so drüber nachdenke, bist du in diese Richtung gegangen, als wir uns an dem Abend getrennt haben, ich hätte es wissen müssen, meine Güte!«

»Violetta! Wie wär's, wenn du mir einfach glaubst? Es ist nichts zwischen Paul und mir. Wir sind bloß befreundet.«

»'türlich, man kommt ja regelmäßig morgens um zehn vor sechs aus den Häusern von Männern, mit denen man bloß befreundet ist.«

»Nicht regelmäßig, nur heute. Wenn du mir partout nicht glauben willst, lass es eben, aber halt wenigstens anderen gegenüber den Mund. Bitte.«

»Du klingst richtig verzweifelt, hast du Angst, dass du Ärger mit deinem Künstler kriegst?«, fragte Violetta.

Das kam der Wahrheit sehr nahe. Kassandra nickte.

»Du bist weitaus komplizierter, als ich dachte, und das hat nichts damit zu tun, dass du mal Kassandra Larsen warst, sondern damit, dass du drei Kerle gleichzeitig an der Angel hast, wie machst du das bloß, das hätte ich nie für möglich gehalten, Jonas, Paul und den Kesting.« Sie musterte Kassandra neugierig. »Meine Lippen sind versiegelt.«

»Danke, du hast was gut bei mir. Ziemlich viel.«

»Wie wär's mit Arnold Kesting, wenn du den nicht mehr brauchst?« Violetta kicherte, setzte sich wieder in Bewegung und winkte ihr zu. »Wir sehen uns.«

Kassandra besorgte wie geplant die Brötchen, und als Arnold gegen neun die Küche betrat, hatte sie für ihre Gäste nicht nur das Frühstück vorbereitet, sondern auch die Büroarbeiten erledigt, die sie später als Ausrede benutzen würde, nicht an der Zeesboottour teilzunehmen. Außerdem hatte sie nach Susanne Boes' Adresse im Internet gesucht. Arnolds Verhalten ließ nicht darauf schließen, dass er sie in der Nacht vermisst hatte oder etwas vermutete.

Bald darauf schneite Jonas herein. Nach einem allgemeinen »Guten Morgen« fragte er ohne lange Vorrede, ob Arnold Lust auf eine Zeesboottour hätte, wobei Kassandra registrierte, dass die beiden Männer in ihrer Abwesenheit zum Du übergegangen waren.

Arnold wirkte ein wenig überrumpelt. »Theoretisch schon. Ich würde das allerdings lieber mal mit Kassandra machen. Außerdem bin ich immer noch auf diese Krücken angewiesen. Geht das damit überhaupt?«

»Ich helf dir aufs Boot, du musst nur sitzen und genießen. Wenn ihr aber lieber zu zweit fahren wollt, klappt's heute leider nicht, ich hab bloß noch einen Platz frei.« Es war gewagt, das so lässig zu sagen, als wäre es Jonas egal, wann Arnold in den Genuss einer Zeesbootfahrt käme, andererseits durfte er nicht zu auffällig drängen. Arnold sah zwischen Kassandra und Jonas hin und her. Überlegte er, ob das ein Ablenkungsmanöver war?

»Wie wär's damit?«, schlug Kassandra vor. »Du fährst erst mal allein, und falls es dir gefällt, wiederholen wir das gemeinsam. Dann muss ich auch kein schlechtes Gewissen haben, wenn ich mich heute um den Verwaltungskram kümmere statt um dich – auch wenn Letzteres angenehmer ist.«

»Verwaltungskram?«

Das klang für Kassandras Ohren nun eindeutig nach Misstrauen. »Rechnungen, Kurtaxenabführung, Gewerbesteuer.« Sie rollte mit den Augen. »Alles, was der Mensch nicht braucht, aber leider erledigen muss. Ich würde lieber wieder mit dir an den Strand gehen, aber das schaff ich frühestens am Abend.«

Arnold zögerte nur noch kurz, dann erklärte er sich einverstanden. Kassandra würde ihn um zwölf zum Hafen bringen. Nachdem Jonas sich verabschiedet hatte, rief Kassandra vom Badezimmer aus Paul an und verabredete sich mit ihm an der Seefahrtschule, die nahe dem Ortsausgang in Richtung Rostock lag.

Ein paar Stunden später verfrachtete Jonas Arnold in sein Boot und formte für Kassandra in einem unbeobachteten Moment mit den Lippen ein lautloses »Viel Glück«.

Kaum hatte das Boot den Hafen verlassen, fuhr Kassandra zum Parkplatz der Seefahrtschule und stieg in Pauls Wagen um, der für seine langen Beine bequemer war als ihrer.

»Hat heute Morgen alles geklappt?«, war seine erste Frage.

»Wie man's nimmt«, antwortete Kassandra und erzählte von ihrer Begegnung mit Violetta.

Paul schien das ausgesprochen komisch zu finden. Er lachte.

»Ich wollte dich nicht in Verruf bringen. Hoffentlich war dir das nicht zu peinlich.«

»Mir? Warum sollte mir das peinlich sein? Ich dachte eher, es wäre dir nicht recht, wenn Violetta denkt, wie hätten was miteinander. Ich weiß nämlich nicht, ob ich sie vom Gegenteil überzeugen konnte.«

»Was über mich schon alles gedacht wurde, passt auf viel Papier. Da kommt's auf eine Sache mehr oder weniger nicht an.«

Kassandra sah zur Seite und erkannte, dass Paul nicht bewusst war, was er da gerade gesagt hatte. »Das war das bemerkenswerteste Kompliment, das mir seit Langem gemacht wurde.«

Paul brauchte etwa eine Sekunde, bis er verstand. »Oh. Nein, bitte, Kassandra. Das war … So hab ich das nicht gemeint. Ich …« Er brach mit einer beinah komischen verzweifelten Miene ab.

»Schon klar«, beruhigte sie ihn. »Einigen wir uns darauf, dass es egal ist, was irgendjemand denkt, solange Arnold nichts davon mitbekommt.«

Zögernd nickte Paul. Selten war er ihr so unsicher vorgekommen.

Sie sah auf die Uhr. »Wir haben noch gut drei Stunden. Hoffentlich ist Susanne Boes zu Hause.«

»Hatte Arnold Gelegenheit zu telefonieren, ohne dass du es gemerkt hättest? Falls er ahnt, was du vorhast, und sie – auf welche Art auch immer – instruieren musste?«

»Ja«, sagte Kassandra knapp.

Paul nickte. »Diesmal gehen wir zu zweit, kein Versteckspiel wie bei Tina.«

Susanne Boes wohnte direkt in der Altstadt, am Neuen Markt mit seinen liebevoll restaurierten Häusern und dem Rathaus mit den sieben Schmucktürmchen. Nachdem Paul einen Parkplatz gefunden hatte, mussten sie ein Stück zu Fuß gehen, bis sie vor dem hellgelben Giebelhaus standen. Im Eingang gab es keine Gegensprechanlage, nur das Klingelbrett. Links oben las Kassandra den Namen »S. Boes«.

Eine kleine Weile verstrich, bevor der Summer ertönte. Paul drückte die Tür auf, sie betraten das dunkle Treppenhaus und stiegen wortlos hintereinander die Treppe hinauf. Oben wurde die

Tür nur einen Spalt geöffnet, eine Frau in den Dreißigern schaute ihnen zurückhaltend entgegen.

»Frau Boes?«, fragte Kassandra. »Susanne Boes?«

Die Frau nickte abwartend.

»Ich bin Kassandra Voß, das ist Paul Freese. Wir würden gern mit Ihnen über Arnold Kesting sprechen.« Kassandra wollte nicht um den heißen Brei herumreden, aber vielleicht war das ein Fehler. Sie sah Frau Boes' rechtes Auge zucken.

»Was wollen Sie denn noch? Ich hab Ihrem Kollegen schon alles gesagt, was ich weiß.«

Diese Äußerung bedeutete einerseits wohl, dass Arnold nicht bei Susanne Boes angerufen hatte – andererseits brachte sie Kassandra aus dem Konzept. Sie war froh, dass Paul das Wort ergriff. »Bitte, Frau Boes, dürfen wir reinkommen? Es dauert nicht lange.«

Zögernd öffnete Susanne Boes die Tür etwas weiter und ließ sie eintreten. Sie war recht groß, hatte die dunkelblonden Haare hochgesteckt und trug ein Designerkostüm, das Mona gefallen hätte. Offensichtlich legte Frau Boes auch an einem Sonntagnachmittag zu Hause Wert auf ihr Äußeres. Sie führte sie in ein geschmackvoll eingerichtetes Wohnzimmer und deutete auf das weiße Ledersofa, während sie selbst sich auf die Kante eines schwarzen Sessels setzte. »Ich kann nur wiederholen, was ich Ihrem Kollegen gesagt habe.«

Kassandra wechselte einen Blick mit Paul. Der schüttelte kaum merklich den Kopf.

»Sie meinen Herrn Dietrich«, stellte er mehr fest, als dass er es fragte. Auf ihr Nicken erklärte er: »Leider hatte er einen Unfall und konnte uns nicht mehr mitteilen, worüber Sie gesprochen haben.«

Susanne Boes wurde kreideweiß. »Sie … der Unfall gestern auf der B 105? Es wurde gesagt, dass es sich um einen Polizeibeamten handelt.«

Kassandra machte eine Geste, die alles oder nichts bedeuten konnte. »Es geht uns wie ihm um die Nacht vom neunzehnten auf den zwanzigsten Juni. Herr Kesting behauptet, dass er mit Ihnen zusammen war.« Genau genommen wusste sie nicht, was Arnold gesagt hatte. In seinem Kalender hatte nur der Beginn der Verabredung gestanden, es war ein Schuss ins Blaue.

Susanne Boes nickte. »Er kam etwa um neun. Wir waren essen und schließlich …« Sie starrte auf ihre Hände. »Arnold ist erst am nächsten Morgen gegangen.«

»Darf ich fragen, seit wann Sie Herrn Kesting kennen?«, erkundigte sich Paul.

»Seit ein paar Jahren«, blieb Susanne Boes vage.

»Wie haben Sie sich kennengelernt?«, fragte Kassandra.

»Auf einer Ausstellung. Was Arnold machte, gefiel mir, und wir sind ins Gespräch gekommen.«

Kassandra fühlte sich an den Abend erinnert, an dem sie selbst Arnold zum ersten Mal begegnet war. Was Susanne Boes sagte, klang plausibel. »Und weiter?«

»Weiter? Ja, wir haben … Ist das denn wichtig? Ich dachte, es geht nur um diese eine Nacht.« Frau Boes starrte wieder auf ihre Hände, die sich leicht verkrampften.

»Haben Sie sich öfter mit Herrn Kesting getroffen?«, fragte Paul.

»Hin und wieder. Damals.«

»In letzter Zeit nicht mehr?«

»Seit etwa zweieinhalb Jahren nicht, nein.«

»Und plötzlich wieder vor drei Wochen. Wie kam das?«, wollte Kassandra wissen.

»Er rief an und sagte, er wäre wegen seiner Ausstellung auf dem Fischland und ob wir uns nicht sehen könnten.«

»Aber die Eröffnung war erst anderthalb Wochen später, und soweit wir wissen, kam Arnold Kesting nicht schon am neunzehnten Juni nach Wustrow.« Damit wagte Kassandra einen zweiten Schuss ins Blaue. Tina hatte zwar gesagt, sie sei erst kurz vor Eröffnung bei Gerlinde Meerbusch gewesen, aber ob das auch für Arnold galt, wusste sie nicht.

Susanne Boes mied ihren Blick, zuckte mit den Schultern und schwieg.

»Sie haben vorhin gesagt, Sie waren mit Arnold Kesting essen. In welchem Restaurant sind Sie gewesen?«, fragte Paul.

»Ich … wir … ich weiß nicht mehr. Bei einem Italiener. Es war Arnolds Vorschlag.«

»Frau Boes, Sie wollen uns doch nicht allen Ernstes erzählen, dass Sie sich nicht mehr erinnern können, wo Sie vor drei Wochen mit einem Mann essen waren, der sich nach Jahren ganz plötzlich wieder meldet. Hier in Rostock, in Ihrer Stadt.« Pauls Stimme war nicht mehr freundlich wie zuvor, sie hatte einen scharfen Klang angenommen. »So schlecht kann Ihr Gedächtnis nicht sein.«

»Wenn ich es Ihnen doch sage, ich weiß es nicht mehr!« Zum ersten Mal lag ein Anflug von Panik in ihrem Gesicht.

»Aber dass Sie sich mit Arnold Kesting am Neunzehnten getroffen haben und dass er die Nacht hier verbracht hat, wissen Sie noch genau? Könnte es nicht auch der Achtzehnte gewesen sein? Oder der Zwanzigste?«

»Ich ... nein ... ich ... warum drehen Sie mir das Wort im Mund herum? Ich habe nur gesagt, ich weiß nicht mehr, in welchem Restaurant wir waren.«

Paul stand auf, machte einen Schritt auf Susanne Boes zu und schaute auf sie hinunter. »Es geht hier um einen gewaltsamen Tod, Frau Boes. Mord. Ich denke, das ist Ihnen klar.«

»Ich ... Mord?« Susanne Boes sah aus, als schreckte sie innerlich vor Paul zurück, ihre Hände flogen zu ihrem Hals, hielten sich an ihrer Perlenkette fest. Dennoch wirkte ihre Überraschung nicht ganz echt. »Davon hat Herr Dietrich nichts erwähnt.«

Anscheinend hatte Dietrich Susanne Boes nicht verschrecken wollen. Paul nahm weniger Rücksicht. »Dann wissen Sie es jetzt«, sagte er kalt. »Wir raten Ihnen dringend, die Wahrheit zu sagen. In Ihrem eigenen Interesse.« Sein Ton wurde wieder freundlich, wenn seine Worte auch sarkastisch waren. »Sie wohnen hier doch ganz nett – möchten Sie das gegen eine Gefängniszelle tauschen?«

»Aber ich ...«

»Mord ist kein Kavaliersdelikt. Wenn Sie den Täter decken, kann das sehr unangenehm für Sie werden, Frau Boes.«

Kassandra wusste nichts über die rechtlichen Konsequenzen von Falschaussagen oder Mitwisserschaft, aber Paul hatte erreicht, was er wollte. Susanne Boes wurde noch nervöser, knetete ihre Finger. Sie log. Das hieß immer noch nicht sicher, dass Arnold Josef Kind ermordet hatte, aber warum sonst hätte er Susanne Boes um ein falsches Alibi bitten sollen?

»Sie haben für Arnold Kesting gelogen, nicht wahr?«, stellte sie betont ruhig fest. »Warum? Hat er Sie bedroht? Falls das so ist, müssen Sie uns das sagen. Wenn er für den Mord an Josef Kind festgenommen wird, kann er Ihnen nicht mehr schaden.« Kassandra kam sich schlecht vor. Obwohl sie und Paul nichts dergleichen behauptet hatten, glaubte Susanne Boes, dass sie von der Polizei waren und entsprechend für ihre Sicherheit garantieren konnten. Nur waren sie eben nicht von der Polizei.

»Ich … ich …« Susanne Boes fing an zu schluchzen. »Ich habe seit Freitag keine ruhige Minute mehr. Ich wollte, ich wäre Arnold nie begegnet!« Tränen rollten über ihre Wangen und verschmierten das sorgfältige Make-up. Sie stand auf, ging zum Fenster und starrte hinaus auf den Platz und das Rathaus gegenüber.

Kassandra wollte etwas sagen, doch Paul hielt sie mit einer Handbewegung zurück.

»Arnold rief mich letzten Dienstag an und bat mich, jedem, der fragt, zu sagen, dass wir diese Nacht zusammen verbracht haben. Er hat behauptet, es ginge um eine unangenehme Sache, in die er zwar nicht direkt verwickelt sei, bei der man aber sehr wahrscheinlich an ihn denken würde. Dummerweise wäre er allein gewesen, entsprechend brauchte er einen Zeugen.« Susanne Boes verfiel in Schweigen und starrte weiter aus dem Fenster. Eine Kirchturmuhr schlug zwei Uhr.

Dienstag, dachte Kassandra. Arnold hatte aus dem Krankenhaus heraus verflixt schnell reagiert. Er musste sofort begriffen haben, wie dringend er ein Alibi brauchte, nachdem er von Kassandra erfahren hatte, dass die Polizei auch wegen Josef Kind mit ihm sprechen wollte. War er erstaunt gewesen, dass erst Dietrich ihn endlich danach gefragt hatte? Oder hatte er damit gerechnet, dass Menning das regelte, und Susanne Boes nur für den Fall der Fälle aus dem Hut gezaubert?

»Ich weiß, wie sich das anhört«, fuhr Susanne Boes fort. »Schön dämlich von mir, ihm den Gefallen zu tun. Mir war aber nicht klar, dass ich es gleich mit der Polizei zu tun bekomme, ich dachte, es ging um eine private Sache. Erst nachdem Ihr Kollege am Freitag hier auftauchte, habe ich angefangen, mir Gedanken zu machen, und herausgefunden, dass in der fraglichen Nacht dieser Kunstexperte ermordet wurde. Da war es zu spät.«

»Verzeihung, Frau Boes, bitte erzählen Sie keinen Unsinn«, sagte Paul, sein Tonfall anfangs höflich, am Ende des Satzes hart. »Ich glaube Ihnen gern, dass Sie erst nachträglich erfahren haben, warum Kesting dieses Alibi von Ihnen wollte. Aber als Ihnen klar wurde, worum es ging, wäre die einzig logische Vorgehensweise gewesen, Herrn Dietrich zu benachrichtigen, wenn Sie nicht in Schwierigkeiten geraten wollten. Sie haben das nicht getan – entweder weil Sie von Kesting bedroht wurden, oder weil er Ihnen für Ihre Lüge etwas geboten hat.«

Susanne Boes zog den Kopf zwischen ihre Schultern, als wollte sie sich ganz klein machen. Sie drehte sich um und richtete ihre stockenden Worte einzig und allein an Kassandra. »Arnold und ich sind uns vorletzten Freitag zum ersten Mal seit damals begegnet, in Potsdam, bei gemeinsamen Freunden, die ich lange nicht gesehen hatte. Es war für uns beide eine Überraschung. Wir sind danach noch in eine Bar gegangen, ich habe ein bisschen viel getrunken und einige Dinge gesagt, die ich unter anderen Umständen für mich behalten hätte.«

»Mit denen er Sie erpresst hat?«, fragte Kassandra.

»Erpresst?« Diesmal war Susanne Boes' Erstaunen glaubwürdiger. »Das würde Arnold nie tun. Ich habe ihm erzählt, dass ich Schulden habe, hohe Schulden. Ich … spiele, wissen Sie.« Das Geständnis war ihr unangenehm, aber Pauls Verhörmethoden und die Angst, in einen Mordfall verwickelt zu werden, wogen schwerer. »Ich habe schon meinen Wagen und den meisten Schmuck verkauft, aber das reichte nicht. Arnold hat mir einen Betrag angeboten, mit dem ich aus dem Gröbsten raus wäre. Bitte glauben Sie mir, dass ich wirklich dachte, es wäre eine persönliche Angelegenheit.«

»Wie viel?«, wollte Paul wissen.

Susanne Boes' Blick irrte für einen Sekundenbruchteil zu Paul, sie schluckte. »Dreißigtausend.«

Kassandra schnappte nach Luft. »Das fanden Sie nicht ein bisschen sehr großzügig für einen kleinen Gefallen in einer persönlichen Angelegenheit?«

»Für Arnold sind das Peanuts«, verteidigte sich Susanne Boes.

»Haben Sie diese Peanuts schon erhalten, oder steht Ihr Honorar noch aus?«, fragte Paul. »Überlegen Sie sich Ihre Antwort. Wir erfahren so oder so, ob Sie Ihre Schulden bezahlt haben.«

»Also gut, ja. Ich habe das Geld genommen und den größten Teil meiner Schulden bezahlt.« Sie rieb sich die Wange und verschmierte das Make-up weiter. »Wenn Arnold tatsächlich diesen Mann ermordet hat, was passiert dann mit mir? Ich meine, ich habe doch jetzt die Wahrheit gesagt, oder? Und das Geld? Ich weiß nicht, wie ich das zurückbekommen soll.«

Das waren alles klärenswerte Punkte, zu denen Kassandra allerdings wenig sagen konnte. Was würde mit Susanne Boes geschehen, wenn dies eine offizielle Polizeiermittlung wäre? Sie schaute zu Paul, der sich nicht anmerken ließ, was er dachte.

»Kesting wird Ihnen die Dreißigtausend kaum auf Ihr Konto überwiesen haben. Wie haben Sie das Geld bekommen?«, wollte er wissen, ohne auf die Fragen einzugehen.

»Arnold hat einen Boten geschickt, letzten Donnerstag. Der Mann hatte alles in bar dabei, in einem Koffer.«

Paul und Kassandra sahen sich an. Menning?

»Wie sah er aus?«, fragte Kassandra.

»Groß, blond, sehr attraktiv. Er hat nichts weiter gesagt, nur den Koffer abgegeben.«

Wieder wechselten Kassandra und Paul einen Blick. Das klang nicht nach Menning, dafür aber nach dem Mann, der laut Arnold bei Tina gewesen war, als sie ihn im Keller eingesperrt hatte. Das ergab alles keinen Sinn.

»Um die dreißig?«, erkundigte sich Paul.

»Eher Mitte vierzig. Ich hatte den Eindruck, er wollte die Sache möglichst schnell abwickeln, ihm war nicht sonderlich wohl dabei.«

Paul schaute für einen Moment aus dem Fenster, aber er sah zweifellos etwas ganz anderes als das Rathaus. »Was meinen Sie: Könnte er Angst gehabt haben?« Er klang überhaupt nicht mehr wie bei einer Vernehmung, sondern wie jemand, der etwas Bestimmtes im Sinn hatte und gespannt wartete, wie die Antwort ausfallen würde.

Nachdenklich legte Frau Boes die Stirn in Falten und erwiderte zum ersten Mal seit einiger Zeit seinen Blick. »Schon möglich. Aber wovor hätte er …«

»Haben Sie mal ein Blatt Papier und einen Bleistift?«, bat Paul, ohne sie ausreden zu lassen. Verwundert verließ Susanne Boes das Wohnzimmer, um beides zu holen.

»Glaubst du, du weißt, wer das war?« Kassandra ahnte, was Paul vorhatte.

»Werden wir gleich sehen.« Er setzte sich wieder, nahm Stift und Papier entgegen und begann zu zeichnen, wie er damals nach Kassandras Beschreibung Josef Kind gezeichnet hatte. Nach und nach entstanden die Gesichtszüge eines gut aussehenden Mittvierzigers. Als das Porträt fertig war und Paul es Susanne Boes reichte, hielt Kassandra den Atem an.

»Genau«, sagte die beeindruckt. »Ich habe ihn gar nicht so detailliert beschrieben, das heißt dann wohl, Sie hatten einen Verdacht. Wer ist der Mann?«

»Es ist sicherer für Sie, wenn Sie das nicht wissen«, stellte Paul fest. »Jedenfalls bis wir uns überlegt haben, was wir als Nächstes tun.«

»Ich dachte, das liegt auf der Hand«, sagte Susanne Boes perplex. »Sie nehmen Arnold fest – und vielleicht diesen Mann. Hat der auch was mit dem Mord zu tun?«

Kassandra hörte nur die Worte, ihr Blick war unverändert auf die Zeichnung gerichtet. Sie war ihm nie begegnet, sie kannte nur ein Foto, das ihn auf Tinas Ausstellung in Stralsund zeigte – und eine Menge Erzählungen von Violetta: Raimund Degenhard. Sie hatte kaum noch an ihn gedacht, so weit hinten stand er auf ihrer Verdächtigenliste. Dabei hatte er von Anfang an das eindeutigste Motiv gehabt. »Wahrscheinlich«, bestätigte sie, immer noch etwas benommen.

»Warum verhaften Sie ihn dann nicht?«

Da ließ Paul die Bombe platzen. »Weil wir nicht die Polizei sind«, sagte er.

»Sie sind nicht …« Fassungslos starrte Susanne Boes von ihm zu Kassandra und zurück. »Sie sind nicht von der Polizei? Wer sind Sie dann? Mit welchem Recht kommen Sie zu mir und stellen mir all diese Fragen und zwingen mich dazu …«

»Frau Boes«, unterbrach sie Paul. »Sie haben bloß angenommen, dass wir von der Polizei sind, und versäumt, uns nach unseren Dienstausweisen zu fragen. Ich gebe zu, dass das hilfreich für unsere Zwecke war. Und ich entschuldige mich, dass wir Sie nicht über Ihren Irrtum aufgeklärt haben.« Seine Stimme klang ehrlich, hatte alles Bedrohliche verloren, was Susanne Boes nicht verborgen blieb. Sie schüttelte den Kopf, vielleicht sogar über sich selbst.

»Sie waren unsere einzige Möglichkeit, etwas über Arnold Kesting zu erfahren und über das, was er getan hat«, fügte Kassandra hinzu, »oder besser *nicht* getan hat. Ihr Name stand in seinem

Kalender, aber wir wussten nicht, ob dieser Eintrag echt war oder nachträglich eingefügt wurde.«

»Wie schön, dass ich Ihnen helfen konnte.« Susanne Boes sah zwar noch etwas erschlagen aus, ließ aber inzwischen einen gewissen Galgenhumor durchblitzen. »Dieser angebliche Kommissar Dietrich, der war wohl auch eine Fälschung? Sonst hätten Sie ja nicht sofort gewusst, wen ich meinte. Obwohl er mir immerhin einen Ausweis unter die Nase gehalten hat.«

Wenn sie Susanne Boes' Vertrauen gewinnen wollten, sollten sie ihr vermutlich die Zusammenhänge erklären. Andererseits brachten sie sie damit auch in Gefahr. Paul hatte sich eben schließlich nicht ohne Grund geweigert, ihr Degenhards Namen zu nennen. Zudem fragte sich Kassandra, ob sie ihrerseits Susanne Boes trauen konnten. Sie hatte erschrocken genug gewirkt, aber was, wenn Pauls ursprüngliche Vermutung stimmte und das hier nichts weiter als eine Falle war? Dagegen sprach, dass Susanne Boes Raimund Degenhard identifiziert hatte, mit dem Arnold bisher nie in Verbindung gebracht worden war. Woher sollte sie ihn kennen, wenn es sich nicht so zugetragen hatte, wie sie behauptete?

»Wären Sie bereit, das, was Sie uns gerade gesagt haben, auch der Polizei zu erzählen?«, erkundigte sich Kassandra vorsichtig.

»Warum sollte ich? Ich bin viel zu erleichtert, dass Sie nicht die Polizei sind. Das heißt nämlich, ich kann Arnolds Geld behalten und bin meine Schulden los.«

»Das können Sie in jedem Fall«, sagte Paul. »Kesting hat Sie für ein falsches Alibi bezahlt. Ich bin kein Jurist, aber das dürfte ein sittenwidriges Geschäft sein. Er kann sie schlecht verklagen, weil Sie Ihren Teil der Abmachung nicht eingehalten haben.«

»Außerdem wären Sie ehrlich«, fuhr Kassandra fort. »Wir können nicht beweisen, dass Arnold und dieser andere Mann Josef Kind ermordet haben, aber Ihre Aussage könnte dazu beitragen, dass Untersuchungen angestellt werden, die es unter Umständen beweisen.« In ihrem Hinterkopf spürte Kassandra den diffusen Gedanken an ein Problem heranwachsen, doch er verschwand gleich wieder, als Susanne Boes antwortete.

»Und was ist mit den Konsequenzen wegen Unterstützung oder Verschleierung einer Straftat oder wie immer man das nennt? Ich fürchte, ich kann mir Ehrlichkeit und Moral nicht leisten. Was hab ich davon, wenn Josef Kinds Mörder hinter Gitter sitzt?« Sie hatte sich verhältnismäßig schnell erholt, trat ruhig und selbstbewusst auf.

»Sicherheit«, antwortete Paul, wieder mit einer gewissen Schärfe in der Stimme. »Arnold Kesting und sein Komplize werden sich denken, dass Sie mittlerweile vermuten, worum es hier geht. Aus deren Sicht sind Sie eine Mitwisserin. Haben Sie sich mal überlegt, was das heißt?«

Ein Stück von Susanne Boes' neu gewonnenem Selbstvertrauen bröckelte, hinter ihrer Stirn arbeitete es. »Woher soll ich wissen, ob ich Ihnen trauen kann? Wer ist dieser Dietrich, und was hat er mit Ihnen zu tun? Oder gehört er zu Arnold?«

Kassandra entschloss sich zu einem Teil Offenheit und erläuterte, wie alles angefangen hatte, mit Josef Kinds Leiche in ihrer Pension und den Verdächtigungen der Polizei. Dietrichs Identität behielt sie für sich, aber sie gab Susanne Boes Brief und Siegel darauf, von ihm nichts zu befürchten zu haben.

»Trotzdem erwähnen Sie bitte niemandem gegenüber, dass er bei Ihnen war. Oder wir. Das ist sicherer für alle Beteiligten«, schärfte sie ihr ein. Menning durfte das unter keinen Umständen zu Ohren kommen.

Susanne Boes ließ sich das alles lange durch den Kopf gehen. »Das ist schwierig für mich. Ich muss Ihnen blind vertrauen, und ich wüsste nicht, weshalb ich das tun sollte. Ich kann nicht mir nichts, dir nichts sofort entscheiden, zur Polizei zu gehen und mich in eine Sache verwickeln zu lassen, die mir sehr groß vorkommt. Zu groß für mich.«

»Vielleicht möchten Sie das mit jemandem besprechen, der Ihnen nahesteht?«, schlug Paul vor und nahm den Bleistift wieder zur Hand, um seine Handynummer auf den Rand des Porträts von Raimund Degenhard zu kritzeln. Er riss das Stück Papier ab und reichte es Susanne Boes, die Zeichnung steckte er ein. »Wenn Sie zu einem Entschluss gekommen sind, rufen Sie mich an.«

Wie aufs Stichwort klingelte Kassandras Handy. Sie warf einen Blick aufs Display und erschrak. »Ja?«, meldete sie sich und hoffte, dass ihre Stimme nicht ihre Gefühle verriet.

»Kassandra, wo steckst du?«, fragte Arnold.

Was sollte sie sagen, von wo rief er an? Sie hatte keine Zeit, lange zu überlegen, sie musste das Risiko eingehen. »Zu Hause, wo sonst?«

Arnold ließ sich einen Atemzug Zeit für seine Antwort. »Dann muss was mit deinem Festnetzanschluss nicht in Ordnung sein. Ich habe schon zweimal versucht, dich zu erreichen.« Er schwieg, als erwarte er eine Erklärung.

Kassandra brauchte eine Ausrede, sofort. Ihr Blick fiel auf Susanne Boes' CD-Sammlung. »Ich sitze am PC mit Musik auf dem Kopfhörer, wahrscheinlich hab ich das Telefon deshalb nicht gehört. Das Handy liegt hier neben mir. Was gibt's denn?« Mit einem Mal wurde ihr klar, dass sie normalerweise schon auf dem Weg zum Hafen hätte sein müssen, um Arnold abzuholen. »Ich wollte gleich los, dich einsammeln. Ist Jonas früher wieder eingelaufen?«

Wieder schwieg Arnold kurz. Überlegte er, ob sie die Wahrheit sagte? »Da liegt das Problem. Jonas' Motor hat den Geist aufgegeben. Er kann nicht sagen, wann wir im Hafen ankommen. Ich melde mich, okay?«

»Auch das noch. Aber er kriegt das bestimmt wieder hin. Ich warte auf deinen Anruf.« Erleichtert beendete sie das Gespräch und hätte das Handy fast fallen lassen. Tief durchatmend ließ sie es zurück in ihre Tasche gleiten.

»Alles in Ordnung?«, fragte Paul.

»Hoffentlich«, gab Kassandra leise zurück.

»Wer war das?« Zweifellos hatte Susanne Boes Kassandras Anspannung mitbekommen. Vielleicht half das sogar, sie zum Nachdenken zu bringen, sie wirkte unruhiger als zuvor.

»Das wollen Sie nicht wissen. Bitte denken Sie über das nach, was wir Ihnen gesagt haben.« Kassandra erhob sich. »Wir müssen los, Paul.«

»War das der Mann von der Zeichnung?« Susanne Boes blieb hartnäckig.

»Wir werden Ihnen erst mehr sagen können, wenn wir wissen, dass Sie auf unserer Seite stehen«, sagte Paul, der ebenfalls aufgestanden war. »Sie haben meine Nummer. Treffen Sie die richtige Entscheidung.«

Als hätten sie es verabredet, redeten Kassandra und Paul nicht, bis sie im Wagen saßen. Kassandra sah auf die Uhr. Wenn Jonas den Zeitplan einhielt, würde alles gut gehen. Sie verdrängte ihre Nervosität, während Paul den Motor anließ. »Klang ziemlich überzeugend, was Frau Boes erzählt hat, aber eine Garantie gibt's nicht«, stellte sie fest.

»Die Frage ist, was Arnold ihr bedeutet. Hat sie ihm das Alibi nur des Geldes wegen beschafft, oder ist sie noch in ihn verliebt?«

»Nach zweieinhalb Jahren?« Kassandra bezweifelte das. »Wenn ich richtig rechne, hat sich Arnold von Susanne Boes getrennt, als er Tina begegnet ist.«

Paul schwieg, bis er an einer roten Ampel halten musste. »Das heißt nur, dass Arnold sich anders orientiert hat, nicht, dass sich Susanne Boes' Gefühle geändert haben«, erwiderte er.

»Zweieinhalb Jahre sind eine lange Zeit«, beharrte Kassandra.

Die Ampel schaltete auf Grün, und Paul gab Gas, mehr als notwendig. »Zeit kann an Bedeutung verlieren, wenn man liebt.« Kassandra warf ihm einen scharfen Blick zu, aber er sprach schon weiter. »Allerdings gebe ich dir recht, sie macht nicht den Eindruck einer Frau, die der Vergangenheit nachtrauert.«

Bis sie auf der Autobahn waren, hing jeder seinen Gedanken nach. Kassandras beschäftigten sich vorwiegend mit Pauls Bemerkung und der Frage, ob er damit ausschließlich Susanne Boes gemeint hatte. Ab und zu schaute sie zu ihm rüber und hätte wer weiß was dafür gegeben zu wissen, was in ihm vorging. Unversehens erinnerte sie sich wieder an ihr Gespräch mit Tina. »Ob Arnold Tina tatsächlich noch liebt? Schließlich hat er sie einer ganzen Menge sehr unschöner Dinge beschuldigt, die ihr ziemlich schaden könnten. Andererseits hat er das nie öffentlich getan, sondern nur uns gegenüber. Nicht mal die Sache mit dem Keller und dem gebrochenen Fuß könnte man eindeutig Tina ankreiden, wenn sie und Arnold zurücknehmen, was sie gesagt haben.«

»Er hat ihren Vater getötet. Ist das Liebe?«, fragte Paul trocken.

»Wer weiß«, murmelte Kassandra. »Glaubst du, Susanne Boes ist wirklich in Gefahr?«

»Schwer zu sagen. Arnold ist sicher niemand, der wahllos drauflosmordet. Aber wenn er sich in die Ecke gedrängt fühlt … Wir wissen zu wenig über sein Motiv, um ihn richtig einschätzen zu können. Tina hat gesagt, Arnold habe gedroht, ihrem Vater was anzutun, wenn er sie nicht in Ruhe lässt. Das wäre ein Motiv. Raimund Degenhards Motiv steht außer Diskussion, das ist so glasklar, dass ich mich ärgere, ihn nicht mehr in dem Maß auf dem Schirm gehabt zu haben, wie er es verdient hätte.«

»Hatten wir alle nicht mehr. Jetzt wird das Ganze noch komplizierter. Wie passt Menning da rein? Haben wir es etwa mit drei Tätern zu tun?«

»Sieht ganz so aus.« Paul setzte den Blinker zum Überholen. »Was mich zusätzlich schon die ganze Zeit beschäftigt, wenn es auch vergleichsweise unwichtig scheint, ist, warum Josef Kinds Leiche auf seinem Bett gefunden wurde. Falls der Täter bloß einen seltsamen Sinn für Humor hat, hat er dafür einige Mühen auf sich genommen.«

»Wenn es nicht zu abwegig wäre, würde ich denken, dass Dietrich doch recht gehabt hat, eine Verwicklung mit Sven zu vermuten. Aber letztlich passt Mord nicht zu Sven, egal, wie gern er mir eine Leiche untergejubelt hätte, um mir Schwierigkeiten zu machen. Außerdem sitzt er im Gefängnis. Er hat bloß die Situation ausgenutzt und Dietrich ein paar Lügen erzählt.«

»Was auch immer die Gründe waren, dir hat's eine Menge Ärger eingebracht.«

Nicht nur, dachte Kassandra. Ohne den Mord hätte ich dich wahrscheinlich bei irgendeiner anderen Gelegenheit kennengelernt, wäre dir aber nie so nahegekommen.

Auf dem Parkplatz der Seefahrtschule sprang Kassandra wieder in ihr Auto und fuhr nach Hause, wo Arnold sie gegen vier anrief. Sie holte ihn vom Hafen ab und verbrachte den Rest des Tages damit, es ihm so angenehm wie möglich zu machen, weil das lange Sitzen auf dem Boot anstrengend für ihn gewesen war. Nach dem Abendessen fiel Arnold auf, dass ihm sein Schmerzmittel in Kassandras Wagen aus der Hosentasche gefallen war. Er bat sie um die Autoschlüssel, weil er es selbst holen wollte, nahm zwei Tabletten und ein Schlafmittel und ging mit gequältem Gesichtsausdruck früh ins Bett.

»Er hat den Kilometerstand überprüft«, sagte Paul bei ihrem verabredeten mitternächtlichen Treffen an der Seebrücke mit Jonas, der erst dort erfuhr, dass Kassandra nicht allein in Rostock gewesen war. Die Nacht war sternenklar, aber im Gegensatz zur letzten kühl und stürmisch. Wellen krachten gegen die Brücke und gegen die

Wellenbrecher. »Entweder wollte er einfach nur überprüfen, ob du die Wahrheit gesagt hast und wirklich zu Hause warst. Oder er wollte – falls sein Handy tatsächlich eine wohlmeinende Einladung war – explizit wissen, ob du nach Rostock gefahren bist, damit Frau Boes dir von seinem Alibi erzählen konnte.«

»Das ich ihr wahrscheinlich ohne deine Verhörmethoden geglaubt hätte.«

»Du meinst meine Tschekisten-Methoden, sag's ruhig«, stellte Paul klar. »Alles im Leben ist zu irgendwas gut.« Bevor Kassandra etwas erwidern konnte, fuhr er fort: »Falls Letzteres zutrifft, ist es schade, dass wir mit meinem Wagen gefahren sind.«

Jonas sah Paul einen Augenblick durchdringend an. »Nicht weiter schlimm, wenn ihr mich fragt«, sagte er dann. »Glaubt er eben, dass Kassandra brav zu Hause oder zumindest in Wustrow war.«

Paul nickte. »Ich hab übrigens mit Freddy gesprochen. Dietrichs Zustand ist unverändert.«

Kassandra lief eine Gänsehaut über den Rücken. Ihr war nicht ganz klar, ob sie vor Kälte fror oder wegen der Nachrichten über Dietrich. »Ist das gut oder schlecht?«

»Er lebt. Das ist immerhin etwas«, sagte Paul und zog seine Jacke aus, die er Kassandra kommentarlos überhängte.

Jonas wandte sich ab, der See zu. »Gibt es noch was, was wir tun können?«

Kassandra fühlte Pauls Jacke schwer und warm auf ihren Schultern liegen. »Wir müssen auf Susanne Boes warten. Falls sie sich bereit erklärt, zur Polizei zu gehen, haben wir …« Sie stockte.

»… eine Chance«, vollendete Jonas den Satz.

»Wirklich?«, fragte Kassandra. Mit einem Mal war die Erinnerung wieder da an das Problem, das sie am Nachmittag einen kurzen Moment lang nur erahnt hatte. »Wenn Susanne Boes bei der Rostocker Kripo aussagt, wäre es zwar unwahrscheinlich, aber nicht unmöglich, dass sie auf jemanden trifft, der mit Menning gemeinsame Sache macht. Zumindest würden sich die Beamten aber natürlich mit der Mordkommission in Anklam in Verbindung setzen und zwangsweise bei Menning landen, weil der den Fall bearbeitet. Können wir das überhaupt riskieren, solange wir nicht wissen, wem wir trauen können?«

»Mir fiele da jemand ein«, sagte Jonas langsam. »Jemand, der so furchtbar korrekt ist, egal unter welcher Flagge, dass mir die Gefahr der Korruption sehr gering erscheint.« Auf seinem Gesicht breitete sich ein Lächeln aus, als habe er einen unverschämt guten Witz gerissen.

»Wen meinst du?«, wollte Kassandra ratlos wissen.

»Heinz«, sagte Paul beinah gleichzeitig. »Jonas, du bist verrückt, das können wir nicht tun.«

»Warum nicht? Er ist die Idealbesetzung, er hat ...«

»Blödsinn! Er hat keinerlei Kontakt zur Mordkommission in Anklam«, widersprach Paul unwillig, »und selbst wenn, wüsste er genauso wenig wie wir, wer vertrauenswürdig ist. Heinz ist seit zwei Jahren nicht mehr im Dienst.«

»Woher willst du wissen, dass er keinen Kontakt hat?«, gab Jonas zurück. »Jungs Job war für ihn mehr als nur ein Job, auch wenn er nie die große Karriere gemacht hat. Ich wette, er kennt noch eine Menge Kollegen. Man kann außerdem von ihm sagen, was man will, er hat eine ganz gute Menschenkenntnis, wenn er Leute nicht gerade mit Wut im Bauch betrachtet wie die arme Kassandra.«

»Er ist auf Larsen reingefallen, das zeugt nicht gerade von guter Menschenkenntnis«, sagte Paul.

»Das sind sehr viele andere Leute mit ihm. Außerdem weißt du genau, in welche Zeit das fiel. Er hatte eine Menge Sorgen. Wahrscheinlich war er froh, dass sich an irgendeiner Ecke mal was Positives aufzutun schien.«

»Mag sein«, gab Paul zu. »Aber darum geht's hier letztlich ja gar nicht. Heinz ist einfach zu lange raus. Ich halte das für ein gefährliches Vabanquespiel, wir können unmöglich ...«

Jonas ließ ihn nicht ausreden. »Fällt dir was Besseres ein? Wir kennen niemanden sonst, der mit der Polizei zu tun hat. Jetzt lass doch mal die alten Geschichten und denk rational! Du bist ...«

Paul machte einen Schritt auf Jonas zu, der sofort abbrach. Trotz der Dunkelheit konnte Kassandra erkennen, dass sich Pauls Ausdruck verändert hatte. Ärger spiegelte sich darin wider, und er sprach lauter als zuvor. »Das hat absolut gar nichts mit irgendwelchen alten Geschichten zu tun! Ich habe gesagt, weshalb ich Heinz für ungeeignet halte, und dabei bleibe ich.«

»Erzähl mir bloß nicht, dass du mit Jung keine Probleme mehr hast, nur weil das eine Ewigkeit her ist. Du kannst nicht vergessen, das ist es nämlich!«

Paul blitzte Jonas an. »Du musst schon mir überlassen, was ich vergesse und was nicht«, sagte er mit kaum unterdrücktem Zorn. »Wenn ich sage, dass meine Einwände nichts mit damals zu tun haben, kannst du mir glauben oder es lassen. Es ist mir gleich.«

»Dann nenn uns eine vernünftige Alternative! Du bist ein sturer Dickkopf, Paul! Weshalb glaubst du eigentlich, dass du immer recht hast?«

»Wie bitte? Tu mir einen Gefallen und komm runter, ja? Du weißt ja nicht mehr, was …«

»Hört auf!« Kassandra hatte hilflos danebengestanden und zugesehen, wie der Streit eskalierte, ohne zu wissen, worum es ging. Sie stritten nicht wirklich über Heinz Jung. Es schien vielmehr, als breche etwas aus ihnen hervor, was schon längere Zeit geschwelt hatte. Vielleicht war es falsch, dass sie dazwischenging, vielleicht mussten sie das austragen. Aber nicht jetzt. Sie befürchtete, dass Dinge gesagt werden könnten, die nie mehr zurückzunehmen wären.

Paul fuhr herum, und auch Jonas' Aufmerksamkeit richtete sich auf Kassandra.

»Es hat wenig Sinn, diese Nacht noch zu einer Einigung kommen zu wollen«, sagte sie. »Möglicherweise beruhigt ihr euch ja bis morgen, dann können wir weiterreden.« Sie wartete auf eine Erwiderung, aber Jonas und Paul blieben stumm. Sie sahen sich auch nicht an, es war, als stünde eine Mauer zwischen ihnen. »Einverstanden?«, drängte sie.

»Meinetwegen«, stimmte Jonas verhalten zu.

»Gut.« Paul würdigte Jonas keines Blickes, nickte nur Kassandra zu, bevor er davonging.

Sie schaute ihm hinterher. Dieses Gefühl, ihn vor etwas schützen zu wollen, war wieder da. Unwillkürlich machte sie einen Schritt in seine Richtung.

Jonas hielt sie zurück. »Lass ihn«, meinte er rau. »Paul ist eine Seele von Mensch. Aber nicht in dieser Stimmung.«

»In die hast du ihn ja wohl erst gebracht. Wolltest du ihn absichtlich verletzen?«

»Ich hab ihn nur daran erinnert, dass es besser ist zu vergessen.«

»Vielleicht hättest du ihn dann lieber nicht … erinnert.« Kassandra ließ Jonas stehen und folgte Paul, der den unbeleuchteten Weg hinter den Dünen eingeschlagen hatte.

Er hörte sie kommen und drehte sich um. »Was willst du?«, fuhr er sie an. Kassandra erschrak. Sie hatte nicht damit gerechnet, dass er seine Wut auf sie übertrug.

»Deine Jacke.« Sie hielt sie ihm hin.

Paul erwiderte nichts, nahm auch nicht die Jacke. So standen sie da, hinter den Dünen krachten unvermindert die Wellen, für eine halbe Minute sagte niemand ein Wort. »Na los, warum fragst du nicht endlich?«, forderte Paul sie schließlich fast aggressiv auf.

Kassandra wusste sofort, dass er die alte Geschichte meinte, auf die Jonas angespielt hatte. Den Gefallen würde sie ihm nicht tun. »Meinst du, ich könnte heute wieder bei dir übernachten?«

Verblüfft starrte Paul sie an. Anspannung und Aggressivität wichen aus seinem Gesicht und seiner Stimme. »Kassandra, Liebes …« Er lachte leise, nahm die Jacke und legte sie wieder um ihre Schultern. »Hab ich schon erwähnt, dass du unglaublich bist?«

»Unvergleichlich war das Wort, das du letztes Mal benutzt hast.«

»Und da ich ja bekanntlich immer recht habe, solltest du nicht widersprechen.« Er klang nicht mehr wütend, eher amüsiert.

Wie sich wenig später herausstellte, hatte Paul das Bett noch nicht wieder neu bezogen, er bestand darauf, auch die zweite Nacht auf dem Sofa zu schlafen. Bald war es dunkel im Haus.

»Willst du wissen, was da ist zwischen Heinz und mir?«, fragte Paul plötzlich von unten.

Kassandra setzte sich auf. »Wenn du's mir sagen möchtest.«

Paul zögerte nur kurz. »Jonas hat recht, die Geschichte ist uralt, ich hätte sie längst vergessen sollen, aber manche Dinge sind schwer zu vergessen. Was passiert ist, ist nicht Heinz' Schuld, sondern meine.« Er seufzte und verlor sich wohl kurze Zeit in der Vergangenheit. »Ich war noch sehr jung und sehr verliebt. Sie hätte mir das Wichtigste in meinem Leben sein müssen. Aber es gab anderes, das wichtiger schien. Vielleicht wichtiger war. Ich weiß es nicht, damals … war es so.«

»Karin?« Kassandra hörte, wie Paul sich bewegte, seine Bettdecke raschelte.

»Hat Jonas dir das erzählt?«

»Nein. Ich musste an ein paar Dinge denken, das Gespräch über Heinz Jungs Frau, du hast ein bisschen seltsam dabei geklungen. Dazu deine Bemerkung heute, dass Zeit bei der Liebe ihre Bedeutung verliert.«

»Das … Ja, Karin. Während ich mit anderen Dingen beschäftigt war, stellte sie fest, dass sie nicht damit klarkam, wie ich mein Leben führte. Es war nicht, was sie wollte, sie hatte sich was anderes vorgestellt. Das fand sie bei Heinz.«

Kassandra konnte sich beim besten Willen nicht denken, was eine Frau bei Heinz Jung fand und bei Paul vermisste. Abgesehen vielleicht von … »Was waren das für Dinge, die du so wichtig fandest?«, fragte sie vorsichtig.

»Was glaubst du?«

»Plakate aufhängen oder beschmieren? Volksgenossen beleidigen? Gegen den Arbeiter- und Bauernstaat hetzen? Subversive Bücher lesen?« Paul schwieg so lange, dass sie hinzufügte: »Ich nehme an, das war's, womit du deinen Vater in Teufels Küche gebracht hast: politisch-ideologische Diversion. Kann nicht gut angekommen sein, dass der Sohn eines Professors einer renommierten Hochschule der DDR sich so aufführt.«

Paul schwieg immer noch. Womöglich hatte sie alles falsch verstanden, aber das waren die Schlüsse, zu denen sie im Laufe der Zeit gelangt war.

»Haben sie dich eingebuchtet?«, fragte sie, und endlich bekam sie eine Antwort.

»Bautzen II, zehneinhalb Monate. Als ich wieder draußen war, hatte Karin Heinz geheiratet.«

Bautzen II. Der Stasi-Knast. Kassandra hatte es geahnt, aber es war ein Unterschied, es zu wissen. »Wolltest du abhauen?«

»Ich wollte nie weg. Ich wollte es anders. Aber ich wollte nie weg.« Paul schwieg erneut.

Kassandra fragte nicht, was genau er getan hatte, und auch nicht nach seinem Leben unmittelbar nach seiner Entlassung. Wenn er es erzählen wollte, würde er es tun.

»Was hat dich drauf gebracht?«, erkundigte er sich.

»Du hast gesagt, dass man einen Preis zahlen muss, wenn man hinter den Dingen stehen will, die man tut. Nachdem du Arnold in die Mangel genommen hattest, hast du behauptet, man lernt eine Menge von der Stasi. Nicht *bei* der Stasi, *von*. Ein kleiner, aber feiner Unterschied.«

Als Paul nichts erwiderte, stand Kassandra auf und stieg die Treppe herunter. Ohne ein Wort setzte sie sich zu ihm, streckte die Hand aus und berührte sein Gesicht. Als Paul zurückzuckte, ließ sie erschrocken die Hand sinken.

»Bitte nicht«, sagte er. »Kein Mitleid, weder wegen Karin noch wegen der Monate im Bau. Das ist lange her, du warst nicht mal auf der Welt. Vergebliche Liebe kann lange anhalten, aber nicht über Jahrzehnte, da bleiben letztendlich nur ein bisschen Wehmut und ein bisschen ungerechtfertigte Wut. Jonas hat nicht ganz unrecht, ich habe deswegen manchmal noch Schwierigkeiten mit Heinz, obwohl ich das verdränge.« Er hielt kurz inne und fuhr sich mit den Händen übers Gesicht, bevor er Kassandra ansah. »Der zweite Teil meines … früheren Lebens dagegen ist durch Arnolds Bemerkungen wieder hochgekommen. Ich hab zum ersten Mal damit spielen können, im Grunde muss ich ihm dankbar sein.«

»Es hat dir Spaß gemacht, mich zu verunsichern, gib's zu«, sagte Kassandra.

Paul wandte den Blick ab. »Ich weiß, wie man Menschen manipuliert und bedroht. Dieses Wissen bei Arnold oder bei der Boes einzusetzen, war eine Sache, und glaub mir, das war die harmlose Variante.« Er sah sie wieder an. »Bei dir hätte ich jede Spielerei damit lassen sollen. Verzeih.« Kassandra wollte etwas sagen, doch Paul ließ sie nicht zu Wort kommen. »Wo ich schon dabei bin, um Verzeihung zu bitten, werde ich das morgen ebenso bei Jonas tun. Dass wir Heinz einweihen, ist keine schlechte Idee. Auch wenn er keine nennenswerten Kontakte haben sollte und ein gewisses Risiko bleibt, gibt es keine bessere Alternative.«

23

Mit der zweiten Ladung schwerer Tüten betrat Kassandra das Haus und stieß die Tür hinter sich mit dem Fuß zu. Der Großeinkauf, den sie jetzt in der Küche und in der Speisekammer verstaute, war längst fällig gewesen.

»Morgen, Kassandra. Sag mal, kriegst du eigentlich oft anonyme Anrufe?«

Kassandra fuhr zusammen. Sie hatte Arnold nicht kommen hören. »Wie bitte?«

»Da hat vorhin jemand angerufen, aber keinen Ton gesagt, als ich mich mit dem Namen deiner Pension gemeldet habe. Kann sein, ich hab's nicht korrekt ausgesprochen, aber merkwürdig fand ich es doch, dass nach zwei Sekunden wortlos aufgelegt wurde.«

Kassandra überlegte fieberhaft. Wer könnte versucht haben, sie zu erreichen? Tina sicher nicht, die hatte sie gebeten, nicht den Festnetzanschluss zu benutzen, was auch weder Paul noch Jonas taten.

»War übrigens eine Rostocker Vorwahl«, fügte Arnold hinzu.

»Rostock?« Kassandra runzelte die Stirn. Arnold lehnte in der Küchentür auf einer Krücke und ließ sie nicht aus den Augen. »Ich kenne niemanden in Rostock«, sagte sie. Mit Ausnahme von Susanne Boes, aber die würde nicht sie anrufen, sondern Paul. »Vielleicht hat sich jemand verwählt. Falls es wichtig war, wird derjenige sich schon wieder melden.«

»Bist du sicher, dass du niemanden in Rostock kennst?«, hakte Arnold nach. Als Kassandra nickte, fuhr er fort: »Apropos wieder melden, da fällt mir ein, dass sich die Polizei schon länger nicht mehr hat blicken lassen. Haben die den Fall zu den Akten gelegt, oder hast du in letzter Zeit was von den Herren Menning und Dietrich gehört?«

Kassandra dachte an Dietrich auf der Intensivstation und bemühte sich um einen neutralen Ton. »Nein, ich nehme an, die haben sich noch um ein paar andere Fälle zu kümmern. Josef Kind hat nach drei Wochen anscheinend keine Priorität mehr.«

In dem Moment klingelte das Telefon auf dem Flur. Arnold

drehte sich um, dann sah er zu Kassandra zurück und grinste. »Wer immer das jetzt sein sollte, geh sicherheitshalber du dran. Vielleicht bin ich ja einfach nicht gut fürs Geschäft.«

Auf dem Display fiel Kassandra sofort die Rostocker Vorwahl auf. In ihrem Rücken spürte sie Arnolds Blick.

»Frau Voß?«, hörte sie Susanne Boes leicht panisch sagen. »War das vorhin Arnold an Ihrem Telefon? Wieso ist der bei Ihnen?«

»Das kriegen wir hin«, sagte Kassandra munter. »In der Nebensaison habe ich meist was frei. Warten Sie, ich sehe im Kalender nach.« Sie nahm das Telefon, machte eine entschuldigende Geste in Arnolds Richtung, zog sich in ihr Büro zurück und sagte mit gedämpfter Stimme: »Frau Boes, warum rufen Sie hier an? Sie haben die Nummer von Herrn Freese.«

»Ich konnte ihn nicht erreichen und online keine andere Nummer finden, nur die von Ihnen, aber als ich Sie anrief, hab ich gleich Arnolds Stimme erkannt. Oh Gott, was mach ich denn jetzt? Wenn er weiß, dass ich mit Ihnen geredet habe ...«

»Beruhigen Sie sich. Wir nehmen an, dass Arnold das wollte. Sie sind sein Alibi, vergessen Sie das nicht.«

»Sie haben es doch selbst gesagt: Ich bin eine Mitwisserin. Wenn er nun denkt, ich hätte ihn verraten? Hätte ich bloß meinen Mund gehalten. Dabei war ich gerade zu dem Entschluss gekommen, dass Sie recht haben und ich zur Polizei muss. Ich hatte gehofft, Sie oder Herr Freese würden mich begleiten. Aber wenn Arnold in der Zwischenzeit herkommt oder diesen anderen Typ auf mich hetzt?«

Kassandra erzählte Susanne Boes von Arnolds gebrochenem Fuß, konnte sie aber nicht beschwichtigen, was Degenhard betraf. Während sie den diversen Befürchtungen zuhörte, begann sich eine Idee in ihr zu formen. »Versprechen Sie mir, nicht überzureagieren. Verschieben wir das mit der Polizei noch ein paar Tage. Falls Arnold Sie anruft und ausfragt, sagen Sie, wir beide hätten nur miteinander telefoniert. Sie hätten gesagt, was er wollte, sich aber bei der Uhrzeit um eine Stunde geirrt und sich heute noch mal bei mir melden wollen, um das richtigzustellen. Er kann nicht das Gegenteil beweisen.« Kassandra hörte Susanne Boes aufstöhnen, sie hatte sie noch nicht ausreichend beruhigt. »Wenn Sie trotzdem Angst haben und nicht in Ihrer Wohnung bleiben wollen, gehen Sie an einen öffentlichen Platz, bis ich mich melde. Geben Sie mir Ihre Handynummer, ich beeile mich.«

Kassandra beendete das Gespräch und traf auf dem Flur auf Arnold, der ganz offensichtlich auf sie wartete. Hatte er gelauscht? Wie viel hatte er gehört?

»Das war ja eine komplizierte Buchung«, stellte er fest. »Hat jedenfalls lange gedauert.«

»Ich konnte für den Herrn nicht mehr den ganzen Zeitraum buchen, den er wollte, und habe gegenüber angefragt, ob Frau Dahm noch was frei hat.« Kassandra überlegte fieberhaft, wie sie Arnold für fünf Minuten loswerden konnte, um weitere Telefonate zu führen. Ohne dass ihr etwas Entsprechendes eingefallen war, wollte sie erst mal zurück in die Küche, doch er verstellte ihr den Weg.

»Hat's geklappt?«

»Ja. Lässt du mich bitte durch? Ich war in der Küche noch nicht fertig.«

Arnold ließ etwas von seinem üblichen Charme vermissen, er lächelte nicht, als er zur Seite trat. »Wo warst du eigentlich letzte Nacht?«

Kassandra stoppte mitten in der Bewegung. Sie stand direkt neben ihm und konnte die Überraschung, die ihr ins Gesicht geschrieben stand, nicht verbergen. Hoffentlich aber wenigstens die Räder, die sich in ihrem Kopf rasend schnell drehten. Sie rettete sich in eine Gegenfrage. »Woher weißt du, dass ich nicht da war? Kontrollierst du mich?«

»Warum denkst du, dass ich das tue?«, schoss Arnold zurück.

»Wenn du weißt, dass ich nicht da war, wirst du in meinem Schlafzimmer gewesen sein.«

»Und dir fällt nicht ein, was ich da gewollt haben könnte?« Arnold verzog die Mundwinkel nun doch zu einem kleinen ironischen Lächeln. »Ich gebe zu, dass ich kein Recht habe, dich das zu fragen, aber es war schon nach Mitternacht. Da bin ich ein bisschen ins Grübeln gekommen.«

Langsam musste Kassandra mit einer Erklärung rausrücken. Sie entschloss sich zu einer Halbwahrheit. »Ich war bei Paul. Wir haben Jonas' Überraschungsgeburtstagsparty geplant, es ist spät geworden, ich bin auf Pauls Sofa eingeschlafen, das ist alles.«

Prüfend sah Arnold sie an. »Der Genosse Oberst beschäftigt sich mit Geburtstagspartys? Die ihr noch dazu zu nachtschlafender Zeit planen müsst?« Er glaubte ihr eindeutig nicht.

»Es war acht, als ich ging. Ich hätte Bescheid gesagt, aber du warst schon im Bett mit Schmerzmitteln und Schlaftablette. Hätte ich dich extra wecken sollen? Was soll die Fragerei überhaupt? Du hast nicht nur kein Recht, mich zu fragen, wo ich meine Nächte verbringe, ich bin dir auch keine Rechenschaft schuldig. Und Überraschungsbesuche in meinem Schlafzimmer schätze ich auch dann nicht, wenn ich zu Hause bin.« Sie drängte sich endgültig an ihm vorbei und packte in der Küche weiter die Einkäufe aus. Dabei wäre ihr vor Aufregung fast eine Tüte Mehl aus der Hand geglitten.

Sie konnte nur bei ihrer Geschichte bleiben und Jonas instruieren, dass er demnächst Geburtstag hatte – für den Fall, dass Arnold sich bei ihm nach dem Datum erkundigte. Bei Paul würde er kaum nachfragen.

»Entschuldige«, bat Arnold da. »Ich wollte dich letzte Nacht eigentlich nur um ein Mittel gegen Übelkeit bitten. Die Schmerzdinger und die Schlaftablette waren ein bisschen viel auf einmal.«

Kassandra stellte die Eier in den Kühlschrank und drehte sich um. Er sah wirklich etwas grau um die Nase aus. »Schon gut. Du solltest dich wieder hinlegen, wenn's dir schlecht geht. Brauchst du was?«

»Nein, aber ich werde deinen Rat befolgen.« Arnold humpelte aus der Küche und tat Kassandra fast leid. Er litt nicht nur unter dem gebrochenen Fuß, er musste seit Josef Kinds Tod auch sonst unter enormem Druck stehen. Kassandra erinnerte sich daran, dass sie mal gesagt hatte, sie wäre gern mit Arnold befreundet. Zwar verspürte sie jetzt gelegentlich Angst vor ihm, mochte ihn aber absurderweise immer noch.

Kaum war er in seinem Zimmer verschwunden, griff Kassandra nach ihrem Handy, auf dem sie eine SMS von Paul entdeckte, deren Eingang sie überhört hatte. *Muss dringend nach Hamburg, sprich mir auf die Mailbox, wenn du mich nicht erreichen kannst.* Sie wunderte sich zwar, was Paul in Hamburg tat, aber zumindest erklärte das, warum Susanne Boes es vergeblich bei ihm versucht hatte – er musste auf der Autobahn gewesen sein.

Kassandra wählte Tinas Nummer und fragte, wie es ihr ging. Die Antwort fiel müde aus. »Ich hab gewartet, dass du anrufst«, sagte sie, »aber vermutlich gibt es einfach nichts Neues?«

»Doch. Deshalb brauche ich deine Hilfe.« Kassandra berichtete, dass sie Arnolds Handy ausspioniert und was das an den Tag gebracht hatte. Als sie Susanne Boes erwähnte, stöhnte Tina hörbar auf.

»Die Boes, ach je. Arnolds Trennung von ihr war unerfreulich, sie wollte nicht einsehen, dass Schluss war.«

»Unterdessen habt ihr aber beide schlechte Erfahrungen mit ihm gemacht, das müsste doch zusammenschweißen.«

Tina stutzte. »Hast du was Bestimmtes im Sinn?«

»Könntest du sie bei dir aufnehmen?« Kassandra gab das Ergebnis der Unterhaltung mit Susanne Boes wieder und erwähnte deren Angst vor Raimund Degenhard.

»Du glaubst also, dass Arnold an dem Abend in der Kunstscheune mit Raimund telefoniert hat?«, vergewisserte sich Tina nach kurzem Schweigen. »Das scheint absurd, weil Arnold Raimund fast so sehr verabscheut wie meinen Vater.«

»Beide hatten ihre Motive, es ist darum auf paradoxe Weise logisch, dass sie sich zusammengetan haben«, widersprach Kassandra. »Würdest du Susanne Boes bei dir aufnehmen? Es gibt sonst keine nennenswerten Beweise, sie ist eine erste vernünftige Spur.«

»Das bringt nur was, wenn die Polizei eingeschaltet wird«, folgerte Tina. »Zu viel Risiko für mich. Du hast versprochen, mich nicht zu verraten.«

»Ich dachte, du willst die Mörder deines Vater drankriegen«, erinnerte sie Kassandra. »Mir wär's auch am liebsten, Arnold und Degenhard würden von selbst gestehen, aber den Gefallen werden sie uns kaum tun.« Ebenso wenig wie Menning, dachte Kassandra, erwähnte das aber Tina gegenüber nicht. Sie musste zu diesem Zeitpunkt nicht erfahren, dass möglicherweise jemand von der Polizei an der Sache beteiligt war.

»Wir könnten sie dazu bringen«, schlug Tina vor.

»Das hast du bei Arnold schon erfolglos versucht. Falls dir überzeugendere Methoden einfallen, die sich mit dem Gesetz vereinbaren lassen, bin ich offen für jeden Vorschlag.«

Tina dachte eine Weile nach und musste die Segel streichen.

»Einverstanden, bring die Boes zu mir, falls sie nichts dagegen hat. Immerhin war sie damals sauer auf mich.«

Erleichtert wollte Kassandra als Nächstes Susanne Boes anrufen, ihr fiel jedoch Pauls SMS wieder ein. Sie wählte seine Nummer und hatte Glück. »Was tust du in Hamburg?«

»Ein Päckchen für Alexander Hardenberg abholen, das mit dem Vermerk ›eilig/persönlich‹ bei meinem Verlag eingegangen ist. Die haben mich angerufen und gefragt, ob sie's weiterleiten sollen, aber ich bin lieber sofort losgefahren, als ich hörte, wer der Absender ist: Kay Dietrich.«

Einen Augenblick war Kassandra fassungslos. »Dietrich hat möglicherweise geahnt, dass Menning was gemerkt hat, und wollte dich nicht gefährden, indem er dir das Päckchen nach Hause schickt. Falls Menning auch das mitkriegt.«

»Ein Pseudonym hat Vorteile«, stimmte Paul zu. »Ich sitze gerade in meinem Wagen und seh mir den Inhalt an: ein Handy, eine DVD und eine Liste mit Anrufprotokollen einer Handynummer, wobei ich noch nicht weiß, ob es die des beigefügten Handys ist.«

»Das könnten Anrufprotokolle für Mennings Gespräche sein. Bestimmt hat Menning umgekehrt für Dietrichs Telefonate dasselbe getan. Wieso ist noch nichts passiert? Wieso hält der sich so bedeckt? Und wieso geht es bloß Dietrich an den Kragen und nicht uns?« Sie wusste, dass Paul ihr die gleiche Panik anhören musste, die sie vorhin bei Susanne Boes wahrgenommen hatte.

»Ich weiß es nicht. Vielleicht überlässt er das Arnold. Falls die beiden überhaupt was miteinander zu tun haben. Ich frage mich das nämlich, seit Degenhard aus der Versenkung aufgetaucht ist. Vielleicht will er auch abwarten, ob Maßnahmen gegen dich nötig sind. Das Foto ist kein Beweis, nur ein Hinweis, das hat Dietrich anfangs selbst immerzu betont. Außerdem kann man Dietrichs ›Unfall‹ relativ gut als Racheanschlag eines Kriminellen erklären – wie die Polizei das getan hat. Wenn in Wustrow schon wieder was geschieht dagegen … Ich weiß es nicht«, wiederholte er. »Aber uns läuft die Zeit davon. Je länger wir brauchen, um zu Ergebnissen zu kommen, desto größer wird die Gefahr.«

»Ja«, stimmte Kassandra zu. »Was ist noch in Dietrichs Päckchen?«

»Nur ein paar handschriftliche Notizen, die aussehen, als hätte er sie sehr eilig hingekritzelt. Er hat Susanne Boes überprüft, die Geschichte mit ihren Schulden scheint zu stimmen. Ich komme so schnell es geht zurück. Lass uns dann weiterreden.«

»Eins noch: Dass Susanne Boes die Wahrheit gesagt hat, erleichtert mich. Kannst du sie in Rostock einsammeln und zu Tina bringen?« Sie schilderte kurz das Telefonat mit Susanne Boes und deren panische Reaktion auf Arnolds Anwesenheit bei ihr zu Hause. »Am besten setzt du sie ein Stück vom Haus entfernt ab. Tina braucht nicht zu wissen, wer außer mir noch Nachforschungen anstellt. Sag der Boes, sie soll ihr erzählen, sie wäre mit dem Zug gekommen.«

»Geht klar. Hast du zufällig noch eine gute Idee? Dazu, wie wir uns ungestört mit Heinz zusammensetzen und das Material von Dietrich durchsehen können? Kannst du Arnold was ins Essen tun?« Kassandra hätte schwören können, dass Paul gerade grinste.

»Klingt verlockend.«

Paul lachte. »Wir sehen uns.«

Der Anruf bei Susanne Boes war schnell erledigt. Zwar stieß Kassandra zunächst auf leichte Gegenwehr, letztlich schien Susanne Boes Tinas Gesellschaft, gemessen an der Alternative, vielleicht Besuch von dem unbekannten Geldboten zu bekommen, jedoch für das kleinere Übel zu halten. Anschließend rief Kassandra bei Frau Dahm an. Sie glaubte zwar nicht, dass Arnold die Geschichte mit der Buchung überprüfen würde, aber sicher war sicher. Sie erklärte ihr, es hätte mit Josef Kind zu tun, das genügte Frau Dahm. Falls nötig, würde sie mit einer Lüge einspringen. Erfreut erinnerte sich Kassandra an Pauls Bemerkung, dass sie jederzeit von den Wustrowern Hilfe bekäme, wenn sie sie bräuchte. Er hatte nicht übertrieben.

Am Nachmittag, Kassandra war gerade im Garten, klingelte erneut das Festnetztelefon. Sie beeilte sich, ins Haus zu kommen, aber dort war Arnold schneller gewesen als sie. Hatte das Klingeln ihn geweckt? Falls ja, musste er in voller Montur auf dem Bett gelegen und geschlafen haben. Abwartend blieb sie zwei Meter entfernt stehen und versuchte, Arnolds Gesichtsausdruck zu interpretieren, während er zuhörte. Schließlich stellte er das Telefon wieder auf die Station zurück, ohne ein einziges Wort gesagt zu haben.

»Wer war das?«

»Dein Nachbar.« Arnold klang ganz und gar nicht verschlafen.

»Jonas? Was wollte er?«

Arnold machte eine Kopfbewegung nach rechts. »Der andere. Mann, hatte der einen Brass.«

Heinz Jung? Kassandra erschrak. Er musste von Paul oder Jonas zum Gespräch gebeten worden sein. Was immer sie ihm bereits erzählt hatten, empörte ihn anscheinend sehr. Wie viel davon hatte er eben am Telefon erwähnt? Was konnte Arnold daraus ableiten? Sie stand da und wusste nicht, was sie sagen sollte. »Wieso Brass?«, brachte sie schwach hervor.

»Er fragt, wo zum Teufel du bleibst, ob du eine Extraeinladung brauchst, und wenn du nicht in zehn Minuten im Sitzungsraum der Freiwilligen Feuerwehr auf der Matte stündest, könntest du deinen Antrag an die Gemeindevertretung gleich vergessen, der nebenbei gesagt sowieso kaum Chancen auf Genehmigung habe, aber die Antragstellerin müsse wenigstens anwesend sein.« Arnold hatte fast schneller gesprochen als Violetta. Jetzt machte er eine Pause, trat auf Kassandra zu und legte ihr eine Hand auf die Schulter. »Du solltest dich auf die Socken machen.«

Kassandra zerrte sich die Gummihandschuhe von den Fingern. »Mist, das hab ich komplett vergessen. Der Termin steht seit Wochen fest, und ich verpenne das. Das kann nicht wahr sein!« Sie hechtete in ihr Zimmer, wo sie ein frisches T-Shirt und eine saubere Jeans überzog.

Auf dem Flur hatte sich Arnold nicht vom Fleck bewegt. »Worum geht's denn?«, erkundigte er sich, als sie wieder auftauchte.

»Um die Aufstockung meines Anbaus. Ich könnte noch ein Gästezimmer mehr anbieten.« In Windeseile schlüpfte sie in ein paar geringfügig repräsentativere Turnschuhe, huschte an Arnold vorbei, rannte auf die Terrasse, holte ihr Handy, das sie während der Gartenarbeit dort abgelegt hatte, stopfte es in ihre Tasche, kam zurück und riss die Haustür auf. »Drück mir die Daumen!« Sie spürte, dass Arnold ihr nachsah, und wagte erst in der Strandstraße, ihr Handy hervorzuholen.

»Seid ihr bei dir?«, fragte sie, als Paul sich meldete. Sie hatte keinen Antrag gestellt, aber selbst wenn, wusste sie aus eigener Erfahrung, dass die Gemeindevertreter solche Beschlüsse allein fällten. Heinz Jung schien über bemerkenswertes schauspielerisches Talent zu verfügen – oder er war einfach ganz wie sonst gewesen. »Warum habt ihr auf dem Festnetz angerufen?«

»Weil wir wollten, dass Arnold ans Telefon geht.«

Natürlich, wenn er selbst hörte, worum es ging, und das noch von Kassandras ungeliebtem Nachbarn, war das glaubwürdiger als die gefühlte millionste Ausrede von ihr. »Das erspart mir, ihm was ins Essen zu tun. Ich bin gleich da.«

Es war das erste Mal, dass sie Paul und Heinz Jung zusammen sah. Nach Jungs Ausdruck zu urteilen, war ihm seine Anwesenheit in Pauls Haus nicht ganz geheuer. Er saß neben Jonas auf dem Sofa und wirkte alles andere als entspannt. Als Kassandra näher kam, rutschte er nach vorn auf die Kante und nickte ihr zu. Jonas' Nicken begleitete ein Lächeln. Vom Streit zwischen ihm und Paul, der sich ihnen gegenübersetzte, war nichts mehr zu spüren. Anscheinend hatten sie sich ausgesprochen. Als Kassandra in einem Sessel Platz nahm, fiel ihr Blick auf den Tisch, auf dem der Inhalt von Dietrichs Päckchen lag, außerdem stand Pauls Laptop dort.

»Habt ihr die DVD schon angesehen?«

»Nein«, sagte Jonas. »Ich bin selbst erst seit zehn Minuten hier.«

»Bevor Jonas kam, habe ich Heinz erklärt, was wir tun«, ergänzte Paul.

»Du meinst, auf was für ein hirnverbranntes und gefährliches Spiel ihr euch eingelassen habt«, sagte Jung mürrisch. »Bei dir wundert mich das weniger, du hattest ja schon immer eine Vorliebe fürs Dramatische, aber von Ihnen, Herr Zepplin, hätte ich mir ein bisschen mehr Vernunft erhofft. Von Ihnen will ich mal nicht reden.« Er sah Kassandra vorwurfsvoll an.

»Es war eher umgekehrt«, stellte sie amüsiert fest. »Paul hat uns das ausreden wollen.«

»Tatsächlich?« Jung wandte sich wieder an Paul. »Wirst du schwach auf deine alten Tage? Oder vernünftig?« Als Paul nur die Brauen hob, ohne etwas zu erwidern, sagte er wie zu sich selbst: »Na, das ist vermutlich eine Definitionsfrage.«

»Viel wichtiger ist die Frage, ob Sie uns helfen werden«, meinte Jonas. »Ihnen müsste doch daran gelegen sein, einem korrupten Kollegen das Handwerk zu legen.«

»Ich höre immer korrupt.« Jung klang aufgebracht wie Dietrich. »Wenn ich Paul richtig verstanden habe, liegen keinerlei Beweise gegen Hauptkommissar Menning vor. Was mit seinem Kollegen Dietrich passiert ist, kann durchaus so sein, wie es dargestellt wird. Was Arnold Kesting angeht, gibt es immerhin Indizien, damit können Sie zu den Behörden gehen. Nehmen Sie diese Dame mit, mit der Frau Voß und Paul gesprochen haben.« Er sah wieder Paul an. »Was denkt ihr euch dabei, selbst Polizei zu spielen? Schreibst du gerade einen Krimi und willst hautnah recherchieren, oder was?«

»Gar keine schlechte Idee«, fand Paul, dann wurde er ernst. »Du hast ja recht. Das Dumme ist nur, dass sich die beiden Fälle nicht trennen lassen. Daraus ergeben sich ein paar Komplikationen, angefangen damit, dass wir nicht wissen, wem bei der Polizei wir vertrauen können. Wir haben da schlechte Erfahrungen gemacht. Oder besser, wenn unser Verdacht gegen Menning sich bestätigt, hat Dietrich sie gemacht. Also erstens: Wer hat keinen Dreck am Stecken? Und zweitens: Wer würde uns überhaupt zuhören mit unseren Indizien und dem Verdacht gegen einen der eigenen Leute? Deswegen bist du hier.«

»Das hab ich schon begriffen, trotzdem bevorzuge ich den geradlinigen Weg. Abgesehen davon ist es eine ziemliche Herausforderung. Ich weiß wirklich nicht, ob ich …« Jung hielt inne. »Was ist mit Dietrichs Material? Lasst ihr mich das sehen?«

Jungs Beruf hatte ihn offenbar geprägt, die Sache reizte ihn trotz aller Vorbehalte. Kassandra nickte. »Ja, klar.«

Jonas stimmte ebenfalls sofort zu, Paul zögerte nur eine winzige Sekunde, was Jung allerdings nicht verborgen blieb.

»Herzlichen Dank für dein grenzenloses Vertrauen«, sagte er pikiert.

Paul zuckte mit den Schultern. »Kein Problem.«

»Du meinst, du hältst mich zwar für ein Arschloch, aber doch für ein nützliches, ja?« Jung war laut geworden. »Hast du keine Befürchtungen, dass ich zu Menning gehe und erzähle, was ihr treibt?«

Kassandra hielt die Luft an. Die Atmosphäre hatte sich auf einen Schlag verändert. Paul und Jung maßen sich mit einem langen Blick.

»Was soll das?«, fragte Paul endlich. »Wir hätten reichlich Gelegenheit gehabt, unsere Differenzen auszutragen. Jetzt ist der falscheste Zeitpunkt dazu. Können wir uns bitte wieder dem eigentlichen Thema widmen?«

»Wenn du meine Frage beantwortet hast«, beharrte Jung.

Paul sah ihn ohne sichtbare Regung an. »Für welche Sorte Arschloch ich dich halte? Oder ob ich befürchte, dass du zu Menning gehst?«

Allmählich war Kassandra geneigt, Pauls ursprünglichen Bedenken zuzustimmen. Vielleicht war Jonas' Idee, Jung einzuweihen, doch nicht so brillant gewesen. Da geschah etwas, das sie weder je zuvor gehört noch überhaupt für möglich gehalten hätte. Jung lachte. Es klang meckernd und abgehackt, aber es war zweifelsohne ein Lachen. Jonas und Kassandra wechselten einen Blick, während Paul Dietrichs handschriftliche Notizen zu Jung rüberschob, der sich langsam beruhigte.

»Das unterstützt zumindest zum Teil das, was Kassandra und ich von Susanne Boes erfahren haben.«

Jung überflog die Blätter, nickte und schaute zu Kassandra. »Wie fühlt es sich an, Kesting zu beherbergen? Ich hatte ja bis heute keine Ahnung, warum Paul mich zu Ihnen geschickt hat.«

»Meistens ist es weniger schlimm, als ich dachte. Ich wäre trotzdem froh, wenn diese Geschichte bald vorbei wäre.«

»Tja«, sagte Heinz Jung lang gezogen. »Das ist so eine Sache mit … Geschichten.« Er musterte Kassandra, bevor er zurück zu Paul sah. »Ich bin mein ganzes Leben lang Polizist und mit vielen Geschichten konfrontiert gewesen. Manche waren leicht zu durchschauen, andere weniger. Ich frage mich …« Er machte eine Pause, ließ Paul aber nicht aus den Augen. »… was das hier für eine wird«, beendete er den Satz. »Was habt ihr noch? Wessen Handy ist das?«

»Dietrichs«, sagte Paul. »Es war übrigens aus, aber er hatte die PIN ebenso deaktiviert wie seine Mailbox, ich konnte es problemlos einschalten. Kassandra, deine SMS mit der Bitte um Rückruf hat er nicht mehr gelesen, deine älteren Nachrichten und die Anruflisten wurden gelöscht, was natürlich nicht heißen muss, dass Menning sie nicht kennt.«

»Anscheinend hat er befürchtet, es könnte geortet werden. Er hätte mit seinem Auto ähnlich vorsichtig sein und sich einen Mietwagen nehmen sollen«, meinte Jonas. »Hast du von Freddy was Neues über Dietrichs Zustand gehört?«

Während Paul den Kopf schüttelte, nahm Kassandra das Handy vom Tisch. »Weshalb hat er es geschickt?«

Sie begann, die Menüs zu durchforsten, bis sie bei den Audiodateien fündig wurde. Dietrich hatte offenbar zwei Gespräche heimlich mitgeschnitten. Die neuere Aufzeichnung dokumentierte die Unterhaltung mit Susanne Boes. Dass deren Inhalt inzwischen überholt war, hatte er nicht wissen können. Die einen Tag ältere Aufnahme begann mit unwichtigem Dienstgeplänkel zwischen ihm und Menning. Dietrich lenkte das Gespräch bald auf den Fall Kind, wurde aber von seinem Kollegen schnell abgebügelt, der zwei neueren Mordfällen Priorität einräumte. Dietrich versuchte, ihn vom Gegenteil zu überzeugen, machte ihn noch mal auf die mögliche Verbindung zu Arnold Kesting aufmerksam und ließ dabei auch den Namen Tina Bodenstedt fallen. Kassandra hatte den Eindruck, dass Menning hier etwas zu lange mit einer Erwiderung wartete.

»Die Bildhauerin? Wie kommst du jetzt auf die?«, fragte er dann.

»Weiß nicht genau«, log Dietrich. »Sie steht in Zusammenhang mit Kesting, und ich halte seine Kellergeschichte nun mal für ausgemachten Schwachsinn. Wir sollten die Spurensicherung …«

»Mach dich nicht lächerlich, Kay.« Menning klang ungehalten. »Das ist unwahrscheinlicher als eine Verbindung zum Exgatten der Voß, und du weißt, was ich davon halte.«

Geschickt hatte Menning daraufhin das Thema gewechselt. Ein neuerlicher Vorstoß von Dietrich endete in einem handfesten Streit.

Kassandra sah die anderen überrascht an. »Hab ich mir nur eingebildet, dass Menning angespannt auf Tinas Namen reagiert hat?« Dabei war sie sich fast sicher gewesen, dass diese beiden nichts miteinander zu tun hatten.

»Nein.« Das kam sofort und entschieden von Heinz Jung. »Es wirkt zuerst, als müsste er sich erinnern, wen Dietrich meint. Aber da ist was in Mennings Stimme.«

Dass Jung es ebenfalls gehört hatte, beruhigte Kassandra keineswegs. War es ein katastrophaler Fehler gewesen, Tina zu glauben und Susanne Boes zu ihr zu bringen? Ihr Blick traf auf Pauls.

»Ruf sie an«, sagte er. »Frag, ob alles geklappt hat, irgendwas, Hauptsache, du kannst mit der Boes persönlich reden.«

Tina meldete sich nach dem fünften Klingeln. »Ja, sie ist hier.« Sie senkte ihre Stimme. »Bisschen anstrengend, aber das dürfte an unserem etwas gespaltenen Verhältnis liegen und daran, dass sie an Arnold und Raimund denkt. Willst du sie sprechen?«

Kassandra schaltete ihr Handy laut. Susanne Boes bestätigte, dass es ihr gut ging, und fragte nach Neuigkeiten, mit denen Kassandra nicht dienen wollte. »Wir bleiben in Verbindung«, sagte sie und beendete das Gespräch.

Paul wandte sich an Jung. »Heinz?«

Der saß mit geschlossenen Augen da, wesentlich entspannter als anfangs. »Sie hat keine unmittelbare Angst, sonst hätte sie anders geklungen. Ich schätze, sie fühlt sich einigermaßen sicher.«

»Was aber leider nicht beweist, dass Tina Bodenstedt und Claus Menning nichts miteinander zu tun haben«, sagte Jonas. »Bevor wir weiterspekulieren, widmen wir uns lieber Dietrichs Material.«

Das Anrufprotokoll reichte zurück bis einen Monat vor Kinds Tod und stammte von Mennings Handy. Es gab dazu mehrere Vermerke, die genauso eilig hingekritzelt aussahen wie die Notizen über Susanne Boes. Die meisten Nummern hatte Dietrich durchgestrichen und mit *dienstl.* versehen. Wenige andere Nummern wiederholten sich häufiger. Eine gehörte Mennings Sohn in der Schweiz, eine zu einer Arztpraxis in Anklam, bei der Menning nach Dietrichs Auskunft wegen Diabetes in Behandlung war. Damit blieben nur zwei Nummern, die aus der Reihe tanzten: Den einen Anruf hatte Menning zwei Wochen vor Josef Kinds Tod getätigt, ein Gespräch von wenigen Sekunden. Dietrich hatte *verwählt?* dahinter vermerkt. Der Anschluss gehörte zu einem anonymen Prepaid-Handy. Die zweite Nummer war die einer Bank auf der Kanalinsel Guernsey, von der Menning vier Tage nach Kinds Tod angerufen worden war und mit der er zwei Minuten gesprochen hatte. Dietrichs Vermerk dazu lautete: *Anfrage nach M ging bei KPI ein, englischer Akzent. Anrufer vertrete erkrankten Kollegen, hätte Ms Mobilnummer nicht. Habe sie rausgegeben und M später darauf angesprochen. Angeblich eine Verwechslung. – M hat noch ein iPhone, konnte aber keine Nummer dazu rausfinden, vielleicht auf anderen Namen angemeldet?*

»Ein anderer Name.« Jonas deutete auf die Liste. »Das passt. Reichlich unwahrscheinlich, dass jemand so wenige private Gespräche führt.«

»Wenn das stimmt, kennt Tina ihn vielleicht unter diesem anderen Namen«, fügte Kassandra hinzu.

»Bleibt die Frage, wie vertrauenswürdig Tina Bodenstedt ist«, sagte Jung. »Kann man riskieren, sie nach Menning zu fragen oder ihr ein Bild von ihm unter die Nase zu halten? Wenn wir einen Namen hätten, würde das die Sache erheblich beschleunigen.«

»Wir spekulieren schon wieder.« Auffordernd deutete Jonas auf die DVD.

Paul legte sie ins Notebook und drehte es so, dass alle das Display sehen konnten. Es gab mehrere Bild- und vier Textdateien. Die Textdatei mit dem Namen »Degenhard« klickte Paul als Erstes an. Daraus ging hervor, dass Dietrich Raimund und Cornelia Degenhard letzte Woche unter dem Vorwand, in einer Einbruchserie zu ermitteln, befragt hatte. Die Einbrüche hatten tatsächlich um die Mordnacht herum in der Stralsunder Altstadt stattgefunden, aber die Degenhards hatten nichts bemerkt, sondern am entsprechenden Abend angeblich schon früh gemeinsam im Bett gelegen. Damit hatte Cornelia Degenhard ihrem Mann ein Alibi gegeben, das von Dietrich nur knapp mit einem Fragezeichen kommentiert worden war.

Die zweite Textdatei trug den Namen »KT«. Sie fasste die Ergebnisse der kriminaltechnischen Untersuchung zusammen und erläuterte, was die Bilddateien zeigten: Fingerabdrücke und sonstige Spuren sowohl aus Josef Kinds Pensionszimmer als auch aus der Seefahrtschule, von Arnolds Glas, den Katalogen und Tinas Visitenkarte. In Kinds Zimmer hatte es eine Reihe nicht identifizierbarer Spuren gegeben, die meisten wohl von früheren Gästen. Eindeutig waren nur die Hinweise auf Kind selbst und auf Kassandra. Auf Kinds Anzug hatte man Fasern gefunden, die zu dem am Fenster hängen gebliebenen Stück Stoff passten – vermutlich von einer Decke, in die die Leiche zum Transport gewickelt worden war. Die Hautpartikel unter seinen Fingernägeln hatten aufgrund von fehlendem Vergleichsmaterial nicht näher bestimmt werden können. Ein verschmierter halber Fingerabdruck stammte eventuell, dieses Wort hatte Dietrich unterstrichen, von Arnold Kesting. Und auf dem Karteikasten mit den Anmeldezetteln hatte er tatsächlich Kinds Fingerabdrücke gefunden.

Der Kellerraum der Seefahrtschule war spurenmäßig zweigeteilt. Im hinteren Teil, zu dem Arnold vermutlich nie vorgedrungen war, hatte man haufenweise unbekannte Fingerabdrücke, Haare, ein Kondom und Reste von Erbrochenem gefunden. Im vorderen Teil dagegen gab es fast ausschließlich kaum verwertbare, weil verwischte Spuren – selbst auf den nachträglich platzierten Flaschen. Der Kriminaltechniker hatte abgeschürfte Haut und eingetrocknetes Blut sicherstellen können, beides stammte wahrscheinlich von Arnolds Verletzungen. Ein einziger Fingerabdruck war deutlich genug, um ihn mit Sicherheit Arnold zuzuordnen. Wer immer da aufgeräumt hatte, war sehr gründlich vorgegangen und hatte nur eine Sache übersehen, die nicht von Arnold stammte: ein blondes Haar im unmittelbaren Bereich der Tür. Dietrich hatte ein Labor in Schleswig-Holstein, das auch rechtsmedizinische Untersuchungen im Privatauftrag durchführte, um einen DNS-Abgleich aller verfügbaren Spuren mit denen im Fall Kind gebeten. Er schrieb dazu, dass das einige Zeit in Anspruch nehmen würde.

Wenn sich durch den Abgleich von Kinds DNS mit der des blonden Haares ein Verwandtschaftsverhältnis nachweisen lässt, dürften zwei Dinge bestätigt sein: Tina Bodenstedt ist seine Tochter – und sie war im Keller. Falls es Mennings Absicht war, alle Hinweise auf sie zu beseitigen, hätte er also gepatzt. Es ist ihm aber sicher sowieso klar gewesen, dass seine Aktion nur einer oberflächlichen Untersuchung standgehalten hätte. Falls seine Absichten andere waren, hatte er möglicherweise mehr Erfolg. Die Laborergebnisse bringen uns hoffentlich weiter, war Dietrichs Schlussbemerkung.

Seine eilig hingeworfenen handschriftlichen Notizen deuteten darauf hin, dass er wenig Zeit gehabt hatte, den Bericht zu verfassen, die Dateien auf DVD zu spielen, das Päckchen zu packen und aufzugeben. Bestimmt war es dieser Hast zuzuschreiben, dass er vergessen hatte zu erwähnen, wohin das Labor die Ergebnisse schicken würde.

»Warum war gerade die Bodenstedt Dietrich so wichtig?«, fragte Jung mit Blick auf den letzten Absatz des Berichtes.

»Er wusste nicht, dass sie längst zugegeben hatte, im Keller gewesen zu sein – und was sie über Arnold Kesting erzählt hat«, erklärte Paul. »Für ihn war sie unsere verschwundene Hauptverdächtige, deshalb wollte er einen Beweis. Arnolds Geschichte allein wäre keiner gewesen, der hätte sie nur wieder ändern müssen.«

»Eins beweist die Untersuchung ganz sicher: Jemand war da unten und hat Spuren vernichtet«, sagte Kassandra. »Und Dietrich hegte offenbar keinen Zweifel mehr daran, dass das Menning war. Was ist mit den beiden letzten Textdateien?« Sie zeigte auf das Verzeichnis auf dem Laptop-Display.

Paul öffnete zunächst die Datei »AZ45-99_Ermanskih_M&K«. Hinter dieser Bezeichnung verbargen sich Teile einer Untersuchungsakte aus dem Jahr 1999 zu einem bis heute unaufgeklärten Mord in Schwerin. Ein gewisser Pjotr Ermanskih war in Zusammenhang mit einem Kunstraub erschossen worden, und einer der hinzugezogenen Experten war niemand anders als Josef Kind gewesen. Laut den Protokollen hatten Claus Menning, damals Kriminaloberkommissar in der Landeshauptstadt, und Kind im Verlauf der Ermittlungen mehrmals miteinander zu tun gehabt. Natürlich ging daraus nicht hervor, ob sie sich danach jemals wieder begegnet waren. Aber obwohl das zwölf Jahre zurücklag, war es doch unwahrscheinlich, dass sich Menning nicht mehr an einen solchen polizeilichen Misserfolg und an die maßgeblich beteiligten Personen erin- nerte. Vor allem, nachdem Kassandra gleich zu Beginn des Falls »Ferdinand Thuns« Interesse für Kunst zur Sprache gebracht hatte.

Die letzte Datei, »VitaCM«, beinhaltete einen Lebenslauf von Claus Menning, der sich an einer weiteren Stelle mit dem von Josef Kind überschnitt: Von Schwerin aus war Menning vorübergehend nach Lübeck gegangen, wo Kind im Jahr 2000 ebenfalls seine Zelte aufgeschlagen hatte. Das bewies gar nichts, mochte aber ein zusätzlicher Hinweis sein. Im Anschluss an den offiziellen Lebenslauf folgte noch eine Notiz: Menning hatte im Februar 2009 Urlaub auf Mauritius gemacht. Angeblich ein Schnäppchen, aber Dietrichs Recherchen zufolge musste dieser Aufenthalt rund neuntausend Euro gekostet haben. Außerdem besaß Menning zwar keine kostspielige Segeljacht, keinen teuren Sportwagen oder Designer-Anzüge, aber er war Musikliebhaber. Die Anlage in seiner Wohnung war das Feinste vom Feinen – Dietrich hatte den Wert mit rund zweihunderttausend Euro angegeben.

»Das sieht aus«, sagte Kassandra, »als habe Menning mit Josef Kind sehr lukrative Geschäfte betrieben. Kunstschmuggel vielleicht und Verkauf von Fälschungen aufgrund von Gutachten, deren Papier mehr wert war als der Inhalt. Oder beziehen Hauptkommissare ein so hohes Gehalt, dass sie sich das alles leisten können, Herr Jung?«

»Kaum«, war Jungs einsilbige Antwort.

»Wenn das stimmt, hat Menning allerdings kein Motiv«, fuhr Kassandra fort. »Weshalb sollte er Kinds Tod wollen oder gar dafür verantwortlich sein, wenn ihm dadurch seine Einnahmequelle verloren ginge? Er kann diese Geschäfte doch bestimmt nicht allein weiterführen.«

»Er könnte mit Kind in Streit geraten sein«, sagte Paul nachdenklich. »Vielleicht war es nichts Geschäftliches, sondern was Privates. Vielleicht …« Er zögerte.

»Was?«, fragte Jonas. »Ich finde, Kassandras Argumente klingen absolut einleuchtend. Es passt doch alles zusammen: Menning und Kind werden ihre Kohle nicht auf ihren Sparbüchern lagern. Was treibt also Mennings Sohn im Land der Nummernkonten? Spielt er Geldverwalter? Außerdem war da noch dieses Telefonat mit der Bank auf Guernsey. Die Kanalinseln sind ein nettes Steuerparadies.«

Paul nickte langsam. »War nur so ein Gedanke.«

Durch das geöffnete Fenster hörte Kassandra die See rauschen – etwas Alltägliches, das sie liebte und das zum Fischland gehörte. Und hier drin redeten sie über Mord. Der überhaupt nicht zum Fischland passte. Immer noch nicht, obwohl sie sich seit drei Wochen mit nichts anderem beschäftigte.

»Lasst uns das mal sortieren«, sagte sie. »Arnolds Motiv, Kind aus dem Weg zu räumen, war sein Hass auf ihn, weil er Tina bedrängte. Dafür spricht, dass er uns ihretwegen in die Irre führen wollte – all das, nachdem sie sich getrennt hatten, was wahrscheinlich heißt, dass er sie nach wie vor liebt. Fest steht, dass er sich für die Mordnacht ein falsches Alibi verschafft hat. Was wir nicht wissen, ist, ob er von Kind erpresst wurde. Das wiederum wissen wir ganz klar über Raimund Degenhard. Sein Alibi ist von seiner Frau, damit kann es so wertlos sein wie seine Gutachten. Not schweißt zusammen, und Arnold und Degenhard wurden von einer ziemlich glaubwürdigen Quelle miteinander in Verbindung gebracht. Kommen wir zu Tina: Die Erpressung fand sie höchstens unangenehm, bei Weitem nicht schlimm genug für einen Mord am eigenen Vater. Dass sie zumindest damit nichts zu tun hat, ist also ebenfalls glaubwürdig. Menning hatte – nach jetzigem Kenntnisstand – auch kein Motiv, im Gegenteil.« Sie warf Paul einen entschuldigenden Blick zu, dann runzelte sie die Stirn. »Trotzdem hat er nach Dietrichs Bericht in der Seefahrtschule alles getan, um Spuren zu vernichten. Jedenfalls wenn wir davon ausgehen, dass nicht noch ein geheimnisvoller Unbekannter die Bühne betritt. Das ist das größte Rätsel von allen. Wenn das nicht wäre, würde ich vermuten, dass Arnold und Degenhard Kind getötet haben und Menning erst später da reingezogen wurde, als er plötzlich im Mordfall an seinem Geschäftspartner ermitteln musste.«

»Vielleicht war es so«, sagte Jung. »Möchte nicht in seiner Haut gesteckt haben, als er die Leiche sah. Garantiert wollte er so schnell wie möglich alles in seiner Macht Stehende tun, um zu verhindern, dass seine Geschäfte mit Kind im Zuge der Ermittlungen ans Tageslicht kommen. Er konnte bloß nicht sofort loslegen, sondern hatte den ganzen Tag über Dietrich am Hals. Der Mann muss tausend Tode gestorben sein.«

»Möglicherweise hat er befürchtet, in der Seefahrtschule wären entsprechende Hinweise zu finden«, fuhr Jonas fort. »Von Tina Bodenstedt oder Arnold zurückgelassen. Das klingt etwas schwammig, aber er muss ja einen Grund gehabt haben für sein Verhalten.«

»Wie wär's damit: Er wusste, dass Tina Bodenstedt Kinds Tochter war, aber nicht, wie viel sie über Kinds Geschäfte und Mennings Anteil daran weiß«, schlug Jung vor. »Er wollte ihre Spuren verwischen, damit die Polizei erst gar nicht auf Tina Bodenstedt aufmerksam wird, falls jemand entscheiden sollte, wegen der Kesting-Sache doch noch mal nachzuforschen. Er konnte nicht sicher sein, was sie seinen Kollegen in so einem Fall alles erzählen würde.«

»Klingt beinah logisch. Nur: Woher soll Menning gewusst haben, dass Tina in der Seefahrtschule war?«, wandte Kassandra ein.

Paul zuckte die Achseln. »Wenn er weiß, wer sie ist, wird er sie von Anfang an im Auge gehabt haben. Stimmt schon, es könnte so gewesen sein.«

»Schade, dass wir das alles nicht beweisen können«, sagte Jung.

»Beweisen? Hast du vergessen, weshalb wir hier sind?«, fragte Paul ungläubig. »Wir haben das gesammelte Material, unsere Vermutungen und Susanne Boes' Aussage. Du hast die Beziehungen zur Polizei, sag du uns, wohin damit, ohne dass was unter den Teppich gekehrt wird – und möglichst ohne dass jemandem dasselbe wie Dietrich passiert.«

Jungs Blick verdüsterte sich. »Ich habe gleich gesagt, dass das eine Herausforderung ist. Ich war ein kleiner Polizeihauptmeister, was glaubst du, was ich für Leute kenne? Du bist doch sonst immer derjenige mit den vielen Kontakten.«

Paul schüttelte den Kopf und sah Jonas an. Seine Gedanken waren leicht zu lesen: Ich hab's geahnt.

»Kennen Sie niemanden – oder wollen Sie niemanden kennen?«, fragte Kassandra in die Stille hinein. Ihr war es vorgekommen, als habe Heinz Jung während der letzten Stunde seinem Namen alle Ehre gemacht: Er wirkte tatsächlich jung, durch die Spurensuche aus dem Einheitsbrei seines Lebens gerissen. War ihm jetzt plötzlich wieder bewusst geworden, mit wem er es zu tun hatte? Mit Paul, einem Widersacher aus vermutlich mehr als einem Anlass. Mit Kassandra, der verhassten Exfrau des Mannes, der ihn in den Ruin getrieben hatte.

»Ich kann nun mal keinen aus dem Ärmel schütteln!« Wütend stand Jung auf. »Ich war in meinem Leben nicht in Anklam und kenne niemanden von früher, der da hingegangen ist. Der einzige Fehler, den ich zugegebenermaßen gemacht habe, war, heute hierherzukommen. Alle anderen Unterstellungen verbitte ich mir.«

Seltsamerweise glaubte Kassandra ihm. »Schön, was tun wir also? Haben Sie einen Vorschlag?«

»Höchstens den, dass Sie Ihr allgemeines Misstrauen der Polizei gegenüber aufgeben. Die Chancen, im selben Fall auf einen zweiten korrupten Beamten zu stoßen, sind relativ gering.«

»Herr Dietrich hielt die Möglichkeit, dass sein Kollege in irgendwas verwickelt ist, anfangs auch für relativ gering«, verpasste Paul Heinz Jung eine Breitseite. »Er hat sich leider geirrt.«

Jung ging nicht darauf ein. Er wandte sich stattdessen an Kassandra. »Ich gehe jetzt. Kommen Sie mit? Falls Sie noch Wert auf Ihre Tarnung Herrn Kesting gegenüber legen, wirkt es glaubwürdiger, wenn wir gemeinsam zurückkommen.«

Kassandra sah unschlüssig zu Jonas und Paul. »Ich bin am Ende mit meinem Latein. Und wenn ich nicht bald zu Hause aufschlage, wird Arnold denken, ich will nicht nur meinen Anbau aufstocken, sondern ganz Wustrow dazu.«

Jonas nickte. »Geh ruhig. Wir melden uns.«

Paul ließ sie schweigend hinaus.

Bis zur Strandstraße gingen Kassandra und Jung ohne ein Wort, keiner wusste, was er mit dem anderen reden sollte. Kassandra überlegte, ob sie Jung noch mal auf das Foto ihrer Mutter ansprechen sollte, doch sie wurde von Violetta abgelenkt, die auf sie zukam. Deren Blick wirkte ähnlich entgeistert wie neulich vor Pauls Haus. Was hast du nun noch mit Jung vor?, schien sie zu fragen.

Auf einmal traf es Kassandra wie ein Blitzschlag. Violetta und ihre Krimis! Sie hatten für keine ihrer Vermutungen Beweise, aber vielleicht würden der oder die Täter sie ganz von selbst liefern. Tina hatte recht, sie konnten sie dazu bringen. Nicht auf die brutale Art, wie sie es bei Arnold versucht hatte, sondern subtiler. Es war verrückt, aber es konnte funktionieren. Und falls es funktionierte, hatte die Polizei gar keine andere Wahl, als etwas zu unternehmen. Nichts konnte mehr »unter den Teppich gekehrt werden«, wie Paul es ausgedrückt hatte, wenn sie den Ball auf diese Weise ins Rollen brachten.

Abrupt blieb Kassandra direkt vor Violetta stehen. »Kannst du Raimund Degenhard dazu bringen, mit dir auf eine Party zu gehen?«

Verständnislos wanderten Violettas Augen zwischen Kassandra und Heinz Jung hin und her. »Raimund? Weshalb?«

»Schaffst du das? Es ist wichtig.«

»Wie wichtig?«

»Es geht um Leben und Tod. Wörtlich genommen.«

»Was haben Sie vor, Frau Voß?«, fragte Jung argwöhnisch.

»Erklär ich Ihnen später«, erwiderte Kassandra, ohne den Blick von Violetta zu nehmen. »Es *ist* wichtig.«

»Hat das was damit zu tun, dass ich dich von Kesting wegholen sollte und dass du frühmorgens um sechs aus Paul Freeses Haus kamst?«

Kassandra hörte Heinz Jung husten, ging aber darüber hinweg. »Ja.«

»Einverstanden«, stimmte Violetta zu. »Ich krieg das hin, wann soll die Party steigen?«

»Ich sag's dir, sobald ich es weiß. Entschuldige mich, ich muss was organisieren.« Sie ließ Violetta stehen und zog Jung mit sich, zurück zu Paul. Arnold musste eben noch ein bisschen länger warten, als Erklärung diente ihr Jung dann genauso gut.

Ein paar Minuten später saßen sie wieder bei Paul, und Kassandra erzählte von ihrer Idee mit Jonas' Überraschungsgeburtstagsparty – und der Gästeliste mit dem Überraschungsgast.

Ihr Plan wurde unterschiedlich aufgenommen. Jonas fand ihn amüsant. »Mit ein bisschen Glück könnte das klappen.«

Paul war hin- und hergerissen. »Wenn das schiefgeht, haben wir keine zweite Chance«, wandte er ein, aber Kassandra sah ihm an, dass die Idee ihm gefiel.

Heinz Jung war strikt dagegen. »Ihr seid übergeschnappt. Wir sind doch hier nicht in einem Kriminalroman! Wenn Sie mich als Alibi für die Gemeindevertretersitzung wollen, spiele ich mit, bis wir zu Hause sind. Wir können uns da gern lauthals für Kesting streiten, aber mehr ist nicht drin.«

Kassandra hatte befürchtet, dass Jungs Votum so lauten würde. »Das macht zwei dafür, einer dagegen. Paul, es hängt an dir.«

Paul heftete seinen Blick auf Heinz Jung, doch der reagierte nicht. »Gut. Machen wir's.«

»Du bist verrückt«, sagte Jung. »Nichts und niemand wird dich je ändern. Dabei sollte man meinen, dass du schon oft genug auf die Schnauze gefallen bist.«

»Seit wann schert dich das?«, fragte Paul ruhig. »Kassandra, streite dich mit Heinz vor deiner Haustür. Jonas und ich kümmern uns um alles, einschließlich Violetta.«

Kassandra folgte Jung, der ein paarmal »absurd« vor sich hingrummelte, nach draußen. Kurz schaute sie zurück zu Jonas und Paul, die schon ihre Köpfe zusammensteckten und anfingen zu planen. War es wirklich eine gute Idee? Oder hatte Jung recht?

Der zumindest hielt Wort. In der Lindenstraße fing er ein lautes Streitgespräch an, in das Kassandra bald einstieg, was ihr unter den gegebenen Umständen nicht weiter schwerfiel. Während sie zu Hause aufschloss, brüllte sie Jung an, er könne sie mal mit seinen Verordnungen, und knallte ihm die Tür vor der Nase zu.

Arnold kam ihr auf dem Flur entgegen. »Nicht gut gegangen?«

»Nein!« Kassandra beschloss, dass sie ihre Enttäuschung über Heinz Jung ruhig an Arnold auslassen konnte, und knallte ihm ebenfalls eine Tür vor der Nase zu. Angesichts ihres Stimmungstiefs entschied er offenbar, sich von ihr fernzuhalten, was Kassandra einige Stunden Ruhe bescherte. Letzten Endes waren sie aber doch eher nervenaufreibend, weil sie zum Nichtstun verdammt war und nicht wusste, was Paul und Jonas inzwischen erreicht hatten. Gegen elf ging sie ins Bett, ohne von ihnen gehört oder Arnold noch einmal gesehen zu haben.

24

Kassandra schreckte aus dem Schlaf. Ihre Uhr zeigte halb eins, an der Haustür klingelte jemand Sturm. Barfuß lief sie hinaus und registrierte nur nebenbei, dass Arnold verschlafen aus seinem Zimmer guckte und ihr folgte.

Draußen stand eine große Gestalt, die sich am Mauerwerk festhielt und trotzdem gefährlich auf sie zuschwankte.

»Kas…sandra?«, fragte Paul unartikuliert. »Was machst du … bei … Jonas?«

»Wieso bei Jonas?«, wiederholte Kassandra irritiert. »Paul, ist alles in Ordnung mit dir?« Sie streckte besorgt die Hand aus, und Paul schien sie fassen zu wollen, doch er griff daneben.

Er machte einen unsicheren Schritt vorwärts. »Kas…sandra«, sagte er noch einmal. Dann brach er vor ihren Füßen zusammen.

»Paul!« Entsetzt kniete sie sich neben ihn auf den Boden. »Paul.« Sie versuchte, ihn hochzuheben, doch er war viel zu schwer für sie. Da hörte sie hinter sich ein Geräusch. Natürlich, Arnold musste noch da stehen. »Arnold, ruf den Notarzt, schnell!«

»Ich glaube, das ist unnötig. Dein Genosse Oberst ist bloß blau.«

»Wie bitte?« Konsterniert starrte Kassandra von Paul zu Arnold. Paul betrunken? Unmöglich. Oder doch nicht? Er hatte mit schwerer Zunge gesprochen, und nach der ersten Überraschung und der darauffolgenden Panik bemerkte sie nun den Alkoholdunst, der von Paul ausging. Hatte ihm die unerfreuliche Begegnung mit Heinz Jung am Nachmittag so zugesetzt? Auf jeden Fall musste sie ihn erst mal vom Fußboden hochkriegen, wobei ihr Arnold, selbst wenn er gewollt hätte, nicht helfen konnte.

»Hau ihm ein paar runter«, schlug er vor. »Wenn er halbwegs zu sich kommt, kannst du ihn rausschmeißen.«

Es fiel Kassandra schwer, sie wollte nicht zuschlagen. Letztlich blieb ihr nichts anderes übrig.

»Was … soll … das?«, brummte Paul ungnädig, doch er kam mit ihrer Hilfe schwankend auf die Füße. »Wo ist … Jonas?«

»Nebenan. Komm, ich bring dich ins Bett, da kannst du deinen Rausch ausschlafen.«

Widerspruchslos stützte sich Paul auf Kassandra. Im Schlafzimmer plumpste er wenig grazil auf ihre Matratze, drehte sich auf die Seite und war schon wieder weggetreten.

»Was ist jetzt mit dir?«, fragte Arnold spöttisch. »Wenn du willst, kannst du bei mir übernachten. Bisschen eng, aber gemütlich.«

»Nein, danke. Ich muss morgen früh raus und würde dich stören. Ich schlaf auf dem Sofa.«

Dort starrte sie Löcher in die Luft. Paul in ihrem Bett. Das wäre nicht das Schlechteste gewesen, bloß sein Zustand war nicht ganz das, was sie sich gewünscht hätte. Sie setzte sich auf. Was hatte sie vorhin gedacht? Das passte nicht zu ihm. Sie erhob sich und schlich über den Flur zu ihrem Schlafzimmer. Paul hatte sich umgedreht und lag reglos mit dem Gesicht in ihre Richtung. Leise schloss sie die Tür hinter sich.

»Erzähl«, sagte sie. »Was habt ihr erreicht?«

Paul rührte sich nicht.

»Paul, du kannst mit dem Spiel aufhören, Arnold ist nicht hier.«

Paul gab keinen Mucks von sich. Sie überlegte noch, ob er sie wirklich nicht bemerkt hatte, da hörte sie Schritte auf dem Flur. Mit einem Satz rettete sie sich hinter die Tür, die kurz darauf langsam geöffnet wurde. Sie hielt den Atem an und lugte vorsichtig um die Tür herum. Arnold lauschte erst, bevor er näher trat.

»Hey, Genosse Oberst«, sagte Arnold in normaler Lautstärke.

Paul rührte sich nicht.

Arnold rüttelte Paul an der Schulter, Paul grunzte und wälzte sich auf die andere Seite. Arnold beobachtete das, dann stieß er ihm mit voller Wucht seine Krücke in den Rücken. Kassandra meinte, selbst den Schmerz zu spüren, doch Paul grunzte nur wieder und hob in einer unkoordinierten Bewegung den Arm, um nach dem zu fassen, das ihn gestoßen hatte. Arnold nahm die Krücke weg. Lange sah er auf den wieder reglosen Paul herunter. Kassandra zog sich vorsichtshalber hinter die Tür zurück, gerade rechtzeitig, bevor Arnold sich umdrehte und das Zimmer verließ.

Als seine Schritte verklungen waren, fragte Kassandra leise: »Paul? Geht's?«

Stöhnend richtete Paul sich auf. »Das werd ich eine Zeit lang merken.«

»Woher wusstest du, dass Arnold nachsehen kommen würde?«

»Wusste ich nicht.« Paul rieb sich den Rücken und lächelte schief. »War bloß eine Vermutung.«

»Brauchst du eine Salbe?«

»Wenn du hast. Ich sollte heute Abend fit sein, da steigt nämlich eine Party für Jonas.«

»Heute Abend schon?«

»Es wird Zeit, dass was passiert.« Paul stöhnte erneut, als er sich bewegte.

Aus ihrem Medizinbeutel im Nachtschränkchen holte sie eine Salbe und reichte Paul die Tube.

Er zog sich das Hemd aus, das er mit irgendwas Alkoholischem getränkt haben musste. Kassandra wusste nicht recht, wo sie hinsehen sollte, während er berichtete, dass Violetta in alles eingeweiht war und Degenhard durch eine kleine Erpressung ihrerseits zu einem Wiedersehen überredet hatte. Als Paul so weit gekommen war, hatte er mehrfach erfolglos versucht, sich den Rücken einzureiben. »Könntest du vielleicht?«, bat er Kassandra.

Sie schluckte und war dankbar für die Dunkelheit. Paul drehte ihr den Rücken zu und erläuterte, was er und Jonas außerdem noch in die Wege geleitet hatten. Als Kassandra ihn berührte, zuckte er zusammen.

»Leg dich hin, dann geht's besser«, sagte sie. Ihre Hände zitterten, als sie begann, die Salbe behutsam einzumassieren.

Paul erzählte, dass jeder seine Rolle kannte und der Abend mehr oder weniger nach Kassandras Plan verlaufen könne. Da Heinz Jung ausfiel, hatten sie sich eine Alternative überlegt, von der sie nur das Beste hoffen konnten. Kassandra hörte die Worte, aber es bereitete ihr mehr und mehr Mühe, ihren Sinn zu verstehen. Stattdessen spürte sie Pauls Wärme unter ihren Fingern und bekam Herzrasen. Irgendwann merkte sie, dass er schwieg. Was hatte er als Letztes gesagt? Sein Oberkörper hob und senkte sich, sie sah, dass seine Finger sich in das Kissen krallten.

»Entschuldige. Ich wollte dir nicht wehtun.« Sie nahm die Hände weg und stand vom Bett auf.

»Schon gut«, murmelte er undeutlich ins Kissen. »Danke.« Einen Augenblick blieb er noch liegen, bevor er ebenfalls aufstand und dabei nach seinem Hemd griff. Er bekam es nicht gleich zu fassen, Kassandra half ihm, ihre Finger berührten sich. Unwillkürlich zuckte sie zurück, ebenso wie Paul. Sie beide starrten auf ihre Hände. Die Zeit stand still, bis ihre Blicke aufeinandertrafen. Kassandra konnte kaum glauben, was sie in Pauls Augen las – und das beruhte offensichtlich auf Gegenseitigkeit. Paul ließ das Hemd fallen, hob ganz langsam die Hand und legte sie sanft an ihre Wange. »Kassandra«, sagte er mit belegter Stimme. Doch plötzlich ließ er sie los, als hätte er sich verbrannt. »Das geht nicht. Ich … es tut mir leid. Ich hätte nicht … Das geht nicht.«

Mit einem Schlag kam Kassandra zu sich. »Wenn es wegen Jonas …«

Paul unterbrach sie. »Das hat nichts mit Jonas zu tun.«

»Also liegt es an mir.« Kassandra wollte dieses Gespräch nicht führen, andererseits musste sie wissen, woran sie war.

»Nein. Es liegt an mir.«

»An dir?«

Paul drehte sich weg, nahm sein Hemd und zog es über. »Ich bin zu alt für dich. Ich könnte dein Vater sein.«

»Du bist aber nicht mein Vater.«

Paul schwieg.

»Paul, warum sind diese Jahre zwischen uns so ein Problem für dich? Mir sind sie völlig egal.«

Er fuhr sich mit den Händen übers Gesicht und wandte sich endlich wieder zu ihr um. »Ich bin nicht dein Vater, aber ich kannte deine Mutter, als sie mit dir schwanger war. Da kann ich doch jetzt nicht … Kassandra! Ich kann doch nicht …« In einer hilflosen Geste hob er die Arme und ließ sie kraftlos wieder sinken.

Kassandra musste sich setzen und sah Paul wie betäubt an. Er hatte ihre Mutter gekannt? Dann begriff sie mit einem Schlag. Wie hatte sie so blind sein können? »Meine Mutter war Karins Schwester«, sagte sie tonlos. »Heinz Jung hat sie auf dem Foto erkannt. Er hat nicht gelogen, sie war seine Schwägerin. Du hast sie auch erkannt, an jenem Abend, als du Arnold davon abgehalten hast, mich zu küssen. Ich dachte, du hättest dir Violettas Afrika-Buch angesehen, tatsächlich war es das Foto. Oder ist es dir schon aufgefallen, als du zum ersten Mal bei mir warst, mit Jonas?«

»Das war gar nicht nötig. Ich hab geahnt, wer du bist, als du herkamst, um das Haus zu kaufen.«

»Sind wir uns da begegnet?«, fragte Kassandra verständnislos. »Selbst wenn, ich sehe meiner Mutter überhaupt nicht ähnlich.«

»Wustrow ist ein Dorf. Wenn Fremde kommen und sich hier niederlassen wollen, sind deren Namen schnell rum. Kassandra Voß. Das hätte ein gewaltiger Zufall sein müssen, wenn du nicht Ullas Tochter gewesen wärst. Allerdings bin ich damals davon ausgegangen, dass du wusstest, wohin zu zurückkehrst. Niemand war erstaunter als ich, als sich rausstellte, dass du keine Ahnung hattest.«

»Warum hast du nichts gesagt?«

»Ich war kurz davor. Das erste Mal, als Jonas meinte, dass Heinz dein Vater sein könnte, und später, als du mich deswegen angerufen hast. Aber an dem Abend bei mir hattest du gesagt, dass Ulla ihr Geheimnis für sich behalten hat und nicht wollte, dass du etwas über ihre Familie erfährst. Ich fand, ich müsse das respektieren.« Paul räusperte sich. »Gleichzeitig erfuhr ich wie nebenbei von ihrem Tod. Das traf mich völlig unvorbereitet. Was ist passiert?«

»Krebs.« Kassandra schluckte. »Wie ihre Schwester. Wie Karin.«

Eine Minute blieb es still, bevor Paul sagte: »Ich mochte sie sehr.«

»Würdest du von Anfang an erzählen?«, bat Kassandra. »Wer ist mein Vater?«

Paul zuckte mit den Schultern. »Ich vermute, es war ein Student der Seefahrtschule. Ulla hat nie darüber gesprochen. Es wusste niemand von ihrer Schwangerschaft, nicht mal Karin, die damals schon mit Heinz verheiratet war. Ich war nach dem Knast auch nicht gerade auf Rosen gebettet, vielleicht hat sich Ulla deswegen gerade mir anvertraut, als hätten uns unsere Probleme verbunden. Ulla wollte weg von ihrer Familie, weg aus Wustrow. Das war damals kompliziert in diesem Land, man konnte nicht einfach kommen und gehen. Aber ich kannte ein paar Leute …«

Kassandra musste unwillkürlich lächeln.

Paul erwiderte das Lächeln. »Jedenfalls lernte sie über Umwege Reinhard Voß kennen. Das war nicht die große Liebe, aber sie hatten dieselben Vorstellungen von ihrem Leben, dieselbe Idee, dass man mehr daraus machen sollte. Ihre Familie fürchtete, dass Ulla früher oder später in Schwierigkeiten kommen könnte – und sie mit ihr. Was das betraf, waren die alle gleich, kein Wunder, dass Karin sich hatte anstecken lassen. Ulla brach jeden Kontakt zu ihren Leuten ab, nur mir hat sie ein Jahr später kommentarlos ein Babyfoto geschickt. Auf der Rückseite stand dein Name.«

Kassandra trat zu Paul, der sich nicht von der Stelle gerührt hatte. »Warst du deshalb mit mir auf dem Kirchturm? Hast du deshalb gesagt, der Ausblick hilft jedem, der hier verwurzelt ist?«

Paul nickte. »Vorher dachte ich, du wolltest nicht, dass jemand etwas über deine Familiengeschichte erfährt, genauso wenig wie du wolltest, dass jemand Kassandra Larsen in dir erkennt. Die Art, wie du reagiert hast, hat mir zum ersten Mal klargemacht, dass du nichts wusstest. Es hat dir trotzdem geholfen, oder?«

»Das lag nicht an dem Ausblick. Es lag an dir.«

Paul schaute weg. »Das bildest du dir ein.«

»Nein, Paul. Es hat bloß etwas gedauert, bis ich verstand, was das bedeutet.«

Zweifelnd sah Paul Kassandra an. »Begreifst du nicht, dass …«

»Was?«, unterbrach sie ihn. »Dass das mit uns nichts werden kann, weil du meine Mutter gekannt hast? Weil du ihr geholfen hast, als sie es am nötigsten brauchte? Wie du mir gerade hilfst? Paul, wir haben noch was zu erledigen mit Arnold, Degenhard und Menning und vielleicht gerade keine Zeit, uns mit unseren persönlichen Dingen auseinanderzusetzen. Aber wenn das alles vorbei ist, hätte ich gern, dass du tust, was du vorhin tun wolltest, statt blödsinnige Argumente zu suchen, die angeblich dagegen sprechen.« Sie wartete seine Antwort nicht ab, sondern wandte sich um und verließ das Schlafzimmer.

25

Kassandra wunderte sich, dass sie am nächsten Tag funktionierte. Wie immer kümmerte sie sich um das Frühstück, die Zimmer, den Einkauf – und zusätzlich um die Vorbereitungen zu Jonas' Geburtstagsfeier. Arnold wusste ja schon davon, obwohl sie neulich logischerweise nicht erwähnt hatte, dass die Party heute stattfand. Trotzdem schien er nicht mehr misstrauisch zu sein. Pauls Fähigkeit, lautlos Schmerzen wegzustecken, musste ihn von der Echtheit des nächtlichen Auftritts überzeugt haben. Während Kassandra Salat schnippelte und Steaks marinierte, fragte sie sich, ob diese Fähigkeit ein Überbleibsel der Monate im Gefängnis war.

Paul hatte bereits früh am Morgen das Haus verlassen, ohne dass sie ihm noch einmal begegnet war, was Arnold zu einer bissigen Bemerkung veranlasst hatte. Kassandra seufzte. Sie sollte weniger an Paul denken, sondern an das, was ihnen am Abend bevorstand. Oder daran, dass sie hier in Wustrow unter Umständen noch eine Familie hatte. Es gab so viel, wonach sie Paul fragen musste, nur hatte sie das gestern erschreckend wenig interessiert. Die Geister der Vergangenheit waren verblasst im Vergleich zum äußerst lebendigen Paul. Selbst jetzt kehrten ihre Gedanken ständig zu ihm zurück, und sie fragte sich, ob er je bereit sein würde, über seinen Schatten zu springen.

Am Nachmittag lotste Kassandra Arnold aus dem Haus, damit Paul und Jonas einige Vorbereitungen treffen konnten.

Um sieben waren das Büfett und der Grill auf der Terrasse aufgebaut, und Kassandra machte einen Riesenwirbel darum, Jonas zu ihr rüberzulotsen, der mächtig überrascht tat. Dann bat sie Arnold, auf den Grill aufzupassen, während sie die Gäste einließ. Die Ersten waren Violetta und ein nervös wirkender Raimund Degenhard, der gerade ein »Das hättest du mir sagen müssen« hervorquetschte, als sie die Tür öffnete, worauf er Kassandra anstierte.

»Hallo, Violetta, schön, dass ihr kommen konntet.« Sie wandte sich an Degenhard. »Du musst Raimund sein. Ich darf doch Du sagen? Violetta hat immer ein Geheimnis aus dir gemacht, toll, dich endlich kennenzulernen.«

Degenhard nickte stakkatomäßig. »Ich fürchte, ich kann gar nicht bleiben. Ich habe eben einen Anruf bekommen und ...«

»Ach was, Raimund, vergiss den Anruf, du bleibst.« Energisch schob Violetta Degenhard durch den Flur. Er hatte keine Chance, den Rückzug anzutreten, weil hinter ihm schon Paul auftauchte, der ihn im Wechselspiel der Begrüßungen weiter vorwärtsdrängte. Er musste gute Miene zum bösen Spiel machen und Paul die Hand schütteln. Kassandra suchte Pauls Blick, den dieser erwiderte, als hätte die letzte Nacht nicht stattgefunden. Er war wie immer.

Arnold stand wie befohlen am Grill, Jonas neben sich, als die ganze Gesellschaft die Terrasse betrat. Er schaute auf – und ließ das Würstchen fallen, das er gerade hatte wenden wollen.

»Ups«, sagte Kassandra, hob es mit einem Stück Küchenpapier vom Boden auf und beobachtete dabei Degenhard, der kurzfristig seine Sonnenbankbräune im Gesicht verloren hatte. »Na, macht nichts, wir haben reichlich. Arnold, du kennst alle, bis auf Raimund, Violettas Freund.«

Langsam kam wieder Leben in Arnold. Er übergab die Grillzange an Kassandra, aber sein Blick schweifte zurück zu Degenhard, der sich nun alle Mühe gab, unbeteiligt auszusehen, und in den nächsten fünf Minuten dauernd auf die Uhr sah. Bestimmt hätte er am liebsten die Flucht ergriffen, doch womit immer Violetta ihm gedroht hatte, es hielt ihn letztlich auf seinem Platz.

Als es erneut klingelte, erhob sich Paul. »Ich hab noch jemanden eingeladen, ich hoffe, das ist in Ordnung.« Kurz darauf kam er mit einer attraktiven Blondine am Arm zurück. »Tina und ich sind uns wieder über den Weg gelaufen, und wir fanden, dass wir unsere Bekanntschaft ein bisschen intensivieren sollten.« Er zwinkerte Tina zu, die eher zaghaft lächelte und sich leicht unwohl zu fühlen schien.

Kassandra nickte Tina zur Begrüßung zu und zwang sich dann, ihren Blick zu Arnold und Degenhard zu lenken. Hätte Arnold noch am Grill gestanden, hätte er vermutlich wieder ein Würstchen fallen lassen, und auch Degenhard war sichtlich geplättet. Während Tina Degenhard bewusst ignorierte, Arnold sehr zurückhaltend grüßte und sich wie schutzsuchend neben Paul am Tisch niederließ, brodelte es in Arnold.

Er blitzte Tina an. »Du ...«

Paul ging sofort dazwischen. »Lassen Sie Tina in Ruhe. Sie haben bloß bekommen, was Sie verdienen. Tina hat mir ihre Version der Geschichte erzählt, die ist weitaus glaubwürdiger als alles, was Sie so fabulieren.«

»Was hat sie Ihnen denn erzählt?«, fragte Arnold angestrengt ruhig.

»Eifersucht ist eine Krankheit, wissen Sie? Sie sollten was dagegen tun, bevor Sie das nächste Mal eine Frau schlagen.«

»Was?« Arnolds Gesichtszüge entglitten ihm.

»Was immer da war zwischen euch, ist wohl vorbei. Beruhig dich, Arnold«, schritt Jonas ein, dann wandte er sich wütend an Paul. »Das war nicht gerade das Sensibelste, was du je gemacht hast.« An Tina gewandt fügte er hinzu: »Sie sind selbstverständlich willkommen, aber …«

»… ich sollte lieber nicht zu lange bleiben? Keine Sorge, werde ich nicht. Paul und ich haben später noch was vor.«

Kassandra beobachtete Arnold und spürte, dass er sich kaum auf etwas anderes als Tina konzentrieren konnte. Bis er sich unvermutet und mit beißendem Spott an Paul wandte. »Sie sind schon wieder ziemlich fit nach Ihrem Absturz gestern, Genosse Oberst.«

Die Bemerkung veranlasste Degenhard nun doch zu einem befremdeten Blick in Richtung Arnold, obwohl er das zuvor vermieden hatte und immer noch jede Minute seine Uhr befragte.

Paul schien das nicht wahrzunehmen, während er zweideutig erwiderte: »Ich vertrage einiges, danke.«

»Haben Sie sich nicht vorhin ein bisschen zu steif bewegt?«

»Nur etwas Rückenschmerzen.« Paul lächelte freundlich.

»Oh. Normal in Ihrem Alter, nehme ich an.«

Es war nur eine winzige Kleinigkeit, die sich in Pauls Gesicht veränderte, aber Kassandra sah, dass ihn zum ersten Mal etwas von dem, was Arnold sagte, getroffen hatte. »Wenn Sie Glück haben, kommen Sie da auch noch hin«, meinte er jedoch nur lapidar.

Arnolds Antwort wurde durch ein erneutes Läuten unterbrochen. Kassandra erwartete niemanden mehr. Unauffällig warf sie einen Blick zu Paul und Jonas, doch sie erntete nur ratloses Schulterzucken und ging nachsehen.

Überrascht musterte sie den Mann auf ihrer Schwelle und das Papier, das er ihr entgegenhielt. »Was ist das?«

»Die Genehmigung für die Aufstockung Ihres Anbaus. Sie könnten mich aus lauter Dankbarkeit zu Ihrer Feier einladen«, sagte Heinz Jung.

Auf Kassandras Gesicht breitete sich ein Lächeln aus. »Gern!« Sie führte ihn durchs Wohnzimmer, wo er zu dem Foto ihrer Mutter sah. Etwas geradezu Unfassbares ging ihr auf. Spontan berührte sie seine Schulter. »Darüber müssen wir gelegentlich reden. Onkel Heinz.« Sie schmunzelte.

Jung erbleichte. »Er hat's Ihnen also gesagt«, murmelte er, hatte sich aber gleich wieder in der Gewalt. »Gut. Kümmern wir uns erst mal um das Wichtigste.«

Alle Blicke richteten sich auf sie, als sie die Terrasse betraten. Jonas wirkte überrascht, Paul überrascht und erfreut gleichermaßen. Leise klärte er Tina über die Nachbarschaftsverhältnisse auf. Violetta verschluckte sich beinah an einem Stück Weißbrot, und Arnold machte ebenfalls einen verwunderten Eindruck, bis Kassandra mit dem Papier wedelte und erläuterte, was es damit auf sich hatte. Degenhard sah auf die Uhr.

In der nächsten halben Stunde verwickelte Violetta Arnold in ein Gespräch über Bücher im Allgemeinen und Krimis im Besonderen, ohne Rücksicht darauf, dass er auf Durchzug gestellt hatte und nur Tina und Paul beobachtete. Jedenfalls bis Violetta aufkreischte.

»Ich hab eine großartige Idee, alle mal herhören! Ist vielleicht ein bisschen makaber, aber wo wir nun schon mal in einem Haus sind, in dem eine echte Leiche gefunden wurde, wollen wir uns da nicht mit Mord im Dunkeln die Zeit vertreiben? Jonas, ist natürlich dein Geburtstag, sag, wenn du nicht willst.«

Jonas griente. »Ich hab nichts dagegen, aber wir sollten Kassandra fragen, die hat vielleicht genug von Mord.«

Arnold hob die Hand. »Könnte mich mal jemand aufklären?«

»Sagen Sie bloß, Sie haben nie als Kind Mord im Dunkeln gespielt, ist ganz einfach, jeder muss einen Zettel ziehen, auf dem seine Rolle steht: Mörder, Detektiv, Partygast, der Detektiv verlässt das Zimmer, in dem das Licht gelöscht wird, Musik erklingt, es wird getanzt, bis derjenige, den der Mörder antippt, einen Schrei ausstößt und sich zu Boden fallen lässt, der Detektiv betritt das Zimmer, schaltet das Licht ein und versucht, den Täter zu ermitteln, wenn er das schafft, kriegt er eine Tafel Schokolade, das war's, wir können ja die Schokolade durch was anderes ersetzen.« Violetta kicherte albern.

Kassandra sah, dass Arnold und Degenhard während der Erläuterung der Spielregeln unbehaglich geworden war. Tina rutschte unruhig auf ihrem Stuhl hin und her.

Arnold wagte einen halbherzigen Protest. »Wie soll das auf der Terrasse gehen? Es ist viel zu hell.«

»Wir können den Anbau zweckentfremden«, sagte Kassandra. Darin waren normalerweise die Gartenmöbel untergestellt, jetzt befanden sich dort jedoch nur noch Waschmaschine, Trockner und ein Schrank für Bettzeug und Decken. Ohne auf weitere Zustimmung zu warten, holte sie eine Minianlage für die Musikuntermalung, Zettel und Stift. Letztere drückte sie Heinz Jung in die Hand.

»Zu meiner Zeit haben wir uns auf Feiern mit anderen Dingen vergnügt«, sagte er missmutig.

»Sie werden sehen, das macht Spaß«, sagte Kassandra lächelnd.

Jung beschriftete, faltete und mischte die Zettel, anschließend nahm jeder einen. Heinz Jung erwischte den Detektiv-Zettel, alle anderen zogen sich in den Anbau zurück. Kassandra drehte die Musik auf, schloss die Fensterläden und wartete, ob sich ihre Augen an das Dunkel gewöhnen würden, doch sie erkannte kaum einen Schemen. Jemand streifte sie. Violetta, die Degenhard zum Tanzen animierte? Es war zu dunkel und zu laut. Vorsichtig bewegte sie sich zum anderen Ende des Raumes, da stieß sie mit einer Gestalt zusammen.

»Kassandra, bist du das?«, fragte Arnold dicht an ihrem Ohr. »Ich hab den blöden Mörder-Zettel gezogen. Wo ist Violetta? Die würde ich mit Freuden umbringen.«

»Du darfst mir nicht sagen, dass du der Mörder bist«, wies Kassandra ihn zurecht. »Nun musst du mich wohl töten, damit ich dich nicht verraten kann.«

»Haha. Das ist das bescheuertste Spiel, von dem ich je gehört habe.«

»Du wirst es überleben.« Kassandra legte ihre Hand auf seine.

»Violetta und Freese nicht, wenn's nach mir geht.«

»Vergiss das doch. Wir sind …«

Da ertönte ein gedämpfter Schrei. »Was ist das?« Violettas

Stimme. Dann noch einmal, lauter. »Was ist das? Macht das Licht an! Sofort!«

Kassandra ließ Arnold los, stolperte vorwärts und hieb auf den Lichtschalter ein, während sich die Tür öffnete, Heinz Jung auf der Bildfläche erschien und in der Bewegung versteinerte.

In einer Ecke des Raumes lag Tina Bodenstedt merkwürdig verkrümmt auf der Seite. Sie hatte ihnen halb den Rücken zugewandt und die Arme wie schützend um den Leib gelegt, aus dem dunkelrotes dickes Blut sickerte. Ein Messer lag in der langsam größer werdenden Lache. Violetta hockte mit entsetztem Gesichtsausdruck neben ihr, die Hände und Jeans mit Blut beschmiert. Ganz offenbar war sie im Dunkeln über Tina gestolpert. Jetzt sprang sie wie von Furien gehetzt auf, starrte abwechselnd auf Tina und ihre Hände und fing an zu kreischen. Dabei griff sie haltsuchend nach Degenhard, der Augen und Mund aufgerissen hatte, aber kein Wort rausbrachte. Arnolds Gesicht war leichenblass. Nie zuvor hatte Kassandra ihn so benommen vor Schock, Unglauben und Schmerz gesehen, nicht mal, als sie ihn aus dem Keller der Seefahrtschule befreit hatten.

Nur wenige Sekunden waren vergangen, seit sie das Licht eingeschaltet hatte, aber die kamen ihr vor wie eine Ewigkeit. Jung setzte sich wieder in Bewegung, machte im Vorbeigehen die immer noch dröhnende Musik aus und kniete neben Tina nieder.

»Tina?«, wisperte Arnold und wollte zu ihr. Jonas hielt ihn fest.

»Bleiben Sie, wo Sie sind. Alle«, sagte Jung mit Autorität in der Stimme, während er nach Tinas Puls suchte und schließlich den Kopf schüttelte. »Frau Voß, rufen Sie die Kollegen, bitte.«

Fassungslos hielt Arnold den Blick auf das grausige Bild geheftet. »Nein«, sagte er heiser. »Nicht Tina.«

Kassandra war vollkommen auf Arnold fixiert, sie erschrak, als sie Paul sagen hörte: »Herr Degenhard, ich glaube nicht, dass jetzt jemand diesen Raum verlassen sollte.«

»Allerdings nicht«, ließ sich Heinz Jung vernehmen.

Degenhard hatte sich von Violetta befreit und war auf dem Weg zur Tür. »Sie haben mir gar nichts zu sagen.«

»Oh doch. Ich habe mich vielleicht vorhin nicht richtig vorgestellt. Polizeihauptmeister Jung. Sie werden bleiben, bis meine Kollegen hier sind. Frau Voß, Sie …«

In dem Moment brüllte Arnold los und ließ sich weder von Jonas noch von seinem gebrochenen Fuß oder seinen Krücken aufhalten. Er schleuderte Degenhard gegen die Wand. »Du hast sie umgebracht! Sie wusste, was wir getan haben, und du hast sie umgebracht!«

Einen Moment herrschte Grabesstille. Dann sagte Degenhard zittrig: »Sie sind ja vollkommen durchgedreht. Lassen Sie mich los.« Er sah zu den anderen hin. »Helfen Sie mir doch!«

Niemand rührte sich.

»Du verfluchter Bastard! Du hast ihr Blut an den Händen!«, brüllte Arnold. Er griff nach Degenhards Handgelenken, donnerte sie gegen die Wand und hielt sie dort fest wie ein Schraubstock.

»Das ist von Violetta, sie hat mich angefasst«, verteidigte sich Degenhard, doch Arnold hörte nicht zu.

»Ich bring dich um«, sagte er, mit einem Mal ganz leise. »Auf einen mehr oder weniger kommt's nicht an. Ich schwör dir, ich bring dich um.«

Degenhard kam nicht gegen Arnolds Griff an. Verzweifelt wandte er sich an Heinz Jung. »Wenn Sie Polizist sind, müssen Sie mir helfen. Tun Sie was, um Himmels willen!«

Jung war aufgestanden und durchbohrte Degenhard mit seinem Blick, ohne etwas zu erwidern. Stattdessen deutete er auf das Messer und fragte Kassandra: »Frau Voß, das ist doch das Brotmesser vom Büfett, das vorhin jeder mal in der Hand hatte, richtig?«

Kassandra nickte zögernd.

»Demnach wird man also massenweise Fingerabdrücke darauf finden«, fuhr Jung fort. »Auf den ersten Blick gut durchdacht, aber Herr Kesting hat recht. Abgesehen von Frau Grabe sehe ich hier nur einen einzigen Menschen, der Blutspuren aufweist. Hätten Sie geschickter zugestochen, hätten Sie das möglicherweise vermeiden können, Herr Degenhard. Aber ich gehe davon aus, dass Sie die Tat nicht geplant hatten. Da macht man Fehler.«

Degenhards Augen weiteten sich. »Das ist Irrsinn. Ich war's nicht! Es muss Violetta gewesen sein.«

»Raimund!«, schrie Violetta auf. »Wie kannst du …«

»Halten Sie die Klappe«, zischte Arnold, ohne sich umzudrehen. »Halten Sie endlich Ihre dämliche Klappe! Es geht nicht um Sie, es geht um Tina. Sie war Josef Kinds Tochter – und Josef Kind war ein Dreckschwein. Er hat sie gezwungen, mit Degenhard zu schlafen, damit er ihn erpressen konnte. Das war Raimunds Grund, ihn aus dem Weg zu räumen. Meiner war, dass ich Tina liebte. Immer noch liebe. Ich wollte, dass das Schwein aufhört, sie zu benutzen. Er hat bloß gelacht.« Arnold lachte selbst kurz auf. »Er hat nicht damit gerechnet, dass Degenhard und ich uns zusammentun. War ja auch eine verrückte Idee. Ich verachtete Degenhard mit seinen Affären mindestens genauso, wie ich Kind hasste. Aber in der Not frisst der Teufel Fliegen, was, Raimund?« Für einen Sekundenbruchteil ließ Arnold Degenhards rechtes Handgelenk los, nur um sofort darauf seinen Unterarm so fest gegen Degenhards Kehle zu drücken, dass der ebenso verzweifelt wie vergeblich nach Atem rang. Er versuchte zwar, sich gegen Arnold zu wehren, fand aber ohne Luft nicht genug Kraft dazu.

»Herr Kesting«, sagte Heinz Jung fest. »Beruhigen Sie sich.«

Arnold wandte sich halb um. »Ich dachte immer, Sie wären bloß ein grantiger alter Mann, der Kassandra nicht ausstehen kann. Aber es ist gut, dass Sie Polizist sind. Ich will eine Aussage machen.«

»Lassen Sie zuerst mal Herrn Degenhard los.«

»Garantieren Sie mir, dass er nicht entkommt?«

»Ich rufe jetzt meine Kollegen, und niemand wird diesen Raum verlassen, bis sie hier sind«, versprach Jung.

Arnold nahm seinen Unterarm von Degenhards Kehle, griff aber gleich wieder nach dessen Handgelenk und hielt ihn gegen die Wand gedrückt wie zuvor.

Degenhard rang nach Luft. »Das ist lächerlich«, röchelte er. »Ich habe ein Alibi.«

»Ein Alibi?«, echote Jung. »Sie wissen aus dem Stand, wann Josef Kind ermordet wurde und wo Sie waren? Erstaunlich, wenn Sie gar nichts damit zu tun haben.«

»Ich … Ich meine …«, stammelte Degenhard.

Arnold ließ ganz langsam von ihm ab, dann verpasste er ihm ohne Vorwarnung einen so heftigen Schlag, dass Degenhard zu Boden ging. »Wenn du versuchst abzuhauen, bring ich dich wirklich um.« Er lehnte sich an die Wand, ließ sich neben Degenhard nieder und starrte wieder zu Tina hinüber.

Kassandra folgte seinem Blick und holte aus dem Schrank eine Decke, die sie vorsichtig über Tina ausbreitete.

»Danke«, sagte Arnold leise. »Sie lag da so … schutzlos.«

Kassandra nickte ihm zu und bemerkte gleichzeitig, wie Jung am anderen Ende des Raumes eine Nummer in sein Handy tippte und mit jemandem sprach. Danach sagte er: »Die Kollegen sind unterwegs.«

Degenhard sprang auf, doch er kam nicht weit. Zwar war er zu flink für Arnold, der ohne Krücken nicht schnell genug aufstehen konnte, aber Paul war zur Stelle. Er zwang Degenhard, sich wieder zu setzen, der immer noch protestierte. »Ich habe sie nicht umgebracht!«

»Erzählen Sie das der Polizei«, sagte Paul. »Ich kann's nicht mehr hören.«

Arnold maß ihn mit einer Mischung aus Anerkennung und Abscheu. »Schätze, Sie hatten Ihre Vermutungen, Genosse Oberst. Sie haben doch zusammen mit Kassandra und Jonas versucht, mich auszuspionieren. Pech, dass ich fast immer einen Schritt voraus war und Sie mit meinen vermeintlichen Anschuldigungen gegen Tina in die falsche Richtung gelenkt habe. Ich hatte gehofft, noch mehr Verwirrung zu stiften mit ihrem angeblichen Komplizen, was leider nicht funktioniert hat. Trotzdem habe ich dafür gesorgt, dass Sie weder über Tinas wahre Beziehung zu Kind noch über die Erpressung etwas erfahren. Sie hätten weder ihr noch mir je was beweisen können. Ich habe sogar ein Alibi, aber das wissen Sie natürlich. Kassandra hat ja mit Susanne Kontakt aufgenommen.« Er schaute zu ihr hinüber und zurück zu Paul, plötzlich stand Hass in seinen Augen. »Tinas Tod ist Ihre Schuld! Warum mussten Sie sie herbringen? Ohne Sie würde Tina noch leben. Ich hätte alles für sie getan.« Arnold hielt inne. »Ich *habe* alles für sie getan.«

Paul war seinem Blick nicht ausgewichen. »Es tut mir leid, Arnold«, sagte er überraschend sanft.

»Es tut Ihnen leid? Wie können Sie es wagen, das zu sagen?«

»Weil es so ist. Ich verstehe, was Sie getan haben – und warum.«

Arnold sah ihn verbittert an. »Fehlt noch, dass Sie behaupten, Sie hätten an meiner Stelle genauso gehandelt.«

»Vielleicht.«

»Zweifellos ohne mit der Wimper zu zucken, wie Sie alles tun. Was meine Gründe angeht, verstehen Sie rein gar nichts. Gefühle sind Ihnen doch völlig fremd.« Arnold wandte sich ab.

Kassandra schluckte, als Paul sich umdrehte und sein Blick dabei unerwartet ihrem begegnete. Einen Moment lang dachte sie, er würde zu ihr herüberkommen, doch stattdessen trat er zu Jonas. Sie setzte sich neben Violetta auf den Boden, die seit ihrem empörten Aufschrei geschwiegen hatte und abwesend ihre Hände rieb, ohne dass das Blut sich abwischen ließ. Kassandra seufzte lautlos. Unter halb geschlossenen Lidern sah sie, wie Jung sich zu Paul und Jonas gesellte und leise mit ihnen redete. Er hatte das Ruder in die Hand genommen und wirkte zufrieden. Dann richtete sie ihren Blick auf Tinas Gestalt unter der Decke, bevor er zuletzt zu Degenhard glitt, der zusammengesunken dasaß und ebenso wartete wie sie alle.

26

Eine Rechtsmedizinerin und zwei Beamte von der Spurensicherung trafen eine Dreiviertelstunde später ein. Es waren weniger und andere Beamte als bei Josef Kinds Tod, Kassandra kannte sie nicht. Jung führte die Rechtsmedizinerin zu Tina und hob die Decke, die Männer von der Kriminaltechnik machten Fotos und sicherten vermutlich eine Menge Spuren. Die Details bekam Kassandra nicht mit, weil zwei weitere Männer eingetroffen waren. Einen davon hatte sie noch nie gesehen. Der andere war Hauptkommissar Menning.

Menning sah aus, als hätte er in den letzten Tagen nicht viel Schlaf gefunden. »Frau Voß. Schaffen Sie's auch mal eine Zeit lang ohne besondere Vorkommnisse?«

Kassandra war ihm nicht mehr begegnet, seit sie, Jonas und Paul sich mit Dietrich zusammengetan hatten. Wahrscheinlich wusste er, dass sie ihn verdächtigten. Vielleicht aber auch nicht. Vielleicht hatte er sich nur von Dietrich bedroht gefühlt. Dafür sprach, dass er bisher nicht das Geringste gegen sie unternommen hatte. Dass er mit Arnold unter einer Decke steckte und ihn als Spion benutzte, konnten sie ja mittlerweile eher ausschließen.

Kassandras Stimme zitterte. »Würde ich gern. Wo ist denn Herr Dietrich?«

Menning schürzte die Lippen. »Verhindert.« Er deutete auf den anderen Beamten, einen Mann Ende fünfzig, mit schütteren blonden Haaren und wachsamen grünen Augen. »Kriminalhauptkommissar Johannsen.« Dann wandte er sich an die Rechtsmedizinerin, die vor Tina hockte. Kassandra hatte den Eindruck, als wäre es Menning durchaus recht, Tina nicht allzu gründlich ansehen zu müssen. »Frau Dr. Steiner, richtig? Wir hatten noch nicht oft das Vergnügen. Tim Holst nicht im Dienst?«

»Magen-Darm«, erwiderte die Rechtsmedizinerin knapp und resümierte: »Todeszeitpunkt vor etwa ein bis anderthalb Stunden. Wegen der Todesursache kann ich mich natürlich vor der Obduktion nicht festlegen, aber meiner Meinung nach Multiorganversagen aufgrund eines hypovolämischen Schocks als Folge der beigebrachten Stichverletzung.« Sie zeigte auf das Messer in der Blutlache.

Menning nickte und sah zu Jung. »Herr Jung, man hat uns informiert, dass Sie hier alles gesichert haben. Danke für die Unterstützung. Ich möchte alle bitten, rüber ins Haus zu gehen. Wir reden da weiter.«

»Nein«, widersprach Arnold. »Ich will eine Aussage machen. Sofort.«

»Glauben Sie ihm kein Wort«, rief Degenhard dazwischen. »Der Mann ist total durchgedreht, er behauptet, ich hätte Tina ermordet und zusammen mit ihm Josef Kind!«

Kassandra war sich ziemlich sicher, dass Menning wusste, wen er vor sich hatte. Dennoch brachte er ein überzeugendes »Und Sie sind?« heraus.

»Raimund Degenhard. Josef Kind war ein sehr geschätzter Kollege. Ich hätte nie ...«

»Du hast deinen geschätzten Kollegen gemeinsam mit mir im Bodden ertränkt, Raimund«, sagte Arnold beißend. »Weil Tina das wusste und du plötzlich Panik kriegtest, als sie hier auftauchte, hast du sie ebenfalls getötet, so einfach ist das! Wolltest du das mir anhängen? Hätte ja gut gepasst mit der tollen Vorlage von Freese, der behauptet hat, ich hätte Tina geschlagen – und wie ich Idiot mich vorhin benommen habe. Ist dir da die Idee gekommen?« Er wandte sich an Menning. »Kann ich jetzt meine Aussage machen? Ich werde nur hier reden, nur solange Tina noch dort liegt. Ich hab's für sie getan, und auch wenn sie es nicht mehr hören kann, will ich in ihrer und der Gegenwart aller anderen sagen, wie es gewesen ist. Was Sie danach mit mir tun, ist mir egal. Mein Leben ist sowieso vorbei.«

»Herr Kesting, es ist sicher besser, wenn ...«, fing Menning an.

»Claus, lassen wir ihn reden. Wir sollten vermeiden, dass das ein noch größeres Drama wird, als es schon ist.« Johannsen ergriff zum ersten Mal das Wort, aber Kassandra war aufgefallen, dass er jedes Detail und jede Person im Raum sehr aufmerksam beobachtet hatte.

Menning tauschte einen Blick mit Johannsen, dann nickte er Arnold zu. »Bitte.«

Arnold griff nach seinen Krücken, versuchte mühevoll, sich

daran hochzuziehen, und nahm schließlich Jonas' Hilfe an. Dabei sah er zu der Rechtsmedizinerin, die gerade wieder die Decke über Tina breitete. »Tina und ich sind uns vor zweieinhalb Jahren zum ersten Mal begegnet«, begann er. Was er dann erzählte, entsprach dem, was Kassandra von Tina gehört hatte. Als er von der Erpressergeschichte berichtete, bestritt Degenhard nachdrücklich, jemals in etwas Derartiges verwickelt gewesen zu sein.

Johannsen schnitt ihm kurzerhand das Wort ab. »Sie können später Ihre Aussage machen. Bitte fahren Sie fort, Herr Kesting.«

»Vor einigen Wochen hatte ich einen Termin bei einer Galerie, die daran interessiert war, eine Ausstellung mit mir zu machen. Degenhard war ebenfalls da wegen eines Gutachtens für ein Gemälde. Die Galeristin machte uns bekannt, nicht ahnend, dass wir beide schon mehr miteinander geteilt hatten, als uns lieb war. Als sie uns allein ließ, machte ich eine Bemerkung über Josef Kind, die auf unerwartet fruchtbaren Boden fiel. Ich hatte angenommen, die Sache sei für ihn längst gegessen, aber er war postwendend in die nächste Misere geschliddert.« Er sah zu Violetta, die errötete. »Degenhard war so wütend, dass er nicht aufpasste, was er sagte – und ich erfuhr, dass es Kind bei der Erpressung gar nicht um eine persönliche Sache gegangen war, wie Tina gesagt hatte, sondern um gefälschte Expertisen. Da Degenhard weiter erpresst wurde, hieß das für mich, dass Kind Geschmack an dieser Art Geschäft gefunden hatte. Ich bedauerte längst, Tina verlassen zu haben, und befürchtete jetzt außerdem, er könnte sie später wieder einspannen. Andererseits war mir durch Tinas Verhalten auch klar, dass sie, vor die Wahl gestellt, immer auf der Seite ihres Vaters stehen würde. Wenn ich für Tina und mich eine zweite Chance wollte, gab es nur eins: Josef Kind ausschalten.« Arnold hielt inne, um auf Degenhard hinunterzuschauen. »Ich weiß nicht, wer von uns Kind mehr hasste: ich oder er. Dabei war die Lösung unseres Problems so simpel, dass es uns verblüffte, nicht schon längst darauf gekommen zu sein. Wenn rauskäme, dass Kind mit falschen Gutachten arbeitete, würde er seinen Ruf vergessen können. Wir fanden es an der Zeit, endlich mal Druck auf *ihn* auszuüben. Gegen mich hatte er nicht das Geringste in der Hand, deshalb wollte ich mit ihm Kontakt aufnehmen. Wo er sich aufhielt, erfuhren wir überraschend schnell, als Raimund bei Violetta Grabe war – und auf der Couch einschlief. Irgendwann wachte er auf, hörte sie im Nebenzimmer telefonieren und von einem Gast erzählen, der in der Pension ihrer Freundin wohnte. Sie schilderte den Mann namens Ferdinand Thun so detailliert, dass Raimund sofort Kind in ihm erkannte, und sie erwähnte sogar das bescheidene Zimmer mit dem Garten davor. Niemand hätte gedacht, dass ich diese letzte Information mal nutzen würde.«

Arnold holte tief Luft. »Kind war also ausgerechnet auf dem Fischland, wo Tinas und meine Ausstellung stattfinden sollte. Was für eine Ironie. Ich schickte ihm ein Vorabexemplar des Ausstellungskatalogs mit der Bitte um ein Treffen und dem Hinweis, Tina hätte mir gesagt, wo er steckte, weil sie wollte, dass wir uns aussprechen. Der Treffpunkt nach Mitternacht und möglichst weit ab vom Schuss in Barnstorf war sein Vorschlag. Er wollte nicht mit einem Künstler in der Öffentlichkeit gesehen werden, bevor er seinen Job hier erledigt hatte – und vor allem wollte er, dass andere nach seiner Pfeife tanzen. Wir hätten uns leichter in Rostock oder Stralsund oder sonst wo treffen können, aber wenn Kind sagte Barnstorf, dann hieß das Barnstorf. Auf dem Fußweg hinter der letzten Hufe hat er auf mich gewartet und war zuerst ungehalten, mich mit Degenhard zu sehen, aber er hat sich schnell an die neue Situation angepasst.« Arnold schloss die Augen, als wolle er sich die Szene wieder exakt ins Gedächtnis rufen. Schließlich erzählte er weiter, und Kassandra meinte, alles so deutlich vor sich zu sehen wie einen Film.

Josef Kind stand lässig da, die Hände in den Hosentaschen, und lachte. »Sie sind reichlich naiv, alle beide. Glauben Sie im Ernst, Sie könnten mich einschüchtern?«

»Wir wollen nur vernünftig mit Ihnen reden«, sagte Arnold. »Lassen Sie Tina aus Ihren Erpressungen raus und vergessen Sie Degenhards Verhältnis mit Violetta Grabe. Was Sie sonst noch treiben, interessiert uns nicht. Es gibt keinen Grund, warum wir uns nicht einigen sollten.«

»Doch, reichlich. Tina und Sie – das ist eine lächerliche Vorstellung. Ich habe Erkundigungen über Sie einziehen lassen, mehrfach, und es hat mich geradezu erschüttert, wie fleischlos, wie sterbenslangweilig Sie sind. Ihre Werke – nicht übel, aber als Mann? Sie wird Sie schnell vergessen.« Er wandte sich an Degenhard. »Was Sie betrifft: Sie sind zwar ausgesprochen dumm, ständig mit Ihrem Schwanz zu denken, aber dadurch

sehr nützlich für mich. Ich werde das bestimmt nicht aufgeben.« Er lachte wieder. »Ich mach Sie beide fertig, bevor Sie nur daran denken können, mir was anzuhängen. Glauben Sie mir, das geht in null Komma nichts.«

Degenhard wollte auffahren, doch da klingelte Kinds iPhone. Der wandte sich ab, um es aus der Jackentasche zu holen, und diesen Augenblick nutzte Arnold. Er schlug ihm das Telefon aus der Hand und schickte Kind mit einem Kinnhaken zu Boden. »Dreckschwein! Du wirst Tina nicht mehr in deine Geschäfte reinziehen.«

Kind wollte sich aufrappeln, noch immer ein siegesgewisses Grinsen im Gesicht, obwohl er sich mit einer Hand das Kinn rieb. Doch er kam nicht auf die Beine, Degenhard und Arnold hielten ihn gemeinsam auf der Erde. »Jetzt sag noch mal, dass ich mit dem Schwanz denke«, schnaubte Degenhard. »Du tust, was wir gesagt haben, sonst kannst du deine Geschäfte vergessen. Für immer. Weil du nicht mehr am Leben sein wirst.«

Arnold warf einen Blick auf Degenhard. Sein eigener Hass auf Josef Kind spiegelte sich in dessen Augen wider. Das nahm wohl auch Kind wahr, zum ersten Mal las Arnold in dessen Gesicht so etwas wie Angst, die jedoch nicht lange anhielt.

»Du hast nicht genug Mumm in den Knochen«, provozierte er Degenhard weiter. »Warum das Risiko eingehen, im Knast zu landen für das Vergnügen, mich zu töten? Ist doch viel weniger Aufwand, wenn du tust, was ich will.«

»Sorry, du hast mich vergessen«, sagte Arnold. »Ich werde dich umbringen, wenn du Tina nicht in Ruhe lässt.«

Kind schüttelte den Kopf, dann lachte er wieder auf, soweit ihm das in seiner Lage möglich war. »Ihr müsst mich schon killen, wenn ihr sichergehen wollt. Dazu seid ihr gar nicht fähig, also hört auf mit dem Schmierentheater und lasst mich los.«

»Du meinst, wir haben keinen Mumm?«, brüllte Degenhard.

Kind verzog das Gesicht, als hätte er Ohrenschmerzen. »Nein, ihr habt nur eine große Klappe. Und du«, er sah Arnold an, »was glaubst du, wie deine Chancen bei Tina stehen, wenn sie rausfindet, dass du für meinen Tod verantwortlich bist? Vergiss es.«

»Sie wird es nicht erfahren«, sagte Arnold ganz ruhig. »Von wem auch? Du wirst es ihr nicht mehr sagen können.« Seine und Degenhards Augen trafen sich über Kinds am Boden liegenden Körper. Sie konnten einander nicht leiden, verspürten aber einen alles umfassenden gemeinsamen Willen. Josef Kind spürte ebenfalls, was in ihnen vorging, aber es war zu spät.

»Nein. Tut das nicht. Ihr könnt nicht …«

»Halt's Maul.« Degenhard schlug ihm ins Gesicht. »Du hast ausgeredet.«

Erst als Arnold schwieg, wurde Kassandra bewusst, dass sie sich gar nicht am Bodden befanden, sondern im nüchternen Anbau ihres Hauses. Da nahm er den Faden wieder auf.

»Josef Kind war ein großer und kräftiger Mann. Aber er war über sechzig Jahre alt und kam nicht gegen uns an. Wir stopften ihm sein eigenes Taschentuch in den Mund und schleiften ihn zum Bodden. Ich hatte gedacht, es wäre leichter, ihn unter Wasser zu drücken, aber er kämpfte lange.« Wieder machte Arnold eine Pause. »Als er sich endlich nicht mehr rührte, überlegten wir, was wir mit seiner Leiche tun sollten. Bevor wir uns einen Plan zurechtlegen konnten, telefonierte Degenhards Frau mal wieder hinter ihm her. Er bekam Schiss, dass sie noch misstrauischer wurde und die ganze Aktion umsonst gewesen war. Also haute er ab und ließ mich mit dem Problem sitzen.« Arnold sah verächtlich in Degenhards Richtung. »Ich stand allein da mit einem Toten – und es war, als würde sich ganz langsam ein Schleier heben. Ich hatte einen Menschen getötet. Ich verlor fast die Kontrolle über meinen Körper und meinen Verstand. Dann machte etwas klick in meinem Kopf. Ich hörte auf zu zittern und dachte plötzlich, alles wäre ganz einfach: Ich musste Kind nur da abliefern, wo er hingehörte, in seinem Pensionszimmer. Die Vorstellung, nicht für den Rest meines Lebens mit der Angst leben zu müssen, dass man Kinds Leiche finden könnte, weil sie ohnehin sofort gefunden wird, schien verlockend logisch. Dass das in Wirklichkeit vollkommen irrational war und meine eigene Sicherheit bedrohte, spielte keine Rolle. In dem Moment war es richtig, und nachdem ich den Entschluss gefasst hatte, tat ich alles wie ferngesteuert. Ich zog Kind aus dem Wasser, suchte in seinen Taschen nach seinen Schlüsseln, wickelte ihn in eine Decke aus seinem Kofferraum und fuhr los. Als ich zur Pension kam, stellte ich fest, dass es einen unverschlossenen Durchgang zum Hof gab, und ich wusste ja, dass Kinds Zimmer nach hinten raus ging und im Erdgeschoss lag. Er hatte das Fenster offen stehen lassen, es sah ganz leicht aus einzusteigen. Aber Kind war schwer, ich war froh, ihn endlich auf seinem Bett ablegen zu können. Als ich ihn da liegen sah, machte erneut etwas klick in meinem Kopf. Ich begann viel zu spät, tatsächlich wieder meinen Verstand einzuschalten, und war kurz davor, mir Kind ein zweites Mal auf die Schultern zu laden, zum Bodden zurückzubringen und ihn da auf Nimmerwiedersehen zu versenken. Aber ich hatte schon mächtig Dusel gehabt, dass ich bisher unbeobachtet geblieben war. Das Risiko, doch noch mit seiner Leiche gesehen zu werden, wollte ich nicht eingehen. Also verbrachte ich die nächsten zehn Minuten damit, das Zimmer nach allem zu durchsuchen, womit man Kind identifizieren konnte. Am Ende packte ich den ganzen Kram zusammen mit seinem Laptop in seine Aktentasche, wischte meine Dreckspuren vom Parkett und die Fingerabdrücke von allem ab, was ich angefasst hatte, und verließ den Raum auf demselben Weg, auf dem ich gekommen war. Ich fuhr mit Kinds Wagen nach Rostock, stellte ihn auf einem Schrottplatz zwischen jeder Menge Rostlauben ab und demolierte ihn, damit er nicht auffiel. Danach rief ich Degenhard an, der jemanden in Rostock kannte, von dem ich ein Auto leihen konnte, um zurück nach Wustrow zu fahren. Ich parkte den Wagen am Hafen, ließ den Schlüssel stecken und ging zu Fuß zu meinem eigenen, der noch am Bodden stand. Dass es später in der Nacht einen Sturzbach regnete, der meine Fußspuren in Kassandras Garten und sogar die Reifenspuren verschwinden ließ, war ein günstiger Zufall. Um den fremden Wagen hat sich Degenhard am nächsten Tag gekümmert. Ich verbrannte die Decke und alle Klamotten, die ich getragen hatte, ließ meinen Wagen waschen und reinigen und habe Wustrow erst am Tag vor der Ausstellung wiedergesehen. Soweit Gerlinde Meerbusch wusste, warf ich zu dem Zeitpunkt zum ersten Mal in meinem Leben einen Blick auf den Bodden.« Arnold ließ sich erschöpft gegen die Wand fallen.

Niemand sagte etwas, bis Johannsen sich räusperte. »Herr Degenhard? Haben Sie noch was hinzuzufügen?«

Raimund Degenhard war kreideweiß. »Davon ist kein Wort wahr, was mich betrifft. Ich sage Ihnen, ich habe in dieser Nacht meine Wohnung nicht verlassen, meine Frau kann das bestätigen.«

»Sicher«, sagte Arnold. »Du musstest deiner Frau ja die Wahrheit sagen, nachdem Kinds Leiche gefunden wurde, damit du im

Zweifelsfall ein Alibi hast. Tut mir leid, dass ich dir einen Strich durch die Rechnung gemacht habe. Aber ich schätze, ihr war es immer noch lieber, für dich zu lügen und deine Affäre mit Violetta zu ertragen, als den Skandal, der auch ihre Galerie beträfe, wenn rauskäme, dass ihr Mann einen Mord begangen hat.«

»Blödsinn«, fauchte Degenhard.

Arnold lächelte müde. »Du warst bei Susanne Boes. Die wird sich bestimmt an den Mann mit dem Geldkoffer erinnern. Leichtsinnig von dir.« Er wandte sich an Johannsen. »Würden Sie glauben, ein Mann, der einer Frau dreißigtausend Euro bringt, ist bloß der Bote und weiß von nichts?«

»Ich fände es zumindest fraglich. Herr Degenhard?«

»Ich sage nichts mehr.« Degenhard presste die Lippen aufeinander.

»Gut«, schaltete sich Menning ein. »Herr Kesting, ist das jetzt alles? Dann sollten wir ...«

»Nur noch eine Kleinigkeit.« Arnolds Blick richtete sich auf Kassandra. »Wahrscheinlich ist es dir egal, aber ich mochte dich wirklich. Wenn ich Tina nicht so geliebt hätte, hätte ich es bedauert, dass du nicht wirklich an mir interessiert warst.«

Wortlos starrte Kassandra Arnold an, dann schlug sie plötzlich ihre Hand vor den Mund und stürzte zum Ausgang. Fast rannte sie Jonas dabei um, der geistesgegenwärtig die Tür aufstieß, ihr nach draußen folgte und den Arm um sie legte.

»Was ist los?«, fragte er beunruhigt.

»Haltet Menning und Johannsen davon ab, mit Arnold und Degenhard zu verschwinden«, flüsterte sie, während sie sich vorbeugte und weiter tat, als wäre ihr übel, weil man sie von drinnen sehen konnte. »Wie ihr das macht, ist egal, aber Menning muss ...«

»Kann ich vielleicht helfen?«, fragte jemand laut. Die Rechtsmedizinerin war zu ihnen getreten. »Ich beschäftige mich zwar vorwiegend mit Toten, aber ich bin immerhin Ärztin.«

Kassandra zögerte.

Die Rechtsmedizinerin lächelte und fuhr sehr viel leiser fort: »Es war bisher keine Zeit, mich Ihnen persönlich vorzustellen: Verena Steiner. HK Johannsen und ich sind nicht nur wegen Herrn Kesting hier, auch wenn der Kollege Menning das glaubt.«

»Frau Voß, fühlen Sie sich nicht wohl?« Allmählich wurde es

voll hier draußen. Johannsen stand neben ihnen, musterte jedoch eher die Rechtsmedizinerin als Kassandra.

»Frau Voß muss sich fünf Minuten hinlegen«, sagte Verena Steiner. »Ich kümmere mich um sie, Bengt.«

Johannsens Augen verengten sich, bevor er nickte. »Sie kommen besser wieder mit rein«, sagte er zu Jonas.

Bevor beide im Anbau verschwanden, sah Kassandra Paul in der Tür stehen und sie beobachten. Er hatte den ganzen Abend kein einziges Wort an sie gerichtet.

»Was immer wir jetzt tun, wir sollten uns beeilen. Johannsen muss sich schon genug gute Gründe einfallen lassen, Kesting und Degenhard nicht sofort mitzunehmen«, riss Verena Steiner sie aus ihren Gedanken.

Kassandra lief voraus in Arnolds Zimmer und öffnete die Schränke. »Wir suchen Josef Kinds iPhone.« Sie wühlte sich durch Arnolds Kleidung, ohne fündig zu werden, während die Rechtsmedizinerin sich das Bad vornahm. »Arnold erwähnte, dass er ihm das Ding aus der Hand geschlagen hat. Wenn er es nicht im Bodden versenkt oder in Kinds Wagen gelassen hat, muss er es mitgenommen haben.« Mittlerweile hatte sie das Bett durchwühlt. Nichts. »Ist eine alberne Idee, wahrscheinlich hat er es längst entsorgt. Dabei hätte es uns sagen können, zu wem Kind Kontakt hatte.«

»Zu Menning, verstehe.« Verena Steiners Stimme kam aus dem Bad, sie klang seltsam hohl. Anscheinend suchte sie gerade in der Dusche. »Wäre schön, wenn wir einen Beweis fänden. Aber warum sollte Kesting ein Beweisstück für seine Tat aufheben, wenn er sich bei allem anderen so viel Mühe gemacht hat?«

»Weil er hoffte, auf dem Ding etwas zu finden, was Josef Kind in Tinas Augen endgültig diskreditieren könnte? Oder weil er dasselbe suchte wie wir: Kinds Kontakte und Hinweise auf dessen Geschäfte.« Kassandra war ebenfalls ins Bad gekommen und nahm den Deckel der Toilettenspülung ab. Sie spürte Verena Steiners belustigten Blick.

»Da hab ich schon nachgesehen.«

Als Kassandra den Deckel wieder aufsetzte, fiel ihr der schmale Spalt zwischen dem Kasten und der Wand auf. Darin steckte etwas. Ein paar Sekunden später hielt sie ein eingeschaltetes iPhone in der Hand. Arnold musste den Akku ständig aufgeladen haben, weil er es ohne PIN nicht wieder hätte aktivieren können. »Kennen Sie sich damit aus?« Kassandra hielt Verena Steiner das Gerät hin. »Ich hab bloß ein normales Handy.«

Die Rechtsmedizinerin setzte sich auf die Toilette und begann mit geübten Griffen, das iPhone nach dem Adressbuch zu durchsuchen, während Kassandra ihr über die Schulter sah. »Viele Auslandsnummern, jede Menge Abkürzungen, kaum Klarnamen. Kein Claus Menning«, schüttelte Verena Steiner den Kopf.

Frustriert betrachtete Kassandra das iPhone, das eben zu vibrieren begann.

Verena Steiner sah auf das Display. »Russische Vorwahl. Ich geh mal lieber nicht ran.«

Kassandras Gesicht hellte sich auf. Das Vibrieren des Telefons hatte sie auf einen Einfall gebracht, mit dem die Rechtsmedizinerin nach kurzem Überlegen einverstanden war. Kassandra wartete, bis Verena Steiner wieder den Anbau betreten hatte, um dort zu verkünden, dass Kassandra sich noch ausruhen müsse. Danach schlich sie selbst gebückt durch den Garten, drückte sich an die Tür des Anbaus, griff nach Kinds iPhone und wählte eine eingespeicherte Inlandsnummer nach der anderen an. Das dauerte länger als gedacht, aber bei der dreizehnten Nummer hörte sie von drinnen einen Klingelton, synchron zum Freizeichen an ihrem Ohr. Kassandra verspürte Angst, das iPhone drohte ihrer Hand zu entgleiten, aber sie hatte keine Wahl mehr.

Sie riss die Tür auf. Menning stand zwei Meter rechts von ihr und hatte gerade nach seinem Telefon gefischt. Als er sie reinkommen hörte, hielt er in der Bewegung inne.

»Frau Voß, geht's Ihnen besser?« Ohne ihre Antwort abzuwarten, schaute er auf sein Display.

Obwohl es nicht sonderlich hell im Raum war, konnte Kassandra erkennen, wie blass Menning wurde. Verwirrt fixierte er den Namen eines Toten, den sein iPhone anzeigte, bevor er die plötzliche Stille um sich herum bemerkte. Er sah hoch, sein Blick traf Kassandras – und richtete sich dann auf das, was sie in der Hand hielt.

Kassandra war nie jemandem begegnet, der sich schneller bewegen konnte als Menning. Im Bruchteil einer Sekunde schien er die kurze Entfernung zwischen ihnen überbrückt zu haben, entwand ihr Kinds iPhone, umklammerte sie von hinten und presste ihr seine Dienstwaffe an die Schläfe. »Keiner rührt sich«, sagte er. »Bengt, lass sie stecken.«

Kassandra war kurz schwarz vor Augen geworden. Als sie wieder deutlich sehen konnte, erkannte sie, dass Johannsen einen Schritt auf sie zu gemacht hatte, die Hand unter dem Jackett. Ganz langsam zog er sie wieder hervor. Leer.

»Bleib ruhig, Claus. Du hattest Glück, dass Kay den … Unfall überlebt hat, riskier nicht noch mal das Leben eines Menschen.«

Kassandra spürte, dass Mennings Griff sich etwas lockerte. Offenbar überraschten ihn Johannsens Worte. »Kay? Das wisst ihr?«

Johannsen hob die Brauen. »Jetzt schon.«

Menning stieß Luft aus. Kassandra roch seinen Schweiß, er hatte Angst wie sie, aber das machte es für sie nicht leichter, im Gegenteil. Wenn er Angst hatte, würde er vor nichts zurückschrecken. Ihre Augen irrten durch den Raum, trafen auf Violetta und Jonas, beide entsetzt, irrten weiter zu Heinz Jung und Johannsen, die äußerlich gefasst wirkten und wahrscheinlich mit geschultem Polizeiverstand überlegten, wie sie vorgehen sollten. Dann sah sie zu Degenhard und Arnold. Degenhard schien das alles nicht zu interessieren, er war zu sehr mit sich selbst beschäftigt. Arnold schaute sie beinah mitleidig an, richtete den Blick aber schon bald wieder auf Tinas Gestalt unter der Decke und versank in Trauer. Verena Steiner und die beiden Beamten von der Spurensicherung warteten einfach ab, wobei es Kassandra vorkam, als hätte einer von ihnen besondere Wut im Blick. Sie staunte, dass sie das in ihrer Situation überhaupt wahrnahm. Vielleicht eine Art Selbstschutz, sich mit den anderen statt mit ihrer eigenen Lage zu befassen.

»Claus, du hast keine Chance. Gib auf«, sagte Johannsen.

»Ich denk nicht dran. Es steht zu viel für mich auf dem Spiel. Ich werde jetzt mit Frau Voß ins Auto steigen, und niemand wird uns folgen, ist das klar? Wenn ich merke, dass sich irgendwer an uns dranhängt, ist sie tot.« Er sprach ihr direkt ins Ohr. »Kommen Sie. Keine plötzlichen Bewegungen.« Er schob sie mit sich rückwärts über die Türschwelle, doch da blieb er so abrupt stehen, dass Kassandra ins Straucheln geriet.

»Lassen Sie sie los, oder *Sie* sind tot.«

Paul. Das war Paul hinter ihnen. Kassandra konnte nur raten, was in ihrem Rücken passierte, Menning hielt sie immer noch fest. Paul klang mühsam beherrscht, da war nichts von der gefühllosen Kälte, die er Arnold gegenüber so oft an den Tag gelegt hatte.

»Lassen – Sie – sie – los«, wiederholte er und betonte jedes einzelne Wort.

»Herr Freese«, mischte Johannsen sich ein, »tun Sie nichts Unüberlegtes.«

»Johannsen hat recht«, sagte Menning. »Nehmen Sie die Waffe aus meinem Rücken, sonst wird Frau Voß sterben, bevor Sie abdrü...«

Der Schuss kam so unerwartet und so laut, dass Kassandra heftig zusammenfuhr. Gleichzeitig schleuderte Menning sie von sich, sie hatte keinen Halt mehr und fiel zu Boden. Um sie herum war mit einem Mal ein heilloses Durcheinander aus Stimmen und Gerenne. Da spürte sie Paul neben sich. Sie wusste nicht, was er gerade getan hatte, sie wusste nur, er hielt sie. Er hielt sie inmitten des Chaos.

»Bist du in Ordnung?«, fragte er leise und zog sie sachte auf die Füße. In diesem Moment existierte niemand außer ihnen beiden.

Ein Aufschrei zerstörte die Illusion.

Paul ließ Kassandra nicht los, sie drehten sich gemeinsam um und sahen, dass Tina aufgesprungen war und aus dem Anbau gelaufen kam. Auf halbem Weg zur Terrasse, wo Hauptkommissar Johannsen und einer der Männer von der KT – der mit der Wut im Blick – gerade ihrem Kollegen Menning Handschellen anlegten, blieb sie stehen.

»Claus ...« Tinas Stimme war nur noch ein Flüstern.

Unverletzt schaute Menning ihr in einer Mischung aus Resignation und Bedauern entgegen. »Tut mir leid, Kleines. Ich hab's verbockt.«

Tina fuhr sich mit rot verschmierten Händen durch ihre Haare und hinterließ dort reichlich Rinderblut, das schon an ihrer Bluse und ihrem Sommerrock klebte. »Man kann nicht immer gewinnen«, wisperte sie. »Aber wenn dir was passiert wäre ...«

Kassandra suchte Pauls Blick. Am Tag zuvor hatte niemand seine Vermutung ernst genommen, dass Mennings Verwicklung in den

Fall nicht nur geschäftlicher, sondern auch sehr privater Natur war. Und nun schien es, als sei genau das der Fall. Tina hatte sich so lange an die Absprache gehalten, still liegen zu bleiben, bis Arnold abgeführt worden wäre, wie es ihr möglich gewesen war. Doch das Drama um Mennings Entlarvung und schließlich der Schuss aus Pauls Waffe hatten diesen Rahmen offenbar gesprengt.

Plötzlich riss sich Arnold von Heinz Jung los, der ihn festgehalten hatte. Bevor jemand reagieren konnte, erreichte er Tina und hob in einer drohenden Geste die Hand. Kassandra wusste nicht, ob in seinem Ausdruck Wut, Trauer oder Hass lag oder trotz allem noch Liebe – oder alles zusammen.

»Kesting!« Das kam von Johannsen, der mit seiner Waffe auf Arnold zielte. »Treten Sie von Frau Bodenstedt zurück, sofort.«

Arnold sah unverwandt Tina an, die Hand erhoben, reglos. »Warum?«, fragte er erst leise, bevor er es noch einmal herausschrie. »Warum?« Dann vollführte er in einer einzigen Bewegung eine Drehung um hundertachtzig Grad, sank auf die Knie und fing an zu schluchzen.

»Weil du genau das warst, was wir brauchten«, antwortete Tina, keine Spur von Mitleid in ihrem Blick.

Kassandra hätte sie am liebsten geschlagen. Alle Sympathie, die sie je für Tina empfunden haben mochte, war wie weggeblasen. Paul schien zu wissen, was in ihr vorging, der Druck seiner Hand auf ihrer Schulter verstärkte sich. Obwohl ihr klar war, dass Arnold getötet hatte und nichts das rechtfertigte, wünschte sie mit einem Mal um seinetwillen, sie könnte diesen Abend ungeschehen machen.

Der zweite Mann von der Spurensicherung kümmerte sich um Arnold, der willenlos alles mit sich machen ließ, während Heinz Jung den verstörten Degenhard nicht aus den Augen ließ. Dem war deutlich anzusehen, dass er so gut wie nichts von dem verstand, was sich in den letzten Minuten abgespielt hatte.

Johannsen telefonierte und forderte Verstärkung an, während sein Kollege Menning und Tina unsanft ein Stück wegschubste. Nachdem Johannsen sein Gespräch beendet hatte, trat er zu Kassandra und Paul, zu denen sich inzwischen auch Jonas und Violetta gesellt hatten. Violetta hatte ihre Rolle großartig gespielt, konnte aber wohl immer noch nicht fassen, was dabei rausgekommen war. Sie blieb stumm und vermied es, in Degenhards Richtung zu sehen.

»Gute Arbeit«, sagte Johannsen. »Aber Sie hätten der Polizei ruhig ein bisschen mehr zutrauen können. Wir nehmen, wie Sie sehen, Verdachtsmomente gegen Kollegen durchaus ernst, wenn sie fundiert sind. Andererseits: Wie kann ich das von Ihnen erwarten, wenn sich nicht mal Kay Dietrich sicher war, wem von uns er vertrauen sollte. Kann man ihm wohl nicht anlasten. Claus Menning ist überall beliebt, während Kay Dietrich als … schwierig gilt. Er hat seinen eigenen Kopf – und der ist seiner Karriere bisher nicht gerade zuträglich gewesen.« Er seufzte. »Ich muss zugeben, dass wir auf Ihre Weise mehrere Fliegen mit einer Klappe schlagen konnten. Gute Arbeit also. Trotzdem überlassen Sie das Ermitteln nächstens doch lieber wieder uns.«

»Das hab ich schon mal gehört. Von ihm«, sagte Kassandra matt und nickte hinüber zu Menning.

»Seine Geschichte würde mich mindestens so sehr interessieren wie vorhin die von Arnold«, schaltete sich Jonas ein. »Und Ihre, Herr Johannsen. Sie sind hier, weil sich Heinz Jung doch noch eingemischt hat. Ich wüsste gern die Einzelheiten.«

Johannsen lächelte schief, was ihn zehn Jahre jünger machte. »Kann ich mir denken.« Er wandte sich an Paul. »Aber bevor ich dazu was sage, möchte ich erst noch wissen, woher Sie eigentlich die Waffe hatten. Davon war nie die Rede. Sie haben mir einen Heidenschreck eingejagt, ich dachte, Sie würden Menning tatsächlich erschießen oder zumindest ernsthaft verletzen.«

Paul sah zu Kassandra, bevor er antwortete. »Das hätte ich getan, wenn es nötig geworden wäre. Ich hab's aber lieber erst mal mit der Luft probiert und hatte Glück, dass Menning so schreckhaft war.« Er klang gelassen, aber Kassandra stand so dicht neben ihm, dass sie seine Anspannung spürte. »Ich habe mir heute Morgen den Mund fusselig geredet, damit Heinz mir die Waffe überlässt – für den Fall, dass was Unvorhergesehenes passiert. Glücklicherweise konnte ich ihn überreden.«

»Und vorhin haben Sie sich gedacht, dass Frau Voß was ausheckt, und mich gebeten, draußen nach ihr sehen zu dürfen, weil Sie die Sache von dort aus im Blick haben wollten?«

Paul nickte. »Für da drin waren Sie zuständig.«

»Ich frage jetzt nicht, woher Sie die Waffe hatten, Herr Jung«, sagte Johannsen. »Sorgen Sie einfach dafür, dass sie wieder dahin kommt, wo sie hingehört.«

Zu Kassandras Erstaunen lächelte Heinz Jung verschmitzt, ließ aber ansonsten die Anweisung unkommentiert.

»Zurück zu Ihnen, Herr Zepplin«, fuhr Johannsen fort. »Unser Eingreifen haben Sie zwei Umständen zu verdanken. Erstens natürlich dem Kollegen Jung. Der kam mit einer sehr abenteuerlichen Geschichte zu seinem ehemaligen Vorgesetzten, der sie ernst genug nahm, um sie weiterzuleiten – bis sie schließlich auf dem richtigen Tisch der KPI Anklam landete. Der zweite günstige Umstand ist, dass Kay Dietrich heute Nachmittag aus dem künstlichen Koma geholt und sehr notdürftig befragt werden konnte. Er ist noch nicht ganz über den Berg, aber seine Chancen stehen gut. Er hat Jungs Angaben bestätigt und uns gesagt, welcher Kollege von der Spurensicherung ihn in diesem Keller unterstützt hat.« Johannsen deutete auf den Mann, der bei Menning und Tina stand. »Herr Westphal ist ein Freund von Kay Dietrich, er hat ihm den Gefallen getan, wusste aber nicht, worum und um wen es ging. Das hat Dietrich für sich behalten.«

»Der Sturkopf«, schimpfte Westphal. »Hätte ich geahnt, was er da tut, hätte ich bei seinem Unfall Verdacht geschöpft.« Er funkelte Menning an.

»Das können wir nicht mehr ändern«, beschwichtigte ihn Johannsen. »Herr Meinard, der sich gerade um Arnold Kesting kümmert, ist normalerweise für Wirtschaftskriminalität zuständig, von Spurensicherung versteht er nur sehr peripher was, aber er ist neu bei uns und hatte bisher nie mit Menning zu tun. Frau Steiner haben wir ins Boot geholt, weil Dr. Holst, den Menning vorhin vermisst hat, sehr gut mit ihm kann und wir uns über seine Loyalität nicht hundertprozentig sicher waren.«

»Da kann ich ja froh sein, dass Sie bei mir keine Zweifel hatten«, sagte Verena Steiner trocken. »Aber sagen Sie, Frau Voß, wie konnten Sie wissen, dass das alles funktioniert?«

»Wussten wir nicht.« Kassandra war das ganze Elbsandsteingebirge vom Herzen gefallen, weil es Kay Dietrich besser ging. »Ich hatte mich an Violettas Krimis erinnert, die klassischen mit dem großen Finale, zu dem alle Beteiligten zusammengerufen werden, um den Täter zu entlarven. Mit unserer Schocktherapie hatten wir uns zumindest ein Geständnis für den Mord an Josef Kind erhofft. Wir dachten, dann würde in den anschließenden Untersuchungen vielleicht auch Kinds Nebentätigkeit als Erpresser ans Licht kommen, damit zwangsweise seine anderen Geschäfte – und damit wiederum Mennings Anteil daran. Es hätte natürlich auch schiefgehen können.« Sie sah zu Heinz Jung. »Und ohne Ihre Hilfe wäre es sicher schiefgegangen. Danke.«

»Bedankt euch bei meinem Revierleiter«, grummelte Jung. »Der ist zwar noch länger im Ruhestand als ich, aber der beste Polizist, der mir je über den Weg gelaufen ist. Auch wenn ihr mich schon ganz kirre gemacht hattet mit eurem Misstrauen, hab ich am Ende eben getan, was ich für richtig hielt.« Er schüttelte den Kopf. »Menschenskind, Kassandra, ihr wart unglaublich leichtsinnig!«

Hatte er sie eben wirklich Kassandra genannt? Bevor sie weiter darüber nachdenken konnte, hörte sie Menning rau auflachen.

»Nicht bloß das, es war blauäugig. Wenn Jung sich nicht eingemischt hätte, hätten Sie ja nicht mal sicher sein können, dass ich den Einsatz übernehmen würde.«

»Die Chancen standen relativ gut«, fand Jonas. »Sie waren immer vor Ort, sobald hier was los war. Selbst wenn Sie gerade nicht Dienst gehabt hätten, wären Sie geschickt worden, weil Sie vertraut sind mit den Beteiligten.«

Menning runzelte die Stirn. »Ja. Da mag was dran sein.«

»Auf jeden Fall musst du schon früh gewusst haben, dass sich was zusammenbraut«, sagte Johannsen. »Nicht, dass es auch um dich ging natürlich, aber Frau Bodenstedt dürfte dich vorgewarnt haben, was den ersten Teil dieses … waghalsigen Plans angeht.«

Menning kniff die Lippen zusammen und schwieg.

»Anscheinend sind die Täter im wahren Leben nicht so erpicht darauf, mit ihren Heldentaten anzugeben, wie im Krimi«, stellte Johannsen fest. »Erzähl ruhig die ganze Geschichte, Claus, wir haben Zeit, bis die Kollegen eintreffen. Kay hat ja schon eine Menge ermittelt, sonst stünden wir nicht hier, und dass du für seinen Unfall verantwortlich bist, hast du vorhin zugegeben. Früher oder später erfahren wir sowieso den schäbigen Rest.«

»Ich habe viel zu spät mitbekommen, dass er rumschnüffelt«,

sagte Menning zögernd. »Das Einzige, was ich nicht verstehe, ist, wie er überhaupt darauf gekommen ist.«

»Sie haben nicht sein Handy überprüft?«, fragte Kassandra.

»Doch. Aber da war nichts Auffälliges.«

Kassandra fiel etwas ein. »Paul, wo hast du das Handy?«

Paul zog es aus seiner Hemdtasche. »Ich dachte, wir würden vielleicht die Aufzeichnung des Gesprächs zwischen ihm und Menning brauchen.«

»Moment«, schaltete sich Westphal ein. »Was Sie da haben, sieht zwar genauso aus wie Kays Handy, es kann aber nicht seins sein. Er trug es bei sich, als sie ihn aus dem Wrack geschnitten haben.«

»Zwei«, sagte Kassandra. »Er hat zwei Handys. Die Visitenkarte mit seiner Nummer, die er mir dagelassen hat – es stand kein Dienstgrad drauf, das hätte mir gleich auffallen müssen. Das ist sein privates Handy. Anscheinend hat er der Einfachheit halber zwei gleiche Modelle, wer will sich schon dauernd an was Neues gewöhnen?« Sie wandte sich an Menning. »Er war sich nicht sicher, ob Sie das wussten, deshalb hat er getan, was er konnte, um so wenig Spuren wie möglich zu hinterlassen. Meine SMS und die Bilddatei mit Ihrem Siegelring gelöscht und es ausgeschaltet.«

»Ich hab ihn immer nur mit demselben Teil gesehen«, sagte Menning. »Er hatte auch auf seinem Diensthandy ein paar private Nummern, wie jeder. Ich dachte, das wäre alles, schließlich ist er nicht unbedingt jemand mit vielen sozialen Kontakten. Aber wovon reden Sie? Welche Bilddatei? Was hat mein Siegelring damit zu tun?«

Auf Kassandras Erklärung hin warf Menning Tina einen Blick zu. »Das war an dem Abend, an dem wir uns begegnet sind, Kleines. So was nennt man wohl Schicksal.«

Tina schluckte. »Dir zu begegnen, war das Beste, was mir je im Leben passiert ist.«

Kassandra hörte Arnold leise aufstöhnen. Er hatte die ganze Zeit wie geistesabwesend neben Meinard gestanden, dennoch verfolgte er offenbar, was gesagt wurde. Sie erinnerte sich, wie verzweifelt er gewesen war, als er dachte, Tina sei tot, und ahnte, dass es jetzt noch viel schlimmer für ihn kam.

Menning lächelte traurig. Dann wandte er sich an Johannsen. »Es wäre zu billig zu behaupten, dass Josef Kind an allem die

Schuld trägt. Trotzdem war er der Anfang. Kind und ich sind uns 1999 in Schwerin beim Fall Ermanskih über den Weg gelaufen. Ich hatte damals sofort den Eindruck, dass er eine Menge wusste, aber längst nicht alles sagte. Ich war … ich bin ein guter und ein hartnäckiger Polizist und fand raus, dass er damit zu tun hatte. Als ich Kind mit meinem Wissen konfrontierte, hat er mir ein Geschäft vorgeschlagen. Glaub es oder nicht, Bengt, ich hätte nie damit gerechnet – erst recht nicht damit, dass ich ernsthaft darüber nachdenken würde. Am Ende fand ich, es sei zu gut, um es auszuschlagen. Dir muss ich nichts über unsere Gehälter erzählen, die sind ein Witz für den Job. Wie viele Kollegen kennst du, die Alkoholiker geworden oder sonst wie vor die Hunde gegangen sind, weil sie es nicht mehr ertragen konnten? Von Beziehungen und Ehen gar nicht zu sprechen.«

»Und der einzige Ausgleich dafür ist Betrug, Korruption und was sonst noch Geld bringt? Wie lange hast du gebraucht, dir das einzureden?«, fragte Johannsen. »Du hast Kays Tod in Kauf genommen, um deine Geschäfte und deine Haut zu retten. Du weißt gar nicht, wie du mich ankotzt!«

»Das … ist mir nicht leichtgefallen.«

»Das ist dir nicht …« Johannsen wurde weiß vor Zorn.

»Bengt«, mahnte Verena Steiner sanft.

Statt Johannsen sagte nun Paul, was der Hauptkommissar vermutlich dachte. »Sie haben zehn Jahre mit ihm zusammengearbeitet. Haben Sie eine Vorstellung davon, wie schwer es ihm fiel, Sie überhaupt zu verdächtigen?«

»Das sollte mich wohl ehren.« Menning hatte den Anstand, den Blick zu senken. »Kind hatte jedenfalls damals schon seit Jahren einen gut gehenden Kunstschmuggel laufen und Leute an der Hand, die falsche Gutachten verfassten, freiwillig und unfreiwillig. So konnte er wertvolle Objekte günstig kaufen und mit Gewinn wieder abstoßen. Ich stieg ein und habe im Laufe der Jahre mehr über Kunst und Kunstgeschichte gelernt als bei einem Studium.«

Er schien in sich hineinzusehen, bevor er weitersprach. »Eine Zeit lang dachte ich, Josef Kinds einzige Schwäche wäre seine Tochter Tina, von der er mir ab und zu erzählte. Bis ich kapierte, dass der Mann überhaupt keine Schwächen kannte und selbst vor seiner Tochter nicht haltmachte. Allerdings war er stolz auf sie und ihre Talente, und das ist ihm – uns allen – schließlich zum Verhängnis geworden. Er wollte unbedingt auf Tinas Ausstellungseröffnung bei den Degenhards. Nicht offiziell, aber er kannte Degenhard durch diverse Geschäfte, also ließ der ihn auf Schleichwegen rein. Kind bestellte mich hin, weil wir noch was zu besprechen hatten, aber mir kam ein Fall dazwischen, deshalb fuhr ich auf dem Weg zu meinem Einsatz nur kurz vorbei und bin Degenhard selbst gar nicht begegnet. Während dieser zwei Minuten musste Kind unbedingt in den Ausstellungsraum sehen. Ich wollte ihn aus dem Blickfeld ziehen, das war sicher der Moment, in dem der Fotograf auf den Auslöser drückte. Wir verlegten unsere Verabredung auf später an diesem Abend in ein Restaurant außerhalb der Stadt. Tina saß noch bei ihm, als ich kam. Das hatte er bestimmt nicht geplant, aber …«

Wieder sahen Tina und Menning sich an, und obwohl Kassandra ihnen beiden gegenüber nur Abscheu empfand, erkannte sie doch, was sie einander bedeuteten.

»Claus hat gar nicht so unrecht«, ergänzte Tina. »Auf gewisse Weise war ich die einzige Schwäche meines Vaters. Nicht nur, weil er mich besitzergreifend liebte, sondern weil er mich für seine Geschäfte brauchte. Seine Erpressungsopfer hatten oft genügend zu verbergen, aber manchmal eben nicht, und da kam ich ins Spiel. Es war reizvoll, Macht über Männer zu haben, die«, sie sah flüchtig zu Degenhard, »nur noch mit dem Schwanz dachten, sobald ihnen eine attraktive, oft weitaus jüngere Frau ein bisschen einheizte. Dann lernte ich Arnold kennen und dachte, ich wäre zum ersten Mal in meinem Leben wirklich verliebt. Dabei wusste ich damals gar nicht, was Liebe ist. Mein Vater war vor allem skeptisch, ob ich trotz einer festen Beziehung unsere geschäftliche weiterführen konnte. Er war zufrieden, als sich rausstellte, dass ich damit keine Probleme hatte. Arnold und ich waren übrigens tatsächlich sehr diskret, wir verbargen sogar einige unserer Arbeiten vor der Öffentlichkeit, allerdings nicht wegen meines Vaters, wie Arnold glaubte. Vielmehr sollte keins der potenziellen Erpressungsopfer mich dauerhaft mit demselben Mann in Verbindung bringen. Zwei Jahre ging alles gut, dann trafen mein Vater und Arnold in meiner Wohnung zufällig aufeinander, und es gab keinen offensichtlichen Grund mehr, warum wir Arnolds

Bild und meine Plastik nicht ausstellen sollten. Jede Weigerung meinerseits hätte Arnold bloß misstrauisch gemacht. Das brachte auch keine Schwierigkeiten, die begannen erst, als ich Claus begegnete. Wir sahen uns an und wussten, dass diese einzige Sekunde unser ganzes Leben veränderte.«

»Uns beiden war klar, dass Kind nichts gegen Kesting unternommen hatte, weil er zu keiner Zeit eine Gefahr darstellte«, fiel Menning wieder ein. »Er war bloß so bis zum Wahnsinn verliebt in Tina, dass er nicht mal begriff, was sie nebenbei tat. Mit Tina und mir sah das anders aus. Kind hätte nie geduldet, dass sich jemand ernsthaft zwischen ihn und seine Tochter drängt oder dass sie aufhört mit den inszenierten Affären. Oder dass ich aus dem Geschäft aussteige. Wir wollten aber genau das: aussteigen und unser Leben leben. Kind hätte alles getan, um das zu verhindern, jedenfalls was mich betrifft. Und wenn ich sage alles, meine ich alles. Das hieß, wir mussten vor ihm handeln. Ich verfügte im Gegensatz zu Kind nicht über die Kontakte, die dafür notwendig waren, und es selbst zu tun, wäre nur die allerletzte Lösung gewesen. Kesting schien uns der geeignete Kandidat. Tina wusste, wie jähzornig er werden konnte, wenn man ihn genug anstachelte oder reizte.«

»Ich ließ mein Verhältnis mit Raimund platzen, damit Arnold davon erfuhr«, sagte Tina, »und erzählte ihm eine herzzerreißende Geschichte, dass mein Vater mich quasi gezwungen hätte, ihm aus der Patsche zu helfen. Nur dieses eine Mal.« Tina warf Kassandra einen Blick zu. »Ich hab dir gesagt, wie er reagiert hat. Ich hab überhaupt viel gesagt, was der Wahrheit entsprach, damit meine Geschichte möglichst glaubwürdig klang. Arnold ist jedenfalls erwartungsgemäß ausgerastet. Ich musste geschockt tun und ihn davon abhalten, zu meinem Vater zu rennen und ihm seine Meinung zu sagen. Er sollte mehr tun als das. Ich erzählte, wie sehr ich meinen Vater liebte, damit Arnold glaubte, ich würde jederzeit auf dessen Seite stehen statt auf seiner. Das tat er am Ende auch, bloß war er darüber nicht wie erhofft unglaublich wütend, sondern bloß frustriert. Er hat seine Sachen gepackt, ist gegangen, und Claus und ich dachten, unser Plan wäre gescheitert. Da kam uns unerwartet Raimund zu Hilfe, der die Finger nicht von anderen Frauen lassen konnte. Ich arrangierte das Treffen zwischen ihm und Arnold in dieser Galerie, deren Inhaberin ich kannte. Es war nur ein Testballon, aber wir hatten nichts zu verlieren. Zwei Menschen vereint im Hass auf einen anderen können eine eigene Dynamik entwickeln – und es hat funktioniert.« Tina schaute beinah triumphierend in die Runde.

Kassandras Widerwillen und Verachtung wuchsen im selben Maße. Es war nicht so sehr die Tatsache, dass sie sich von Tina manipulieren lassen hatte, sondern vielmehr deren völlige Ignoranz gegenüber den Gefühlen anderer Menschen, die sie zur Weißglut brachte. »Dumm nur, dass Arnold alle Schlüssel deines Vaters an sich genommen hatte, sein Telefon und sein Notebook. Ihr hättet einkalkulieren müssen, dass er euch nicht nur die Drecksarbeit abnimmt, sondern ein bisschen genauer nachforscht. Aber wie hättet ihr vorsorgen sollen? Ihr konntet ja nicht wissen, ob und wann Arnold zuschlägt«, forderte sie Tina heraus. »Jetzt waren Kinds Sachen in seinem Besitz, er konnte sehen, was du jahrelang gemacht hast, auch während er mit dir zusammen war. Wahrscheinlich dachte er, Kind hätte dich dazu gezwungen. Aber als du ihn im Keller eingesperrt hast und nichts weiter von ihm wolltest als diese Unterlagen, muss selbst er verstanden haben, was passiert war. Du konntest nur wissen, dass er die Papiere, Fotos oder was immer hatte, wenn du auch wusstest, was er getan hatte, richtig?« Kassandras Stimme hatte sich gehoben. »War es so?«, fuhr sie Tina an.

Aber nicht Tina antwortete. »Ja«, sagte Arnold leise. »So war's. Nach Kinds Andeutungen am Bodden hatte ich begriffen, dass er bis zum Hals in jeder Menge unsauberer Geschäfte steckte – die Erpressungen waren nur ein Teil seiner Machenschaften, für die ich reihenweise Beweise fand. Nicht in seinem Notebook, dessen Passwörter ich nicht knacken konnte und das ich deshalb vernichtet habe. Dafür in seinem Haus. Das war zwar gesichert wie Fort Knox, aber er hatte sämtliche Codes für die Überwachungsanlage und den Safe ausgerechnet in seinem iPhone gespeichert, durch das ich außerdem Zugriff auf Daten und Kontakte bekam, die auf den ersten Blick nicht viel verrieten, auf den zweiten aber vielleicht noch mal nützlich sein konnten.« Arnold sah zu Kassandra. »Was sich gerade vorhin bewahrheitet hat.«

Er warf einen verbitterten Blick auf Menning. »Während ich da unten im Keller hockte, wurde mir klar, dass Tina mich benutzt hatte, weil sie frei sein wollte von ihrem Vater. Mir war *nicht* klar, dass es einen anderen Mann in ihrem Leben gab. Im Gegenteil, ich dachte, sie würde mich vielleicht irgendwann wieder lieben, wenn sie nur genug Zeit hätte zu verinnerlichen, was ich für sie getan hatte, und zu erkennen, dass ich ihr niemals schaden würde. Aber wenn ich ihr sofort all das Beweismaterial gegeben hätte, das sie forderte, hätte sie diese Zeit zum Nachdenken nicht gehabt, und ich hätte sie vielleicht für immer verloren. Das wollte ich vermeiden. Als ich endlich freikam, wurde mir allerdings auch bewusst, dass Tina mich genauso in der Hand hatte. Wenn sie gewollt hätte, hätte sie mich verraten können. Es wäre ein Risiko für sie gewesen, aber verzweifelte Menschen reagieren nicht immer rational. Wer wusste das besser als ich? Deshalb hab ich mir das Alibi von Susanne Boes verschafft.«

»Du hättest mich nie so lieben dürfen«, sagte Tina, endlich doch ein klein wenig Mitleid in ihrer Stimme. »Ich war zu der Erkenntnis gelangt, dass ich nur an das Material komme, indem ich dir vorspiele, im Grunde dasselbe zu fühlen wie du. Aber als ich wieder zur Seefahrtschule kam, war es zu spät. Da standen Kassandra und Jonas Zepplin.«

»Deren Einmischung brachte mir ziemlich viel Ärger«, sagte Menning. »Immerhin erfuhr ich von den Kollegen, was Kesting erzählt hatte, und konnte den Keller entsprechend herrichten. Aber genützt hat das wenig, weil Kay argwöhnisch wurde und irgendwann nicht mehr nur die Seefahrtschule, sondern mich persönlich im Visier hatte.« Er wandte sich an Kassandra. »Ich wäre niemals auf die Idee gekommen, dass er sich ausgerechnet mit Ihnen zusammentut. Was hat er Sie verabscheut! Ich hab ihn nie so fuchtig gesehen wie in dem Moment, in dem wir erfuhren, wer Sie sind. Er muss sich sehr überwunden haben.«

»Das lag an Ihrem Verhalten. Er war schon ein kleines bisschen misstrauisch, bevor wir richtig ins Spiel kamen.«

Menning nickte verstehend. »Als ich mitbekam, was er machte, wusste ich nicht, wie viel er hatte und ob er mit jemandem seine Erkenntnisse teilte. Aber ich musste was tun, bevor es ganz zu spät war.«

»Danach blieb es ruhig, bis ich Susanne Boes aufs Auge gedrückt bekam«, sagte Tina. »Und gestern rief mich Freese an und erzählte mir von diesem irren Plan. Man muss sich das vorstellen:

Ihr bittet ausgerechnet mich um Hilfe. Aber wenn ich mich geweigert hätte, hätte das sehr merkwürdig ausgesehen. Ich konnte mir zwar denken, dass Arnold bisher geschwiegen hatte, weil er immerhin einen Mord begangen hat – und vielleicht, weil er mich immer noch liebte. Aber ich wusste nicht, wie er reagieren würde, wenn es ihm selbst an den Kragen ging.«

»Ich hätte alles für dich getan«, bekräftigte Arnold, was er an diesem Abend schon einmal gesagt hatte. Er sah niemanden dabei an. »Ich *habe* alles für dich getan.«

Kassandra schaute sich um. Fast alle Blicke ruhten auf Arnold, nur die von Tina und Menning waren ineinander versunken, und Degenhard starrte vor sich hin. Die Stille wurde jäh unterbrochen durch das Eintreffen mehrerer Beamter, die Unruhe und Hektik verbreiteten. Menning und Tina wurden abgeführt. Degenhards Abgang bekam Kassandra kaum mit, weil Arnold in Begleitung von zwei uniformierten Polizisten vor ihr stehen blieb und zwischen ihr und Paul hin und her sah. »Du und der Genosse Oberst«, sagte er rau. »So was.« Einer der Beamten schob ihn vorwärts, und er ließ es widerspruchslos geschehen.

Kassandra sah ihm noch nach, als Johannsen zu ihnen trat. »Wir müssen ausführlich miteinander reden, aber nicht mehr heute Abend. Bitte rufen Sie mich an.« Er verschwand gemeinsam mit Westphal, Meinard und Verena Steiner – und auf einmal schien alles nur ein Alptraum gewesen zu sein. Der Garten lag ruhig da, auf der Terrasse waren noch immer der Grill und die Salatschüsseln aufgebaut, als würde die Party gleich weitergehen.

27

Die Party war vorbei. Alles war vorbei. Kassandra ließ sich auf einen Gartenstuhl fallen und starrte in den Nachthimmel.

Dreieinhalb Stunden zuvor hatten Jonas, Paul und Heinz Jung das Rinderblut vom Boden des Anbaus gewischt und dort alles in den ursprünglichen Zustand zurückversetzt. Kassandra und Violetta hatten die Terrasse aufgeräumt und die Salate in den Kühlschrank gestellt, obwohl Kassandra sicher war, nichts davon noch mal anrühren zu können.

Heinz Jung hatte sich verabschiedet und Kassandra einen Blick zugeworfen, der sicher etwas Ähnliches bedeutete wie das, was Johannsen gesagt hatte: Wir müssen reden, aber nicht mehr heute. Sie hatte gelächelt und genickt. Danach war Violetta gegangen. Kassandra konnte sich nicht erinnern, sie jemals so in sich gekehrt erlebt zu haben.

Paul war nach Ribnitz aufgebrochen. Er hätte Susanne Boes genauso gut anrufen und sie am nächsten Tag nach Rostock bringen können, aber er hatte sich anders entschieden. Als er weg war, hatte Jonas Kassandra gefragt, ob sie klarkäme. Wieder hatte sie genickt und gelächelt.

Dann war alles still gewesen, wie ausgestorben. Sie hatte sich regelrecht erschrocken, als ihre Gäste von einem Konzert der Naturklänge auf dem Hohen Ufer nach Hause gekommen waren. Bald kehrte die Stille zurück, aber das Warten auf Paul und das Nachdenken über das, was in den letzten drei Wochen geschehen war, machten sie mürbe. Sie musste etwas tun, sich ablenken. Paul. Paul? Sie hatte immer noch nicht den Anfang von »Eiswellen« gelesen, weil dafür nie genug Ruhe geblieben war.

Nach einhundertfünfzig Seiten saß sie nun auf ihrer Terrasse und starrte in den Nachthimmel. In jeder Zeile hatte sie Hardenbergs Stil wiedererkannt – und gleichzeitig unglaublich viel von Pauls Persönlichkeit. Er war bei ihr gewesen, ohne da zu sein.

»Kassandra? Geht's dir gut?«

Wie aus einem Traum erwacht, schaute Kassandra auf. Jonas stand auf seiner Seite des Gartenzauns.

»Ja, danke. Du solltest schlafen, du musst doch bestimmt wieder früh raus.«

»Du nicht?«, fragte Jonas lächelnd.

»Doch.« Sie lächelte zurück.

Eine Weile schwiegen sie, bis Jonas sich räusperte. »Wenn du meinen Rat willst – geh zu ihm. Jetzt.«

»Nein. Er weiß, dass das bei ihm liegt.«

Jonas schüttelte den Kopf. »Sei kein Huhn. Geh zu ihm. Manchmal brauchen Männer einen kleinen Schubs, Paul braucht anscheinend einen etwas größeren.« Er seufzte, als sie sich nicht rührte. »Du musst wissen, was du tust. Gute Nacht, Kassandra.«

Kassandra blieb noch zwei Minuten sitzen und dachte nach. Schließlich erhob sie sich.

Wie oft war sie in den vergangenen Nächten die Strandstraße heruntergelaufen – sie kam ihr im Dunkeln jetzt beinah vertrauter vor als bei Tageslicht. Trotzdem wurden ihre Schritte langsamer, je näher sie der Seebrücke kam, vor deren Aufgang sie sich nach rechts wenden musste, wenn sie zu Paul wollte. Vor ihr ragte die Skulptur des Swantewit auf, dahinter lag die See. Kassandra wusste, dass sie nur hinauszögerte, was sie zu tun hatte, aber sie stieg die Treppe zur Brücke hinauf, berührte kurz den vierköpfigen Gott – und sah weiter hinten jemanden am Brückengeländer stehen.

Paul drehte sich um, im Begriff, sich eine Zigarette anzuzünden und dabei die Flamme vor dem Wind zu schützen. Er schaute hoch, sein Blick traf auf ihren und hielt ihn fest, bevor das Feuerzeug erlosch und er die Zigarette zurück in das Päckchen steckte. Seine Bewegungen wirkten fahrig, ruhelos.

Langsam ging Kassandra auf ihn zu. Ihr Magen, ihr Herz, ihre Gedanken, die ungesagten Worte schlugen Purzelbäume. Dann stand sie vor ihm – und etwas in seinen Augen verriet ihr, dass es besser war zu schweigen.

Paul sah sie lange an, bevor er das Schweigen brach. »Ist es nicht erschreckend, wie schmal der Grat ist, der richtig und falsch, gut und böse trennt?«

»Ja«, sagte Kassandra nach einer Weile, in der sie sich gefragt hatte, ob Paul Arnold meinte, Menning oder beide. Oder etwas ganz anderes. »Manchmal verwischt er sogar, und niemand weiß mehr, wo gut aufhört und böse beginnt. Es gibt viel mehr Grau als Schwarz oder Weiß.«

»Grau«, sagte Paul gedankenverloren, und diese eine Silbe klang wie ein vielschichtiger Roman. Er wandte sich zur See.

Kassandra glaubte nicht, dass er den Strand, die Dünen oder die Wellenbrecher wahrnahm. Was hatte er vor einigen Stunden gesagt? Zu Arnold, dass er vielleicht dasselbe getan hätte wie er. Zu Johannsen, dass er nicht nur in die Luft geschossen hätte, wenn es nötig gewesen wäre. »Paul. Du hast den Grat nicht überschritten.«

Er schaute wieder zu ihr und schwieg beinah so lange wie eben. Als er endlich etwas erwiderte, waren seine Worte so leise, dass die See sie fast verschluckte. »Nicht dieses Mal.«

Vorsichtig streckte Kassandra die Hand aus und berührte sein Gesicht, darauf gefasst, dass er zurückwich, aber er ließ es geschehen. Sie spürte seine Bartstoppeln auf der Wange, fuhr mit dem Zeigefinger über sein Grübchen am Kinn und verharrte schließlich reglos wie er.

Eine Ewigkeit schien zu vergehen, bis Paul ihre Hand in seine nahm und sanft die Innenfläche küsste. Dann sah er ihr in die Augen. »Du weißt gar nichts über mich.«

»Das kannst du ändern ... wenn du willst.« Sie wagte ein Lächeln, ihr Finger strich erneut über sein Kinn. »Ich wüsste zum Beispiel gern, ob du dieses Grübchen immer schon hattest. Aber im Moment ... möchte ich gerade was anderes tun als reden.«

Pauls Mundwinkel zuckten. »Du bist wirklich unvergleichlich.« Er zögerte nur noch eine Sekunde, bevor er sich zu ihr herunterbeugte und sie küsste, dass es Kassandra den Atem nahm und sich der Boden unter ihr auftat.

Das Räuspern hinter ihr nahm sie erst wahr, als Paul sich langsam von ihr löste. Ihr war schwindelig, sie hielt sich an ihm fest und hörte gleichzeitig, wie jemand sagte: »Verzeihung, das ist vielleicht ein etwas ungünstiger Moment, aber ich dachte, da ihr gerade hier seid und euch ja nun mit so was auskennt ...«

»Ungünstiger Moment ist die Untertreibung des Jahrhunderts«, sagte Paul, sichtlich hin- und hergerissen zwischen Ärger und Belustigung. »Was willst du?«

Bruno stand vor ihnen, in der einen Hand seine Angel, in der anderen einen Turnschuh mit schwarzen Streifen und überlangen

Schnürsenkeln. Den Schuh hielt er ihnen entgegen. »Den hab ich gerade aus der Ostsee gefischt.«

»Na, großartig. Ich seh schon die Schlagzeile: ›Sensation auf dem Fischland: Schuh aus der See geangelt!‹ Bruno, bist du noch zu retten?«

Kassandra ließ Paul nicht ganz los, machte aber einen Schritt auf Bruno zu, beäugte den Schuh neugierig, schrak zurück – und trat wieder näher. »Die Schlagzeile würde wohl eher lauten: ›Schuh mit Fuß aus der See geangelt‹«, stellte sie mit belegter Stimme fest.

»Wie bitte?« Paul warf nun ebenfalls einen genaueren Blick auf Brunos Fund.

Bruno grinste. »Eben. Aber vergesst nicht, die Polizei zu rufen, bevor ihr versucht rauszufinden, wo der Rest von dem Mann abgeblieben ist.«

Paul zückte sein Handy und reichte es Bruno. »Du rufst die Polizei schön selbst. Wir halten uns komplett raus, du hast uns hier nicht gesehen, klar? Komm, Kassandra, wir gehen.« Er wollte sie mit sich ziehen, aber sie blieb stehen. »Was?«, fragte er.

Kassandra biss sich auf die Lippen, sah zwischen Bruno, dem Schuh und Paul hin und her. »Meinst du nicht …«, fing sie an.

»Was?«, wiederholte Paul misstrauisch.

»… dass das ganz interessant werden könnte?«

Ungläubig starrte Paul Kassandra an. Und dann lachte er, lachte dieses unglaubliche Lachen, das selbst den grausigen Schuh auf seltsame Weise weniger grausig erscheinen ließ. »Kassandra, Liebes, mit dir hab ich mir was eingebrockt!«

Er nahm Bruno das Handy ab und wählte die 110.

Nachwort

Die Geschichte der Wustrower Seefahrtschule ist eine traditionsreiche. Sie beginnt 1846 mit der Gründung der Großherzoglichen Navigationsschule – damals wird noch in einem Gebäude in der Großen Straße (der heutigen Ernst-Thälmann-Straße) unterrichtet. 1849 wird das »graue Schloss am Meer« am jetzigen Standort bezogen, ein für die damalige Zeit imposanter Bau, der jedoch nach dem Zweiten Weltkrieg bald nicht mehr den Anforderungen und wachsenden Studentenzahlen gerecht wird. In den 1950er und 1960er Jahren entsteht ein vollkommen neuer, großer Komplex mit mehreren Nebengebäuden, 1969 wird durch einen Zusammenschluss mit einer anderen Hochschule die Ingenieurhochschule für Seefahrt Warnemünde/Wustrow gegründet, ab 1970/71 findet die Grundlagenausbildung der Studenten auf dem Fischland statt. Nach der Wende wird die IHS zunächst in die Universität Rostock eingegliedert. 1992 dann endet die Geschichte der Seefahrtschule, wie sie im Volksmund immer noch heißt, mit der Schließung des Standorts Wustrow (ausführlich dazu siehe den Beitrag von Günther Weihmann in der *Festschrift zu 775 Jahre Ostseebad Wustrow 1235-2010*).

Seit der Schließung gab es viele Ausschreibungen, viele Vorhaben und interessierte Investoren für die mögliche Nachnutzung des noch bestehenden Teils des Komplexes. Auch zum Zeitpunkt der Entstehung dieses Romans gab es Pläne und sind Verhandlungen geführt worden. Normalerweise lege ich Wert auf die Authentizität meiner Schauplätze – in diesem Fall jedoch möchte ich wünschen, dass einmal die Realität die Fiktion einholt und bei Drucklegung dieses Buches schon begonnen wurde, aus der Ruine der Seefahrtschule etwas zu machen, was ihrem Andenken gerecht wird. Wustrow und den Wustrowern ist es zu wünschen.

Noch ein Wort zu den Beschreibungen der Ruine im Roman: Bis auf wenige Ausnahmen habe ich die Seefahrtschule genau so geschildert, wie ich sie bei der Begehung mit Herrn Kurdirektor Dirk Pasche gesehen habe. Der Keller ist tatsächlich ein Labyrinth mit vielen kleinen Treppen, teils sehr niedrigen Decken, wassergefüllten Löchern und mit Räumen und Gängen, die vollkommen verschachtelt scheinen. Trotzdem lässt er sich durchgängig durchlaufen, die Brandschutzmauer, auf die Kassandra und Jonas treffen, existiert nicht – sehr wohl aber die Fundamente des ursprünglichen Gebäudes der Navigationsschule, die ich mir erlaubt habe, als Entschuldigung für das Hindernis zu »missbrauchen«. Ebenso gibt es keinen mit einer Stahltür verschließbaren Raum, in dem Arnold hätte eingesperrt sein können. Und schließlich: Der Keller ist im Turmbereich wie auf der anderen Seite des Gebäudes durch ein Treppenhaus zu erreichen, die versteckte Falltür ist meine Erfindung. Ein Roman braucht zuweilen seine schriftstellerischen Freiheiten.

Ein weiterer wichtiger Schauplatz dieser Geschichte ist die Barnstorfer Kunstscheune, die mich durch viele Besuche inspiriert hat, Arnold und Tina hier ihre Werke ausstellen zu lassen. Die Scheune an sich, ihre Lage direkt am Bodden, der großzügige Garten und natürlich auch ihre wunderbaren wechselnden Ausstellungen entsprechen der Realität. Die Galeristin Gerlinde Meerbusch allerdings ist pure Phantasie – sie hat nichts mit den tatsächlichen Betreibern der Kunstscheune zu tun.

Dank

An dieser Stelle einfach dem Fischland zu danken, dass es ist, wie es ist, und mich jedes Mal wieder von Neuem verzaubert, wäre zwar durchaus angemessen, ist aber nicht ganz ausreichend.

Günther Weihmann hat mir erneut ausführliche Einblicke in sein Archiv und sein Wissen über Wustrow allgemein und diesmal die Seefahrtschule im Besonderen gewährt. Herzlichen Dank dafür und für die interessanten Gespräche, die immer wieder ein Gewinn sind.

Kurdirektor Dirk Pasche möchte ich für die äußerst lebendige und spannende Führung durch die Seefahrtschule danken. Trotz des traurigen Zustands der Ruine sind vor meinem geistigen Auge jede Menge erfreulichere Bilder erschienen, nicht nur des Gebäudes, sondern auch von Busladungen ankommender neuer Studenten, Feiern und Festen ...

Meinem Mann Jörg danke ich für ungezählte wunderschöne Stunden auf dem Fischland – und besonders für die kritischen, aber auch die lobenden Worte zu meinem Manuskript.

Letzteres gilt ebenfalls für Marit Obsen, der ich für ihr sorgfältiges und anregendes Lektorat danken möchte.

Louise Kämmerer gebührt wie immer Dank für das Testlesen und ihre wertvollen Anmerkungen.

Dank auch an meine »drei Gs«: Gefion, Gerit und Gisela – für den großartigen, herzerfrischenden, unschätzbaren Austausch in allen Lebenslagen.

Und – danke, Paul.